W0202942

Kaaya

hat keine Vergangenheit, keine Erinnerungen, keine Familie. Nichts außer Arian, der sie einst von den Straßen geholt hat. Doch bevor sie ihrem besten Freund sagen kann, was sie wirklich für ihn empfindet, wird seine Seele von einem Schattenelfen gestohlen und er bleibt als Hülle zurück. Um ihn zu retten, reist die 18-Jährige ins Reich der Schatten, wo sie sich inmitten eines uralten Krieges wiederfindet. Das, was Kaaya dort über sich erfährt, bringt alles ins Wanken, an das sie bisher geglaubt hat. Sie muss erkennen, dass sie niemandem mehr vertrauen kann, nicht einmal sich selbst und ihren eigenen Gefühlen – gerade wenn es um den mysteriösen Kronprinzen Ilias geht, der seine ganz persönliche Mission verfolgt …

BERIL KEHRIBAR

SCHATTENTHRON

ERBIN DER DUNKELHEIT

CARLSEN

Für meinen Vater, ohne den es dieses Buch nie gegeben hätte.
Danke, dass du deine Fantasy-Liebe an mich weitergegeben hast.

Für meine Mutter, ohne deren Unterstützung ich nicht die wäre,
die ich heute bin.
Danke, dass du immer mein größter Fan bist.

Für meinen Verlobten, ohne den ich mich aufgegeben hätte.
Danke, dass ich mit dir alle meine Träume leben darf.

Und für meine Community, ohne die ich nie den Mut gefunden
hätte, diesen Weg zu gehen.
Danke, dass ihr an meiner Seite seid.

Playlist

Battlefield – Svrcina
Surrender – Natalie Taylor
Hurts Like Hell – Fleurie
Wrecked – Imagine Dragons
Still Here – Digital Daggers
Dark Paradise – Lana Del Rey
Revolution – Unsecret (feat. Ruelle)
Wicked Game – Ursine Vulpine (feat. Annaca)
Hurricane – Fleurie
Remembrance – Tommee Profitt (feat. Fleurie)
Fire On Fire – Sam Smith
You Should See Me In A Crown – Billie Eilish
Minefields – John Legend, Faouzia
Control – Halsey
War Of Hearts – Ruelle
Arcade – Duncan Laurence
Drivers License – Olivia Rodrigo
Love And War – Fleurie

PROLOG

3 JAHRE ZUVOR

KAAYA

Mit wild pochendem Herzen musterte Kaaya die gut besuchte Straße aus ihrem Versteck heraus. Der Händler des Gewürzstandes sah immer wieder zu ihr herüber, doch er würde keinen Alarm schlagen, solange sie sich nicht an seinen Waren vergriff. Wie gut, dass das auch gar nicht ihr Plan war. Der sonnige Tag hatte heute genügend andere Menschen auf den größten Marktplatz Silbersturms gelockt. Routiniert ließ sie ihren Blick weiter über die vielen Besucher schweifen und entdeckte endlich ein paar wohlhabende Kaufleute.

Einer davon schlenderte gerade an dem Stand entlang, hinter dem sie hockte, und sie duckte sich noch etwas tiefer. Die langen, weiten Roben, die der alte Mann trug, waren aus Seide gefertigt und das Hemd, das darunter hervorlugte, aus feinstem Leinen. Sie brauchte nicht weiter nachzudenken, um eine Entscheidung zu fällen: Er würde ihr nächstes Opfer sein.

Nachdem der Kaufmann weitergegangen war, richtete Kaaya

sich auf und lief unauffällig in seine Richtung. Wie immer ignorierte sie das aufkeimende schlechte Gewissen und das nervöse Kribbeln in ihren Adern. Wenn das hier fehlschlug, würde sie heute Abend erneut mit knurrendem Magen einschlafen müssen.

»Oh!«, rief sie, als sie sich scheinbar unbeabsichtigt fallen ließ. Sie unterdrückte ein erleichtertes Aufatmen, als der Mann sie wie geplant auffing. »Bitte verzeiht!«

»Ist ja gerade noch gut gegangen.« Er richtete seinen Hut, nachdem er sie losgelassen hatte. »Alles in Ordnung bei dir?«

»Ja, m-mir geht es gut.«

Der Mann schenkte ihr ein aufmunterndes Lächeln, neigte den Kopf zum Abschied und setzte seinen Weg fort.

»Danke!«, rief Kaaya ihm hinterher, ehe auch sie schnellen Schrittes weiterlief. Zielsicher schritt sie über den Marktplatz, auf dem sich noch immer viel zu viele Menschen umtrieben. Nach einer gefühlten Ewigkeit erreichte sie das Hafenviertel und bog in eine schmale, dunkle Gasse.

Die Luft hier war feucht und ein salziger Dunst legte sich auf ihre Haut. Einen erleichterten Seufzer ausstoßend senkte sie die Lider und nahm einen tiefen Atemzug. Der immerwährende Geruch nach Fisch und Algen stieg ihr in die Nase. *Der Geruch von Zuhause.* Sie öffnete ihre Augen und schüttelte den Kopf. Silbersturm war nicht ihr Zuhause.

Mit zitternden Fingern klemmte sie sich eine ihrer goldbraunen Haarsträhnen, die ihr nass auf der Stirn klebte, hinters Ohr und konzentrierte sich wieder auf das Hier und Jetzt. Sie wollte gerade nach ihrem kleinen Lederbeutel greifen, den sie an ihrem Gürtel befestigt hatte, als der Klang einer tiefen Stimme sie hochschrecken ließ.

»Nette Darbietung!«

Kaayas Herz setzte einen Schlag aus, um dann mit doppelter Geschwindigkeit weiterzuschlagen. Sie wirbelte herum und sah sich einem Jungen gegenüber, der nicht viel älter zu sein schien als sie selbst.

Mit einem schiefen Grinsen musterte er sie, bevor er mit einer knappen Kopfbewegung auf den Lederbeutel deutete. »Wie viel hast du erbeutet?«

Misstrauisch beäugte Kaaya ihn und machte einen vorsichtigen Schritt nach hinten. »Bist du mir gefolgt?«

Der Junge hob abwehrend die Hände. »Du musst nicht weg laufen. Und da kommst du ohnehin nicht rüber«, fügte er hinzu und deutete hinter sie.

In dem Moment spürte sie den Zaun in ihrem Rücken.

»Ich will nicht weglaufen.« Sie bückte sich, um mit einer raschen Bewegung hinter eine der Abfalltonnen zu greifen, die sich in der Gasse drängten. Als sie ihm ihr Schwert unter die Nase hielt, weiteten sich seine Augen für einen kurzen Moment, dann sah er sie wieder belustigt an.

»Was willst du von mir?« Sie funkelte ihn an.

Nun war er derjenige, der einen Schritt zurückwich, die Hände noch immer in der Luft. Ihr Blick glitt unweigerlich über das zerknitterte weiße Hemd, das er trug. Er hatte es falsch geknöpft, außerdem war das Kleidungsstück viel zu groß – oder er viel zu schmal. Vermutlich hatte er nicht viel Geld bei sich.

»Ich habe nur gesehen, wie du den Mann bestohlen hast.«

Sie reckte ihm die Schwertspitze weiter entgegen. »Und?«

»Das war beeindruckend.«

»Was?«

»Ich habe schon viele Diebe kennengelernt. Männer, die ihre ehrliche Arbeit verloren haben und stehlen müssen, um die Kinder zu ernähren, die zu Hause mit knurrenden Mägen auf sie warten. Männer, die zu schwach sind, um sich ihr Brot mit harter körperlicher Arbeit zu verdienen.« Er senkte die Hände und sah ihr fest in die Augen. »Jungen, die zu Hause aushelfen müssen, damit die kranke Mutter nicht allzu bald dem geliebten Vater unter die kalte Erde folgt. Aber ein kleines Mädchen?« Nun trat er einen Schritt auf sie zu, wobei ihm eine pechschwarze Haarsträhne in die Stirn fiel. »Was machst du auf der Straße?« In seinem Gesicht stand keine Spur mehr von Belustigung.

»Ich bin kein kleines Mädchen.« Sie hielt seinem Blick stand, dann senkte sie das Schwert. Er würde ihr nicht gefährlich werden. »Und was machst *du* auf der Straße?«

»Ich bin Arian«, sagte er nur und reichte ihr die Hand.

Skeptisch betrachtete sie diese, bevor sie nach ihr griff. »Kaaya.«

Seine Augen blitzten für den Bruchteil einer Sekunde auf und erst jetzt bemerkte sie ihre ungewöhnliche Farbe. Sie waren von einem hellen Grau, das fast schon an flüssiges Silber erinnerte.

»War schön, dich kennenzulernen, Kaaya.« Wieder setzte er sein schiefes Grinsen auf und deutete hinter sich. »Ich muss weiter zur Arbeit.«

»Bist du ein Hafenarbeiter?« Die Worte hatten ihre Lippen verlassen, bevor sie sie aufhalten konnte. Wieso sollte es sie interessieren, wo er arbeitete?

»Nein, ich helfe bei einem Obsthändler aus. Gleich dort drüben auf dem Marktplatz.«

Sie zuckte betont gelassen mit den Schultern. »Dann … leb wohl.«

Arian lächelte sie ein letztes Mal an, bevor er sich umdrehte und in Richtung Marktplatz verschwand.

—

Allmählich zog sich die Sonne zurück und es wurde dunkler über den Dächern der Hauptstadt. Kaaya hatte sich nach einem weiteren Ausflug zum Marktplatz wieder in ihre Gasse zurückgezogen und holte die Decke hervor, die sie gemeinsam mit ihren anderen Habseligkeiten hinter der Abfalltonne versteckt hatte, um sie sich um die Schultern zu legen. Von den Kupfermünzen des Kaufmanns hatte sie sich ein Stück Brot kaufen wollen, doch der Bäcker hatte sie fortgejagt. Vermutlich hatte sie ihn einmal zu oft bestohlen.

Zitternd und mit leerem Magen saß sie in der Gasse und hoffte, dass der Schlaf bald kommen würde, um sie zumindest für einige Stunden von ihrem Elend zu erlösen. Ihr Blick wanderte die Gasse entlang zur gegenüberliegenden Anlegestelle der Schiffe, und plötzlich musste sie an den Jungen denken, der sie verfolgt hatte. Arian. Seine Kleidung war abgenutzt gewesen, doch seine Hände hatten sauber gewirkt. Da war kein Dreck unter seinen Fingernägeln gewesen wie bei ihr. Vermutlich gehörten seine Eltern dem Mittelstand an, vielleicht waren sie Bedienstete eines Adligen. Unwillkürlich schweiften Kaayas Gedanken zu ihrer eigenen Familie und ließen sie zusammenzucken. Es war jetzt vier Jahre her, dass sie ihren Vater das letzte Mal gesehen hatte. Damals war sie noch ein Kind gewesen, gerade elf Jahre alt.

Seufzend ließ sie die Stirn auf ihre Knie sinken, die sie fest an ihren Körper gezogen und mit dem linken Arm umschlungen hatte. Mit ihrer rechten Hand umklammerte sie wie jede Nacht den Griff ihres Schwerts, um gewappnet zu sein, wenn sich ihr jemand näherte. Und dass das auch dringend nötig war, bestätigte sich, als sie eine Berührung an ihrer Schulter spürte. Verschlafen riss sie den Kopf hoch und bemerkte einen Schatten über sich. Blitzartig griff sie nach dem Handgelenk ihres Angreifers, richtete sich auf und drehte ihm seinen Arm auf den Rücken, während sie ihm ihr Schwert von hinten an die Kehle hielt.

»Au, verdammt!«

Schwer atmend verengte sie die Augen. »Du schon wieder!« Sie lockerte ihren Griff und gab Arians Arm frei. Erst jetzt fiel ihr auf, dass der Himmel inzwischen pechschwarz war. Nur der Mond, der riesig über ihren Köpfen prangte, warf sein Licht in die Gasse.

»Ich wollte dich nicht erschrecken«, murmelte er, während er sich das Handgelenk rieb und sich zu ihr umdrehte.

»Dann solltest du dich vielleicht nicht anschleichen, während ich schlafe.«

»Tut mir leid.« Arian zuckte mit den Schultern. »Du hast schlecht geträumt.«

Sie hob die Augenbrauen. Wovon sprach er da? »Ich träume nie.«

»Das sah aber anders aus. Du hast sogar im Schlaf gesprochen.«

»Was habe ich gesagt?«

»Du hast … dich entschuldigt.«

Kaaya lachte, um ihre Unsicherheit zu überspielen, aber als die nächsten Worte über seine Lippen kamen, hielt sie inne.

»Willst du mit zu mir kommen?«

Ihre Kinnlade klappte herunter. »Ich bin doch keine Prostituierte!«

»Das meinte ich nicht!«, erklärte er hastig, während sich eine leichte Röte auf seine Wangen schlich. »Ich dachte nur, wegen deiner Knie.«

Irritiert folgte Kaaya seinem Blick und sah an sich hinunter. Ja, ihre Hose war an einigen Stellen zerschlissen, aber was machte das schon? »Das ist nichts«, murmelte sie achselzuckend. Als sie wieder zu ihm hochschaute, knurrte ihr Magen.

»Ich habe auch etwas zu Essen dabei.« Arian bückte sich und hob einen Korb auf, in dem sich verschiedenste Sorten Obst und Gemüse befanden. Er musste ihn fallen gelassen haben, als sie ihn angegriffen hatte. Trotz schlechtem Gewissen spürte Kaaya, wie ihr das Wasser im Mund zusammenlief. »Manchmal darf ich nach der Arbeit etwas von den übrig gebliebenen Waren mitnehmen.«

»Hast du bis jetzt noch gearbeitet?«

Arian nickte. »Wir hatten viel zu tun.«

»Wie spät ist es überhaupt?«

»Bald Mitternacht.«

Sie weitete überrascht die Augen. Wenn Arian ihr etwas zu essen gab, müsste sie sich morgen früh nicht schon wieder mit dem Bäcker streiten. »Nehmen wir an, ich komme mit dir. Was erwartest du im Gegenzug?«

Als Arian leise auflachte, bemerkte sie ein eigenartiges Kribbeln in ihrem Bauch. »Ich erwarte gar nichts«, sagte er und Wärme trat in seinen Blick.

»Und du bist auch kein Meuchelmörder oder so was?«

»Ich bin sicher, du würdest mir die Eingeweide aus dem Körper schneiden, bevor ich nur eine falsche Bewegung machen könnte.« Er deutete auf Stahlschwinge, ihr Schwert. »Woher hast du es?«

Arian hätte nicht ahnen können, wie sehr die Frage sie treffen würde. Sie hatte ja selbst nicht gewusst, wie tief der Schmerz noch saß.

Als sie nicht antwortete, setzte er erneut zum Sprechen an. »Du bist eine Diebin, du hast es sicher –«

»Ich habe es nicht gestohlen«, unterbrach sie ihn entschieden. »Es war ein Geschenk.«

Arians amüsierter Gesichtsausdruck wich einem zerknirschten und er erwiderte nichts weiter. Kaaya musterte ihn neugierig, während er verlegen den Blick gesenkt hatte. Sie konnte es sich nicht erklären, aber er hatte irgendetwas an sich, das ihr sagte, dass sie ihm vertrauen konnte. Und was hatte sie schon zu verlieren? Zur Not wusste sie, wie sie sich verteidigen konnte.

»Dann lass uns gehen.«

Er sah überrascht hoch. »Sicher?«

»Sicher.«

Schnell sammelte Kaaya ihre Habseligkeiten zusammen und folgte Arian bis tief in den dunklen Erlenwald, der sich um Silbersturm herum erstreckte. Sie mussten mindestens vier Kilometer gelaufen sein, als sie in der Ferne eine kleine Holzhütte am See ausmachen konnte.

»Da wohnst du?«, fragte sie. Ihr Herz machte einen Satz, als er zu ihr runterblickte. Er war mindestens einen Kopf größer als sie.

»Ja.«

»Es gibt nicht viele Menschen, die … Nun ja, im Wald leben.«

Arian lächelte. »Das Haus gehörte meiner Tante. Sie ist eine Elfe.«

Kaaya wäre beinahe über ihre eigenen Füße gestolpert, so sehr überraschte sie Arians Aussage. Nachdem die Elfen vor fast eintausend Jahren nach Eseria gekommen waren, war es nicht unüblich, ab und an auf sie zu treffen, obwohl sie lieber in ihren eigenen kleinen Siedlungen lebten, die sie sich hier in den Wäldern aufgebaut hatten. Manchmal zogen sie durch die

Städte und veranstalteten Feste. Sie waren inzwischen ein Teil von Eseria und doch kannte Kaaya keinen Elfen persönlich. Und wenn sie Arians Ohren betrachtete, so war auch er kein Elf – zumindest kein reinblütiger.

»Ich weiß, was du jetzt denkst«, sagte er, noch immer lächelnd. »Ich bin ein Halbelf. Oder Menschelf, falls du den Begriff bevorzugst.«

»Nein!«, gab sie rasch zurück. *Menschelf* klang so herabwürdigend, und sie hatte nichts gegen Verbindungen zwischen Menschen und Elfen, obwohl es diese nicht oft gab. »Und du lebst nun allein hier?«, warf sie ein, weil sie nicht wusste, ob er das Thema weiter ausführen wollte.

Arian nickte und schritt auf das Haus zu, das sie inzwischen erreicht hatten. Ein angenehm kühler Wind wehte Kaaya entgegen, als er die kleine Zauntür, die sein Zuhause einrahmte, mit einem Quietschen nach innen stieß. Neugierig folgte sie ihm in den Garten und ließ ihren Blick über die Holzhütte wandern, die von schmalen Baumstämmen zusammengehalten wurde. Äste rankten sich an ihnen hinauf und umschlossen ein moosbewachsenes Dach. Die ganze Konstruktion schien ein Teil des Waldes zu sein, ein Stück Natur, weit abgelegen vom Lärm der Hafenstadt, auf deren dreckigen Straßen sie die letzten Jahre verbracht hatte.

Ungläubig strich sie mit ihren Fingern über das raue Holz der Tür, dann drehte sie sich zu Arian. Er nickte ihr zu, als Bestätigung, dass sie eintreten durfte. Sie senkte den Blick, wandte sich wieder der Tür zu und drückte die Klinke hinunter.

Ein wohliges Gefühl empfing Kaaya, als sie über die Schwelle ins Haus trat, Arian dicht hinter ihr. Die Wärme musste ihren Ursprung in dem kleinen Kamin haben, der sich in der Wand gegenüber befand. Neben ihm stand ein riesiges, dunkles Sofa, das über und über mit bunten Kissen bestückt war. Bei dem Anblick entwich ihr ein überraschtes Keuchen. Sie trat einige Schritte weiter in das Zimmer hinein, ihr Blick huschte über den runden Esstisch, die Stühle, den Teppich unter ihren Füßen und fand schließlich den Vorratsschrank in der Ecke neben einem kleinen Ofen.

»Wie lange hast du auf der Straße gelebt?« Arians Stimme klang rau. »Was ist mit deinem Zuhause?«

Hin- und hergerissen, ob sie ihm die Wahrheit erzählen sollte oder nicht, hüllte Kaaya sich in Schweigen. Als sie sich schließlich zu ihm umdrehte, stellte Arian gerade den Obstkorb auf den Tisch, bevor er auf den Schrank zuging und seine Türen mit einem leisen Knarren öffnete.

»Ich habe auch ein wenig Brot da. Irgendwo muss außerdem ein Stück Käse sein. Obst allein wird uns nicht satt machen.« Er kramte in dem Schrank. »Wenn du möchtest, kannst du in den Waschraum gehen.«

Kaaya nickte nur, obwohl er ihr noch immer den Rücken zugewandt hatte. Sie sah sich ein weiteres Mal in dem behaglichen Raum um und musste erst den Kloß in ihrem Hals hinunterschlucken, bevor sie etwas sagen konnte. Wann hatte sie zuletzt die Wärme eines Zuhauses gespürt?

»Ich habe kein Zuhause.« Arian drehte sich langsam zu ihr um. Verlegen schaute sie auf den Boden. »Mein Vater hat mich rausgeworfen, nachdem meine Mutter und mein Bruder gestorben sind.«

Als Arian nicht reagierte, hob sie doch wieder den Kopf, nur um seinem durchdringenden Blick zu begegnen.

»Das tut mir leid.« Es klang aufrichtig.

»Ich erinnere mich nicht mehr an sie«, sagte sie nach einer Pause. Arian runzelte die Stirn, erwiderte jedoch nichts. »Ich bin gemeinsam mit ihnen an der Seuche erkrankt. Nur bin ich nicht daran gestorben. Aber ich habe mein Gedächtnis verloren.« Seine Augen weiteten sich. Sie hatte diese Worte bisher nie laut ausgesprochen und jetzt vertraute sie ihr dunkelstes Geheimnis einem Fremden an. Die Blutseuche, die Eseria damals fest im Griff gehabt hatte, hatte Tausenden von Menschen das Leben gekostet. Ein bitteres Lächeln trat auf ihre Lippen. »Ist schon in Ordnung. Ich habe mich inzwischen daran gewöhnt.« Eine Lüge. Sie räusperte sich. »Wo ist der Waschraum?«

»Direkt hinter dir.« Das Lächeln in Arians Gesicht wirkte gequält. »Lass dir ruhig Zeit.«

Kaaya nickte, dankbar, dass er das Thema nicht vertiefte. Sie ging in den angrenzenden kleinen Raum und spritzte sich kaltes Wasser ins Gesicht, während sie dem Klappern von Geschirr lauschte. Nachdem sie sich auch die Hände gewaschen hatte, setzten sie sich gemeinsam an den Tisch. Den Käse hatte Arian anscheinend nicht finden können, aber das störte sie kein bisschen. Während sie sich über ein paar Rosinen oder eine Handvoll Nüsse gefreut hätte, befanden sich allerlei Sorten Obst auf dem Tisch und ein ganzer Laib Brot.

»Ich muss morgen bei der Ernte helfen«, sagte er zwischen zwei Bissen. »Ich könnte dich danach … abholen?«

Kaaya trank ihren letzten Schluck Tee. »Und dann kommen wir wieder hierher?«

»Ja. Also, nur, wenn du das möchtest.«

Ein vorsichtiges Lächeln schlich sich auf ihre Lippen. »Das klingt gut.«

»Ich begleite dich noch zurück zu deinem Schlafplatz.« Er wollte sich gerade erheben, da griff sie nach seiner Hand. »Bitte nicht. Du hast dir meinetwegen bereits genug Umstände gemacht.«

Arian starrte auf ihre Hand, die noch immer auf seiner lag. »Das habe ich gern gemacht. Und es ist stockdunkel, das ist –«

»Gefährlich?« Sie hob einen Mundwinkel an. »Das weiß ich zu schätzen, Arian, ehrlich.« Und das tat sie wirklich. Aber sie hatte die letzten vier Jahre nachts auf den Straßen verbracht und wusste sich zu verteidigen.

»Hast du denn keine Angst?«, fragte er leise.

»Mir sind schon viele schlimme Dinge passiert. Und ich habe sie alle überlebt. Danke für heute«, fügte sie hinzu, als Arian nicht reagierte.

Nun hob er seinen Blick und hielt ihren fest. »Dann bis morgen, Kaaya. Pass auf dich auf.«

Den ganzen Weg zurück musste sie an Arian denken. Konnte es wirklich sein, dass er einfach nur nett zu ihr war?

Hast du denn keine Angst?

Natürlich hatte sie Angst. Das war das einzige Gefühl, das ihr geblieben war. Zumindest bis zu diesem Moment. Denn nun war da noch etwas anderes, ein Funken Hoffnung, der auch am nächsten Tag entflammte, als Arian sein Wort hielt und wieder in ihrer Gasse auftauchte. Er trug erneut einen Korb in den Armen und hielt ihn ihr hin, damit sie hineinschauen konnte.

Augenblicklich hellte sich ihre Miene auf und begeistert griff sie in den Korb. »Mareenabeeren!«

Gerade wollte sie eine der purpurfarbenen Beeren an ihren Mund führen, da griff Arian sachte nach ihrem Handgelenk. »Wir sollten sie erst waschen«, lachte er. »Prior hat sie mir geschenkt, da sie bis morgen früh sicher säuern. Zu Hause kannst du das Grünzeug abrupfen und dann bereiten wir uns ein Festmahl zu.«

Zu Hause.

Kaaya lächelte breit.

KAPITEL 1

HEUTE

KAAYA

Es war noch früh am Morgen, als Kaaya das Haus verließ. Auch wenn sie ihre täglichen Übungen mit Stahlschwinge liebte, so verabscheute sie den Wind, der ihr eisig ins Gesicht blies und ihr langes Haar in alle Richtungen wirbelte. Fröstelnd schloss sie die Tür hinter sich und trat in den Garten. Für einen kurzen Moment schloss sie ihre Augen und sog die Luft ein, die nach Kräutern und elfischen Beeren roch. Da der Herbst allmählich Einzug hielt, würden sich Letztere leider ein wenig Zeit lassen, ehe sie reif für die Ernte waren. Aber wenn der richtige Zeitpunkt gekommen war, würde sie die Mareenabeeren wieder mit großem Vergnügen genießen.

Lächelnd blickte sie zu dem Strauch herüber, an dem die Beeren wuchsen. Seit ihrer ersten Begegnung mit Arian verband sie so viel mit ihnen. Unweigerlich schweiften ihre Gedanken zu jenem Tag in der Gasse und ein wärmendes Gefühl breitete sich in ihrer Brust aus. Arian hatte ihr nicht nur etwas zu essen gegeben.

»Weißt du noch, wie du mich nach meinem Zuhause gefragt hast?«

Er hatte sie überrascht angesehen. *»Ja.«*

»Na ja … Du bist jetzt mein Zuhause.«

Sie erinnerte sich genau daran, wie schnell ihr Herz geschlagen hatte, als sie auf Arians Reaktion gewartet hatte. Kurz bevor sie eingeschlafen war, hatte er dann vorsichtig die Decke über ihren Körper gezogen und geflüstert: *»Und du meins.«*

Zuhause. Er hatte ihr ein Zuhause geschenkt, das aus weitaus mehr bestand als aus vier Wänden.

Noch immer lächelnd wandte Kaaya ihren Blick wieder von den elfischen Beeren ab. Sie holte ein weiteres Mal tief Luft und balancierte das Schwert in ihrer rechten Hand. Sein Gewicht war ihr so vertraut wie nichts anderes auf der Welt.

»Irgendwann wird es sich so anfühlen wie ein Teil von dir. Wie eine Verlängerung deines Arms.« Die Worte ihres Lehrmeisters hallten immer wieder in ihr nach. Wie recht er doch gehabt hatte. Obwohl Stahlschwinge inzwischen nur noch selten zum Einsatz kam, da sie sich nicht länger auf der Straße verteidigen musste, fühlte sich das Führen des Schwerts vertraut an, fast schon natürlich. Um dieses Gefühl nie zu verlieren, hatte sie es sich angewöhnt, jeden Tag für ein paar Stunden zu üben.

Kaaya hob Stahlschwinge und umfasste den Griff nun mit beiden Händen. Tief durchatmend drückte sie den Rücken durch, stellte ihren rechten Fuß zurück und brachte ihre Hüfte in Position. Während sie ausatmete, holte sie aus und schnitt in die Luft, noch mal und noch mal. Bei ihrer nächsten Bewegung legte sie mehr Schwung in den Hieb, drehte sich dabei, um auch ihre Verteidigung nicht zu vernachlässigen. Immer schneller und schneller bewegte sie sich, fand ihren Rhythmus, in dem sie stundenlang weitermachen konnte.

Als sie irgendwann wieder aus dem schon fast tranceähnlichen Zustand erwachte, in den sie die Schwertabfolgen meist versetzten, sah sie Arian direkt vor sich stehen, die Klinge nicht weit von seiner Brust entfernt.

»Ich gehe einfach mal davon aus, dass du nicht vorhattest, mich aufzuspießen?« Er hatte die Hände erhoben und das schiefe Grinsen aufgesetzt, das sie jedes Mal um den Verstand brachte und sich schon bei ihrer ersten Begegnung still und heimlich in ihr Herz geschlichen hatte.

Kaaya senkte ihr Schwert und lächelte zurück. »Natürlich nicht. Sonst würdest du jetzt blutend am Boden liegen.« Sein Grinsen wurde noch breiter, während sein Blick liebevoll über ihr Gesicht und ihre Lippen glitt. »Ich habe vorhin nach den Mareenabeeren gesehen«, warf sie ein, um ihre Verlegenheit zu überspielen.

Als sie bemerkte, dass er sie weiterhin ansah, deutete sie mit ihrem Kopf auf den Strauch nicht weit von ihnen. Aber seine hellgrauen Augen ruhten weiter auf ihrem Gesicht. »Was ist?«, fragte sie atemlos, während ihr Herz raste, als wollte es aus ihrer Brust springen.

Arian schüttelte lächelnd den Kopf und strich ihr eine Haarsträhne aus der Stirn. Elektrische Funken sprangen dabei von seiner Haut auf ihre über. »Ich habe dir doch gesagt, die Beeren kommen dieses Jahr nicht zurück. Du weißt, ich würde dir auf der Stelle welche wachsen lassen, wenn ich könnte«, fügte er leise hinzu.

»Ich weiß«, flüsterte sie und hielt seinen Blick fest, Herzschlag für Herzschlag. Und da waren sie wieder. Die unausgesprochenen Worte zwischen ihnen.

»Kaaya, ich –«

»Sehen wir uns nachher beim Fest?«, fiel sie ihm ins Wort

und schloss noch im selben Moment die Augen. Sie konnte nicht zulassen, dass er es sagte. Das hier war zu wichtig. Er war zu wichtig.

Nur langsam zog Arian seine Hand wieder zurück, und Kaaya hätte sich für ihre Worte ohrfeigen können, als sie spürte, wie sehr ihr seine Berührung fehlte. Verstohlen blinzelte sie zu ihm hoch und zuckte zusammen, als sich ihre Blicke trafen. Schmerz stand in seinem, doch er verflüchtigte sich mit dem nächsten Wimpernschlag.

»Oriana wird auch da sein«, murmelte sie schließlich in die entstandene Stille hinein.

Oriana war die Schwester seines leiblichen Vaters, und Arian hatte ihr weitaus mehr zu verdanken als das Dach, unter dem er und Kaaya seit drei Jahren gemeinsam lebten. Die Elfe hatte ihn damals bei sich aufgenommen, als er von zu Hause weggelaufen war. Weggelaufen vor seinem Stiefvater, der ihn jeden Tag hatte spüren lassen, dass er nicht sein Sohn war, sein Fleisch und Blut. Noch immer spürte Kaaya Wut in sich hochkochen, wenn sie sich auch nur einen Augenblick erlaubte, daran zu denken.

»Denkst du, sie bringt ihren Seelengefährten mit?«, fragte Arian zögerlich.

Oriana und Ferodan kannten sich schon ein Leben lang. Das konnte bei Elfen eine sehr lange Zeitspanne umfassen. Ihren Seelenbund waren sie aber erst vor einigen Jahren eingegangen. Kaaya kannte sich mit den Gesetzen der Elfen nicht allzu gut aus, so etwas wollte jedoch gut überlegt sein, da es einige Konsequenzen nach sich zog.

»Ich weiß es nicht.«

Sie hatte die rothaarige Elfe vor einigen Jahren kennengelernt und seitdem schon öfter getroffen. Ferodan hingegen war sie noch nie begegnet und Arian auch nicht.

»Vielleicht … vielleicht hat sie inzwischen etwas von meinem Vater gehört.«

Kaaya wusste genau, wie sehr er sich wünschte, seinen leiblichen Vater kennenzulernen. Den Elfen, der damals das Bett seiner Mutter geteilt hatte. Danach war er gegangen. Verbindungen zwischen Elfen und Menschen waren vor allem bei Elfen nicht gerne gesehen. Oft wurden sie von ihresgleichen verstoßen, wenn sie ihre Seele der eines sterblichen, nicht-magischen Wesens verschrieben. Außerdem war Arians Mutter mit einem anderen Mann verheiratet. Dem Mann, der Arian Tag für Tag daran erinnert hatte, wer er war: ein Mischlingsbastard, ein Menschelf und der lebende Beweis der Untreue seiner Frau.

»Vielleicht«, flüsterte Kaaya. »Aber, Arian –«

»Ich mache mir keine Hoffnungen«, unterbrach er sie und lächelte knapp. »Und ich sollte jetzt reingehen, ich muss bald aufbrechen, sonst muss Prior den Obststand allein aufbauen.«

Sie nickte. »Ich übe noch ein wenig, dann koche ich uns was.«

»Lass das Essen ja nicht wieder anbrennen.« Seine Augen blitzten auf und diesmal war sein Lächeln wärmer.

Kaaya schlug ihm spielerisch gegen die Schulter. »Du kannst froh sein, dass ich dich überhaupt bekoche!« Als sie in sein belustigtes Gesicht sah, musste sie lachen.

ARIAN

Erschöpft streckte Arian den Rücken durch und ließ den Blick über den Marktplatz schweifen. Inzwischen war der Tag fast vorüber, und der Ansturm an Kunden, die den Obststand belagerten, ließ nach. Für ihn ein gutes Zeichen, denn nun konnte er sich mit Prior an den Abbau des Standes machen. Seufzend strich er sich die Haare aus dem Gesicht und machte sich für heute ein letztes Mal an die Arbeit.

Als alle vollen Kisten in dem kleinen Lager neben dem Verkaufstresen abgestellt waren, trat der Obsthändler zu ihm. »Danke, mein Junge«, sagte Prior freundlich. »Nimm dir von den Birnen ein paar mit nach Hause. Und eine Dorane ist auch noch übrig. Mir schmecken die Dinger einfach nicht.«

Die blassgelbe, runde Frucht erinnerte an eine Kreuzung aus Melone und Gurke, hatte aber eine festere Konsistenz. Wie viele andere Pflanzen wuchs der Doranenstrauch erst seit einigen Jahrzenten in Eseria. Vieles an Obst und Gemüse hatte sich erst nach und nach entwickelt, seit die Elfen hierhergekommen waren. Geflohen aus ihrem Zuhause, nachdem eine Naturkatastrophe beinahe die Hälfte Medazars zerstört hatte. Die Ausmaße der Katastrophe waren so verheerend gewesen, dass nicht einmal alle verbliebenen Erdmagier gemeinsam ihre Welt zu retten vermocht hatten. Die wenigen hundert Elfen, die nach Eseria gekommen waren, waren von den Menschen zunächst skeptisch empfangen worden, doch man hatte schnell ein gemeinsames Miteinander gelernt. Die Elfen hatten geschworen, die Menschen zu beschützen und ihre Lebensweise zu respektieren, und die Menschen hatten im Gegenzug versprochen, sie in Frieden unter sich leben zu lassen. Dieser Tag jährte sich heute.

»Ich danke dir, doch heute nicht. Wir gehen gleich auf das Fest.«

»Das Memoriana?« Priors Augen wurden groß. »Wenn ich alter Mann nicht so müde wäre, würde ich mitkommen.«

Arian musste lachen. »Kaaya hätte sich gefreut, dich wiederzusehen!«

»Ein andermal, Junge. Aber hier, dann nimm wenigstens

das.« Er griff sich in die Hosentasche und drückte Arian einige Münzen in die Hand. »Amüsiert euch, ja?«

»Prior, ich –«

Der Obsthändler winkte ab. »Ich muss jetzt nach Hause. Du schaffst den Rest doch allein, oder?«

»Natürlich. Wir sehen uns morgen. Und danke.«

»Bis morgen, Junge. Und richte Kaaya meine Grüße aus.«

Arian nickte und baute draußen schnell noch den Rest vom Stand ab, ehe er sich auf den Weg machte. Die Festlichkeiten würden auf dem größten Platz des Stadtzentrums stattfinden. Sein Magen knurrte, und er freute sich auf die Köstlichkeiten, die man an jedem Stand bekam, an dem man vorbeilief. Aber noch mehr freute er sich darauf, Kaaya zu sehen. Seit er sie vor drei Jahren bei sich aufgenommen hatte, hatten sie kaum einen Tag getrennt verbracht. Lediglich die kurzen Zeitspannen, in denen er mit Prior auf die Plantagen fuhr. Sich von ihr zu verabschieden war ihm mit jedem Mal schwerer gefallen, und inzwischen hatte er fast schon Angst vor dem nächsten Tag, den er ohne sie verbringen musste.

Arian seufzte. Er wollte es Kaaya sagen. Er wollte es von den Dächern schreien. Er wollte der ganzen Welt erzählen, wie sehr er sich in das Mädchen mit den traurigen Augen verliebt hatte. Aber Kaaya ließ ihn nicht und er wollte ihre Grenzen nicht überschreiten. Irgendwann würde sie so weit sein. Sie hatten noch genügend Zeit. Jetzt freute er sich erst mal darauf, den Abend mit ihr auf dem Memoriana zu verbringen.

In der Ferne entdeckte er schon die hellen Lichter, die wie bunte Sterne über den Köpfen der Besucher funkelten. Es waren winzige Flammen, die von Feuermagiern beschworen wurden. Nachher würde bestimmt wieder eine Aufführung stattfinden, bei der die Elfen ihre Gaben zur Schau stellten.

»Arian!« Er wandte seinen Kopf nach links und beinahe stockte ihm der Atem. Kaaya trug ein langes, sandfarbenes Kleid, das nicht nur ihre Bräune zur Geltung brachte, sondern auch ihre Augen, deren helles Braun unter den Lichtern schimmerte wie flüssiger Honig. Sie neigte ihren Kopf, auf dem sie einen Blumenkranz trug. »Arian?«

»E-entschuldige«, stammelte er und rieb sich unbeholfen über den Hinterkopf. »Du siehst wirklich hübsch aus. Wunderschön. Ich meine, einfach nur hübsch. Sehr hübsch.«

Sie biss sich zaghaft auf die Unterlippe, während ein Lächeln an ihren Mundwinkeln zupfte. »Danke.« Unvermittelt griff Kaaya nach seiner Hand und zog ihn hinter sich her ins Getümmel. »Ich habe schon den Kuchenstand entdeckt!«

Als er das Leuchten in ihren Augen sah, konnte er nicht anders, als ihr lachend zu folgen.

»Sieh doch!« Sie zeigte auf kleine Törtchen mit einer Zuckerhaube. »Die Dame hat gesagt, die wären mit Konfitüre gefüllt.«

»Mareenabeerenkonfitüre«, lachte die Elfe hinter dem Verkaufsstand. »Willst du deiner Freundin keinen Kuss schenken?«

Arian zog überfordert die Augenbrauen hoch, während Kaaya neben ihm leise kicherte. »Die Törtchen heißen Mareenaküsse.«

»Oh«, machte er und spürte, wie die Anspannung von ihm abfiel. »Wie viel kosten die?« Er griff nach den Kupferstücken, die Prior ihm gegeben hatte.

»Zwei Kupfer das Stück, mein Herr.«

»Dann nehme ich zwei.«

»Eine gute Entscheidung.« Sie reichte ihnen die Törtchen über den Tresen. »Ob Mensch, ob Elf – Kuchen verbindet uns.«

Grinsend nahmen sie das Gebäck entgegen und schlenderten essend über den Platz. Hier und da hielten sie an, um sich die verschiedenen Ausstellungen anzusehen, die in diesem Jahr besonders schön waren. Einige Elfen präsentierten ihre Kunst, andere trugen Gedichte vor. Schließlich kamen sie an einem Stand vorbei, an dem sich besonders viele Besucher tummelten. Arian konnte einen Blick auf den selbst gemachten Schmuck erhaschen, der dort verkauft wurde, und wünschte sich, er hätte mehr Geld, um Kaaya etwas davon zu schenken. Er hatte sein Erspartes jedoch erst kürzlich für etwas anderes ausgegeben.

»Es geht gleich los!«, sagte Kaaya neben ihm und riss ihn aus seinen Gedanken. Sie zeigte auf die Bühne, auf der sich allmählich die ersten Elfen sammelten. Noch bevor die Sonne gänzlich unterging, begannen die Vorführungen der magischen Gaben. Jeder Elf besaß mindestens eine, es gab aber auch Elfen, die zwei oder drei Affinitäten hatten.

Der erste Elf, der die Bühne betrat, war ein Wassermagier und beschwor Wasserfontänen, die er durch die Luft wirbelte. Die Menge applaudierte fröhlich, und die Begeisterung hörte nicht auf, als anschließend ein Erdmagier Blumen aus seinen Händen wachsen ließ. Er warf einige von ihnen ins Publikum, und ehe Arian es sich versah, fing er eine davon auf. Kaaya klatschte aufgeregt in die Hände und lächelte bis über beide Ohren. Er musste gar nicht lange überlegen und reichte ihr die rote Rose.

»Mylady.« Er verbeugte sich und entlockte ihr ein leises Lachen.

»Wie aufmerksam von Euch, werter Lord!«

Als er sich wieder aufrichtete, bemerkte er, dass ihre Wangen rosig waren. Noch immer lächelnd roch sie an der Rose, während ihre Augen seine fixierten. Er spürte, wie eine zarte Hoffnung in ihm aufkeimte, wie alles in ihm danach schrie, ihr dieses Lächeln von den Lippen zu küssen.

Seine Gedanken wurden unterbrochen, als ein Raunen durch

die Menge um ihn herum ging. Eine Feuermagierin war auf die Bühne getreten und ließ Flammenringe tanzen. Sie verwandelten sich schließlich in Feuersäulen und das Publikum brach in tosenden Applaus aus. Arian warf noch mal einen verstohlenen Blick zu Kaaya herüber, aber auch sie beobachtete inzwischen gebannt das Schauspiel, das sich ihnen bot.

Der nächste und vermutlich letzte Elf, der seine Magie präsentierte, trug kein Hemd. So konnte Arian die ineinander verschlungenen Runenmuster deutlich erkennen, die über seine nackte Brust liefen. Weiß und Blau hoben sie sich von seiner dunkelbraunen Haut ab.

»Ein Luft- und Wassermagier«, sagte Kaaya neben ihm.

Wie um ihre Beobachtung zu bestätigen, hob der Mann in diesem Augenblick die Hände und beschwor einen Eisregen. Noch bevor die ersten Tropfen auf die Besucher des Fests treffen konnten, verdichtete er die Luft über ihren Köpfen zu einem Schild, der sie schützte.

Die Menge johlte und Arian konnte nicht anders, als mit einzustimmen. In diesem Moment wünschte er sich nicht zum ersten Mal, er wäre mehr als nur ein nicht-magischer Halbelf.

»Schade, dass diesmal wieder ausschließlich Elementarmagier da waren«, meinte Kaaya, nachdem die Aufführung für beendet erklärt worden war und sie sich an den anderen Besuchern vorbeischoben. »Das war wirklich atemberaubend, aber ich hätte zu gerne gesehen, was Blutmagier können. Oder Gedankenmagier.«

»Oder Seelenmagier«, fügte Arian hinzu.

Kaaya zuckte mit den Achseln. »Die gibt es nicht mehr.«

»Die gibt es *hier* nicht mehr«, korrigierte er sie und erntete einen Stupser gegen die Schulter.

Man hatte die letzten Seelenmagier vor Jahrhunderten verbannt, das war bekannt. Auch wenn man dann und wann Gerüchte hörte, die anders lauteten.

»Das weiß ich doch«, gab sie zurück und ließ ihren Blick durch die Menge schweifen. »Hast du eigentlich Oriana entdeckt?«

Er hatte ganz vergessen, dass sie sich hier treffen wollten. »Nein.«

»Soll ich eben nach ihr sehen? Ich muss ohnehin noch mal zu der Elfe mit dem Kuchenstand, ich habe Stahlschwinge bei ihr gelassen.«

»Du hast sie dabei?« Arian hob die Augenbrauen, war aber nicht wirklich überrascht. Kaaya ging nur selten ohne ihr Schwert aus dem Haus.

»Und unter dem Kleid trage ich meine Ausrüstung. Ich dachte, dass es vielleicht einen Übungsstand gibt oder ein kleines Turnier.« Sie zuckte mit den Schultern. »Ich bin gleich wieder da. Warte hier, sie wird eine gute Sicht auf dich haben, wenn sie hier irgendwo ist.«

Arian nickte perplex und blickte ihr hinterher, bis sie in der Menge an Menschen und Elfen verschwunden war. Anschließend hielt er Ausschau nach dem roten Haarschopf seiner Tante, konnte sie aber nirgends entdecken. Ein magischer Brunnen erregte seine Aufmerksamkeit, und eine Weile beobachtete er, wie das Wasser darin alle paar Sekunden in verschiedenen Farben durch die Luft gewirbelt wurde. Der Anblick fesselte ihn, und nur aus dem Augenwinkel bemerkte er, wie sich die Masse an Besuchern lichtete. Wie lange war es her, dass Kaaya gegangen war, um ihr Schwert zu holen? Sie war immer noch nicht zurückgekehrt und allmählich wurde er ungeduldig. Ein nervöses Kribbeln breitete sich in seinen Gliedern aus und er ging nun doch zum Kuchenstand.

»Tut mir leid, mein Herr, ich weiß nicht, wohin sie gegangen ist«, erklärte die Verkäuferin. »Sie hat sich ihr Schwert abgeholt und sagte, sie wolle gleich gehen.«

Arian bedankte sich und kaufte noch zwei der buttrigen Törtchen. Er beschloss, zum Ausgang des Fests zu gehen, vielleicht wartete Kaaya ja dort auf ihn.

Doch auch hier war sie nicht. Das Kribbeln, das sein Herz mit jedem Schlag durch seine Adern pumpte, wurde stärker. Nervös ließ er seinen Blick erneut über den immer leerer werdenden Platz schweifen, ehe er das Fest verließ und in Richtung der Stadttore aufbrach. Er spähte in die Dunkelheit des angrenzenden Waldes. Ob sie schon vorausgegangen war, weil sie ihn nicht mehr gefunden hatte? Langsamen Schrittes machte er sich auf den Weg und biss schon mal in eins der kleinen Küchlein.

Aber auch als er in der Ferne bereits das sanfte Glitzern des Sees, an dem ihr Haus lag, entdeckte, war Kaaya noch nicht aufgetaucht. Ihn beschlich immer mehr ein ungutes Gefühl und er beschleunigte seine Schritte. Plötzlich hörte er ein Geräusch, das er nicht sofort zuordnen konnte. Es klang wie ein leises Ächzen, als ob jemand vor Anstrengung keuchte. Sofort läuteten sämtliche Alarmglocken in seinem Kopf.

»Kaaya?«

Keine Antwort. Er blickte mit gerunzelter Stirn um sich, konnte jedoch niemanden ausmachen.

Während er nur langsam weiterging, hielt er die Augen offen und rief immer wieder ihren Namen, doch da war nichts außer dem leisen Zirpen der Grillen. Er war schon fast zu Hause angekommen, als das Geräusch ein weiteres Mal ertönte, diesmal lauter. So als wäre die Person, von der es stammte, nun näher. Arian wandte seinen Blick suchend nach links, als er plötzlich eine eiskalte Hand spürte, die sich um seinen rechten Oberarm schloss. Er schrie erschrocken auf, doch noch immer war da niemand in seinem Sichtfeld. Auch sein anderer Arm wurde von eisigen Fesseln gepackt. Die Kälte breitete sich innerhalb von Sekunden in seinem gesamten Körper aus und lähmte ihn. Das übrig gebliebene Törtchen fiel aus seiner Hand und landete auf dem Boden.

»Wer ist da? Was ist hier los?«, schrie er und versuchte die aufkommende Panik zu unterdrücken. Das musste doch eine logische Erklärung haben. Erneut blickte er hektisch umher und da bemerkte er sie. Eine geduckte Gestalt, die hinter einem Baum hervorkam und sich allmählich aufrichtete. Das Mondlicht offenbarte einen Mann mit glattem dunklem Haar. An den Seiten lugten zwei lange, spitze Ohren hervor. Nur langsam wandte er Arian sein bleiches Gesicht zu und taxierte ihn aus nachtschwarzen Augen.

Kein gewöhnlicher Elf, schoss es Arian durch den Kopf. Noch immer war er unfähig, sich zu bewegen.

»Was willst du von mir?«

»Ich kam hierher, um irgendeine Seele mitzunehmen.« Die Stimme des Elfen klang rau und trocken, als hätte er seit Tagen nichts mehr getrunken. »Aber dann zog mich eine Macht an, der ich nicht«, er stockte kurz und atmete schwer, »nicht … widerstehen konnte.«

Der Elf leckte sich gierig über die Lippen, was Arian innerlich zum Zittern brachte. Was war das für eine Kraft, die ihn festhielt? Luftmagie? *Konnte* man so etwas mit Luftmagie? Warum sollte ein Elf ihn angreifen? Und wieso sprach er von Seelen? War er etwa …? Das konnte nicht sein …

Seine Gedanken verstummten, als sich ein Grinsen auf den schmalen Lippen des Elfen ausbreitete. Ein dunkler Schatten schwirrte um seine Finger, die mit violetten Runen übersät waren.

Also doch.

Ein Seelenmagier.

Ohne weitere Worte ließ er den Schatten auf Arian los. In Sekundenschnelle strömte die dunkle Magie auf ihn zu, drang in ihn ein und entlockte ihm einen Schmerzensschrei. Es fühlte sich an, als würde sich seine Haut ablösen, als würde sein Fleisch darunter verbrennen und seine Organe sich auflösen.

»Aber bevor ich sie mir nehmen kann, muss ich dich brechen.«

Kapitel 2

Kaaya

Stahlschwinges Griff fest umklammert, stürmte Kaaya durch den Wald. Sie war sich zuerst nicht sicher gewesen, doch als der Schrei nun ein weiteres Mal die Stille zerriss, wusste sie, dass es Arian war. Die Klinge drohte ihr aus der Hand zu rutschen, so sehr zitterten ihre Hände. Aber sie riss sich zusammen und beschleunigte noch einmal ihr Tempo, bis sie auf den Weg stolperte, der sich durch den Erlenwald schlängelte. Was sie dort sah, ließ sie augenblicklich erstarren.

Arian befand sich direkt vor ihr, sein Körper wirkte unnatürlich steif, sein Blick gehetzt und voller Angst. Nur wenige Schritte von ihm entfernt stand ein Elf. Er hatte die Hände in Arians Richtung ausgestreckt, schwarzer Rauch stieg aus ihnen auf und tänzelte um den regungslosen Körper ihres Freundes, schien ihn zu durchbohren.

Als Arian ein weiteres Mal laut aufschrie, hob sie Stahlschwinge und rannte auf den Elfen zu, der dem Menschen, der ihr auf der Welt am wichtigsten war, wehtat. Mit einem Wutschrei ließ sie die scharfe Klinge auf ihn hinabsausen, doch noch bevor Stahl auf Fleisch treffen konnte, fror Kaaya in ihrer Bewegung ein. Jegliche Luft wurde ihr aus den Lungen gepresst und mit einem dumpfen Geräusch fiel Stahlschwinge auf die Erde.

Ängstlich verfolgte sie, wie der schwarze Rauch verflog und der Elf einige Schritte zurücktrat, ohne Arian aus den Augen zu lassen.

»Was ist hier los?«, brüllte sie mit tränenerstickter Stimme, nicht fähig, sich zu rühren. »Arian? Arian, geht es dir gut? Was passiert hier?«

»Ich … ich weiß … es nicht.« Seine Stimme klang so schwach, dass ihr beinahe erneut die Luft wegblieb. Panisch blickte sie zwischen Arian und seinem Angreifer hin und her.

»Es ist an der Zeit«, sagte der Elf und sammelte dunkle, violette Energie in seiner Hand.

ARIAN

»NEIN!«, hörte Arian Kaaya schreien, als der Energiestrahl ihn mitten in die Brust traf. Sie klang unendlich verzweifelt.

Er sah an sich hinunter, beobachtete, wie die Seelenmagie ein Loch in sein Wams fraß, und fühlte, wie sich Eiseskälte in ihm ausbreitete. Wie eine eiserne Faust griff sie nach seinem pochenden Herzen und drückte zu. Der Schmerz, der ihn in diesem Moment durchfuhr, ließ ihn aufschreien. Er fand Kaayas Blick, versuchte ihr mitzuteilen, dass er in Ordnung war, dass alles gut werden würde.

Eine Lüge.

Da traf ihn auch schon die nächste Welle des Schmerzes und entlockte ihm erneut einen Laut, der seine Seelenqual ausdrückte. Er griff sich an die Brust, wollte verhindern, dass sein Herz in tausend Splitter zersprang. Ein Schluchzer entwich ihm, bevor er auf seine Knie sackte. Er wollte ihr doch noch so viel sagen.

»Kaaya, ich … ich …«

KAAYA

»ARIAN, NEIN!«, schrie Kaaya erneut, während unaufhörlich Tränen aus ihren Augen strömten. Mit aller Kraft stemmte sie sich gegen die unsichtbaren Fesseln, die sie von ihm fernhielten.

Mit einer alles verzehrenden Verzweiflung sah sie dabei zu, wie eine kleine silberne Lichtkugel Arians Mund verließ, ohne dass er seinen Satz beenden konnte. *Seine Seele*, dachte sie, als auch sie auf die Knie fiel, eine zitternde Hand nach ihm ausstreckend. Der Bann, der sie festgehalten hatte, schien geschwächt.

»Bitte nicht.« Ihre Stimme war kaum mehr als ein leises Flüstern. Durch den Schleier aus Tränen konnte sie erkennen, wie Arian vornüberkippte. Wie das Licht in seinen Augen erlosch, als sich die silberne Lichtkugel von ihm fortbewegte. Von ihm fort und hin zu dem Monster, das den Strahl abgefeuert hatte.

Der Elf streckte seine Hand aus, in der er eine leere Glaskugel hielt. Als die Lichtkugel auf die gläserne traf, verschmolzen sie miteinander.

»Endlich«, sagte er und umklammerte die Kugel, als wäre sie sein wertvollster Schatz.

»Warum?«, krächzte Kaaya und blickte durch ihre Tränen hoch zu dem Elfen. Doch dieser grinste nur höhnisch. »Ich flehe Euch an«, schluchzte sie und krallte ihre Finger in die Erde.

Ihr Stolz und ihre Würde waren nicht mehr wichtig. Nichts war mehr wichtig, wenn Arian fort war. »Lasst ihn in Ruhe«, wimmerte sie, »nehmt mich, aber lasst ihn hier.«

»Du kannst seine Hülle behalten«, lachte er gehässig.

»Bitte«, wisperte sie und wiederholte das Wort immer und immer wieder, während die Luft um den Elfen herum zu flirren begann und er sich nach und nach auflöste, bis er verschwunden war. Als wäre er nie da gewesen.

Ein schmerzerfüllter Schrei zerriss ihre Kehle.

Kapitel 3

Der Prinz

Die kleine Kapelle saß am Rande einer Klippe, unter ihr der ruhige See, seine Oberfläche so glatt, dass der Prinz sein Spiegelbild darin hätte erkennen können. Den nervösen Ausdruck in seinem Gesicht, den dünnen Schweißfilm auf seiner Haut. Heute war der bedeutendste Tag in seinem Leben, und sein Herz pochte so stark, als wollte es seine Brust sprengen.

Der Prinz blickte an der Kapelle hinauf, betrachtete die großen Fenster, die hohen Türme und den Mond, der zwischen ihnen oben am Himmel prangte. Eine besondere Aura umgab den Ort und eine magische Zeremonie würde hier gleich vollzogen werden. Er lächelte zaghaft. Wie schön sie wohl in ihrem weißen Kleid aussehen würde?

Der Gedanke an sie beruhigte ihn und so schritt der Prinz entschlossen auf die Kapelle zu. Die zwei Männer, die den Eingang bewachten, verneigten sich tief, als er in Sichtweite kam. Er nickte ihnen zu und betrat das Gebäude. Von innen war es genauso prunkvoll, wie das Äußere vermuten ließ. Der Boden und die hohen Wände, die zu einer runden Decke zusammenliefen, waren in weißen Marmor gekleidet und goldene Kerzenhalter zierten kleine Tische und Nischen. Ihre unzähligen

Kerzen tauchten die Halle in ein warmes, helles Licht. Ein schmaler, von steinernen Bänken gesäumter Gang führte hinauf zu einem Podest, auf dem der Priester bereits auf ihn wartete.

»Seid gegrüßt, mein Prinz.« Er verbeugte sich, bevor sich ein herzliches Lächeln auf seinem Gesicht ausbreitete.

»Ich grüße euch, Hohepriester«, erwiderte der Prinz lächelnd und neigte respektvoll den Kopf.

Immer noch leicht nervös beobachtete er anschließend, wie sich die kleine Halle nach und nach mit Gästen füllte, die der Zeremonie beiwohnen wollten. Das zeremonielle Gewand, das er trug, spannte an seiner Brust, als wollte es ihm die Luft zum Atmen abschnüren. Hatte es die ganze Zeit über so eng gesessen? Er atmete tief durch und versuchte nur an seine Prinzessin zu denken, die gleich die Kapelle betreten und mit ihrer einnehmenden Aura alle Aufmerksamkeit auf sich ziehen würde. Daran, wie er sie das erste Mal gesehen hatte. Er hatte sich auf eine Art zu ihr hingezogen gefühlt, die er nie zuvor erlebt hatte. Ihre Augen in der Farbe von strahlenden Amethysten, die ihm Leben einhauchten; ihre warme Umarmung, die ihm eine Zuflucht war; ihr Geruch nach Regen, der die Erde aufwühlt, sein Anker. Je mehr Zeit er mit ihr verbracht hatte, desto mehr hatte er gespürt, dass ihre Verbindung so stark war und so tief, dass er sich sicher gewesen war, noch nie zuvor jemals geliebt zu haben. Denn das, was sie hatten – das, was sie war –, war alles. Er hatte sie gefunden, seine Seelengefährtin.

Als die Flügeltüren nach einer gefühlten Ewigkeit endlich aufschwangen, setzte sein Herzschlag für einen Moment aus. Kaum war sie eingetreten, fand ihr Blick den seinen, und er spürte, dass ab jetzt alles gut werden würde. Dass sie von nun an unzertrennlich sein würden.

Er, sie und das Wunder, das sie unter ihrem Herzen trug.

Flüchtig ließ er seinen Blick zu ihrem Bauch gleiten, der sich unter dem eng anliegenden weißen Kleid aus zarter Spitze leicht wölbte. Ihr nachtschwarzes Haar war elegant zu einem Knoten hochgesteckt, ein filigranes Diadem zierte ihre Stirn. Sie war nie schöner, *dachte er, doch er korrigierte seinen Gedanken, als sich ein nervöses Lächeln auf ihre Lippen stahl.* Jetzt *sah sie perfekt aus.*

Mit jedem Schritt, den sie auf ihn zutrat, konnte er seine Zukunft klarer vor sich erkennen. Er erwiderte ihr Lächeln, um ihr ein Stück ihrer Aufregung zu nehmen, und streckte ihr seine Hand entgegen, als sie am Podest angekommen war. Sie legte ihre kleine Hand in die seine, als wollte sie ihm sagen Ich bin dein. *Sie schritt die Stufen hinauf und nun standen sich Prinz und Prinzessin gegenüber. Ihre Hände noch immer ineinander verschlungen, lauschten sie dem Priester, der das Wort erhob.* Ein Leben lang Seite an Seite, *dachte er im Stillen und schloss die Augen, als könnte er sein Glück kaum fassen.*

Als er die Augen wieder öffnete, blickte er in den sternenlosen Nachthimmel, getrocknete Tränenspuren auf den Wangen. Dieser Traum raubte ihm jedes Mal den Verstand. *Diese Erinnerung,* verbesserte er sich in Gedanken.

Kapitel 4

Kaaya

Kaaya war an Arians Seite gekrochen und hatte sich neben seinem leblosen Körper zusammengerollt. Sie wusste nicht, wie lange sie schon so dalag, als sie das Traben von Hufen hörte, das immer näher kam. Vielleicht kehrte der Elf zurück, um auch sie zu holen. Sollte er doch. Hier hielt sie ohnehin nichts mehr. Ihre heißen Tränen flossen unaufhörlich und tränkten die kalte Erde.

»Verlass mich nicht«, flüsterte sie. Mit ihren Fingerspitzen berührte sie Arians Gesicht. Seine grauen Augen wirkten matt, starrten in die Leere, und dennoch hoffte sie, er würde jeden Moment aufstehen und ihr sagen, dass alles gut war. Dass das nur ein Albtraum war. Dass er hier war und nie wieder weggehen würde, sie nie wieder allein lassen würde. Er war doch ihr Zuhause. Kaaya wimmerte und zog die Knie noch enger an ihren Körper. Sie durfte ihn nicht verlieren, sie *konnte* nicht. Es war ihre Schuld. Alles ihre Schuld. Wenn sie doch nur bei ihm gewesen wäre …

»Kaaya? Arian?« Die sanfte Stimme, in der nun Skepsis mitschwang, kam ihr seltsam vertraut vor. »Was macht ihr da?«

Vorsichtig hob Kaaya den Kopf und sah, wie Arians Tante von ihrem Pferd stieg. Aus dunkelbraunen Augen musterte die

Elfe sie besorgt, und ihr langes, feuerrotes Haar fiel ihr in die Stirn, als sie sich zu ihnen hinunterbeugte.

»Oriana«, krächzte Kaaya. Durch das viele Schreien und Weinen versagte ihre Stimme. Eigentlich hätte sie erleichtert sein sollen, die Elfe zu sehen, doch sie fühlte nichts als Leere.

Langsam schien Arians Tante zu bemerken, dass etwas nicht stimmte, und schlug sich eine bronzefarbene Hand vor den Mund. »Was ist geschehen? Was ist mit Arian?« Sie kniete sich neben seinen Körper, um seinen Puls zu fühlen.

»Da war ein Seelenmagier, ein Schattenelf«, flüsterte Kaaya verzweifelt.

Oriana runzelte die Stirn. »Wie meinst du das? Seelenmagier gibt es seit Jahrhunderten nicht mehr. Nicht in Eseria.«

»Das dachte ich auch. Aber er hatte violette Runen, und seine Augen … seine Augen waren tiefschwarz. Seine Haut war so hell, dass sie fast durchscheinend wirkte. Das kann nicht sein … Oder?«

Orianas einzige Antwort bestand aus einem undeutbaren Blick, den sie ihr zuwarf. Dann erhob sich die Elfe mit Arian auf den Armen. »Kannst du aufstehen? Wir müssen hier weg. Sofort.«

Kaaya nickte und rappelte sich auf. Gemeinsam hievten sie Arian auf Orianas Pferd. Benommen hob Kaaya Stahlschwinge vom Boden auf und schwang sich hinter ihren Freund. Oriana stieg währenddessen auf ihr Lupeera, das sie überallhin begleitete. Es war ein treues, fuchsähnliches Tier namens Veera, das Oriana aus Medazar mitgenommen hatte.

»Die Hütte liegt in dieser Richtung.« Kaaya deutete hinter sich, als Oriana Anstalten machte, nach Osten zu reiten.

»Wir müssen zu mir. Dort habe ich alles, was ich für die Konservierung seines Körpers brauche.«

»Konservierung?« Kaayas Stimme brach und erneut traten Tränen in ihre Augen. Wovon sprach sie da?

»Wir müssen uns beeilen, Kaaya. Ich erkläre dir alles, wenn wir da sind.«

Während sie im Eiltempo Kilometer um Kilometer durch den Erlenwald zurücklegten, versuchte sie sich zu beruhigen. Arians lebloser Körper hing schlaff in ihren Armen und machte es ihr unmöglich, die aufkeimende Angst in ihrem Inneren zu verdrängen. Um nicht durchzudrehen, widmete sie sich dem anderen Gedanken, der in ihrem Kopf pulsierte: *Ein Schattenelf in Eseria.* Er war gekommen und hatte Arians Seele mit sich genommen. Dann waren all die Gerüchte wahr.

Als sie das kleine Elfendorf im Dollengebirge endlich erreichten, war bereits der zweite Morgen angebrochen. Der Anblick der aufgehenden Sonne zwischen den Berggipfeln an einem zartrosa Himmel hätte noch vor einigen Tagen eine beruhigende Wirkung auf Kaaya gehabt. Doch nun schien es, als wollte er sie verhöhnen. Als wollte er ihr unter die Nase reiben, dass sich die Welt weiterdrehte, dass Sonne und Mond von ihrem Verlust unbeeindruckt blieben.

Weitere Tränen unterdrückend sah sie sich um. Sie war noch nie hier gewesen. Argonsfeld lag typisch für die naturverbundenen Elfen mitten im Grünen. Höchstens zwei Dutzend kleiner Holzhütten standen dicht beieinander und säumten eine Art Marktplatz, auf dem sich nur wenige Elfen tummelten. Die Luft roch sauber und nach Kiefern und Erde. Kaaya sog sie tief in ihre Lungen, um sicherzugehen, dass sie noch da und am Leben war.

Sie zügelte das Pferd und wollte sich gerade vom Sattel schwingen, als Oriana ihr schon zu Hilfe eilte. Gemeinsam hoben sie Arians Körper vom Pferd und hievten ihn auf das Lupeera.

»Komm mit.« Oriana legte Kaaya einen Arm um die Schultern. »Um das Pferd kümmert sich gleich jemand bei den Stallungen. Ich fürchte, es ist zu erschöpft, um uns weiter zu begleiten, schließlich sind wir die Strecke nahezu durchgeritten.«

Kaaya nickte zustimmend, und gefolgt von Veera nahmen sie die letzte Etappe ihrer Reise in Angriff, denn Orianas Hütte lag etwas höher und abgelegener als das restliche Dorf. Müde erreichten sie schließlich ihr Ziel. Die Elfe hob Arian ein weiteres Mal hoch und trug ihn hinein. Kaaya folgte ihr, während Veera zwischen den Bäumen verschwand.

Die kleine Hütte war nur mit dem Nötigsten ausgestattet, wirkte dennoch warm und behaglich. Kaaya schloss die Tür, und Oriana legte Arian auf einem Sofa vor dem Kamin ab, um sich dann neben ihn zu setzen. Mit einer Handbewegung entfachte sie das Feuer und schlagartig wurde es noch ein wenig wärmer.

»Du musst mir genau erzählen, was passiert ist.«

Kaaya schluckte schwer, nickte aber. Vielleicht konnte Oriana irgendwie helfen. Vielleicht ließ sich alles wieder ungeschehen machen. Vielleicht würde Arian sich gleich vom Sofa erheben und sie in seine Arme schließen.

Die Elfe schüttelte den Kopf. »Sieh mich nicht so hoffnungsvoll an.« Ihre Stimme klang erstickt, als wollte sie ein verzweifeltes Schluchzen unterdrücken. »Ich muss erst mal wissen, was genau vorgefallen ist.«

Tränen stiegen in Kaaya auf, doch sie versuchte sich zusammenzureißen und nickte. Dann stieß sie zittrig die Luft aus, bevor sie Stahlschwinge an einen Stuhl lehnte und sich neben

Oriana setzte. »Wir waren auf dem Fest. Dem Memoriana«, begann sie zögerlich. »Ich wollte nur kurz … nur kurz zu einem Stand mit kandierten Äpfeln, ich …« Ihre Stimme brach, und sie atmete tief ein und wieder aus, um sich zu fangen. Dann erzählte sie von dem Elfen im Wald. Von dem schwarzen Rauch, dem violetten Lichtstrahl und von Arians qualvollen Schreien, die sich auf ewig in ihr Gedächtnis gebrannt hatten.

Orianas Augen glänzten verdächtig. »Und ihr konntet euch nicht bewegen?«

Kaaya schüttelte traurig den Kopf. »Ich konnte nichts tun. Ich konnte ihm nicht helfen. Ich habe ihn einfach allein gelassen.«

Oriana legte ihr sanft eine Hand auf die Schulter. »Niemand hätte ihm helfen können, wenn … wenn das wirklich …« Sie stockte und seufzte resigniert, bevor sie ihre Hand zurückzog und sich geistesabwesend die Schläfen massierte.

Kaayas Blick fiel auf die grünen und wenigen orangefarbenen Runen, die ein florales Muster auf Orianas Handflächen formten und sich ihre zarten Handgelenke bis zu ihren Unterarmen hinaufschlängelten. Sie zeichneten sie als Erdmagierin mit einer leichten Affinität zu Feuer aus.

»Hast du gesehen, woher der Elf gekommen ist?«

»Nein«, flüsterte sie, während ihre Gedanken zurück zu dem Moment drifteten, in dem sie Arian im Wald erblickt hatte. »Ich kam zu spät. Und wo warst du?« Der Vorwurf in ihrer Stimme war nicht zu überhören. Kaaya biss sich auf die Zunge, doch die Worte hatten ihre Lippen verlassen und ihre Wirkung anscheinend nicht verfehlt.

Oriana zuckte kaum merklich zusammen, ehe sie sich ihr wieder zuwandte.

»Ferodan hat sich kurzfristig dazu entschlossen, auf Handelsreise zu gehen. Ich habe ihn noch ein Stück begleitet und … war nicht rechtzeitig beim Memoriana. Als ich ankam, bauten die letzten Verkäufer bereits ihre Stände ab. Es tut mir so leid.« Der Schmerz in Orianas Stimme verursachte ihr eine Gänsehaut. »Aber wie kann das sein? Ein Schattenelf, hier?«

Unweigerlich musste Kaaya an die Abende zurückdenken, an denen sie in den verschiedensten Gasthäusern Silbersturms Tische gewischt und den Boden geschrubbt hatte, um sich ein paar Kupfermünzen zu verdienen. Nicht selten hatte sie dabei dem neuesten Tratsch gelauscht. »Ich habe früher schon Geschichten gehört, aber …«

»Geschichten?«

»Ja. Wenn man auf der Straße aufwächst, schnappt man so einiges auf.« Sie senkte ihren Blick auf ihre Hände. »Geschichten, Gerüchte … Es gibt Menschen, die behaupten, sie hätten dabei zugesehen, wie ihre Freunde oder Verwandten von einem Seelenmagier angegriffen wurden. Wie ihnen ihre Seele entzogen wurde.«

Oriana sog scharf die Luft ein. »Die letzten verbleibenden Seelenmagier wurden damals ins Nebulum verbannt.«

Ja, das wusste sie. Der stärkste Seelenmagier unter ihnen, Eldan Ularen, hatte es sich vor Jahrhunderten zur Aufgabe gemacht, Menschen ihre Seelen zu entziehen, um Experimente an ihnen durchzuführen. Da er damit das Friedensabkommen mit den Menschen gebrochen hatte, hatten die Elfen des Hohen Rates ihn und seine Anhänger in eine Gefängniswelt verbannt: das Nebulum. Es war unmöglich, aus diesem Gefängnis zu entkommen. Hätte unmöglich *sein sollen* …

»Irgendwie scheint dieser Seelenmagier hierhergelangt zu sein. Er hat Arians Seele an sich gerissen und ist wieder verschwunden.« Als ihre Stimme zum Ende hin dünner wurde, schloss Oriana sie fest in die Arme. Das war das erste Mal seit dem Angriff, dass Kaaya sich nicht völlig alleingelassen fühlte. Wie eine Ertrinkende klammerte sie sich an Oriana, die ihr beruhigende Worte zuflüsterte, obwohl sie gerade vermutlich ebenfalls innerlich zerbrach. Sie und Arian verband so viel.

»Wie kann ich ihn retten?«, wisperte Kaaya.

Oriana versteifte sich augenblicklich, ehe sie sich aus der Umarmung löste. Sie sah flüchtig zu Arian und ein Anflug von Schmerz zuckte durch ihr Gesicht.

»Ich wünschte, ich könnte es dir sagen. Wenn es wirklich ein Schattenelf war, muss er einen Weg aus dem Nebulum hinausgefunden haben.«

»Ein Portal?«

Oriana überlegte einen Moment, dann schüttelte sie ihren Kopf. »Das kann nicht sein. Um ein Portal zu erschaffen, müsste er ein Ritual durchführen – das ist ohne Magie nicht möglich.«

Richtig, Magie. Da sich das Nebulum fernab der Sonne befand, waren die Elfen dort ihrer Magiequelle beraubt, des Sonnenlichts. Sie lebten in völliger Finsternis. Daher nannte man sie Schattenelfen. Kaaya dachte an die dunklen Augen des Elfen zurück und ein Schauder erfasste sie, der bis in ihr Innerstes drang.

»Es muss eine Art Portal gewesen sein, Oriana. Die Luft um ihn herum ist verschwommen und dann hat er sich nach und nach aufgelöst.«

Die Elfe horchte auf. »So als würde er sich langsam an einem anderen Ort materialisieren?«

Kaaya runzelte die Stirn. »Ja«, sagte sie zögerlich. Wenn sie genau darüber nachdachte, könnte das so gewesen sein.

Orianas Augen weiteten sich. Hastig erhob sich die Elfe und eilte zu einem Regal, aus dem sie ein Buch mit einem dunklen Einband zog. Wie in Trance blätterte sie darin herum, aber sie schien nicht das zu finden, wonach sie suchte. Mit einem lauten

Seufzer klappte sie das Buch wieder zu, um es zurück an seinen Platz zu schieben.

»Ich muss zu einer Freundin nach Eichenstadt. Sie besitzt Bücher über Ritualzauber.«

»Ritualzauber?« Kaaya stand auf, lief um den massiven Esstisch herum und trat an Orianas Seite. »Du musst mir sagen, was du weißt, Oriana. Bitte.«

Arians Tante biss sich auf die Unterlippe, dann nickte sie. »Es ist möglich, dass ein Riss zwischen den Welten existiert.«

Kaayas Herzschlag beschleunigte sich. »Was bedeutet das?«

»Ich weiß nicht, wie er entstanden sein könnte, aber es wäre eine naheliegende Erklärung dafür, wie der Schattenelf aus dem Nebulum entkommen konnte.«

»Das bedeutet«, Kaayas Herz begann jetzt zu stolpern, »dass ich durch diesen Riss ins Nebulum gelangen kann.«

»Das ist völlig verrückt«, flüsterte Oriana und ein Ausdruck von Sorge trat in ihre Züge. »Und viel zu gefährlich.«

»Er hat seine Seele mitgenommen, Oriana!« Sie breitete die Arme aus und ließ die Tränen endlich zu. »Er hat Arians Seele. Und wenn wir sie nicht zurückholen …« Sein Körper würde sterben.

»Mit der Seele allein ist es nicht getan. Wir müssen außerdem wissen, wie man sie in seinen Körper setzt.«

»Das hat Eldan doch auch getan, oder nicht?« Das war es, worüber man nach fast einem Jahrtausend noch immer hinter vorgehaltener Hand sprach. Der grausame Seelenmagier, der mithilfe seines Lehrlings die Seelen der Menschen stahl, um sie in die Körper toter Elfen zu pflanzen.

Oriana setzte sich auf einen der Stühle am Tisch und stützte ihre Arme auf diesem ab. »Mithilfe eines Rituals könnten wir Eldans Seelenmagie nachahmen, aber … wir brauchen den ganzen Zauber.« Sie seufzte und rieb sich über das Gesicht. »Und ich muss Arians Körper konservieren, damit er nicht zerfällt.« Die Worte brannten erneut ein Loch in Kaayas Brust. »Den *ganzen* Zauber? Du kennst einen Teil?« Sie setzte sich Oriana gegenüber.

»Ja.« Die Elfe nickte langsam. »*Blut von seinem Blut* heißt es und … *ein Herz, das für ihn schlägt.* Ich bin sicher, es gibt noch weitere Komponenten, aber sie wollen mir nicht einfallen.«

Kaaya erschauderte. »Ein Herz, das für ihn schlägt, wie …?«

»Jemand, der ihn liebt«, vervollständigte Oriana ihren Satz mit einem sanften Lächeln auf den Lippen.

Kaaya spürte, wie ihre Wangen heiß wurden.

»Und Blut von seinem Blut fließt in deinen Adern«, schloss sie aufgeregt.

»Ich fürchte, so einfach ist das nicht.« Oriana rieb sich erneut über das Gesicht. »Arian und ich, wir … wir sind nicht direkt verwandt.«

Ein Herzschlag verging, dann noch einer, dann noch einer. »Was meinst du damit? Du bist die Schwester seines leiblichen Vaters.«

Oriana schob ihren Stuhl zurück, stand auf und setzte sich dann doch wieder hin. »Das ist kompliziert, Kaaya. Wir haben momentan nicht die Zeit für Erklärungen.« Sie griff über den Tisch nach ihrer Hand und sah sie entschuldigend an. »Du musst nur wissen, dass Arian mir wichtig ist und ich ihn ebenfalls retten möchte. Mein Blut kommt dafür jedoch nicht infrage.«

Kaayas Kopf fühlte sich mit einem Mal leer an. So leer und so voll und so durcheinander. »Aber Arians letzte Verwandte, seine Mutter, sie ist … sie ist tot.« Kaum hatte sie die Worte ausgesprochen, verlor Orianas Gesicht jegliche Farbe.

»Davon hat er mir nie erzählt.«

»Wir wissen noch nicht lange davon. Ihr Mann, Arians Stiefvater, er … Man sagt, er hätte sie umgebracht.« Kaaya spürte, wie es eng um ihre Brust wurde und wie ihr das Atmen schwererfiel. Sie hatte gewusst, dass Arians Stiefvater gewalttätig war. Dass er Arian und seinen Halbbruder geschlagen hatte, als sie kleine Kinder gewesen waren, aber … Kaaya weitete die Augen.

»Aron«, flüsterte sie. »Arians Halbbruder.«

Mit geöffneten Augen lag Kaaya auf der weichen Matratze und blickte an die Decke. Obwohl sie die letzten zwei Nächte nicht geschlafen hatte, gelang es ihr nicht, zur Ruhe zu kommen. Oriana kümmerte sich gerade um Arians Körper, den sie mit in den angrenzenden Schuppen genommen hatte. Die Bilder von der seelenlosen Hülle, die er nun war, ließen sie einfach nicht los. Frustriert drehte Kaaya sich auf die Seite und versuchte sich auf das zu konzentrieren, was nun vor ihr lag. Morgen würde sie losziehen und nach Aron suchen.

Ob er noch in Obernsteig lebte? Ob er überhaupt noch lebte? Eine Gänsehaut breitete sich auf ihrem Körper aus. Wenn auch Aron nicht mehr leben sollte, würden sie das Ritual nicht durchführen können. Sie stieß einen nervösen Seufzer aus.

Während Oriana ihnen eine Mahlzeit zubereitet hatte, war ihr eine weitere Komponente für das Ritual eingefallen: ein Gegenstand, der Arian erdete. Sie würden die Kette nehmen, die er als Kind im Schmuckkästchen seiner Mutter gefunden und seitdem nie abgenommen hatte. Oriana hatte ihn damals wegen dieses Schmuckstücks erkannt und unter ihre Fittiche genommen. Denn die Kette hatte einst seinem leiblichen Vater gehört.

Erneut seufzte Kaaya. Sie musste Aron finden. Sie musste den Riss zwischen den Welten finden. Sie musste Arians Seele finden. Und sie musste aufpassen, dass sie sich selbst dabei nicht verlor.

Kaaya war aufgewacht, bevor die Sonne wieder aufgegangen war. Sie hatte unruhig geschlafen und war schweißgebadet wach geworden. Ihr Kopfkissen war feucht von den Tränen, die sie im Schlaf geweint hatte. Doch als sie jetzt auf der Bettkante saß, schwor sie sich, nicht mehr zu weinen. Die schwache Kaaya ganz tief in ihrem Inneren einzusperren. Die Kaaya, die sie gewesen war, bevor das Leben passierte. Die Kaaya, an die sie sich nicht mehr erinnerte … Sie musste jetzt stark sein. Sie musste die Kaaya sein, zu der sie das Leben gemacht hatte. Außerdem gab es Hoffnung. Solange diese nicht versiegte, würde sie stark sein. Für Arian.

Sie zog das Nachthemd aus, das Oriana ihr gegeben hatte, und schlüpfte in ihre eigene Kleidung. Mit flinken Fingern schnürte sie ihr Wams fest zu, nachdem sie sich schon ihre Hose angezogen hatte und in ihre abgewetzten Lederstiefel gestiegen war. Ihr Haar flocht sie zu einem Zopf, der bis zu ihrer Taille reichte. Dann warf sie sich ihren dunkelgrünen Umhang um und schnallte sich Stahlschwinge auf den Rücken. Sie warf einen letzten Blick auf das sandfarbene Kleid, das sie während des Fests getragen hatte. Der Stoff war voller Grasflecken und Erde. Es kostete Kaaya sämtliche Selbstbeherrschung, nicht zusammenzubrechen.

Als sie aus dem Zimmer trat, entdeckte sie Oriana bereits in der Wohnstube. Dunkle Schatten lagen unter ihren Augen, auch sie hatte anscheinend nicht wirklich schlafen können. Kaum war die Tür hinter Kaaya ins Schloss gefallen, sah die Elfe zu ihr hoch.

»Guten Morgen, Kaaya«, begrüßte sie sie und erhob sich vom Sofa. Von Arian keine Spur. Oriana musste ihn in dem Schuppen gelassen haben.

»Hat es funktioniert?«, wollte Kaaya wissen.

Oriana nickte und ihr fiel ein Stein vom Herzen. »Vorerst ist der Zerfall seines Körpers verlangsamt. Ich benötige noch einige Kräuter, um ihn weiter hinauszuzögern.« Sie griff nach ihrem Beutel. »Ich werde gleich losziehen. In Eichenstadt gibt es einen kleinen Laden, in dem man jegliche Arten von Kräutern bekommt. Die Inhaberin ist eine alte Freundin. Die, von der ich gestern sprach. Ich frage sie auch nach den Büchern über Ritualmagie.«

»Dann lass uns gleich gemeinsam aufbrechen.«

»Willst du nicht noch etwas essen?«

Sie schüttelte den Kopf. »Ich habe keinen Hunger.«

»Lass mich dir wenigstens etwas Proviant einpacken.«

Keine fünf Minuten später kam Oriana wieder zurück und reichte Kaaya ihre Tasche, die sich deutlich schwerer anfühlte als zuvor. Sie öffnete sie und blickte hinein.

»Was hast du mir da eingepackt? Steine?«

Ein Lächeln huschte über Orianas Gesicht. »Brot, Früchte und ein paar Tonika. Du weißt schon, falls du zu müde wirst oder krank oder nicht einschlafen kannst.«

Jetzt musste auch Kaaya lächeln. »Danke.«

Gemeinsam gingen sie aus dem Haus und liefen den Berg hinunter, um über den Marktplatz zu den Stallungen zu gelangen.

»Du weißt, wie du nach Obernsteig kommst?«

Kaaya nickte. »Ich erinnere mich so in etwa, ja.«

»Wenn du möchtest, können wir bei dem Kartenmacher vorbeischauen.« Mit einem ihrer schlanken Finger zeigte Oriana quer über den Platz. »Er verkauft Landkarten. Sie sind ausgesprochen hübsch.«

»Könnte vermutlich nicht schaden.«

Zusammen marschierten sie zu einem der wenigen kleinen Läden, die Argonsfeld zu bieten hatte. Als die beiden Frauen eintraten, klingelte eine Glocke über der Tür und ein recht kleiner, rundlicher Elf wandte sich ihnen zu.

»Guten Morgen, die Damen«, grüßte er freundlich und verbeugte sich.

Kaaya entdeckte die moosgrünen Runen, die sich von seiner Stirn über den nackten Hinterkopf zogen. Eine Erd-Affinität konnte sicher hilfreich sein, wenn man Landkarten zeichnete. Es war kein Geheimnis, dass Erdmagier die Natur verstanden wie niemand sonst.

»Guten Morgen«, erwiderte Oriana mit einem Lächeln auf den Lippen. »Wir sind nicht zu früh dran, oder?«

Er schmunzelte. »Zwei so bezaubernde junge Damen würde ich rund um die Uhr bedienen!«

Oriana stieß ein helles Lachen aus. Sie war schon über eintausend Jahre alt, selbst wenn man es ihr nicht ansah. Elfen alterten nur sehr langsam.

»Meine Freundin benötigt eine Landkarte. Nichts Aufwendiges, eher praktischer Natur.«

Kaaya blickte sich in dem kleinen Geschäft um. An den holzverkleideten Wänden hingen jede Menge Porträts, Zeichnungen, Karten einzelner Regionen, aber auch ganze Weltkarten.

»Wer sagt denn, dass das eine das andere ausschließt?«, fragte der Mann verschwörerisch und verschwand hinter dem Verkaufstresen.

Sie trat an eine Vitrine heran und betrachtete die Waren, die darin ausgestellt waren. Bergkristalle und Juwelen aller Art, sogar geprägte Goldmünzen. Bei näherem Hinsehen erkannte sie das königliche Siegel Isolons.

»Wo habt Ihr all diese Schätze her?«

»Ich komme viel rum.« Er war inzwischen vollständig hinter dem Tresen verschwunden, was aufgrund seiner Körpergröße nicht allzu verwunderlich war. »Ich bin erst vor zwei Tagen wieder aus Agdalon zurückgekehrt.«

Sein Kopf war hochrot, als er wieder hinter dem Tresen hervortrat und mit einer Pergamentrolle wedelte, die er in der Hand hielt. »Kommt näher!«

Oriana und Kaaya traten an den Tisch heran, auf dem er die Rolle nun ausbreitete.

»Ein wahres Kunstwerk«, hauchte Kaaya.

Mit ihren Fingern fuhr sie an der Küste Redons entlang und verharrte dann an dem Punkt, über dem in geschwungenen kleinen Buchstaben *Kaltennest* geschrieben stand.

Sieben Jahre war es her, dass sie ihrem Heimatdorf den Rücken gekehrt hatte. Sie hatte einige wenige flüchtige Erinnerungen an diesen Ort und konnte nicht einmal sagen, ob ihr Vater sie einst geliebt hatte. Wenn sie an ihn dachte, dann nur als trinkendes Wrack, als gebrochenen Mann, der sie mit der Aussage, sie sei nicht länger seine Tochter, vor die Tür gesetzt hatte.

»Wie viel verlangst du dafür?« Orianas Stimme riss sie aus ihren Gedanken. Die Elfe zeigte auf die Karte, auf die Kaayas Blick noch immer geheftet war.

»Mit einem Gästerabatt kann deine Freundin sie für nur zehn Silbermünzen haben.«

Kaaya handelte ihn auf acht Silbermünzen runter und verstaute ihre neue Landkarte in ihrer Tasche, als sie den kleinen Laden wieder verließen.

»Kaaya.« Oriana blieb stehen und hielt sie sanft am Arm fest, damit auch sie zum Halten kam. Stirnrunzelnd drehte sie sich zu der Elfe um. »Wir schaffen das.«

»Ich weiß.« Kaaya blickte ihr fest in die Augen und nickte. »Wir haben keine andere Wahl.« Alles andere würde sie niemals akzeptieren.

Kapitel 5

Kaaya

Kaaya erreichte Obernsteig in den frühen Morgenstunden des nächsten Tages. Die kleine Stadt lag direkt am Meer, und die salzige Luft, die sich feucht auf ihre Haut legte, erinnerte sie an die Jahre auf den Straßen Silbersturms.

Sie war von ihrem Pferd abgestiegen und schlenderte neben ihm her. Die vereinzelten Männer und Frauen, die ihren Weg kreuzten, musterten sie unverhohlen, einige warfen ihr sogar abschätzige Blicke zu. Sie musste schlimmer aussehen, als sie dachte. Als sie sich gestern in der Nähe von Eichenstadt von Oriana verabschiedet hatte, war das Wetter noch gut gewesen, aber in der Nacht hatte sich ein heftiger Regen über sie ergossen und dank des lauten Donners hatte sie kaum ein Auge zugetan.

Sie schaute an sich hinab und verzog das Gesicht, als sie die Reste von getrocknetem Matsch an ihren Stiefeln und ihrer Hose bemerkte. Auch das Fell ihres Pferds war schmutzig und voller Schlammspritzer.

Als sie im Zentrum der Stadt angelangt war, ließ sie ihren Blick umherwandern. In der Nähe erspähte sie einen Brunnen und wusch sich zumindest Hände und Gesicht. Sie sollte besser nicht allzu verwildert aussehen, wenn sie gleich einige der Bewohner nach Aron fragte.

Arian hatte nicht oft von seinem Halbbruder gesprochen, auch wenn sie ein gutes Verhältnis gehabt hatten, bevor er von zu Hause weggelaufen war. Seitdem hatte er jedoch nichts mehr von Aron gehört. Der letzte Kontakt zwischen den Brüdern musste vor acht oder neun Jahren stattgefunden haben.

Erneut blickte sie sich um und ging noch einige Straßen weiter, bis ihr eine Holztafel ins Auge fiel, die mit einem Pfeil auf ein Haus verwies. *Zum Adlershof* stand darauf.

»Ein Gasthaus, sehr gut«, murmelte Kaaya. »Du wartest hier.« Sie sah ihr Pferd eindringlich an, beschloss dann aber doch, es vorsichtshalber anzubinden, bevor sie zu dem Haus ging, die Tür aufstieß und eintrat.

Zwei Männer saßen an der Theke und tranken Wein oder Bier. An einem Tisch in der Ecke des kleinen Raumes hockte ein weiterer Mann. Während die anderen zwei weiter an ihren Krügen nippten, starrte er Kaaya unverfroren an.

»Wer bist du denn?«, fragte er und nun drehten sich auch die anderen beiden Gäste um.

Sofort wehte der Geruch von Alkohol in ihre Richtung und weckte traurige Erinnerungen.

»Ich suche jemanden.«

Bevor er etwas erwidern konnte, trat ein weiterer stämmiger Mann hinter die Theke. Er sah alt aus. Sein grauer Bart war zu einem Zopf geflochten und hing ihm bis zum dicken Bauch, die buschigen Augenbrauen verdeckten seine Augen fast vollständig. Sein Gesicht war gezeichnet von tiefen Furchen und Narben. Als er lächelte, konnte sie erkennen, dass er kaum noch Zähne im Mund hatte.

»Wen sucht Ihr denn, Mädchen?«, seine Stimme klang unerwartet sanft. Er ließ seinen Blick flüchtig über die Klinge auf ihrem Rücken gleiten.

»Einen alten Freund. Sein Name ist Aron. Aron Bronwen.«

»Seoras' Sohn?«, fragte er, ohne weiter nachzudenken.

Kaaya nickte überrascht. »Genau.«

Der Mann im hinteren Teil des Raumes brach in schallendes Gelächter aus. Sie sah zu ihm herüber. »Was ist daran so lustig?«

»Was daran lustig ist, will sie wissen«, lachte er nur noch lauter. »Der Hurensohn hat sich verpisst!«

Kaaya blickte ihn verständnislos an und wandte sich wieder dem Wirt zu.

»Das ist leider wahr. Nach dem furchtbaren Unfall seiner Mutter ist er ohne ein weiteres Wort gegangen.«

»Unfall?«, stieß sie wütend aus. Sie wusste es schließlich besser.

Der Wirt hob beschwichtigend die Hände. »Ich weiß, was man sich über ihren Tod erzählt. Aber ich kenne Seoras schon so lange. Er hat seine Frau geliebt, und der Mann leidet wie ein Hund.«

Kaaya schnaubte abfällig. Am liebsten würde sie dem Alten erzählen, was Seoras wirklich für ein Mann war. Was er für ein *Vater* war. Er hatte nicht nur seine Frau zu Tode geprügelt. Er hatte auch versucht, Arian zu töten, als er noch ein Kind gewesen war. Hatte ihn immer wieder geschlagen, bis er ihn schließlich mit einem Messer in der Hand aus dem Haus gejagt hatte. Sie ballte die Hände zu Fäusten, während es in ihrem Inneren brodelte. Nein, sie würde diesen Männern nichts über Seoras erzählen. Sie brauchte Informationen und sie schienen ihn und Aron zu kennen. »Wo ist Aron hin?«

Der Mann zuckte mit den Schultern und Kaayas Magen verkrampfte sich. Sie presste die Fäuste jetzt so fest zusammen, dass sich die Fingernägel in ihre Handflächen bohrten.

»Wer könnte es wissen?«, presste sie zwischen zusammengebissenen Zähnen hervor.

Wieder zuckte der Wirt nur mit den Schultern. »Ich könnte dir sagen, wo sein Vater wohnt.«

Kaaya rieb sich die Stirn und dann über die Augen. Vielleicht war das eine Option. Die letzte Option, die infrage kam, doch eine Option.

»Seid Ihr müde?«, fragte der Alte, als sie nicht antwortete. »Ich habe noch ein paar Zimmer frei.«

Sie schüttelte den Kopf. »Nein danke. Ich denke, ich muss weiterziehen. Aber beschreibt mir doch, wo ich Seoras' Haus finde.«

Nachdem sie eine ungefähre Ahnung hatte, wo sie Arians ehemaliges Zuhause finden würde, brach Kaaya erneut auf. Sie brachte ihr Pferd in den Stall des Gasthauses und lief stundenlang durch die Straßen Obernsteigs, hielt hier und da Passanten an, um sie nach Aron zu fragen. Die meisten kannten ihn flüchtig, wussten aber auch nicht, wohin er gegangen sein könnte.

Es war bereits Nachmittag, als sie einen Entschluss fasste, der sich nicht länger aufschieben ließ: Sie musste zu Seoras. Bei dem Gedanken, ihm das erste Mal zu begegnen, drehte sich ihr der Magen um. Kaaya bog in eine schmale Seitenstraße. Hier war es dreckig und es wimmelte vor Ratten. Der Gestank von Abfall und Exkrementen stieg ihr in die Nase und sie verzog angewidert das Gesicht.

»Aus welchem Palast bist du denn geflohen, Prinzessin?«

Sie erkannte erst jetzt, dass zwischen den Abfalltonnen ein Mann auf dem Boden kauerte und zu ihr hochblickte. Er grinste schmierig und entblößte dabei seine verfaulten Zähne. Sein

Gesicht war grau vor Staub und Dreck, sein strähniges weißes Haar fiel ihm stumpf auf die knochigen Schultern.

Unbeeindruckt lief Kaaya an ihm vorbei, aber plötzlich sprang er auf und griff nach ihrem Handgelenk.

»He, wo willst du denn hin, Schönheit?«

Sein fauliger Mundgeruch wehte ihr entgegen und verursachte ihr Übelkeit.

»Lass mich sofort los!«, fauchte sie und funkelte ihn aus verengten Augen an.

Der Mann grinste noch breiter und versuchte sie an sich zu ziehen. »Ich will doch nur ein bisschen reden –«

Mit einem Ruck stieß sie ihn von sich. Er sah die Gegenwehr nicht kommen und prallte hart gegen eine der Tonnen. Bevor er sich wieder fangen konnte, hatte sie Stahlschwinge gezückt.

Der amüsierte Ausdruck im Gesicht des Mannes war einem wutentbrannten gewichen. »Denkst du, das beeindruckt mich, du kleine Hure?!«, brüllte er und stürzte sich erneut auf sie.

Es war Kaaya ein Leichtes, sich ihm mit einer geschmeidigen Bewegung zu entziehen. Wenn er doch nur gewusst hätte, dass sie das Kämpfen und auch das Führen eines Schwerts bei einem Meister gelernt und auf der Straße perfektioniert hatte. Der Mann torkelte und konnte sich gerade noch an der Wand abstützen, bevor er umkippte. Als er sich ihr wieder zuwenden wollte, drückte sie ihm die Spitze der Klinge in den Rücken.

»Beeindruckt dich *das*?«, hauchte sie an seinem Ohr und drückte die Klinge nur ein kleines bisschen in sein Fleisch.

»Lass mich leben«, wimmerte der Mann plötzlich kleinlaut. Als sich der Geruch von Urin breitmachte, rückte Kaaya von ihm ab.

»Du bist es nicht wert, dass ich dich töte.«

Sie drehte sich von ihm weg und noch im selben Moment

spürte sie eine Hand auf ihrer Schulter. Ihr Griff um Stahlschwinge verstärkte sich, und sie war bereit, erneut auszuholen, dann hielt sie jedoch inne. Neben ihr stand eine Frau, die sie aus großen Augen musterte.

»Geht es Euch gut?«

Kaaya runzelte die Stirn und rückte zur Seite, als der Mann sich wortlos an ihr vorbeischob. »Ja, mir geht es gut. Was macht Ihr hier? Die Gegend ist gefährlich.« Ein flüchtiger Blick auf die Kleider der Frau verriet ihr, dass sie sich vermutlich eher selten allein in dunklen Gassen herumtrieb. Ihr blondes Haar, das von vereinzelten grauen Strähnen durchzogen wurde, hatte sie zu einem ordentlichen Knoten gebunden.

»Das habe ich gemerkt«, flüsterte die Frau und sah dem Mann hinterher, der sich torkelnd fortbewegte. »Aber ich habe mitbekommen, dass Ihr nach Aron sucht.«

Das Adrenalin, das gerade abgeflaut war, schoss erneut brennend durch Kaayas Glieder. »Ihr kennt ihn?«

»Er hat sich von mir verabschiedet, bevor er ins benachbarte Dorf gezogen ist. Nach Ellenhain.«

Das war doch … »Ein Elfendorf?«

Die Frau nickte. »Seine Gefährtin ist eine Elfe.«

Kaaya hatte den Mund geöffnet, wusste aber nicht, was sie sagen sollte. Aron lebte. »Ihr kennt ihn also?«

»Ja. Ich bin … ich war eine Freundin seiner Mutter.« Ihre Augen glänzten.

»Ich danke Euch«, hauchte Kaaya und schenkte ihr ein Lächeln. »Euer Verlust tut mir aufrichtig leid.«

Sie begleitete die Frau aus der dunklen Gasse zurück auf die Hauptstraße, bevor sie sich von ihr verabschiedete und den Weg zurück zum Adlershof antrat.

Kaaya verbrachte die Nacht in dem Gasthaus, um nicht nur sich selbst, sondern auch ihrem Pferd ein wenig Ruhe zu gönnen, bevor sie erneut aufbrach. Dank der Landkarte fand sie die kleine Siedlung im Herzen des Obernwaldes ohne Probleme. Sie war neugierig gewesen, ob Ellenhain Ähnlichkeiten mit Argonsfeld haben würde, und bemerkte nun, dass dem nicht so war. Anstelle von Holzhütten gab es hier dicke, kräftige Bäume, die den Bewohnern als Unterkunft zu dienen schienen. Sie hatten sich Höhlen in die Stämme gehauen, und um einige der Bäume schlängelten sich sogar schmale hölzerne Treppen, die in die Kronen führten, in die man ebenfalls kleinere Überdachungen gebaut hatte. Hier und da führten Brücken von einer Baumkrone zur nächsten, es war ein atemberaubender Anblick. In einigen Bäumen konnte sie sogar Fenster entdecken, hinter denen Licht brannte.

Kaaya überlegte nicht lange, stieg von ihrem Pferd und klopfte an die erste Tür, an der sie vorbeikam. Tatsächlich öffnete sie sich einen Spaltbreit und ein kleines Mädchen reckte Kaaya den goldenen Schopf entgegen. Aus großen Augen sah es zu ihr auf.

»Wer seid Ihr?«

Sie lächelte das Elfenmädchen an. »Mein Name ist Kaaya. Sind vielleicht deine Eltern zu Hause?«

Die Kleine musterte sie einen Moment. Ihr Blick blieb an dem Griff von Stahlschwinge hängen, der Kaaya über die Schulter ragte. Dann nickte sie mit großen Augen. »Aber meine Mama schläft gerade.«

»Das ist in Ordnung. Ich komme vielleicht später wieder, ja?«

Erneut nickte das Mädchen, wobei seine goldenen Locken

hoch und runter wippten. Kaaya neigte den Kopf zum Abschied und wollte sich gerade umdrehen, als hinter dem Mädchen eine weibliche Stimme ertönte.

»Wie kann ich Euch helfen?« Die Frau musste die Mutter des Mädchens sein. Sie hatte die gleichen goldenen Locken, die ihr zartes Gesicht umrahmten.

»Entschuldigt bitte, dass ich Euch zur Mittagszeit störe«, begann Kaaya. »Ich suche nach einem Freund von mir.«

»Ist er auch ein Mensch?«, fragte die Elfe, nachdem sie einen flüchtigen Blick auf ihre Ohren geworfen hatte.

Kaaya nickte. »Sein Name ist Aron Bronwen.«

»Hier gibt es nicht viele Menschen«, erklärte die Frau. »Ich denke, ich weiß, wen du meinst.«

Die Worte sorgten dafür, dass ein aufgeregtes Kribbeln durch ihre Adern schoss. »Lebt er hier in der Nähe?« Sie sah um sich.

Die Frau nickte. »Noch nicht sehr lange. Aber hier spricht sich alles schnell rum. Vor allem, wenn es um Menschen geht.« Sie lächelte zaghaft. »Die bekommen wir hier nicht oft zu Gesicht.«

»Würdet Ihr mir verraten, wo ich sein Haus finde?«

»Natürlich«, sagte die Frau und deutete auf einen schmalen Pfad, der weiter in das Herz der Siedlung zu führen schien. »Haltet Euch auf der linken Seite. Es ist ein kleines Haus oben in der Krone des höchsten Baumes.«

»Ich danke Euch vielmals! Und, ähm – kann ich mein Pferd hier bei Euch lassen? Nur für wenige Stunden.«

Ein überraschter Ausdruck trat in das Gesicht der Elfe, dann nickte sie.

Kaaya verabschiedete sich und folgte dem kleinen Pfad, der sich zwischen den vielen hohen Bäumen hindurchschlängelte. Kurz bevor sie das Ende des schmalen Wegs erreichte, entdeckte sie den Baum, den die Elfe vermutlich gemeint hatte. Sie musste den Kopf weit in den Nacken lehnen, um an ihm hinaufzusehen. Eine kleine Holztreppe wand sich um den Baumstamm und führte anscheinend zum Zuhause von Arians Bruder. Vorsichtig und darauf bedacht, nicht nach unten zu schauen, wagte Kaaya sich an den Aufstieg. Nach einer gefühlten Ewigkeit fand sie sich schließlich vor einer hölzernen Tür wieder. Sie atmete tief ein und klopfte einmal an.

Ihre geballte Faust hing noch in der Luft, da schwang die Tür bereits auf und gab den Blick auf eine junge Frau preis, die sie wütend anfunkelte. Ihr Gesicht war für das einer Elfe relativ blass und unter den himmelblauen Augen zeichneten sich dunkle Ringe ab, was ihrer Schönheit jedoch keinen Abbruch tat.

»Was wollt Ihr?«, zischte sie und warf sich das silberblonde Haar über die Schulter. Ihr perfekt geformter Körper steckte noch in einem schwarzen Nachthemd aus Seide, was ihre Kurven zusätzlich betonte und Runen in den Farben von Feuer und Blut offenlegte, die in einem verschlungenen Muster über ihr Dekolleté verliefen.

Kaaya sah die Elfe entschuldigend an. »Es … es tut mir leid, wenn ich störe, ich –«

»Ja, Ihr stört«, gab diese zurück und machte Anstalten, die Tür wieder zu schließen. Kaaya konnte gerade noch rechtzeitig ihren Fuß in den Türspalt stecken.

»Das«, sagte die Blonde und deutete auf Kaayas Fuß, »ist wirklich unhöflich.«

Kaaya hob abwehrend die Hände. »Ich weiß, und es tut mir leid. Ich bin eigentlich nicht so forsch, aber ich muss dringend mit Aron sprechen. Ich bin seit Tagen auf der Suche nach ihm.«

Die Elfe zog eine perfekt geformte Augenbraue in die Höhe. »Und da, wo Ihr herkommt, gibt es keine Bäder?« Sie rümpfte die Nase.

Kaaya hatte gerade den Mund geöffnet, da brachte die Elfe sie mit einer Handbewegung zum Schweigen. »Was wollt Ihr von meinem Gefährten?«

»Ich wäre nicht hier, wenn es nicht wichtig wäre.«

Die Elfe musterte sie eindringlich, ehe sie einen Schritt zur Seite trat und Kaaya mit einer widerwilligen Geste bedeutete einzutreten.

Sie ließ sich die Gelegenheit nicht entgehen und folgte der Blonden ins Innere des Baumhauses.

Drinnen war es geräumiger, als man von außen vermutete. Ein niedriger, aus Holz gefertigter Tisch stand in der Mitte des Raumes und um ihn herum lagen auf dem Boden einige Sitzkissen verteilt. Bilder hingen an den Wänden und dicke Vorhänge bedeckten einen Teil des kleinen, runden Fensters gegenüber. Überall standen Kerzen, die zum Teil angezündet waren, obwohl die Sonne gerade ihren Höchststand erreicht haben musste.

»Habe ich Euch geweckt?«

Die Elfe verdrehte die Augen. »Einige von uns müssen bis spät in die Nacht arbeiten.«

Kaaya nickte und sah sie entschuldigend an, sie hatte es nicht als Vorwurf gemeint.

»Aron ist noch nicht zurück. Wenn Ihr wollt, könnt Ihr Euch setzen und auf ihn warten. Er sollte bald hier sein.« Die Elfe deutete auf ein Kissen.

»Danke«, sagte Kaaya und setzte sich. »Und Ihr? Leistet Ihr mir Gesellschaft?«

Die Elfe verzog das Gesicht. »Was wollt Ihr von Aron?«, fragte sie, anstatt ihr zu antworten oder sich zu setzen.

»Ich bin die Freundin – eine Freundin – seines Bruders und er … er braucht Hilfe.«

Die Blonde runzelte die Stirn. »Aron hat keinen Bruder.«

Nun war es an Kaaya, verwirrt dreinzuschauen. »Doch, einen Halbbruder. Arian.«

»Ich kenne Aron jetzt schon seit einigen Jahren und ich weiß nichts von einem Arian.«

»Oh«, machte Kaaya und sah zu Boden. Wenn Aron seiner Gefährtin nichts von seinem Bruder erzählt hatte, war das vermutlich kein gutes Zeichen. Hatte er Arian nicht nur aus seinem Leben, sondern auch aus seinen Gedanken verbannt?

Als sie wieder zu der Elfe hochblickte, bemerkte sie, dass deren Gesichtszüge etwas weicher geworden waren. Hatte sie Mitleid mit ihr?

»Warum braucht Euer Freund Hilfe?«, fragte sie und setzte sich nun doch zu ihr auf den Boden.

»Ihm ist etwas zugestoßen.« Kaaya biss sich auf die Unterlippe.

»Was ist ihm zugestoßen?«

»Ich kenne noch nicht einmal Euren Namen.« Misstrauisch beäugte Kaaya die Gefährtin von Aron.

»Und doch befindet Ihr Euch in meinem Haus.« Die Elfe zog eine hellblonde Augenbraue in die Höhe. »Luana Fenhorn«, ergänzte sie dann augenrollend.

Kaaya musste ein Lachen unterdrücken, als sie den Widerwillen in Luanas Gesicht sah. »Kaaya Danell.«

»Was hat Aron mit dieser Sache zu tun?«

»Er kann uns bei einem Ritual helfen.«

Die Elfe musterte sie neugierig und mit festem Blick. »Um ein Ritual durchzuführen, braucht man Magie.«

Kaaya nickte. »Arians Tante ist eine Elfe.«

Luana machte gerade Anstalten, etwas zu erwidern, da öffnete sich die Tür. Kaaya wandte den Kopf und ihr blieb der Mund offen stehen. Der Mann, der eintrat, sah aus wie Arian. Lediglich sein Haar war etwas heller und seine Augenfarbe wärmer. Er legte seinen Umhang ab und blickte dann von Kaaya zu Luana, die ihn zuckersüß anlächelte.

»Wann wolltest du mir eigentlich erzählen, dass du einen Bruder hast?«

Aron hatte Tee gekocht und sich neben Luana gesetzt. Er hatte ihr versprechen müssen, sie über alles aufzuklären, damit sie aufhörte, ihm Vorwürfe zu machen. Neugierig musterte er Kaaya, die es noch nicht über sich gebracht hatte, ihm zu erzählen, was Arian zugestoßen war.

»Wir hatten eine schwere Kindheit«, begann Aron schließlich und sah dabei in seine Tasse, aus der heißer Dampf aufstieg. »Unser Vater ist schon immer ein zornerfüllter Mann gewesen. Er hatte seine Launen nicht unter Kontrolle, vor allem nicht, wenn er Alkohol trank. Und irgendwann trank er ihn dann jeden Abend.« Aron schüttelte den Kopf. »Er schlug unsere Mutter. Davon habe ich dir erzählt«, sagte er an Luana gewandt, die nickte und nach seiner Hand griff. »Wir konnten das beide nicht ertragen, Arian und ich. Doch während ich zu feige war, ist mein kleiner Bruder ihr zu Hilfe geeilt. Unser Vater war gerade dabei, sie die Treppe hinunterzustoßen, nachdem er ihr schon das Gesicht blutig geschlagen hatte.« Aron ballte die Hand auf dem Tisch zur Faust. »Arian hat sich eine Schaufel gegriffen und damit auf unseren Vater eingeschlagen, der davon aber unbeeindruckt geblieben ist. Er stieß unsere Mutter die Treppe hinunter und gleich darauf schlug er auch zum ersten Mal meinen Bruder. Er war damals acht Jahre alt.« Seine Stimme zitterte.

Kaaya schluckte schwer und sah dann von Aron zu Luana. Ihre Miene wirkte unberührt, doch ihre Nasenflügel bebten. »Hat er dich ebenfalls geschlagen?«

Aron nickte kaum merklich. »Von diesem Tag an schlug er uns alle immer wieder. Je nachdem, wer ihm gerade unter die Augen trat. Als ich dreizehn war, hat er mich beinahe erwürgt.« Arons Stimme versagte und er presste die Lippen aufeinander. Luana rückte näher an ihn heran und drückte seine Hand noch fester. »Er hat mich an die Wand gepresst und seine Hände so fest um meinen Hals geschlossen, dass schwarze Flecken vor meinen Augen tanzten. Ich strampelte, versuchte ihn zu erwischen, doch ich spürte, wie meine Kräfte schwanden. Wieder war es mein kleiner Bruder, der mutig genug war, sich unserem Vater in den Weg zu stellen. Er hat sich einen Dolch gegriffen und ihn so schwer verletzt, dass er von mir ablassen musste. ›*Ich werde dich töten, du Bastard*‹, hat unser Vater gerufen und sich den Dolch geschnappt, der meinem Bruder aus den blutigen Händen gerutscht war. Arian ist weggelaufen. Er ist einfach aus der Haustür raus und gelaufen, so schnell ihn seine Beine trugen. Und er kam nie mehr zurück.« Aron machte eine Pause und nahm einen Schluck von seinem Tee.

Stille legte sich über den Raum. Kaaya kannte die Geschichte zwar schon, doch sie jetzt aus einer anderen Perspektive zu hören, ließ ihr das Blut in den Adern gefrieren.

»Unser Vater kam zurück und warf mir das blutige Messer vor die Füße. ›*Den sehen wir nie wieder*‹, sagte er.«

Kaaya sog scharf die Luft ein. Dieser Teil der Geschichte war ihr neu. »Ihr dachtet, er wäre tot?«

Aron nickte. »Unsere Mutter weinte Tag und Nacht um ihren Sohn. Zumindest dann, wenn unser Vater nicht zu Hause war. Er wurde ruhiger, schlug uns nicht mehr. Ich war zu feige,

Arian noch einmal zu erwähnen, geschweige denn, nach ihm zu suchen. Stattdessen bin ich weggegangen und habe meine Mutter zurückgelassen. Bei ihm.« Er zitterte. »Ich hätte ahnen sollen, dass das nur die Ruhe vor dem Sturm war. Er hat sie umgebracht. Der verdammte Bastard hat sie einfach umgebracht.« Seine Stimme brach zum Ende hin.

Ein Schauer erfasste Kaaya, und bevor sie ihren Blick auf ihre im Schoß gefalteten Hände senkte, konnte sie sehen, wie Luana Aron umarmte und er sein Gesicht in ihrem Haar vergrub. Er machte sich für den Tod seiner Mutter verantwortlich. Und er hatte all die Jahre gedacht, Arian wäre ebenfalls tot …

»Und du sagst, mein Bruder lebt?«, fragte Aron irgendwann in die Stille hinein.

»Er lebt«, flüsterte sie. »Aber ihm ist etwas Schreckliches zugestoßen.«

Kapitel 6

Kaaya

»Und wie willst du ins Nebulum gelangen?«, fragte Luana, nachdem Kaaya ihr und Aron erzählt hatte, was genau sich im Erlenwald zugetragen hatte.

»Das weiß ich noch nicht«, gestand Kaaya kleinlaut. »Aber ich musste erst sichergehen, dass wir alles Nötige für das Ritual haben.«

»Und ein paar Tropfen meines Blutes genügen wirklich, um meinem Bruder zu helfen?«

Kaaya nickte. »Ich werde beim Ritual die Rolle des Herzens, das für ihn schlägt, übernehmen.« Ihre Wangen röteten sich und sie wich den Blicken der anderen beiden aus. »Außerdem haben wir seine Halskette.«

»Das klingt zu einfach«, murmelte Luana. »Eigentlich heißt es bei Wiederbelebungsritualen immer *Ein Leben für ein Leben.*«

»Aber er ist nicht tot«, versetzte Kaaya.

»Dieses Hin und Her mit den Seelen ist tatsächlich nicht geläufig. So etwas ist seit Jahrhunderten nicht mehr vorgekommen. Keiner kann sagen, ob das Ritual wirklich funktioniert.«

»Es wird funktionieren.« Irgendetwas in ihrem Inneren

verriet Kaaya, dass sie recht hatte. »Wirst du mir helfen oder nicht?«, wollte sie von Aron wissen.

»Natürlich«, antwortete dieser, ohne zu zögern. »Lass uns gleich aufbrechen.«

»Aufbrechen?«, fragte Luana perplex.

Auch Kaaya war überrascht, denn sie hatte gehofft, er würde ihr etwas von seinem Blut geben, damit sie das Ritual durchführen konnten, und jetzt sprach er davon, sie zu begleiten?

»Ja. Ich will ihn sehen. Ich will meinen kleinen Bruder sehen.« Der Blick in Arons Augen wirkte entschlossen. »Du kannst dich den Gefahren, die dieser Weg mit sich bringen wird, nicht allein aussetzen.« Als Kaaya gerade den Mund geöffnet hatte, um ihm zu widersprechen, kam er ihr zuvor: »Zumindest will ich nicht, dass sich die Freundin meines Bruders diese Last allein aufbürdet.«

Ein Gefühl von Wärme breitete sich in Kaaya aus. Ganz langsam kroch es durch ihre Adern bis in ihre Fingerspitzen. Sie biss sich auf die Unterlippe, um die aufsteigenden Tränen zu unterdrücken, und ließ ihren Blick zu Luana schweifen. Diese fixierte sie mit ihren himmelblauen Augen. Zunächst wirkte ihr Gesicht ausdruckslos, dann, ganz langsam, hoben sich ihre Mundwinkel.

»Wenn alle dabei sind, darf ich nicht fehlen.«

»Du kommst auch mit?« Kaaya konnte den Unglauben in ihrer Stimme kaum verbergen.

Aron sah jetzt ebenfalls zu der Elfe. »Bist du dir sicher?«

»Was meinst du, wie weit ihr ohne mich kommt?« Sie hob eine Augenbraue in die Höhe, ihr Grinsen wurde breiter. »Oder hast du etwas dagegen?«, fragte sie Kaaya, die ihren Kopf schüttelte. Luana konnte vermutlich anstrengend sein, aber sie würde jede Hilfe annehmen, die sie kriegen konnte. Vor allem würde sie nicht allein sein … Erleichterung durchflutete sie. »Gut«, schloss Luana und erhob sich als Erste. »Wo finden wir heraus, wie man ins Nebulum gelangt?«

»Ich, ähm … Vielleicht besprechen wir das mit Oriana, Arians Tante.«

»Du sagtest, sie kennt das Ritual?«

»Teile davon. Doch sie ist gerade unterwegs, um den Rest herauszufinden. Wenn wir jetzt aufbrechen –«

»Du solltest erst ein Bad nehmen«, fiel Luana ihr ins Wort. »Oriana rennt nicht weg.«

Kaaya fühlte einen Stich in ihrer Brust. »Aber Arians Körper –«

»Zerfällt nicht so schnell. Er ist ein Halbelf.«

Sie sah Hilfe suchend zu Aron, der mit den Achseln zuckte. »Ich packe uns Proviant für die Reise ein.«

Kaaya nickte schicksalsergeben und ließ sich von Luana den Waschraum zeigen. Auch wenn sie schnellstmöglich zu Arian zurückwollte, musste sie zugeben, dass das Bad ihre müden Muskeln entspannte und sie etwas zur Ruhe kam. Nichtsdestotrotz war sie heilfroh, als sie eine Stunde später aufbrachen. Zu dritt holten sie Kaayas Pferd bei der Elfe ab und Luana und Aron schwangen sich mit ihren vollgepackten Taschen auf ihr Lupeera. Der Weg zurück nach Argonsfeld verlief weniger stürmisch, und so brauchten sie nur etwas länger als einen Tag, um das Dollengebirge zu erreichen.

Als sie sich am frühen Abend der Hütte von Oriana näherten, kam ihnen Veera bereits auf leisen Pfoten entgegen. Inzwischen waren sie zu Fuß unterwegs, da Kaaya ihr Pferd wieder unten im Stall abgegeben hatte und Aron und Luana ihr Lupeera ebenfalls nicht zu sehr belasten wollten.

»Hallo, Veera«, begrüßte Kaaya ihr Empfangskomitee und strich dem Tier über das dunkelgrüne Fell zwischen den Ohren.

Veera blickte neugierig hinter sie und beäugte das andere Lupeera, das zwischen Aron und Luana herlief. Sie näherten sich einander vorsichtig und beschnupperten sich.

»Nehmt euch ein Zimmer«, urteilte Luana mit hochgezogenen Augenbrauen, das süffisante Lächeln auf ihren Lippen strafte ihren strengen Ton Lügen.

Kaaya lachte leise und machte den beiden ein Zeichen, ihr zu folgen. Der Weg nach oben war mühsam und kräftezehrend, und es fiel ihr schwer, in der Dunkelheit viel zu erkennen. Als ihre Konzentration allmählich nachließ und die Müdigkeit sie zu übermannen drohte, blieb Kaayas Fuß an einer Wurzel hängen.

»Au!«, rief sie und fluchte leise vor sich hin, konnte aber gerade noch verhindern, dass sie fiel.

Luana hob die Hand und drehte die Innenfläche nach oben. Eine kleine Flamme züngelte empor. »Besser?«, fragte sie, als das Feuer den Pfad vor ihnen erhellte.

»Dann bist du wirklich eine Feuermagierin«, stellte Kaaya fest, woraufhin Luana die Flamme noch größer werden ließ.

»Eine ziemlich gute sogar«, erwiderte die Blonde mit einem schiefen Grinsen.

Kaaya schenkte der Elfe ein Lächeln und bemerkte im gleichen Moment, dass sie endlich ihr Ziel erreicht hatten. Bevor sie anklopfen konnten, öffnete Oriana ihnen bereits die Tür.

»Du musst Aron sein«, sagte sie mit einem Blick auf den großen Dunkelhaarigen, als sie alle gemeinsam in die Hütte traten.

Aron nickte. »Und das ist meine Gefährtin Luana.«

Diese neigte respektvoll den Kopf, was Oriana erwiderte.

»Ihr wollt sicherlich gleich zu Arian. Durch den Hinterausgang kommen wir schneller zum Schuppen«, erklärte Arians Tante und deutete zur Tür auf der anderen Seite des Zimmers.

Gemeinsam gingen sie zum Schuppen und traten ein. Kaayas Puls raste, sie war vorher noch nicht hier drin gewesen, hatte sich nicht getraut. Der Raum war größer, als sie ihn sich vorgestellt hatte. Ihr Blick glitt nur langsam zu ihrem Freund, der regungslos auf einer Pritsche lag, und sie spürte einen scharfen Schmerz in der Brust. Sie hatte ihn nun schon seit vier Tagen nicht mehr gesehen – die längste Zeit, die sie je getrennt voneinander verbracht hatten, seitdem sie sich damals vor über drei Jahren in der Gasse begegnet waren. Selbst wenn Arian mit Prior auf die Plantagen gefahren war, war er immer nach spätestens zwei Abenden zu ihr zurückgekehrt.

Kaaya spürte einen Kloß im Hals. In den letzten Tagen hatte sie verdrängen können, was Arian zugestoßen war, aber jetzt, da sie sah, wie er dort lag, leblos und leichenblass – es zerriss ihr das Herz.

»Kaaya!«, rief Luana und war mit wenigen Schritten bei ihr, um sie zu stützen. Gemeinsam mit ihr sackte die Elfe auf die Knie und hielt sie, während Kaayas Körper von Schluchzern geschüttelt wurde. Sie klammerte sich verzweifelt an Luana, und dann fand ihr Blick den von Aron, in dessen Gesicht sie dieselbe Verzweiflung erkannte. Doch in seinen Augen stand noch etwas anderes.

Hoffnung.

»Ich dachte, ich hätte ihn vor neun Jahren verloren«, krächzte er. Alle Augenpaare richteten sich auf ihn. »Aber mein Bruder lebt. Mein kleiner Bruder ist am Leben, und ich werde nicht zulassen, dass er mir erneut genommen wird.«

Er trat näher an die Liege heran und strich Arian über die dichten schwarzen Locken.

Das traurige Bild, das sie abgaben, riss Kaaya beinahe erneut den Boden unter den Füßen weg. Sie konnte sehen, dass auch in Arons braunen Augen Tränen glitzerten. Als er dann ihrem Blick begegnete, konnte sie die Entschlossenheit in ihm lesen. Sie wusste, was Aron sagen würde, noch bevor er den Mund aufmachte.

»Wir finden einen Weg ins Nebulum, koste es, was es wolle. Wir finden diesen Schattenelf und wir holen Arians Seele zurück.«

»Ein Riss zwischen den Welten entsteht, wenn eine mächtige Energiequelle hohen Druck auf die Sphäre ausübt«, las Luana laut vor, als sie es sich zu dritt auf dem Sofa vor dem Kamin bequem gemacht hatten.

Oriana hatte nicht nur Kräuter von ihrer Freundin bekommen, aus denen sie die Tonika braute, um Arians Körper zu konservieren. Sie hatte auch die erhofften Schriften und Enzyklopädien mitgebracht, die Kaaya, Aron und Luana nun studierten, nachdem sie ins Bett gegangen war.

»Das ist so was von nicht erlaubt«, murmelte die blonde Elfe und erntete fragende Blicke. »Wenn der Rat der Hochelfen wüsste, dass es einen Riss zwischen den Welten gibt … Sie würden ihn umgehend versiegeln.«

Die Polster bewegten sich, als sich Kaaya, die bis eben noch gelegen hatte, ruckartig aufsetzte. »Weshalb sie nicht davon erfahren dürfen, bis wir Arians Seele haben«, schloss sie und sah Luana eindringlich in die Augen.

»Ich weiß«, entgegnete diese nur und klappte das Buch wieder zu, um nach einem anderen zu greifen. »Die haben mich sowieso verstoßen.«

»Wegen Aron?«

»Ja, wegen mir«, sagte Aron, als Luana nicht antwortete. »Ihre Großmutter sitzt im Hohen Rat, und sie wollte sich von der *Schande* distanzieren, wie sie ihre Enkelin nennt. Ihr Wortlaut.«

Kaaya blickte von Aron zu Luana. Er musste ihr sehr am Herzen liegen, wenn sie neben ihrer Familie auch ihren hohen Rang für ihn aufgegeben hatte.

Elfen konnten ausschließlich Seelenbünde mit ihresgleichen eingehen und nicht mit Menschen, weshalb solche Vereinigungen von hochrangigen, machtgierigen Elfen missbilligt und als schmutzig bezeichnet wurden. Ein Seelenbund stand nicht nur symbolisch für die ewige Vereinigung zweier Liebenden – er verschmolz ihre Seelen auch auf physikalischer Ebene. Es kam vor, dass Seelengefährten nach der Zeremonie eine Affinität des anderen erbten, was zu einer Vergrößerung ihrer Macht führte. Auf der anderen Seite bedeuteten verschmolzene Seelen aber verschmolzene Leben. Das hieß, wenn einer starb, so starb kurze Zeit später der andere.

Luana würde also nie erfahren, was es hieß, einen Seelengefährten zu haben – sie verzichtete auf die intimste Verbindung, die zwei Lebewesen miteinander teilen konnten, um mit Aron zusammen zu sein.

»Risse sind für das Auge nicht sichtbar. Sie haben keinen Körper und keine Form«, las Luana weiter vor. »Sie können auch als Tunnel fungieren und zwei Energiequellen miteinander verbinden.«

»Energiequellen«, wiederholte Kaaya und massierte sich die Schläfen. »Sind da Beispiele für solche Quellen aufgeführt?«

Luana blätterte durch das Buch und überflog einige Seiten. »Energiequellen«, las sie vor. Sie murmelte vor sich hin, bevor sie deutlicher weitersprach: »... So kann man ein jedes Lebewesen als Energiequelle bezeichnen. Die Essenz, die einem jeden lebenden Organismus innewohnt, ist die Seele. Sie ist die Gesamtheit dessen, was ein Lebewesen ausmacht. Die Energie, die jede Seele beherbergt, ist das, was einem natürlichen Organismus Leben einhaucht.« Luana stieß einen Seufzer aus. »Und was soll uns das sagen?«

Kaaya und Aron blickten ratlos drein.

»Seele bedeutet Energie«, fasste Kaaya dann zusammen.

Luana und Aron nickten synchron. Kaaya biss sich auf die Unterlippe. Sie wusste nicht, wie sie den Gedanken weiterspinnen konnte. »Wie soll denn eine Seele Druck auf die Atmosphäre ausüben?«, fragte sie verzweifelt, ehe sie sich in die Kissen sinken ließ.

»Vielleicht bekommen wir ja eine Erleuchtung, während wir schlafen«, murrte Luana.

Aron

Nachdem Kaaya sich in das Zimmer zurückgezogen hatte, das Oriana ihr zugewiesen hatte, blieben Luana und Aron allein auf dem Sofa zurück.

Aron musterte seine Gefährtin, die ihre langen Beine quer über seinen Schoß gestreckt und ihre Nase in ein Buch gesteckt hatte. »Hast du noch etwas Interessantes gefunden?«

Luana schüttelte den Kopf, ohne ihren Blick zu heben. Es war eine Weile still, bevor die Elfe das Buch schließlich geräuschvoll zuklappte und sich aufsetzte. »Aron?«

»Ja, Liebste?« Mit gerunzelter Stirn betrachtete er sie, denn ihr Tonfall klang zwar sanft, aber dennoch eindringlich.

Luana rückte näher an ihn heran und musterte ihn, ohne weiterzusprechen.

»Was hast du?«, fragte er besorgt und umschloss ihre kleinen Hände mit seinen. Sie waren eiskalt.

Wortlos näherte sie ihr Gesicht dem seinen, ihre Lippen strichen sanft über seine Wange, dann über seinen Mund. Ihr Atem, der ihn streifte, ging viel zu schnell. Aron wich leicht zurück, um ihr in die Augen zu blicken, die nun etwas ausdrückten, das er so nur selten bei ihr gesehen hatte: Angst.

»Luana, was –«

»Wie weit würdest du gehen?« Ihre Stimme war ein leiser Hauch an seinem Ohr.

Wieder runzelte er die Stirn. »Ich ver–«

»Wie weit würdest du gehen, um ihn zu retten?«

Sie sprach von Arian. Von seinem Bruder. »Hast du einen Hinweis gefunden?«

Luana schüttelte den Kopf. »Nein, ich … ich mache mir nur Sorgen um dich. Ich habe Angst um dich.«

Er zog sie in seine Arme und drückte ihr lächelnd einen Kuss auf den Scheitel. »Das brauchst du nicht.« Er spürte, wie sie ihre Finger in sein Hemd krallte und sich fester an seine Brust drückte. »Wir sind zusammen. Du passt auf mich auf, so wie ich auf dich aufpasse. Es wird alles gut, wie immer.«

Der Druck ihrer Finger ließ nach und sie löste sich aus der Umarmung. Der Blick ihrer himmelblauen Augen fixierte seinen, ehe sie sprach. »Würdest du für ihn sterben?«

Arons Herz setzte für einen Moment aus, seine Gesichtszüge entglitten ihm. »Wieso fragst du mich das?«

»Ich muss es wissen. Würdest du?«

Er konnte ihr ansehen, dass sie den Atem anhielt, während sie auf seine Antwort wartete. Langsam nickte er und konnte beobachten, wie sich ihre Miene veränderte. Instinktiv griff er nach ihrer Hand, sie wich jedoch vor ihm zurück.

»Das würdest du mir antun?« Ihre Stimme bebte.

Aron öffnete seinen Mund, schloss ihn dann wieder. Er sah, wie sie mit den Tränen kämpfte, daher wählte er seine nächsten Worte mit Bedacht. »Du weißt, dass ich dich mehr liebe als mein eigenes Leben. Doch wäre ich deiner Liebe wert, wenn ich es zuließe, dass mein Bruder stirbt? Was würde das über mich aussagen? Was wäre ich für ein Mann, Luana, wenn ich meinen Bruder sterben ließe, um selbst weiterzuleben? Wie könnte ich noch in den Spiegel gucken? Wie könnte ich in deine Augen sehen und dich lieben, wenn ich mich selbst hasse?«

Luana blickte ihn noch immer ungläubig an, während sie ihre Tränen weiterhin zurückhielt. »Wenigstens könntest du mich dann überhaupt ansehen.«

Er schüttelte den Kopf. Sie verstand es nicht. Wollte es anscheinend nicht verstehen. Sie wusste, dass er recht hatte, und er wusste das. Einige Herzschläge lang sagte keiner von ihnen ein Wort.

»Luana.« Aron flüsterte ihren Namen und streckte seine Hand nach ihr aus. Sie zögerte nur einen Moment, ehe sie sie ergriff. Er zog sie wieder an sich und legte ihr einen Arm um die Taille, als sie sich eng umschlungen hinlegten. Er spürte, wie ihr Körper an seinem bebte, als sie leise weinte, also hielt er sie noch fester.

Sosehr Luanas Schmerz ihm in der Seele wehtat, er hatte einen Entschluss gefasst. Er hatte seinen kleinen Bruder gefunden und er würde ihn nie mehr gehen lassen. Er würde ihn zurückholen, das war er ihm schuldig. Das war er auch seinem eigenen dreizehnjährigen Ich schuldig. Und er war es ihrer Mutter schuldig, die in dem Wissen gestorben war, dass ihr kleiner Sohn tot war. Er würde sich das niemals verzeihen. Er musste Arian retten. Er *musste* – selbst wenn seine Gedanken unablässig um Luana kreisten.

KAAYA

Der Himmel war noch schwarz, als Kaaya wach wurde. Sie hatte von Arian geträumt. Er hatte sie bei der Hand genommen und sie an den See geführt, der hinter ihrem Häuschen im Erlenwald lag, und ihr gesagt, dass es keinen schöneren Anblick gab als den des Sees, wenn er in der Nacht vom Mond beschienen wurde. *»Seine Oberfläche glitzert, als läge Diamantenstaub auf ihm«*, hatte er mit funkelnden Augen erzählt. Und dass die Sterne am schwarzen Nachthimmel mit ihm im Einklang schimmern würden. Sie hatten so oft gemeinsam an diesem See gesessen. Wehmütig setzte sie sich auf und rieb sich das Gesicht, bevor sie die Beine über die Bettkante schwang.

Mit leisen Schritten tapste sie aus dem Zimmer und sah Luana und Aron eng aneinandergeschmiegt auf dem Sofa schlafen. Sie schlich an ihnen vorbei zum Hinterausgang und ging in den Schuppen, darauf bedacht, die Tür ohne ein Quietschen zu öffnen. Arian lag auf der Liege, seine Haltung unverändert.

Vorsichtig kroch sie zu ihm, wie sie es immer getan hatte, wenn sie nachts nicht schlafen konnte. Aufmerksam musterte sie sein Gesicht. Die blasse, makellose Haut, die gerade Nase, das markante Kinn, die dunklen Augenbrauen und dichten Wimpern, die seine grauen Augen umrahmten. Für eine Sekunde hatte sie das Gefühl, dass irgendetwas an ihm anders war, doch der Gedanke verschwand mit ihrem nächsten Blinzeln. Sie ließ ihren Blick auf seinen wohlgeformten Lippen ruhen und dachte daran, wie es sich wohl anfühlen würde, wenn er sie küsste. Ihre eigenen Lippen formten sich zu einem zaghaften Lächeln.

Sie legte ihre Hand so sanft an seine Wange, als würde er unter ihrer Berührung zerbrechen. Seine Wange war kalt und der Blick starr geradeaus gerichtet, so als würde er durch sie hindurchschauen. Das Leuchten in seinen Augen, das er immer gehabt hatte, wenn er sie ansah, war verschwunden. Eigentlich war jegliches Leben aus ihm verschwunden.

Eine Träne bahnte sich einen Weg über ihre Wange, als sie ihm eine schwarze Strähne aus der Stirn strich. »Ich hole dich zurück«, flüsterte sie, bevor weitere glasklare Tropfen über ihr Gesicht liefen und ins Kissen fielen. Sie nahm seine Hand in die ihre und schlief ein letztes Mal neben ihm ein.

KAPITEL 7

KAAYA

»Und? Hattest du eine Erleuchtung?«, fragte Kaaya Luana, als sie am nächsten Morgen zusammen an Orianas Tisch saßen und sich stärkten. Nach der unruhigen Nacht bei Arian hatte sie das bitter nötig.

Die Elfe hatte sich gerade ein Stück Käse in den Mund geschoben. »Nicht direkt«, nuschelte sie.

»Aber indirekt …?«

Luana nickte, während sie kaute und dann schluckte. Mit ihrer Gabel zeigte sie auf Kaaya, als sie zu sprechen begann. »Wir gehen einfach dorthin, wo du den Schattenelfen gesehen hast. Da hat er Arian seine Seele genommen und vielleicht hat dies den Riss erschaffen.«

Kaaya runzelte die Stirn. »Er hat die Seele eingefangen. Außerdem muss der Riss schon vorher da gewesen sein, damit er überhaupt nach Eseria kommen konnte.«

»Der Plan ist miserabel, Liebste«, meldete sich Aron zu Wort, ehe er und Luana einen Blick wechselten, den Kaaya nicht deuten konnte.

»Ich finde nicht.« Alle schauten zu Oriana, die den ganzen Morgen über schweigsam gewesen war. »Wir haben keinen anderen Anhaltspunkt. Das Wälzen der Bücher bringt uns gerade nicht voran. Ich kann weiter recherchieren, aber ihr solltet zum Erlenwald reiten.«

Verdutzt sahen Kaaya und Aron Oriana an, die sich achselzuckend ihrem Essen widmete, während Luana triumphierend grinste. »Sag ich doch!«

Immerhin wäre das eine Möglichkeit. Wenn beide Elfen glaubten, dass sie im Erlenwald auf etwas stoßen könnten, dann musste da etwas dran sein. Hoffnung keimte in ihr auf, doch Kaaya versuchte sich ihr nicht hinzugeben. Zu tief saß die Angst, enttäuscht zu werden.

Die nächste halbe Stunde verbrachten sie essend, die anderen schienen ebenfalls in ihre eigenen Gedanken vertieft. Bevor sie aufbrachen, räumten sie gemeinsam den Tisch ab und Oriana packte ihnen noch einiges an Proviant ein. Die Reise zurück in den Erlenwald würde beinahe zwei Tage dauern. Der Weg war ihr beim ersten Mal gar nicht so lang vorgekommen. Oriana und sie waren Tag und Nacht durchgeritten. Kaaya mit Arian in den Armen …

»Passt auf euch auf«, sagte Oriana und holte sie damit zurück in die Gegenwart.

»Machen wir«, erwiderte Kaaya, doch insgeheim befürchtete sie, dass sie dieses Versprechen nicht würden halten können. Sie hatte ein seltsames Gefühl im Magen, und das blieb auch bis zu dem Moment bestehen, als sie schließlich im Erlenwald angekommen waren. Kaaya kannte jeden einzelnen Baum, der hier stand. Sie kannte jeden Stein und jeden Weg, kannte den Geruch.

Den Geruch von Zuhause.

»Und wonach sollen wir suchen?«, fragte sie an Luana und Aron gewandt, nachdem sie ihre Pferde angebunden hatten.

»Stand er genau hier?«, wollte Aron wissen.

Sie nickte. Vor ihrem geistigen Auge spielte sich die schreckliche Tragödie immer und immer wieder ab. Sie sah Arian hier stehen, reglos, hilflos. Hörte seine Schreie, seine gebrochene Stimme, die ihr in seinen letzten Momenten etwas mitteilen wollte.

Kaaya, ich … ich …

»Ja. Er stand genau hier.«

Luana schaute umher. »Wir teilen uns auf. Jeder wählt eine Richtung und sucht nach einem … einer … *irgendwas.*«

»Kommt nicht infrage«, erwiderte Aron. »Ich lasse dich nicht allein.«

Luana legte ihm eine Hand an die Wange. »Ich bin schon groß, Liebster. Ich kann auf mich aufpassen.«

Aron wollte erneut etwas erwidern, da drückte sie ihre Lippen kurz auf seine. Wieder sahen sie sich an, als würden sie mit ihren Blicken kommunizieren. Kaaya überlegte, ob ihr etwas entgangen war in den letzten Tagen, doch da drehte Luana sich schon um und lief in Richtung Norden.

»Schreit einfach, wenn ihr etwas gefunden habt«, rief sie den beiden noch über die Schulter hinweg zu.

Kaaya konnte erkennen, dass Aron die Hände zu Fäusten geballt hatte. »Ich gehe dann nach Süden in Richtung See«, murmelte sie.

Aron nickte und entschied sich für den Osten.

LUANA

Wachsam schritt Luana zwischen den Bäumen entlang. Ihre Sinne waren aufs Äußerste geschärft, und sie versuchte, keinen Laut zu machen, um mögliche Geräusche besser wahrnehmen zu können. Trotzdem konnte sie nicht verhindern, dass ihre Gedanken immer wieder zu den Dingen schweiften, die sie in den letzten Tagen erfahren hatte.

Aron hatte einen Bruder und in den vier Jahren ihrer Beziehung hatte er ihn nie erwähnt. Er hatte kaum von seiner Familie erzählt und von dem, was sie erlebt hatten. Hatte er sich geschämt? Hatte er gedacht, sie würde ihn weniger lieben, sobald sie wusste, dass er sich als Junge nicht hatte verteidigen können?

Idiot, dachte sie im Stillen. Wenn er doch nur wüsste, dass sie niemals in der Lage sein würde, ihn weniger zu lieben. Ihre Liebe zu ihm wurde jeden Tag größer und sie würde nie versiegen. Nie. Auch nicht, nachdem sie ihn eines Tages überlebt haben würde …

»Was wäre ich für ein Mann, Luana, wenn ich meinen Bruder sterben ließe, um selbst weiterzuleben?« Ein Schauer lief ihr über den Rücken, als die Worte in ihrem Kopf nachhallten. *»Wie könnte ich noch in den Spiegel schauen? Wie könnte ich in deine Augen sehen und dich lieben, wenn ich mich selbst hasse?«* Das Schlimmste an ihnen war, dass sie der Wahrheit entsprachen. Er hatte recht, und ganz gleich was sie sagen würde, es würde nichts ändern. Ihre Finger schlossen sich um das kühle Metall des Anhängers in ihrer Hosentasche. Dann musste sie es

eben selbst in die Hand nehmen. Sie würde Aron nicht einfach in den Tod gehen lassen.

Luana hielt inne. War da ein Geräusch? Sie blickte um sich, konnte jedoch nichts entdecken. Zwischen ihren gespreizten Fingern formte sich ein Feuerball. Gerade hatte sich ihr Herzschlag wieder beruhigt, da hörte sie es deutlich: Jemand schrie.

—

KAAYA

Kaaya fasste sich mit beiden Händen an den Kopf, als könnte sie den Schmerz dadurch eindämmen. Sie war auf die Knie gesackt und atmete schwer. Ein Stöhnen entwich ihr, das sich wieder zu einem Schrei entwickelte, als das Dröhnen in ihrem Kopf stärker wurde.

Sie kniff die Augen zusammen, und während sie sich die Schläfen massierte, fiel ihr auf, dass der Schmerz sie an etwas erinnerte. Sie hatte ihn schon mal gefühlt – an dem Abend, als der Schattenelf hier aufgetaucht war. Dann hatte sie Arian schreien hören und war losgestürmt. Der Kopfschmerz war geblieben, aber sie hatte ihn ignoriert, weil sie an nichts anderes mehr hatte denken können als an Arian.

Sie stützte sich auf dem Boden ab und krallte die Finger in die Erde, als der Schmerz sie erneut überrollte. Als sie ihre Augen wieder öffnete, fiel ihr Blick auf ihre Hände, die flackerten.

»O Götter«, wisperte sie und hielt sich ihre Finger vors Gesicht. Ja, sie flackerten. Kaaya schaute an sich hinunter und sah, wie die Luft um sie herum zu verschwimmen begann. Was war hier los? Bildete sie es sich ein oder rannte da jemand auf sie zu? Nur wenige Herzschläge vergingen, da erkannte sie, dass es Aron war. Atemlos ließ er sich neben sie fallen, und keine Sekunde später spürte sie, wie er nach ihrer Hand griff. Noch immer war ihr schwindlig, sie hatte das Gefühl, alles würde sich drehen, doch ihre Sicht wurde klarer. In der Ferne konnte sie sogar eine weitere Gestalt ausmachen.

Luana.

Sie schloss zu ihnen auf und blickte panisch von ihr zu Aron. »Was ist passiert?«

»Ich … ich weiß es nicht. Sie hat geschrien und geflimmert und –«

»Geflimmert?«, unterbrach Luana Aron und sah hinunter zu ihr. »Kaaya, geht es dir gut?«

Sie schüttelte ihren Kopf. »Ich glaube nicht.«

Luana und Aron tauschten einen Blick, bevor sich die Elfe hinunterbeugte und ihr an die Stirn fasste. »Du bist ja ganz kalt«, stellte sie fest und legte ihr dann beide Hände an die Wangen. Kaaya spürte, wie Wärme in sie hineinfloss, ausgehend von Luanas Fingerspitzen, die ihr Gesicht berührten. Sie hatte gar nicht gemerkt, dass ihr kalt war und dass sie zitterte.

»Was war das?«, fragte sie mehr sich selbst als die anderen zwei, die sie besorgt musterten.

Aron erhob sich wieder langsam. »Ich weiß es nicht.«

Auch Luana hatte sich aufgerichtet und blickte umher, als würde sie etwas wittern. »Ich spüre Magie.«

»Den Riss?« Kaaya rappelte sich mit zitternden Beinen auf und schaute Luana erwartungsvoll an.

»Ich kann es nicht genau sagen. Ich weiß nicht, wie ein Riss zwischen den Welten aussieht und wie er sich anfühlt. Aber er könnte sich hier befinden.«

Kaayas Herzschlag beschleunigte sich, nun sah sie ebenfalls hektisch umher. »Wonach soll ich suchen?«

Luana schüttelte den Kopf. »Das wüsste ich auch gern. In dem Buch stand, dass Risse keinen Körper haben. Ich denke nicht, dass man ihn mit dem bloßen Auge erkennen kann.«

Daraufhin streckte Kaaya die Hände aus, als wollte sie nach etwas in der Luft greifen.

»Wir müssen erst herausfinden, wie man einen Riss nutzt«, sagte Luana.

»Ich war vermutlich gerade dabei, durch den Riss zu treten«, gab Kaaya zurück, ihre Stimme bebte. »Und du hast mich davon abgehalten!« Wutentbrannt blickte sie zu Aron.

Gerade hob er beschwichtigend die Hände und wollte etwas erwidern, da fiel Luana ihm ins Wort. »Du wärst durch den Riss gegangen, und was dann?« Die Elfe klang nicht weniger aufgebracht als sie selbst. Kaaya schluckte schwer und antwortete nicht, was Luana die Gelegenheit gab weiterzusprechen. »Wir müssen jetzt zusammenhalten, Kaaya! Wir alle wollen Arian retten, aber wir dürfen nicht kopflos an die Sache herangehen! Wir brauchen einen Plan, wir müssen ungefähr wissen, was uns auf der anderen Seite erwartet – im verdammten *Nebulum*! Das ist kein Paradies, sondern eine göttinverdammte *Gefängniswelt*!«

»Ja, ich …« Sie kam nicht dazu weiterzusprechen, denn Luana hatte sich in Rage geredet.

»Du denkst, Eldan wäre unser einziges Problem? Was ist mit den inzwischen Tausenden von Schattenelfen, die dort leben? Und hast du schon mal von Umbren gehört, Kaaya?!«

»Lu«, Aron trat auf die Elfe zu und griff sanft nach ihrem Arm. Luanas Körperhaltung entspannte sich, als hätte allein seine Berührung eine beruhigende Wirkung auf sie.

Kaaya nickte. »Du hast recht.«

Luana schnaubte. Nun war es an Aron, etwas zu sagen. »Ja, sie hat recht«, er klang deutlich sanfter als seine Gefährtin. »Arian ist mein Bruder. Mein kleiner Bruder, dem ich mein Leben verdanke. Ich würde alles tun, um ihn zu retten, und ich weiß, das würdest du auch. Wir müssen einander vertrauen und wir müssen diesen Weg gemeinsam gehen.«

»Ihr habt recht. Es tut mir leid.«

Aron lächelte sie an. »Ist schon in Ordnung.«

Sie lächelte zurück und sah dann zu Luana, die die Augen verengt hatte und konzentriert einen Punkt auf dem Boden fixierte. Stirnrunzelnd folgte Kaaya ihrem Blick, doch sie konnte nichts erkennen außer aufgewühlter Erde und einigen Grashalmen.

»Was hast du?«

Luana ging auf die Stelle zu und bückte sich. Mit ihren Fingerspitzen strich sie über die Erde. »Hast du das gemacht?«

»Was gemacht?«, fragte sie und blickte der Elfe über die Schulter.

»Es sieht so aus, als hätte hier jemand mit dem Fuß Symbole in den Boden gezeichnet.«

Nun erkannte sie, was Luana meinte. Da war so etwas wie ein Halbkreis in der Erde und weiter darüber befanden sich zwei Punkte. Der Rest war verwischt. »Und was hat das zu bedeuten?«

»In den Büchern stand nichts von Symbolen. Es könnten vielleicht Runen sein, aber ich habe nichts über Runen im Zusammenhang mit Rissen gelesen«, sagte Luana. »Ihr?«

»Nein«, antwortete Kaaya und Aron schüttelte ebenfalls den Kopf. »Und wenn ich mich noch mal daraufstelle?«

Anstatt zu antworten, richtete Luana sich auf und begab sich an ihrer statt in den Halbkreis, in dem Kaaya noch vor wenigen Augenblicken gehockt und geschrien hatte. Doch Luana blieb still und sie flimmerte auch nicht. Ohne weiter abzuwarten, stellte sich Kaaya zu ihr. Diesmal tat sich nichts. Keine Schmerzen, kein Flackern, kein Verschwimmen der Luft um sie herum. »Das ist keine Rune«, schlussfolgerte sie. »Vielleicht ist das gar nicht der Riss. Luana?« Sie folgte dem Blick der Elfe, die neben ihr erstarrt schien, konnte aber nichts Außergewöhnliches in der Ferne entdecken.

»Da kommt jemand.«

KAPITEL 8

DER PRINZ

»Mein Prinz?« Der Wächter verbeugte sich tief. »Lord Kian Erthyra will Euch sehen.«

»Dann lasst den Lord herein«, antwortete der Prinz.

Der Wächter richtete sich wieder auf. »Jawohl, mein Prinz.« Er ging hinaus und nur wenige Momente später schwang die Tür erneut auf. Ein Elf mit aschgrauer Haut trat ein.

»Mein Prinz.« Der Blick aus seinen purpurroten Augen begegnete dem des Prinzen, bevor sich seine Lippen zu einem schelmischen Grinsen verzogen.

»Mylord.« Der Prinz erhob sich von seinem Stuhl und ging auf den Neuankömmling zu. Dann grinste auch er und umarmte den Elfen, der beinahe einen Kopf größer war als er selbst, was jedoch nicht hieß, dass er selbst klein war.

»Wie geht es dir, Ilias?«, wollte Kian wissen, als sie die Umarmung lösten.

Ilias senkte den Blick, bevor er antwortete. »Es geht mir gut.«

»Lügner.«

Er sah wieder hoch in das Gesicht seines Freundes und seufzte. »Wieso fragst du mich das jeden Tag, wenn die Antwort doch immer dieselbe ist?«

»Weil ich mir sicher bin, dass ein Tag kommen wird, an dem die Antwort eine andere sein wird.«

Ilias schüttelte kaum merklich den Kopf. »Erst wenn der Himmel über uns hell ist und die Toten lebendig werden.«

»Es ist so viele Jahre her«, erwiderte Kian leise, doch Ilias hatte sich bereits abgewandt. Zu viele Erinnerungen strömten in seinen Geist.

»Wie laufen die Planungen für die Zeremonie?«, fragte er, ohne auf Kians Bemerkung einzugehen.

»Meine Schwester ist ein Nervenbündel«, antwortete Kian seufzend.

Da die Erthyras zum engen Freundeskreis der Königsfamilie gehörten, wurde die Zeremonie für ihren Seelenbund groß gefeiert. Der Elf, mit dem Siraya ihren Bund eingehen würde, stammte ebenfalls von einer hochrangigen Familie ab.

»Ruven hier, Ruven da. Entweder spricht sie über ihn oder darüber, wie ihr Kleid aussehen soll.«

Ilias zuckte kaum merklich zusammen, als ihm erneut Bilder von Neah in ihrem weißen Kleid in den Kopf schossen. Wie sich die zarte Spitze, die sich an ihren runden Bauch schmiegte, dunkelrot färbte …

»Ilias?«, fragte Kian besorgt und legte ihm eine Hand auf die Schulter.

»Es geht mir gut«, versicherte er, doch es fühlte sich an, als würde er in Flammen stehen.

Sie sprachen noch über die bevorstehende Zeremonie und andere Dinge, an die er sich kaum mehr erinnerte, als Kian wieder ging. Ilias war erleichtert, dass sein Freund nicht lange geblieben war, denn er hatte noch Pläne. Er schickte seine Wachen fort und verließ den Palast ohne Begleitung. Nervös beschritt er den Weg hinunter in die Krypta. Sie befand sich neben dem

Tempel, den sein Vater in Gedenken an Eldan Ularen hatte errichten lassen, dem letzten König des Nebulums.

Er war seit drei Tagen nicht mehr bei ihr gewesen. Früher war er ihr nicht von der Seite gewichen, hatte sogar die Nächte auf dem kalten Steinboden neben ihrem Sarg verbracht. Irgendwann jedoch hatte er feststellen müssen, dass seine Trauer ihn in den Wahnsinn trieb. Er hatte sie flüstern hören, hatte gesehen, wie sich ihre Finger regten, wie sich ihr Brustkorb hob und senkte, ihre Augen sich öffneten und ihm leer entgegenschauten, als wollten sie ihn fragen, warum er sie nicht hatte retten können …

Diese Augen, die einst wie Amethyste gefunkelt hatten. Augen, deren warmer Blick ihm Leben eingehaucht hatte. Augen, in denen er versinken hatte wollen, für immer.

Ilias trat näher an den Sarg heran und schob den schweren Deckel mit zitternden Fingern auf.

Ihre Schönheit überwältigte ihn. Ihr glänzendes nachtschwarzes Haar umfloss ihren zarten Körper und rahmte ihr elfenbeinfarbenes Gesicht ein, dessen friedliche Züge ihm einen Schlag versetzten.

Auch nach dem Tod konnte die Zeit den Körpern von Elfen kaum etwas anhaben. Sie sah aus, als würde sie schlafen.

Ilias presste die Kiefer aufeinander und ballte seine Hände zu Fäusten, um der Versuchung zu widerstehen, sie zu berühren.

Man hatte sie ihm genommen. Man hatte ihm Neah genommen.

Er wusste nicht, was mehr wehtat – der Gedanke daran, was passiert war, oder der Gedanke daran, was niemals mehr passieren würde. Ihre gemeinsamen Träume verloren sich in den Nächten, die sie niemals miteinander verbringen würden. Er hatte kein Licht gekannt, bis Neah welches in sein Leben brachte – nur um es dann wieder mitzunehmen, als sie ging. Er spürte, wie der Schmerz nach seiner Seele griff. Der Schmerz, der inzwischen ein Teil von ihm geworden war. Sie war fort, doch sein gebrochenes Herz schlug weiter. Es würde so lange weiterschlagen, bis er herausgefunden hatte, wer ihr das angetan hatte.

Ihnen. Denn mit Neah und ihrem ungeborenen Kind war auch ein Teil seiner Seele gestorben.

KAPITEL 9

KAAYA

Kaaya entdeckte einen schwarzen Punkt in der Ferne, der allmählich näher kam. Sie verengte die Augen, um ihre Sicht zu schärfen. »Ist das ein Reiter?«

»Eine Reiterin«, gab Luana zurück. Als Elfe hatte sie deutlich bessere Sinne. »Oriana.«

Kaaya sah erneut zu der Stelle, die Luana immer noch fixierte. Jetzt erkannte sie es auch, das flammend rote Haar, das vom Wind aufgewirbelt wurde.

»Ist etwas mit Arian?« Arons Stimme hatte einen besorgten Klang angenommen, und als Kaaya ihn anschaute, bemerkte sie, dass er die Hände zu Fäusten geballt hatte.

»Ich denke, das werden wir gleich erfahren«, gab Luana trocken zurück.

Kaayas Herz galoppierte in ihrer Brust, schlug schneller und schneller, je näher Oriana kam. Arian ging es gut. Es *musste* ihm gut gehen. Die letzten Meter rannte sie der Elfe entgegen.

»Was ist passiert?« Ihr Herz hämmerte, hämmerte, hämmerte.

»Mit Arian ist alles in Ordnung«, brachte Oriana mühsam

hervor. Sie schien sehr erschöpft und ließ sich auf den Boden sinken, nachdem sie von ihrem Pferd gestiegen war.

»Was ist denn los? Warum bist du hier?« Sie konnte die Sorgen aus ihrer Stimme kaum verbannen.

Oriana sah zu ihr hoch und inzwischen hatten auch Luana und Aron zu ihnen aufgeschlossen. »Es ist Arians Kette.« Sie holte tief Luft. »Sie ist verschwunden.«

Während Aron neben ihr scharf die Luft einsog, verstand Kaaya zunächst nicht. Einige Herzschläge vergingen, ehe die Erkenntnis über sie hereinbrach wie ein Schwall kaltes Wasser. »Nein«, flüsterte sie erstickt. »Wie kann das sein? Wo ist sie?« Die dritte Komponente für das Ritual. Ohne die Kette würden sie es nicht durchführen können. Eine Gänsehaut erfasste sie am ganzen Körper, als sie sich an den letzten Abend neben Arian erinnerte. Sie hatte bemerkt, dass etwas an ihm anders war. Dass etwas fehlte. Die Kette. Die verdammte Kette war nicht mehr da gewesen.

»Das weiß ich nicht. Ich wollte ihn mit den Toniken einreiben und da habe ich es festgestellt.«

»Wir brauchen einen anderen Gegenstand, der Arian viel bedeutet hat«, sagte Aron.

»Was denn für einen anderen Gegenstand?« Kaaya sah ihn aus geweiteten Augen an. »Wo sollen wir den hernehmen?«

»Vielleicht fällt mir etwas ein. Irgendetwas aus Arians Kindheit.«

»Dann bitte, Aron, denk nach«, flehte sie, während sie im Kopf alle Gegenstände durchging, die Arian besaß. Es musste etwas sein, das ihm tief in seinem Herzen etwas bedeutete. Sie wollte gar nicht erst daran denken, was sie tun sollten, wenn sie nichts weiter finden würden …

»Ich habe unser Elternhaus vor zwei Jahren fluchtartig verlassen, ohne etwas mitzunehmen. Wir dachten die letzten neun Jahre, Arian wäre tot. Unsere Mutter hat seine Kinderkleidung nie weggegeben, aber andere persönliche Gegenstände hatten wir nicht. Wir lebten in Armut, wir hatten nicht einmal Spielzeug, wir –« Er unterbrach sich selbst, als ihm anscheinend etwas einfiel.

»Wir hatten kein Spielzeug, daher habe ich uns welches geschnitzt. Er hatte eine Lieblingsfigur. Das Pferd! Arian hat das Pferd geliebt!«

»Wo ist dieses Pferd?«, fragte sie hoffnungsvoll.

»Wenn der Bastard es nicht weggeworfen hat, hoffentlich noch im alten Haus.«

Kaaya wusste, dass er seinen Vater meinte – Seoras. »Dann müssen wir es holen.«

»Vielleicht sollte ich euch etwas sagen, bevor ihr neue Pläne schmiedet«, begann Oriana vorsichtig und sie sahen wieder zu ihr runter. Sie schien sich etwas von der langen Reise erholt zu haben. »Ich habe das hier gefunden.« Sie schob ihren Umhang beiseite und holte ein gefaltetes Stück Pergament aus ihrer Tasche hervor. Ihr Blick glitt zu Luana, die seit ihrer Ankunft kein Wort gesprochen hatte. »Möchtest du das erklären?«

Kaaya und Aron blickten nun ebenfalls zu Luana, deren sonst sonnengebräuntes Gesicht aschfahl wirkte.

»Lu?«, fragte Aron, als sie weiterhin stumm blieb.

»Ich habe das zwischen deinen Sachen gefunden, Luana.« Oriana erhob sich langsam und hielt das Stück Pergament in die Höhe.

»Du warst an meinen Sachen?« Luanas Stimme klang gefährlich ruhig.

»Natürlich. Auch an Arons und Kaayas. Ich habe nach der Kette gesucht.«

Die Worte trafen Kaaya wie ein Hieb in den Magen. Oriana misstraute ihr? Aber wenn sie genauer darüber nachdachte, würde sie auch jeden verdächtigen, wenn es um Arian ging. Um sein Leben.

»Was soll das sein?«, fragte Aron und sah zwischen Oriana und Luana hin und her, die sich ein Blickduell lieferten.

»Lies selbst.« Oriana hielt ihm das gefaltete Pergament hin, aber Luana griff zuerst danach.

»Es ist eine Seite aus dem Buch, das ich gelesen habe.«

Verständnislos guckte Aron sie an. »Wovon sprichst du?«

»Sie hat das Buch gefunden, in dem der vollständige Zauber für das Ritual drinsteht«, erklärte Oriana an ihrer Stelle.

»Blut von seinem Blut«, schnaubte Luana. »Das ist nur das, was die zwei Herzen für das Ritual bindet. Das Herz, das für Arians Seele schlägt«, sie zeigte auf Kaaya, »und das Herz, das für ihn aufhört zu schlagen.« Der Blick, mit dem sie ihn ansah, verriet, was das hieß. »Du musst sterben, Aron. Du musst sterben, wenn Arian wieder erwachen soll.«

Stille. Keiner wagte es, zu sprechen oder gar zu atmen.

Aron war der Erste, der schließlich seine Stimme wiederfand. »Also hast du mich angelogen?«

Luana blickte ihn fassungslos an. »Das ist alles, was du dazu zu sagen hast?«

»Ich habe dich gefragt, und du hast gemeint, du hättest nichts weiter herausgefunden. Du hast mich angelogen und dann hast du die Beweise gestohlen?« Er zeigte auf das Pergament in ihrer Hand. Kaaya beobachtete, wie sich seine Miene plötzlich veränderte. Wie Erkenntnis in seine Züge trat. »Du hast nicht nur die Beweise gestohlen, oder?«

Jetzt fiel es auch ihr wie Schuppen von den Augen. Hatte Luana wirklich …?

Anstatt zu antworten, griff Arons Gefährtin in ihre Hosentasche. Sie schloss ihre Faust um etwas, dann zog sie die Hand ganz langsam wieder heraus. Als Kaaya erkannte, was da in ihrer Hand baumelte, setzte ihr Herz für einen Moment aus. Arians Kette.

»Hätte ich dich einfach in den Tod gehen lassen sollen?«, flüsterte sie mit Tränen in den Augen.

Aron schüttelte ungläubig den Kopf, sein Gesicht war schmerzverzerrt. »Wie konntest du das tun?«

»Ich kann dich nicht verlieren!«

»Wir haben doch darüber gesprochen!« Er wurde lauter, und Kaaya konnte ihm anhören, wie verzweifelt er war.

»Du hast dich einfach so dazu entschieden zu sterben!«

»Und dann hast du entschieden, meinen Bruder sterben zu lassen, indem du die Kette gestohlen hast! Du hattest nicht das Recht dazu!«

»Und du hast nicht das Recht dazu, mich zu verlassen!« Ihre Stimme war so schrill, dass Kaaya sie fast nicht wiedererkannte.

»Oh doch, das habe ich«, rief er aufgebracht. »Und die hier nehme ich mit.« Er entriss Luana die Halskette, sodass sie erschrocken zusammenzuckte.

Kaaya konnte gerade noch sehen, wie sich ihre hellblauen Augen für einen Wimpernschlag orange färbten, und da wusste sie, was geschehen würde. Die Kette in Arons Hand verwandelte sich innerhalb von wenigen Sekunden in heiße Asche. Aron blickte ungläubig auf seine nun leere Handfläche, die rußbedeckt war. »Das hast du nicht getan«, hauchte er.

»Ich musste«, wisperte Luana, während sich ihre Augen erneut mit Tränen füllten.

»Aron«, murmelte Kaaya. »Arian würde nicht … er würde nicht wollen, dass du dich opferst.«

»Genau darum geht es doch! Arian kann sich nicht dazu äußern, weil seine Seele gestohlen wurde! Er stirbt, wenn wir nichts unternehmen!«

»Wir finden eine andere Lösung«, warf Luana ein.

»Darüber hätten wir sprechen können, bevor du uns verraten hast!«, stieß Aron aus und machte Anstalten zu gehen.

»Wohin willst du?«, fragte Kaaya.

»Ich gehe das verdammte Holzpferd suchen!«

»Seid ihr verrückt geworden? Ich für meinen Teil habe nicht vergessen, was du uns erst vor ein paar Tagen erzählt hast, Aron! Wie gefährlich dieser Mann ist!«, mischte Luana sich ein.

»Er war gefährlich, als ich ein Kind war. Heute würde er es nicht mehr wagen, mich auch nur falsch anzusehen. Sonst können ihm nur noch die Götter helfen.«

»Wie lange ist es her, dass er deine Mutter getötet hat?« Luanas Frage schien ihn getroffen zu haben, denn Aron wich entsetzt vor ihr zurück, als hätte sie ihn geschlagen.

»Wenn ich da gewesen wäre, hätte er sie nicht anrühren können.«

»Ich weiß, ich … bitte verzeih –«

»Zur Not kannst du mich ja beschützen.« Er spuckte ihr die Worte beinahe vor die Füße. »Falls ich schon wieder zu feige dafür bin. Das ist es doch, was du denkst.«

»Nein, ich … das war so nicht …«, stammelte Luana und trat auf ihn zu, Aron wich jedoch noch einen Schritt zurück. »Es tut mir leid, Aron«, wisperte sie.

»Beruhige dich und sag besser nichts, was du später vielleicht bereust.« Oriana legte ihm eine Hand auf die Schulter, doch er machte sich von ihr los.

»Ich hole das Holzpferd. Und wenn ich wieder zurück bin, will ich dich nicht sehen.« Sein Blick taxierte Luana, der nach diesen Worten auch der letzte Rest Farbe aus dem Gesicht wich. Weinend sackte sie in sich zusammen.

Aron drehte sich abrupt um und ging zu seinem Pferd. Kaaya versuchte Luana zu beruhigen, aber es wollte ihr nicht gelingen. Vielleicht, weil sie nicht ganz bei der Sache war.

»*Wir müssen jetzt zusammenhalten, Kaaya! Wir alle wollen Arian retten!*« Luanas Worte drehten Runde um Runde in ihrem Kopf. Ja, sie verstand, warum sie das getan hatte. Sie hatte ihren Gefährten nicht verlieren wollen. Aber sie hatte gelogen. Sie hatte ihnen beiden ins Gesicht geschaut und von Zusammenhalt und Vertrauen gesprochen. Sie hatte sie hierher begleitet, in dem Wissen, dass jegliche Erkenntnisse, die sie erlangen würden, umsonst wären, weil sie keine Halskette mehr hatten. Sie hatte sie schlicht hintergangen.

»Bitte geh mit ihm.« Luanas Stimme klang matt und tonlos. Sie schien nicht genügend Kraft zu haben, um Kaaya anzusehen. Vielleicht schämte sie sich auch für ihr Handeln. »Bitte, Kaaya.«

Kaaya kaute auf ihrer Unterlippe herum, dann nickte sie langsam. Ja, sie war wütend auf Luana. Verdammt wütend. Aber ihr ging es gerade vermutlich mies genug.

»Danke«, flüsterte die Elfe.

Kaaya schluckte, ehe sie leise antwortete. »Ich tue das nicht für dich.«

Luana entwich ein Schluchzen, doch sie erwiderte nichts weiter.

»Ich bleibe bei ihr«, murmelte Oriana.

Kaaya nickte und verabschiedete sich leise. Dann lief sie Aron hinterher, der auf dem Weg zu den Pferden bereits zwischen den Bäumen verschwunden war.

»Warte!«

Aron drehte sich zu ihr um und sah sie fragend an. »Was machst du hier?«

»Ich begleite dich.«

Seine Mundwinkel sackten nach unten. »Hat *sie* dich darum gebeten?«

»Ja«, antwortete sie wahrheitsgemäß. »Doch ich bin nicht ihretwegen hier. Arian ist alles, was ich noch habe. Und ich werde nicht tatenlos in Orianas Hütte herumsitzen, während seine Seele im Nebulum steckt. Ich kann nicht. Ich muss etwas tun.«

Aron sollte am besten verstehen, wie sie sich fühlte.

Er nickte knapp. »Dann lass uns deinem Stief-Schwiegervater einen Besuch abstatten.«

KAPITEL 10

KAAYA

Während sie stundenlang wortlos nebeneinander herritten, veränderte sich die Landschaft allmählich. Die Sonne versank langsam hinter den Hügeln und tauchte die Umgebung in ein goldenes Licht. Die immer dichter werdenden Bäume warfen Schatten auf den Waldboden, der unter den Hufen der Pferde aufgewühlt wurde.

Die Bäume wurden höher und dicker, und Kaaya lief ein Schauder über den Rücken, da sie der Pfad unmittelbar an ihre letzte Reise nach Obernsteig erinnerte. Als sie nicht auf ihren Weg achtete, stieß sie sich beinahe den Kopf an einem herabhängenden Ast. Von Zeit zu Zeit ragten riesige moosbedeckte Steine aus dem Boden, und sie mussten achtgeben, dass sich die Pferde nicht verletzten.

Bevor es dunkel wurde, näherten sie sich einer kleinen Stadt am Meer, um ein wenig Proviant für die Reise zu kaufen. Das, was Oriana ihnen eingepackt hatte, befand sich bei Luana, und Kaayas Magen knurrte immer wieder so laut, als hätte sie seit Tagen nichts mehr gegessen.

»Sonnenburg«, las sie laut vor und fuhr mit dem Finger über den Ort auf der Landkarte. Während Aron die Pferde anband, rollte sie die Karte wieder zusammen, um sie in einer der Satteltaschen zu verstauen.

Sie hob ihren Blick und er begegnete dem Horizont. Es hatte etwas Magisches an sich, die Sonne im Meer versinken zu sehen. Dieses sanfte Zusammenspiel von Rot und Orange und Violett und dann der tiefblaue Ozean, der ihr Herz zum Klopfen brachte … Ein leises Lächeln schlich sich auf ihre Lippen, als sie verstand, warum man den Ort so genannt hatte.

»Kommst du?« Aron hatte sich zu ihr umgedreht und bedachte sie mit einem Stirnrunzeln. »Nicht dass sie die Stände gleich abbauen.«

Noch immer lächelnd nickte sie ihm zu und schloss dann zu ihm auf.

Glücklicherweise gelang es ihnen nach einer kurzen Suche, ein wenig Speck und Obst zu finden. Der Händler erklärte ihnen, dass Sonnenburg für seine Mandarinen bekannt war. Kaaya war gerade dabei, diese in ihrem Beutel zu verstauen, da fiel ihr auf, dass sie beobachtet wurden. Unauffällig wandte sie ihren Kopf in die Richtung, in der sie den Mann aus dem Augenwinkel entdeckt hatte, um einen kurzen Blick auf ihn zu erhaschen. Just in dem Moment schlenderten weitere Besucher des Marktplatzes an ihm vorbei, sodass sie wenig Erfolg hatte.

»Kennst du den Mann?«, fragte Aron, der gerade dabei war, eine der Mandarinen im Stehen zu schälen.

Sie zuckte mit den Schultern. »Vermutlich hält er uns für Diebe.«

»Er kommt jetzt hierher.«

Kaaya stieß einen leisen Seufzer aus. Der Mann musste ganz schön mutig sein, wenn er trotz der riesigen Klinge auf ihrem Rücken einen Streit anzetteln wollte. Doch als sie herumwirbelte, erkannte sie, wie falsch sie gelegen hatte.

»Prior!« Ein überraschtes Keuchen kam über ihre Lippen, als sie den Mann erblickte, für den Arian seit Jahren arbeitete. Gearbeitet hatte …

»Ich dachte zunächst, ich würde dich verwechseln. Aber du bist es wirklich, Kaaya!« Die Furchen in Priors Gesicht vertieften sich, als er lächelte. Es dauerte jedoch kaum einen Wimpernschlag, da verdunkelte sich seine Miene wieder. »Geht es Arian gut? Er war seit Tagen nicht mehr bei der Arbeit, dabei ist er doch so ein zuverlässiger Junge.«

Kaaya bemühte sich, die Fassung zu wahren, und räusperte sich, als Priors Blick zu Aron schweifte. »Das ist Arians Bruder Aron. Halbbruder.« Während sich die Männer die Hand schüttelten, verlagerte sie ihr Gewicht von einem Bein aufs andere. Was sollte sie ihm erzählen?

»Mein Bruder musste kurzfristig unserer Tante in Argonsfeld aushelfen«, sagte Aron und ihr fiel ein Stein vom Herzen. Das war gut.

Der alte Mann nickte, doch ganz überzeugt schien er noch nicht.

»Es ist eine wirklich dringende Angelegenheit, Prior. Arian ist in einer Nacht-und-Nebel-Aktion aufgebrochen. Er müsste aber bald zurückkommen«, ergänzte sie. »Was machst du hier so weit von Silbersturm entfernt?«

Die Falten auf der Stirn des Händlers glätteten sich, als der skeptische Gesichtsausdruck wich. Kaaya hätte am liebsten erleichtert aufgeatmet. »Ich hole meine Mandarinen hier, um sie in der Hauptstadt zu verkaufen.«

Sie unterhielten sich noch einige Minuten über Priors Obststand, dann verabschiedeten sie sich. Aron und Kaaya setzten sich auf eine der vielen Bänke mit Blick aufs Meer.

»Wie hast du meinen Bruder eigentlich kennengelernt?«,

fragte Aron zwischen zwei Bissen geräucherten Specks, ohne aufzublicken.

Kaaya musste unwillkürlich lächeln, als sie an jenen Tag zurückdachte. »Auf der Straße. Ich habe in Gassen geschlafen und mich mit Betteln und Stehlen über Wasser gehalten«, sie senkte den Blick, als Aron sie nun doch ansah. »Ich bin nicht stolz darauf. Aber ich hatte kaum eine Wahl. Ich war ein Kind ohne Familie. Bis Arian kam. Er hat mich bei sich aufgenommen, und dann war er meine Familie.« Ihre Stimme brach zum Ende und sie räusperte sich verlegen.

Aron sagte nichts weiter, sondern biss erneut ein Stück von seinem Speck ab.

»Und du und Luana?«, fragte sie leise, woraufhin er einfach nur den Kopf schüttelte.

»Ich möchte jetzt nicht an sie denken.«

»Du denkst ohnehin an sie«, erwiderte sie sanft.

Aron seufzte. »Markos, der Schneider, bei dem ich arbeite, wurde damit beauftragt, Stoffe nach Erloven zu liefern«, erzählte er nach einer Weile. »Ich habe ihn begleitet, und vor Ort stellte sich heraus, dass es Lady Ysanoa war, die ihm den Auftrag erteilt hatte. Luanas Mutter. Ihre Hofschneiderin war wohl verunglückt und sie brauchte dringend Ballkleider für sich und ihre Töchter.«

»Und da hast du sie dann das erste Mal getroffen?«

»Nicht direkt an jenem Tag. Eigentlich sollten wir nur die Stoffe liefern und wieder abreisen, aber Markos hatte einige seiner eigenen Kreationen mitgebracht, in der Hoffnung, die Kleider der Fenhorns selbst nähen zu dürfen. Als Lady Ysanoa die Entwürfe erblickte, war sie tatsächlich hin und weg. Wir sollten ihre Maße nehmen und ihnen die Kleider auf den Leib schneidern. Mir hat man ihre jüngste Tochter zugeteilt.« Aron machte eine kurze Pause und schluckte schwer, ehe er fortfuhr. »Ich war ein wenig nervös, als ich an die Tür ihres Gemachs klopfte. Und da stand sie dann. Das schönste Geschöpf, das ich je sah.« Aron griff nach seinem Wasserschlauch und nahm einen Schluck.

»Weiter!«, protestierte Kaaya, als Aron nicht weitersprach.

Lächelnd kam er ihrer Aufforderung nach. »Sie hat nur einen leichten Morgenmantel getragen und mich aus großen, überraschten Augen angeschaut. Man hatte ihr nicht gesagt, dass ein Mann ihre Maße nehmen würde. Sie gibt es bis heute nicht zu, aber sie war verlegen.« Sein Lächeln wurde breiter.

»Luana kann verlegen sein?«, fragte Kaaya gespielt entsetzt.

»Sie hat so viele Facetten. Meist zeigt sie ihre biestige Seite, um ihr weiches Herz zu verbergen.« Das Lächeln auf Arons Lippen erlosch. »War ich zu hart zu ihr?«

Kaaya wusste nicht, was sie darauf antworten sollte. Nachdenklich schüttelte sie dann den Kopf. »Was sie getan hat, war nicht in Ordnung. Du warst verletzt und enttäuscht. Sicher weiß sie, dass du es nicht so gemeint hast.«

»Sie hat mich hintergangen. Sie hat mein Vertrauen missbraucht.«

Erneut schüttelte sie den Kopf. »Sie hat das getan, weil sie dich beschützen wollte. In ihrem Kopf war das die einzige Möglichkeit.«

»Sie hätte mit mir sprechen müssen.«

»Manchmal tut man eben Dinge, ohne vorher darüber nachzudenken.«

»Und manchmal macht man damit Dinge kaputt, die man nicht mehr reparieren kann.«

LUANA

Luana saß in Orianas Hütte am Tisch und rührte in der Suppe, die inzwischen sicher eiskalt war. Zwei Tage waren vergangen, seit Aron und Kaaya sie im Erlenwald zurückgelassen hatten. Zusammen mit Oriana war sie erst vor wenigen Stunden angekommen und noch immer war sie vollkommen aufgewühlt und konnte ihre Gefühle nicht greifen. Sie hatte etwas Schreckliches getan. Sie hatte die Halskette nicht nur gestohlen, sie hatte sie verbrannt. Die Kette war weg und daran würde sich nichts mehr ändern. Das war egoistisch von ihr gewesen. Egoistisch und selbstsüchtig.

Und doch bereute sie es nicht. Sie würde es jederzeit wieder tun, wenn das hieße, Arons Leben zu schützen. Selbst wenn er sie nicht mehr sehen wollte – wenigstens wusste sie so, dass er noch lebte.

Noch. Nun waren er und Kaaya auf dem Weg, um dieses Holzpferd zu holen, und falls sie erfolgreich waren, würde Aron sein Leben opfern. Es wegwerfen. Sie wegwerfen. Ihre Brust schmerzte und ihre Augen brannten, da sie in den letzten Tagen Tausende von Tränen vergossen hatte.

Langsam wandte sie ihren Blick zu Oriana, die ihr gegenübersaß und aufmerksam in dem Buch las, aus dem Luana die Seite herausgerissen hatte. Arians Tante suchte nach weiteren Informationen, nach irgendetwas, das darauf hindeutete, dass Luana falschlag. Dass Aron sich nicht opfern musste, damit sein Bruder leben konnte. Aber da sie noch kein Wort gesagt hatte, schien sie nicht fündig geworden zu sein.

Erneut blätterte Oriana stumm eine Seite weiter. Luana stieß einen Seufzer aus und stützte erschöpft das Gesicht in die Hände.

»Ein Herz, das für ihn aufhört zu schlagen«, murmelte Oriana irgendwann und Luana sah auf.

»Was?«, fragte sie atemlos. »Hast du etwas gefunden?«

Doch Oriana schüttelte lediglich ihren roten Schopf. »Ich stolpere nur immer wieder über diese Formulierung.«

Sie runzelte die Stirn. »Warum?«

»Ein Herz, das für ihn schlägt. Ein Herz, das für ihn aufhört zu schlagen.« Oriana zog ihre Unterlippe ein und kaute auf ihr herum. Luana konnte förmlich sehen, wie es hinter ihrer Stirn arbeitete. »Theoretisch ist hier nicht von seinem Tod die Rede.«

Luana lehnte sich vor und verschränkte die Arme auf dem Tisch. Mit zusammengezogenen Brauen fixierte sie Oriana. »Woran denkst du?«

»Ich bin nicht sicher«, erklärte sie. »Aber was, wenn …« Sie trommelte mit den Fingern auf dem Tisch, während sie noch immer ihre Unterlippe bearbeitete.

»Wenn wir sein Herz nur temporär anhalten«, beendete Luana den Satz flüsternd. Beide Frauen schauten einander ungläubig an, als ob sie darauf warteten, dass der anderen gleich etwas einfallen würde, was den Ansatz des Plans wieder zunichtemachte.

»Das könnte das Schlupfloch sein, nach dem wir gesucht haben.«

Luana stand auf, nicht länger fähig, ruhig zu bleiben. »Ja, das ist es! Das muss es sein!«

»Du bist Blutmagierin, oder?«, fragte Oriana mit einem Blick auf ihre feuer- und blutroten Runen.

Sie nickte zaghaft. »Aber meine Blut-Affinität ist sehr schwach ausgeprägt. Ich habe nie gelernt, mit ihr umzugehen oder sie anzuwenden. Du weißt sicher, wie das mit Blutmagie ist.« Sie war sehr komplex, und selbst eine Affinität zu Blut bedeutete nicht, dass man die Magie automatisch anwenden konnte. »Ein Herz … ich wüsste nicht einmal, wie ich mich da heranwagen sollte.«

»Ein Herz anzuhalten, ohne den Organismus zu schädigen, ist etwas, das nur die wenigsten Elfen beherrschen dürften. Es ist riskant«, fügte Oriana hinzu. »Was ist, wenn das Herz danach nicht weiterschlägt? Wenn der Zauber misslingt?«

Eine Gänsehaut erfasste Luanas gesamten Körper. »Zufällig kenne ich eine starke Blutmagierin, der ich mein Erbe zu verdanken habe.« Sie schluckte.

»Lady Ysanoa Fenhorn«, sagte Oriana tonlos und Luana nickte.

Luana lag auf dem Sofa und konnte vor Aufregung kein Auge zumachen. Oriana war schon vor einiger Zeit ins Bett gegangen, und nun war sie hier ganz allein mit ihren Gedanken, während das Feuer im Kamin leise vor sich hin knisterte.

Auf der einen Seite war sie glücklich, dass sie ein Schlupfloch entdeckt hatten. Eins, das Arons Leben verschonen würde. Auf der anderen Seite musste sie es erst mal schaffen, den Zauber richtig anzuwenden. Und dafür musste sie nach Erloven zurückkehren. An jenen Ort, aus dem man sie vor vier Jahren verjagt hatte. Ihre eigene Großmutter hatte sie fortgeschickt und ihr gesagt, sie bräuchte nicht zurückzukommen, wenn sie sich für Aron entschied.

Und Luana hatte sich für Aron entschieden. Sie würde sich

immer für Aron entscheiden. Ihr Magen verkrampfte sich. Er und Kaaya müssten bereits in Obernsteig angekommen sein und bald auf Seoras treffen. Nur ihretwegen setzte sich Aron diesem Mann aus. Weil sie ihm nicht vertraut und die Halskette zerstört hatte wie ein kleines Mädchen, das seine Gefühle nicht unter Kontrolle hat.

Traurig seufzend drehte sie sich auf die Seite und blickte in die Flammen. Sie würde ihren Fehler wiedergutmachen. Gleich nach Sonnenaufgang würde sie nach Silbersturm reiten und von dort aus mit dem Schiff nach Erloven reisen, direkt auf die schwebende Insel. Ihr Herz zog sich bei dem Gedanken zusammen. Es kostete sie eine Menge Überwindung, ihren Stolz hinunterzuschlucken und dorthin zurückzukehren. Und doch war da ein kleiner Funken Vorfreude. Sie würde ihr Zuhause wiedersehen. Ihre Schwestern. Ihre Mutter.

Mit ihnen war Luana im Guten auseinandergegangen. Ihre Mutter hatte ihr gesagt, sie solle ihrem Herzen folgen und für das einstehen, was sie glücklich machte. Aber dass sie die Entscheidung der Hohen Lady nicht hinterfragen dürfe, denn diese saß an der Spitze des Rates.

Lady Elora, Luanas Großmutter, war eine strenge Frau, die großen Wert auf Tradition, Macht und Disziplin legte. Sie hatte Luana, ohne mit der Wimper zu zucken, verstoßen, und sie würde auch ihre eigene Tochter verstoßen, wenn sie erfahren würde, dass diese sich nicht an die Regeln hielt. Daher wusste Luana nicht, wie ihre Mutter reagieren würde, sollte sie einfach vor ihrer Tür auftauchen. In wenigen Tagen würde sie es wohl herausfinden müssen.

Kapitel 11

Kaaya

Als Kaaya und Aron Obernsteig erreichten, dämmerte es bereits. Doch Aron ließ sich von der zunehmenden Dunkelheit nicht aufhalten und führte Kaaya auf direktem Weg zu dem Haus, in dem er seine Kindheit verbracht hatte. Nachdem sie ihre Pferde festgebunden hatten, spähte er vorsichtig durch eines der Fenster in das Innere seines Elternhauses, Kaaya lauschte an der Tür. Vergebens. Niemand schien dort zu sein.

Angespannt holte Aron den Haustürschlüssel aus seiner Hosentasche. Kaaya war sich fast sicher, dass seine Hände zitterten, als er den Schlüssel in das Schloss steckte und nach rechts drehte. Mit einem Klicken entriegelte es sich und Aron stieß die Tür nach innen auf. Instinktiv tastete sie nach Stahlschwinge, während sie nach Aron hineinging.

Es war dunkel im Haus und die Luft abgestanden. Da man direkt im Kochbereich stand, wenn man das Haus betrat, fiel Kaayas Blick sofort auf das benutzte Geschirr, das überall verteilt lag, und dem Geruch nach zu urteilen, befanden sich in den Töpfen noch Essensreste, die mehrere Tage alt sein mussten.

Sie ging einige Schritte weiter in die Wohnstube hinein, doch plötzlich ertönte hinter ihr ein ohrenbetäubendes Krachen. Ein

Schrei entrang sich ihrer Kehle und erschrocken drehte sie sich wieder um, eine Hand am Griff von Stahlschwinge, und sah einen Teller in Scherben auf dem Boden liegen. Mit geweiteten Augen und wild klopfendem Herzen blickte sie zu Aron, der mit hochrotem Kopf dastand und sein Werk betrachtete. Er war im Begriff, nach einem weiteren Teller zu greifen, da hielt Kaaya ihn zurück. »Bist du verrückt geworden? Was tust du da?«

In Arons Augen standen Tränen, als er ihr ins Gesicht sah. »Er hat ihr Leben zerstört!«, rief er. »Arians und das meiner Mutter! Sie hatten das nicht verdient!«

»Ich weiß«, beschwichtigte sie ihn. »Ich weiß, Aron, du hast recht! Aber noch haben wir die Möglichkeit, Arians Leben zum Besseren zu wenden – ihn zu retten!«

Aron nickte. »Entschuldige«, sagte er und seine Stimme klang wieder etwas fester.

»Nun wissen wir immerhin, dass Seoras nicht hier ist.« Sie versuchte ihn aufmunternd anzulächeln. So wütend, wie Aron eben ausgesehen hatte, war sie erleichtert darum.

»Bleib du hier«, seufzte Aron. »Ich gehe nach oben und suche dort nach dem Holzpferd.«

»In Ordnung. Dann schaue ich mich hier unten um.«

Nickend lief Aron an ihr vorbei und steuerte auf die Treppe zu, die von der Wohnstube aus in die obere Etage führte. Derweil öffnete sie alle Schranktüren, die sie finden konnte, blickte nur kurz hinein und wandte sich wieder ab. Hier würde sie sicher keine Spielfigur finden. Also trat sie in den Wohnraum und hatte gerade einen weiteren kleinen Schrank geöffnet, als sie Stimmen vernahm. Männerstimmen – mindestens drei. Ihr Puls beschleunigte sich und sie wollte auf die Treppe ausweichen, da hörte sie auch schon, wie die Haustür aufgeschlossen wurde.

Erschrocken schwang sie herum und schaute in das Gesicht eines Mannes, den sie zwar noch nie gesehen hatte, aber doch erkannte. Sie wusste um die Geschichte hinter der dünnen Narbe, die durch seinen Bart über seine linke Wange bis hin zu seinem Ohr verlief. Arian hatte ihr erzählt, wie er ihm seinen Dolch quer durch das Gesicht gezogen hatte, als dieser dabei gewesen war, Aron zu würgen.

»Seoras.« Es war mehr eine Feststellung als eine Frage.

Der Mann, der sie gerade mit verwirrtem Blick gemustert hatte, grinste jetzt breit. »Damenbesuch.« Seine Stimme klang tief, aber heiser. Auch sein Gang ließ vermuten, dass er zu tief ins Glas geguckt hatte.

Als er nur noch wenige Schritte von Kaaya entfernt war, wich sie instinktiv zurück. Ihre Hand zuckte zu ihrem Schwert, doch sie wollte den Mann nicht gegen sich aufbringen. »Mein Name ist Kaaya. Ich bin eine Freundin Eures Sohnes.« Vorsichtig ließ sie ihren Blick zu den anderen beiden Männern gleiten, die das Haus ebenfalls betraten.

»Der Rum ist alle«, lallte der eine und hielt eine Flasche in die Höhe. Der andere starrte Kaaya aus großen Augen an.

»Wer ist das denn?«

»Das ist Kaaya.« Seoras grinste noch immer und sah dabei aus wie ein Raubtier. Aber sie würde nicht seine Beute sein. »Eine Freundin von Aron.«

»Ich bin nicht wegen Aron hier«, entgegnete sie ruhig. »Sondern wegen Arian.«

Mit zwei großen Schritten war Seoras bei ihr. Er hatte die Nasenflügel aufgebläht und blickte mit zusammengezogenen Augenbrauen zu ihr runter. »Der Bastard ist nicht mein Sohn!«

»Habt Ihr deswegen versucht ihn zu töten?«

»Die Elfenbrut hat es doch nicht anders verdient!«, bellte er.

»Ist alles in Ordnung bei dir?«, rief Aron und alle Köpfe wandten sich in Richtung Treppe.

Kaaya nutzte den Moment und zückte Stahlschwinge.

»Kaaya, was ist da unten los?« Aron eilte die Treppe herunter, aber einer der beiden Männer stellte sich ihm in den Weg.

»Wo willst du denn hin, Junge?«, fragte der glatzköpfige Mann, der mindestens genauso groß und genauso breit war wie Aron.

»Schnapp ihn dir, Ollie!«, blaffte Seoras, bevor er sich wieder Kaaya zuwandte.

Sie konnte noch erkennen, wie Aron Ollie eine Kopfnuss verpasste, ehe Seoras ihr gesamtes Blickfeld einnahm. Instinktiv versuchte sie weiter nach hinten auszuweichen, um mit Stahlschwinge ausholen zu können, doch sie spürte die kalte Wand in ihrem Rücken.

Seoras schien ihre Lage durchschaut zu haben und rammte ihr unverzüglich die Faust in den Magen, sodass Kaaya sich zusammenkrümmte und das Schwert fallen ließ. Hustend hielt sie sich den Bauch, aber ihr blieb keine Zeit, sich zu erholen, denn Seoras machte sich für den nächsten Schlag bereit. Hastig ließ sie sich auf die Knie fallen, um dem Kinnhaken auszuweichen. Statt sie traf Seoras' Faust nun die Wand. Er stieß einen Schrei aus und schüttelte die schmerzende Hand. Kaaya nutzte die Gelegenheit, griff nach dem Schwert, das neben ihr lag, und ohne weiter nachzudenken, rammte sie seinen Griff gegen Seoras' Hinterkopf. Diesmal war er es, der auf die Knie sackte.

Kaaya drehte sich panisch um und suchte nach Aron. Ollie lag auf dem Boden, aber vom dritten Mann und Arians Bruder keine Spur. Sie blickte noch mal prüfend hinter sich, Seoras schien außer Gefecht zu sein.

»Aron?«, rief sie und lief quer durch das Zimmer auf den

Waschraum zu. Hellrote Blutspritzer sprenkelten die Wände. Kaaya folgte ihnen mit den Augen und entdeckte schließlich einen massigen Körper, der kopfüber im Zuber hing. Er regte sich nicht. »Aron!« Ihre Hände zitterten, als sie seinen Rücken berührte, dann erkannte sie, dass das gar nicht Aron war. Der Mann blutete stark aus einer Stichwunde in der Schulter.

Er ist doch nicht etwa …

»Ist er tot?« Als die Stimme hinter ihr ertönte, wirbelte Kaaya herum. Ihr Herz setzte vor Erleichterung einen Schlag aus. Atemlos fiel sie Aron um den Hals.

»Geht es dir gut?«

Aron drückte sie kurz ganz fest, dann schob er sie von sich, um sie zu betrachten. »Geht es dir denn gut?«

Sie nickte aufgebracht. »Geht schon. Und der Typ im Zuber atmet noch. Was hast du mit ihm gemacht?«

In Arons Hand blitzte ein blutiger Dolch auf. »Der lag unter dem Bett meiner Mutter. Ich hatte ihn ihr geschenkt, damit sie sich im Notfall verteidigen kann.«

»Hast du auch Arians Pferd gefunden?«, fragte Kaaya hoffnungsvoll, doch Aron schüttelte den Kopf. »Wir müssen weitersuchen!«

»Ich weiß.« Er rieb sich ungeduldig das Gesicht. »Ich würde sagen, wir haben höchstens eine halbe Stunde, bevor die Mistkerle ihr Bewusstsein wiedererlangen. Lass uns noch mal nach oben gehen.«

Kaaya nickte zustimmend, bevor sie eilig die Treppen hochstiegen und das erste Zimmer links im Gang betraten.

»Das hier war Arians Zimmer«, erklärte Aron.

Kaayas Herz schlug wie wild. Hier war also der Mensch aufgewachsen, der ihr auf der Welt am meisten bedeutete. In der Ecke stand ein Bett, Kissen und Decke waren voller rostfarbener

Flecken. Daneben befand sich ein Nachtschränkchen und an der Wand gegenüber ein kleiner Kleiderschrank. In seiner Tür entdeckte sie ein faustgroßes Loch.

»Da drin haben wir uns zusammen versteckt, wenn es im Zimmer unserer Eltern wieder laut wurde«, sagte Aron neben ihr.

Langsam trat sie auf ihn zu und öffnete die Tür, die beinahe aus den Angeln fiel. Vor ihrem geistigen Auge sah sie die beiden kleinen Jungen darin kauern und zittern.

»Wir sollten uns beeilen.« Arons Stimme riss sie aus ihren Gedanken.

»Ja«, stimmte sie zu und schob Arians alte Kleidung beiseite. Im obersten Fach befand sich schon mal kein Holzpferd.

»Ich gehe in meinem Zimmer nachsehen«, kam es von Aron und sie nickte zur Bestätigung.

Entschlossen wühlte sie weiter in dem Schrank herum, ehe sie die Tür wieder schloss und sich dem Nachtschränkchen widmete. Nichts. Sie seufzte frustriert. Als sie sich dem Bett zuwandte, rumorte ihr Magen. Die Flecken waren eindeutig altes, getrocknetes Blut. Mit zitternden Fingern hob sie die Decke an. Die Matratze war über und über mit Löchern bestückt, sie meinte sogar Brandflecken zu erkennen. Doch auch hier war kein Holzspielzeug zu finden. Sie kroch über die Matratze und steckte die Hand in die Lücke zwischen Bett und Wand. Kaaya wollte die Hand gerade wieder rausziehen, da ertastete sie etwas. Sie schloss die Finger darum und hob es hoch, dann breitete sich Enttäuschung in ihr aus.

»Ein alter Schuh«, murmelte sie. Die Matratze quietschte, als sie sich erhob, um nach Aron zu sehen. Hier waren keine weiteren Verstecke. Plötzlich hörte sie ein Poltern.

Mit wenigen Schritten sprintete Kaaya aus dem Raum und

überquerte den Flur auf dem Weg zu dem Zimmer, aus dem sie die Geräusche vernahm. Ein dumpfer Laut ertönte, und es hörte sich so an, als würde jemand gegen die Wand treten. Sie stieß die Tür auf und sah Aron am Boden liegen, Seoras über ihm.

»Runter von ihm!«, brüllte sie und zog ihr Schwert, doch Seoras reagierte nicht. Also holte Kaaya aus und stieß ihm die Klinge in die Schulter. Seoras entfuhr ein Schmerzensschrei, und Aron nutzte den Moment, um seinen Vater von sich herunterzustoßen. Er hatte Würgemale am Hals und hustete. Kaaya reichte ihm die Hand und half ihm auf die Beine, mit der anderen Hand hielt sie noch immer Stahlschwinges Griff fest umklammert, die Spitze zeigte auf Seoras, der auf dem Boden kauerte.

»Wir gehen jetzt«, sagte sie und funkelte ihn aus zu Schlitzen verengten Augen an.

»Haut ab und kommt nie wieder hierher!«, blaffte Seoras, das Gesicht schmerzverzerrt. »Abhauen ist das Einzige, was du kannst!«

»Alles in Ordnung?«, fragte sie an Aron gewandt, der seinen Blick nur schwer von seinem Vater lösen konnte.

»Ja«, presste er hervor.

Sie stützte ihn bis zur Treppe, dann hielt er sich am Geländer fest, während sie ihre Klinge zurück in die Scheide auf ihrem Rücken schob. Aus dem Augenwinkel sah sie plötzlich Seoras auftauchen, doch es geschah alles viel zu schnell, als dass sie hätte reagieren können.

Blitzschnell war er hinter sie getreten und schubste sie so fest, als wäre die Wunde in seiner Schulter bereits verheilt. Kaaya versuchte noch, sich am Geländer festzukrallen, aber es war zu spät.

Aron

Aron streckte seine Hand nach Kaaya aus, doch Seoras schlug nach ihm. Er konnte nur noch voller Entsetzen beobachten, wie die Freundin seines Bruders in die Tiefe fiel und reglos am Treppenabsatz liegen blieb. Gegenwart und Vergangenheit verschmolzen miteinander und er sah seine Mutter tot am Boden. In seinem Kopf setzte etwas aus, und mit einem Wutschrei versenkte er seine Faust im Gesicht seines Vaters, der rückwärtstaumelte.

»Du beschissener Bastard!«, bellte Seoras und hielt sich die blutende Nase.

Aron ließ sich davon nicht beeindrucken und schubste seinen Vater gegen die Wand. Vergessen waren die Schmerzen an seinem Hals. Er wollte diesen Mann büßen lassen. Wieder hob er die Faust, doch dieses Mal konnte Seoras ausweichen und taumelte auf die Treppe zu, wollte fliehen. Aron hechtete hinterher und versetzte dem Mann einen so festen Tritt in den Rücken, dass dieser die Treppe nicht Stufe für Stufe hinunterpolterte, sondern -flog. Er landete weit hinter Kaayas zusammengekrümmtem Körper und blieb dort reglos liegen.

Aron sprang hinterher und beugte sich zu Kaaya hinunter. Ihr Brustkorb hob und senkte sich und ihr warmer Atem streifte seine Hand, als er ihr Gesicht berührte. Erleichterung drohte ihn zu überwältigen, aber dann hörte er hinter sich ein Ächzen. Seoras war in den Kochbereich gekrochen und bewegte sich auf die Haustür zu.

»Du bleibst hier!«, brüllte er und packte das Fußgelenk seines Vaters. Dieser rappelte sich auf, wirbelte herum, und Aron sah noch das Messer in seiner Hand aufblitzen, ehe er einen brennenden Schmerz in der Seite spürte. Der Mistkerl hatte sich eins der Kochmesser gegriffen und grinste ihn an, seine Zähne blutverschmiert.

»Ich mach dich kalt, du kleiner Hurensohn«, zischte er. »So wie deine Hurenmutter und deinen Bastardbruder!«

»Er ist nicht tot«, presste Aron zwischen zwei Atemzügen hervor. »Du hast es nicht zu Ende gebracht, was? Hast du gekniffen, *Vater*?« Im letzten Wort schwang all die Verachtung mit, die er für diesen Mann empfand.

Seoras' Kopf wurde noch röter, seine Augen platzten fast aus ihren Höhlen, blanke Wut spiegelte sich in seinen Zügen wider. »Er ist weggerannt!«, blaffte er. »Er ist weggerannt wie ein kleiner verdammter Feigling!«

»ER WAR EIN KIND!«

»Er war ein beschissener Bastard! Dreckige Elfenbrut! Es hat ihnen nicht gereicht, unsere Welt zu übernehmen, sie mussten sich ja zudem an unseren Frauen vergreifen!«

»*Du* hast dich an deiner Frau vergriffen, du Scheißmistkerl! Du hast sie getötet!«

»Das hat die Hure doch verdient«, spie Seoras.

Es war das widerwärtige Grinsen, das er aufsetzte, was einen Schalter in Arons Kopf umlegte. Er nahm die Hand von seiner blutenden Wunde, sprang auf seinen Vater und schlug ihm mit aller Kraft ins Gesicht.

»Sind dir endlich Eier gewachsen?«, stieß Seoras hervor, ehe er erneut mit dem Messer zustieß. Aron schrie auf, als ihn die Klinge in dieselbe Wunde zwischen den Rippen traf. »WEHR DICH!«, brüllte sein Vater und schubste ihn von sich runter. »Na los, was ist?«, schrie er weiter, während er sich aufrappelte und auf Aron zutorkelte, das blutige Messer noch immer in der Hand.

Aron machte keine Anstalten, sich zu rühren. Die Einstichwunde schmerzte und er verlor zu viel Blut. Alles in ihm schrie verzweifelt danach, aufzustehen und wegzurennen, aber das würde er nicht tun. Er würde sich diesem Monster stellen, das sein Leben zerstört hatte, auch wenn das hieß, hier und heute elendig zu sterben. Er würde nicht wegrennen.

Seoras kam endlich in Reichweite und holte mit dem Messer aus, bereit, das Leben seines Sohnes zu beenden. Aron schaffte es, sich zur Seite zu rollen und seinen Fuß um Seoras' Bein zu schlingen, um ihn so zu Fall zu bringen. Der Mann fiel hart auf sein Steißbein, das Messer schlitterte über den Boden. Seoras hatte keine Gelegenheit aufzuschreien, da hatte Aron sich schon über ihn gebeugt und die Finger um seinen Hals geschlossen. Er drückte fest zu. Sein Vater versuchte verzweifelt, nach seinen Fingern zu greifen und sie von seinem Hals zu lösen, doch es war zwecklos. Dann streckte er die Hand nach dem Messer aus, tastete blind umher, doch bevor er es zu greifen bekam, schmetterte Aron seinen Kopf so heftig gegen den Boden, dass ein Krachen ertönte. Ob der Laut vom Boden kam oder von Seoras' Schädel, vermochte er nicht zu sagen. Aber vielleicht sollte er sichergehen. Wieder ließ er den Kopf seines Vaters auf den Boden krachen und wieder und wieder.

Aron ignorierte, wie der Puls unter seinen Fingern allmählich schwächer wurde, wie sein Vater irgendwann keinen Widerstand mehr leistete, wie die Blutlache unter seinem Kopf immer größer wurde. Er hörte nicht auf. Er konnte nicht. Zu viel Wut hatte sich in ihm angestaut, zu viel Hass auf diesen Mann und zu viel Hass auf sich selbst. Hass auf den kleinen, schwachen Jungen, der er einst gewesen war. Ein Junge, der weder seinen kleinen Bruder noch seine Mutter hatte beschützen können. So hilflos und ängstlich.

Doch er würde nie wieder hilflos sein. Er würde nie wieder Angst haben. Er würde seinen Vater besiegen und mit ihm die Dämonen, die seinen Kopf beherrschten. Er würde sie alle besiegen und dann würde er frei sein.

KAAYA

»Aron?«, krächzte Kaaya, als sie zu sich kam. »Aron, bist du in Ordnung?«

Sie setzte sich auf und sah Aron nicht weit von sich auf dem Boden sitzen, neben ihm eine Lache aus Blut und …

»Aron, was –?«

»Es ist alles gut«, fiel er ihr ins Wort.

Kaaya blickte wieder zu dem Mann, der ausgestreckt neben ihm in seinem eigenen Blut lag. Ihr stieg die Galle hoch, und sie presste sich eine Hand auf den Mund, um den Würgereiz zu unterdrücken.

»Das ist mein Vater«, erklärte Aron ohne jegliche emotionale Regung in der Stimme. Kälte kroch ihre Adern hoch, ihre Nackenhaare stellten sich auf. »Er ist tot«, fügte er in demselben Tonfall hinzu, als sie nicht weiter reagierte.

»Ja, das kann ich erkennen«, sagte sie und richtete sich langsam auf.

Erst als sie näher trat, bemerkte sie, dass Arons Gesicht, Hals und Brust voll mit Blutspritzern waren. Er hatte sich das Hemd ausgezogen und presste es sich auf die Rippen. Es war beinahe vollständig rot gefärbt.

»Was ist passiert?«

Aron sah ihr fest in die Augen. »Er hat dich angegriffen, dann wollte er mich schlagen. Ich habe ihn geschubst und eins führte zum anderen.«

Kaaya nickte mechanisch. »Also hast du dich gewehrt?«

»Ja, erst habe ich mich nur gewehrt«, antwortete er. »Und danach habe ich Rache genommen.«

Sie blickte zu Seoras' totem Körper hinunter, unfähig, etwas zu sagen. Dieser Mann war ein Widerling gewesen, er hatte seine kleinen Kinder geschlagen, seine Frau getötet und nun hatte er auch sie noch schwer verletzt. Er hatte es nicht anders verdient. Oder?

Sie reichte Aron die Hand. Er beäugte sie zunächst misstrauisch. »Ist das nicht der Moment, wo du ausrasten und mich als Mörder beschimpfen musst?«

Kaaya schnaubte und versuchte sich an einem Lächeln, das grotesk aussehen musste. »Er war ein schrecklicher Mensch. Er hat dir Leid zugefügt und nun hat er die Quittung dafür bekommen.«

Aron blickte ungläubig zu ihr hoch, dann griff er endlich nach ihrer Hand und ließ sich von ihr auf die Beine helfen. »Danke«, sagte er, sein Gesicht schmerzverzerrt.

»Du bist verletzt.«

»Es geht schon.«

Sie griff nach dem Hemd, das er noch immer auf die blutende Wunde drückte. »Wir müssen die versorgen.«

»Das ist nur ein Kratzer«, gab er zurück.

»Jetzt ist nicht der Zeitpunkt für falschen Stolz. Das kann gefährlich –« Ein Stöhnen unterbrach sie. Das war Ollie, Seoras' Saufkumpan, der gerade wieder zu sich zu kommen schien. »Ich kümmere mich um ihn. Und dann bist *du* dran«, sie zeigte drohend auf Aron, der abwehrend die Hände hob.

»Alles, was du sagst.« Er grinste schief.

Kaaya nickte ihm zu, bevor sie Ollie gegen die Schläfe trat, um ihn erneut in die Bewusstlosigkeit zu befördern. »Wir sollten so schnell wie möglich hier weg.«

KAPITEL 12

LUANA

Es gab nur wenige Dinge, denen Luana nicht gewachsen war, und dazu gehörten auf jeden Fall Schiffsfahrten. Sie war nun schon einen halben Tag auf dem Meer und einen halben Tag hielt sie den Eimer in ihrem Arm fest umklammert und würgte innerhalb kürzester Abstände ihren Mageninhalt hinein.

»So tretet doch an die Reling!«, sagte der ältere Mann mit dem runden Bauch nun bestimmt zum zehnten Mal. Aber sie war definitiv nicht in der Lage, sich zu bewegen. »Ihr werdet sehen, hier geht es Euch besser.« Er reichte ihr seine Hand, aber sie dachte nicht daran, nach ihr zu greifen.

Mit einer Geste ihrer Hand versuchte sie ihm zu verdeutlichen, dass er weggehen und sie ihrem Elend überlassen sollte. Verzweifelt warf der Mann die Arme in die Luft und wandte sich kopfschüttelnd wieder von ihr ab. Ihr Blick fiel kurz auf die blauen Runen, die in seinem Nacken ein Muster formten, das an eine Schlange erinnerte. Doch sie konnte nicht weiter darüber nachdenken, denn ihr Magen gab erneut Geräusche von sich, die nichts Gutes verhießen.

Vielleicht war das ja eine von Göttin Eiyune auferlegte Strafe für sie, weil sie ihren Gefährten hintergangen hatte. Sie musste das jetzt aussitzen, das hatte sie verdient. Dabei war die Überfahrt mit dem Schiff vermutlich der einfachere Teil ihres Vorhabens. Beim Gedanken an Erloven, ihr Zuhause, zog sich ihr Magen zusammen, und obwohl die Vorfreude auf ihre Mutter ihre Brust mit Wärme erfüllte, wurde dieses Gefühl von Dunkelheit vertrieben. Letztendlich wusste sie nicht, wie ihre Mutter auf sie reagieren würde. Und ihre Schwestern … ob sie noch zu Hause waren? Ob sie nicht vielleicht schon verbunden waren und ihre eigenen Heime hatten?

Wieder spürte Luana ein dumpfes Pochen in der Magengegend, doch dieses Gefühl rührte woandersher. Erneut beugte sie sich über den Eimer und erbrach sich geräuschvoll. Die restliche Fahrt zog an ihr vorbei, ohne dass sie es so richtig wahrnahm. Irgendwann konnte sie der Göttin sei Dank die schwebende Insel in der Ferne erspähen. Vier Jahre lang war sie nicht mehr hier gewesen. Auf der Insel, die ihr Leben lang ihr Zuhause gewesen war.

Vor 144 Jahren war sie auf Erloven geboren worden, hatte die Welt ihres Volkes nie kennengelernt. Eseria war also von Anfang an ihre Heimat gewesen, aber bevor ihre Großmutter sie verjagt hatte, war Luana noch nie in den Gebieten der Menschen gewesen. Aron war der erste Mensch gewesen, mit dem sie sich länger als fünf Minuten unterhalten hatte. Natürlich hatten sie und ihre Familie menschliche Bedienstete gehabt, die sich Tag für Tag um ihre Belange kümmerten, doch nie hatte einer von ihnen ihre Aufmerksamkeit erregt.

Als dann eines Tages dieser Junge vor ihrer Tür gestanden hatte, hatte ihr Verstand ausgesetzt. Sie hatte sehen können, wie sich seine Lippen bewegten, seine tiefe Stimme vernommen, jedoch nicht gehört, was er sagte, denn es waren seine Augen gewesen, die sie vollständig einnahmen. Wie dunkles, flüssiges

Karamell hatten sie sie in ihren Bann gezogen und nie wieder freigelassen. Selbst seinen anbetungswürdigen Körper hatte sie erst auf den zweiten Blick bemerkt.

Er war riesig gewesen, hatte sie um mindestens zwei Köpfe überragt. Und seine großen, starken Hände ... Sie hatte nicht anders gekonnt, als darüber nachzudenken, wozu er mit ihnen wohl fähig wäre. Erst als sie Arons schiefes Grinsen bemerkt hatte, war sie aus ihrer Starre erwacht.

»Ihr starrt mich an«, hatte er gesagt und noch nie im Leben war ihr etwas so unangenehm gewesen.

Luana stieg erneut Hitze in die Wangen, als diese Erinnerungen auf sie einprasselten. Ein wärmendes Gefühl breitete sich in ihrer Brust aus, das jäh vertrieben wurde, als das Schiff mit einem Mal abhob.

Der Eimer schlitterte davon, und instinktiv sprang sie auf die Füße, um sich an der Reling festzuhalten. Es befanden sich immer ein Wassermagier und ein Luftmagier an Bord eines Schiffes nach Erloven, denn ohne Magie war es nicht möglich, ein schwebendes Stück Land zu erreichen. Eine Wasserfontäne hob das Schiff über den Meeresspiegel, und der Luftmagier erledigte den Rest, indem er den Wind zu seinem Werkzeug machte.

Das Schiff wackelte und wankte, während es Meter um Meter hinaufstieg und sich auf Erloven zubewegte. Sie konnte bereits den Hafen ausmachen und eine ungeheure Erleichterung überkam sie.

Die letzten Sekunden der Überfahrt hielt Luana die Luft an und war die Erste, die vom fliegenden Schiff sprang, als es schließlich am Hafen andockte. Es war ein überwältigendes Gefühl, festen Boden unter den Füßen zu haben, aber es war weitaus überwältigender, wieder zu Hause zu sein.

Ehrfürchtig ließ sie ihren Blick umherwandern und stellte

fest, dass sich nichts verändert hatte. Die Zitadelle, in der der Hohe Rat seinen Sitz hatte, erhob sich aus der Stadtmitte über alle anderen Gebäude und ragte weit in den Himmel. Luana musste den Kopf in den Nacken legen, um ihre Spitze in den Wolken verschwinden zu sehen. Alles hier war aus massivem weißen Stein gebaut, und die Dächer der Häuser waren alle von einem einheitlichen tiefen Blauton, was der Stadt etwas Erhabenes verlieh und gleichzeitig einen atemberaubenden Anblick bot. Bei näherem Betrachten konnte man erkennen, dass die blauen Ziegel reine Saphire waren, in denen sich das Sonnenlicht spiegelte.

Die Elfen hier waren wohlhabend, und sie zeigten es gerne, denn sie hatten hart für ihren Wohlstand gearbeitet. Als sie vor einem Jahrtausend gemeinsam mit diesem Stück Land nach Eseria gekommen waren, war Erloven beinahe ein Haufen Schutt gewesen. Sie hatten alles von Grund auf erbaut und diesmal so beständiges Material verwendet, dass Erloven jede weitere Katastrophe überstehen würde.

Ein letztes Mal sah sie zurück zu dem Schiff, das sie zu ihrem Zuhause gebracht hatte. Ihr Blick traf den des alten Mannes mit der Schlangenrune. Mit ausdrucksloser Miene hielt er ihn fest, dann hob er kurz die Hand, um ihr zuzuwinken. Sie erwiderte den Abschiedsgruß stirnrunzelnd und wandte sich wieder der Stadt zu. Breit und hell gepflastert erstreckte sich die Straße vor ihr. Sie zog sich die Kapuze ihres Umhangs tief ins Gesicht, damit niemand sie erkannte, und setzte ihren Weg fort. Nur die wenigsten wussten, weshalb sie die Hauptstadt der Elfen verlassen und ihren zukünftigen Sitz im Rat aufgegeben hatte.

Lady Elora saß inzwischen seit fast einem halben Jahrtausend an der Spitze des siebenköpfigen Rates, und auch ihre älteste Tochter Ysanoa, Luanas Mutter, bekleidete einen hohen Rang im Rat. Luana hatte eine gute Ausbildung genossen, und hätte sie diese abgeschlossen, so säße sie nun an der Seite ihrer Großmutter als ihre rechte Hand. Doch als sie Erloven über Nacht verlassen hatte, hatte sie ihre Ausbildung ebenfalls aufgegeben. Ihre Feuerprüfung hatte sie bereits erfolgreich abgelegt gehabt, aber sie war erst in den ersten Zügen der Blutlehre gewesen. So war sie zwar eine Meisterin des Feuers und beherrschte ihre Affinität wie die wenigsten ihrer Sorte, jedoch blieb ihr der Zugang zu ihrer zweiten und ohnehin schwächer ausgeprägten Affinität – Blutmagie – so gut wie verschlossen.

Aber gerade deswegen war sie hier. Wie von selbst führten sie ihre Füße die Straßen entlang. Luana lief an verschiedenen Geschäften vorbei, in denen die neusten Kleider und Roben, Taschen und Umhänge verkauft wurden, an Gasthäusern, aus denen unbeschwertes Lachen drang, und auch an der Großen Bibliothek, deren Eingang von zwei Elfen in glänzenden Diamanthemden bewacht wurde.

Schließlich erreichte sie die kurze Straße, die zu dem Anwesen hinaufführte, in dem sie aufgewachsen war. Sie schluckte schwer, dann setzte sie die Kapuze des Umhangs ab, ehe sie sich den Wachleuten näherte.

»Lady Luana«, der dunkelblonde Elf zu ihrer Linken verneigte sich tief und auch der andere mit dem dunkleren Haar löste sich aus seiner Starre und tat es seinem Nebenmann gleich.

»Adamar«, gab sie zurück und neigte den Kopf. Dann sah sie zu dem dunkelhaarigen Elfen und zog fragend eine Augenbraue hoch.

»Lysanthir, Mylady«, stellte dieser sich vor.

»Es ist mir eine Freude«, sagte Luana. »Ich möchte meine Mutter besuchen.«

Die beiden Wachmänner tauschten einen nervösen Blick.

»Was ist?«, wollte sie wissen, als keiner der Männer zur Seite trat.

»Es ist so, Mylady«, stammelte Adamar. »Wir … wir haben die Anweisung von … von der Hohen Lady Elora, dass … dass Ihr das Anwesen nicht betreten dürft.«

Sie zog die Brauen hoch und verschränkte die Arme vor der Brust. »Was soll das heißen?«

»Wir … wir befolgen nur Anweisungen, Lady Luana.«

»Ihr habt *meine* Anweisungen zu befolgen«, erwiderte sie, Wut kochte allmählich in ihr hoch.

»M-Mylady«, versuchte es nun Lysanthir, doch er kam jäh zum Schweigen, als sein Blick Luanas Augen begegnete, die gerade vermutlich einen glühend orangefarbenen Ton angenommen hatten.

»Wollt ihr wirklich meinen Zorn zu spüren bekommen?«, zischte Luana, während Hitze in ihre Finger kroch. Sie würde sich bestimmt nicht von diesen zwei Wachleuten aufhalten lassen, dafür war es zu wichtig, dass sie in das Anwesen gelangte.

»Ich … ist es in Ordnung, wenn ich … wenn ich nach oben gehe und mit Lady Ysanoa spreche?«

Luana konnte nicht anders, als kurz laut und nervös aufzulachen. »Wie lange kennt Ihr mich jetzt schon, Adamar?«, fragte sie den Blonden. »Ich möchte Euren hübschen Hintern wirklich nicht in Asche verwandeln.«

Adamar schluckte. Sie wusste, dass er ein Luftmagier war, und die blauen Runen, die Lysanthirs Gesicht zierten, zeichneten ihn als Wassermagier aus. Unweigerlich dachte sie an den alten Mann auf dem Schiff zurück, an seine interessant geformte ebenso blaue Rune. Sie schüttelte den Kopf, um ihn daraus zu vertreiben.

Eigentlich war es egal, über welche Affinität die beiden Wachmänner verfügten. Sie brauchte nur mit den Fingern zu schnipsen, da würden sie in Flammen aufgehen wie jeder andere. Doch sie wusste ebenfalls, dass die Männer das nicht verdienten. Sie führten ja lediglich die Befehle ihrer Großmutter aus. Aber es tat ihnen auch nicht weh, wenn sie ihnen zumindest mit ihrer Magie drohte. Die beiden würden ohnehin niemals die Enkelin der Hohen Lady verletzen.

Gerade wollte Luana die glühende Hitze in ihren Fingerspitzen in lodernde Flammen verwandeln, da ertönte ein Rascheln im Gebüsch, ehe eine große, schlanke Gestalt auf sie zustolperte.

»Luana?«

»Kaylin!«, stieß Luana aus und machte einen großen Schritt auf ihre Schwester zu, die sie in ihre Arme zog.

»Was machst du hier?«, fragte Kaylin atemlos.

»Ich wollte unsere Mutter besuchen«, erwiderte Luana und rupfte ihrer Schwester ein getrocknetes Blatt aus dem verfilzten Haar. »Was hast du denn mitten am Abend im Wald verloren?«

Mit geweiteten Augen blickte Kaylin hinter sich zu dem Busch, aus dem sie gekrochen war. »Ähm, ich …«

»Kaylin?« Eine weitere Elfe kam aus dem angrenzenden Wald gehastet. Ihr kurzes Haar war kupferfarben und mindestens genauso durcheinander wie das von Kaylin. Ihr Gesicht nahm die gleiche Farbe an wie ihr Haar, als sie erkannte, dass Kaylin nicht allein war.

»Selphie«, quiekte Kaylin.

»Ähm«, machte Luana und sah mit gespitzten Lippen zwischen den beiden Frauen hin und her.

Ihre Schwester warf einen Blick auf die Wachmänner, die in eine hitzige Diskussion vertieft waren. Dann streckte sie Selphie die Hand entgegen, die nach ihr griff, als wäre sie ein Rettungsseil.

»Selphie, das ist meine Schwester Lu. Luana.«

Die Elfe zog überrascht die Brauen hoch und errötete erneut. »Willkommen zurück. Schön, dass Ihr wieder da seid.«

»Danke«, erwiderte Luana, doch es klang mehr wie eine Frage.

»Ich erkläre dir zu Hause alles, ja?« Kaylin klang kleinlaut und kaute auf ihrer Unterlippe herum. Eine Angewohnheit, die auch Luana an den Tag legte, wenn sie nervös war.

»In Ordnung«, meinte Luana. »Das heißt, falls die beiden mich reinlassen.« Mit einer Kopfbewegung deutete sie hinter sich zu Adamar und Lysanthir.

Kaylin schnaubte. »Die haben nichts zu melden. Mutter wird sich so freuen, dich wiederzusehen!«

Luana stieß die Luft aus. »Ich hoffe, du hast recht, Kay. Adamar, Lysanthir«, sagte sie an die beiden Wachmänner gewandt, »wir sind dann mal oben.« Sie betrachtete die beiden voller Genugtuung, ehe sie zusammen mit den anderen beiden Elfen zu dem Anwesen hinaufging.

Im Haus angekommen, stellte Luana fest, dass sich hier ebenfalls nichts verändert hatte. Der Boden war wie immer stark poliert, sie konnte sogar ihr Spiegelbild darin erkennen. Die dunklen Ringe unter ihren Augen verrieten, wie wenig sie geschlafen hatte. Außerdem hatte sie die letzten Stunden damit verbracht, ihren gesamten Mageninhalt zu entleeren. Bei dem Gedanken an die Schiffsfahrt wurde sie nur noch blasser.

»Wo ist meine Mutter?«, hörte sie Kaylin eine Bedienstete fragen.

»Lady Ysanoa ist in ihrem Schlafgemach, Mylady«, antwortete die ältere Frau und neigte den Kopf.

Sie war nicht der einzige Mensch, der im Dienste ihrer Familie stand. Auch das Küchenpersonal bestand aus Menschen, genauso sämtliche Gärtner und Stalljungen. Elfen waren zu stolz, um jemand anderem zu dienen. Zumindest die meisten. Sie selbst arbeitete nun schon, seitdem sie in Ellenhain lebte, als Schankmagd, um sich und Aron über Wasser zu halten, während er gerade seine Lehre als Schneider abgeschlossen hatte. Beim Gedanken an Aron erfasste sie eine unsagbare Traurigkeit.

»Lu?«, fragte Kaylin und riss sie damit aus ihren Gedanken.

»Hm?«

»Lass uns hinaufgehen.«

Luana nickte mechanisch. »In Ordnung.«

»Möchtest du allein hineingehen?« Kaylin musterte Luana besorgt, als sie vor der Tür ihrer Mutter angekommen waren.

Sie nickte kurz. »Ich denke, das wäre besser. Und später erzählst du mir dann alles über Selphie! Was ist denn mit Delena? Hat sie sich noch mal gemeldet?«

Kaylin verzog das Gesicht. »Ja. Sie hat sich in einen anderen verliebt.«

Luana formte ein »Oh« mit den Lippen, ehe sie ihrer Schwester behutsam den Arm tätschelte. Sie erinnerte sich zu gut daran, wie verliebt Kaylin damals in die Elfe mit dem goldenen Haar gewesen war.

»Ist schon in Ordnung, wirklich. Dafür habe ich ja Selphie kennengelernt.« Kaylins Augen strahlten, als sie das sagte, und auf Luanas Gesicht breitete sich ein warmes Lächeln aus. »Und nun rein da!«, fügte ihre Schwester hinzu, die sichtlich errötet war. »Es wird alles gut werden, du wirst sehen. Mutter vermisst dich.«

Wieder nickte Luana nur.

»Bis später.« Kaylin schenkte ihr noch ein aufmunterndes Lächeln, bevor sie die Treppen zu Selphie hinunterstieg, die auf sie wartete.

»Ich schaffe das«, murmelte Luana leise vor sich hin, und dann klopfte sie an die Tür, ehe sie eintrat.

Lady Ysanoa Fenhorn stand vor einem bodentiefen Fenster und hatte Luana den Rücken zugekehrt. Sie trug ein weinrotes Kleid und hatte das hellblonde Haar zu einem Zopf geflochten, der ihr seitlich über die Schulter hing und einen Blick auf ihren Rücken preisgab, der durch den Ausschnitt des Kleides kaum verdeckt wurde. Runen in der Farbe von frischem Blut schlängelten sich ihre Wirbelsäule hinab. Sie sah edel aus. Wie immer eigentlich. Als Luana an sich selbst hinabblickte, wurde ihr wieder flau im Magen. Während ihr vor einigen Jahren noch ebenfalls die teuersten Kleider auf den Leib geschneidert worden waren, konnte sie sich heute mit ihrem Lohn als Schankmagd nicht mehr leisten als die abgetragenen Hosen und die freizügig geschnittenen Blusen, die sie stets trug. Immerhin gab das oft ein paar Münzen Trinkgeld.

»Mutter?« Ihre Stimme war dünn.

Der Körper der Elfe versteifte sich, bevor sie sich langsam zu ihr umdrehte. »Luana.« Der Name ihrer Tochter kam als ein Flüstern über Ysanoas Lippen. »Du bist hier.«

Luana nickte und unterdrückte einen Schluchzer. »Ja, Mutter, ich bin hier.«

»Weiß deine Großmutter …?«

Diesmal schüttelte sie den Kopf. »Nein. Nein, sie weiß es nicht. Nur deine Wachleute wissen, dass ich hier bin. Und Kaylin.«

»Du bist Kaylin begegnet?« Ysanoas Stimme hatte sich noch immer nicht gefestigt.

»Ja.« Luana musste lächeln. »Sie sieht glücklich aus.«

Ysanoa nickte. »Warum bist du hier?«

»Ich …« Sie wusste nicht, was sie sagen sollte. Wie sie ihr Dilemma beschreiben sollte. Wo sie anfangen sollte und wie viel sie ihrer Mutter erzählen durfte. »Mutter, ich –« Sie kam nicht weiter, denn ihre Mutter hatte den Abstand zwischen ihnen mit wenigen Schritten überwunden und schloss die Arme um sie.

Luana konnte den Schluchzer, der sich die ganze Zeit schon aus ihrer Brust hatte befreien wollen, nicht länger unterdrücken. Auch sie schloss die Arme um den schlanken Körper ihrer Mutter und vergrub das Gesicht in ihrer Halsbeuge. Sie roch noch immer nach Lavendel – nach *ihr,* nach *Heimat.*

Kapitel 13

Ilias

»Ich hoffe, das Wild, das wir erlegen, ist zarter als dieses …«, Kian pikste mit seiner Gabel in dem blutigen Stück Fleisch herum. »… Hausschwein«, ergänzte er mit gerümpfter Nase.

Ilias lachte leise. »Du hast hohe Ansprüche.«

Kian zog die Augenbrauen hoch. »Natürlich. Ich bin schließlich ein Lord. Und zufällig der beste Freund des Kronprinzen.« Grinsend schnitt er ein Stück von dem Schwein ab und schob es sich in den Mund. »Schmeckt besser, als es aussieht.«

»Natürlich. Du speist im Palast des Königs«, zog Ilias seinen Freund auf und nahm ebenfalls einen Bissen von dem gewürzten Fleisch.

»Was denkst du über Ruven als Jagdführer?«, fragte Kian, während er kaute.

Ilias zuckte mit den Schultern. »Er wird den Anführer markieren.«

»Aber wir lassen ihn nicht gewinnen, oder?« Kian griff nach dem Weinkrug und füllte seinen Becher auf.

»Das wäre eigentlich höflich.«

»Es wäre höflich, wenn er die Finger von meiner Schwester lassen würde, während ich im selben Raum bin«, erwiderte Kian und leerte seinen Becher in einem Zug, nur um sich noch mal nachzuschenken. Dann schüttelte er den Kopf. »Den lasse ich nicht gewinnen.«

Ilias hielt seinem Freund den Becher hin, der ihn auffüllte. »Er ist gut.«

»Gut?«, stieß Kian aus und spuckte dabei beinahe seinen Wein quer über den Tisch. »Gut worin? Siraya den Kopf zu verdrehen und meinem Vater das Gold aus den Taschen zu ziehen?«

»Gut bei der Jagd.«

Traditionsgemäß wurde vor jeder Bündniszeremonie eine Jagd veranstaltet und die erlegte Beute diente dann als Festessen während der Feier. Die Jagdgesellschaft wurde dabei von einem der Elfen angeführt, die den Bund eingingen. In den meisten Fällen übernahm ein männlicher Elf diese Rolle. Waren es zwei weibliche Elfen, die ihre Seelen miteinander verschmolzen, so übernahm oft einer der Väter die Position des Jagdführers.

Die letzte Frau, die eine Jagd angeführt hatte, war Neah gewesen. Ilias konnte kaum glauben, dass das nun schon einige Jahre in der Vergangenheit lag. Dass *sie* in der Vergangenheit lag und nicht länger ein Teil seiner Seele war. Eigentlich war sie es nie gewesen, denn kurz bevor die Verschmelzung hatte eintreten sollen, hatte Neah geschrien. Seine starke, unbesiegbare Neah hatte einen Schrei ausgestoßen, der ihn noch heute in seinen Albträumen heimsuchte.

Sie hatte nicht vor Schmerzen geschrien. Sie hatte wegen des Kindes in ihrem Bauch geschrien. Weil sie gewusst hatte, dass es mit ihr sterben würde. Neah hatte in seine Augen gesehen und stumm um Verzeihung gefleht. Es hatte ihr Schmerzen bereitet, ihn zurückzulassen und allein in ein anderes Leben zu gehen. In das Nichts …

Er versuchte diese Erinnerungen zu verdrängen. Er versuchte

Neah gehen zu lassen. Er versuchte und versuchte. Und doch versuchte er gleichzeitig die Erinnerungen an sie am Leben zu erhalten. Er wollte an sie denken können, ohne sich dabei zu fühlen, als würde sein Innerstes zerreißen.

»Wo bist du gerade?«, unterbrach Kian seine Gedanken.

Er seufzte, dann nahm er einen Schluck von seinem Wein. »Hier und da.«

»Du musst nach vorne blicken, Ilias«, mahnte Kian. Er hatte sich über den Tisch gebeugt und taxierte ihn aus seinen roten Augen.

»Ich kann nicht«, flüsterte Ilias. Es gab nicht viele Momente, in denen er sich das eingestand oder Schwäche zeigte, schon gar nicht jemand anderem gegenüber. Aber die Erinnerungen drohten ihn zu überwältigen. »Ich spüre sie überall, Kian. Selbst wenn ich meinen Blick jetzt der Tür zuwende, werde ich im ersten Moment denken, sie kommt herein. Und sobald ich mich wieder zu dir drehe, werde ich sie an deiner statt sehen. Sie ist überall. Und doch nirgendwo.«

Ein schmerzerfüllter Ausdruck erfasste Kians Züge. »Die Trauer wird dich vernichten.«

»Die Trauer ist alles, was mir bleibt. Sobald ich sie gehen lasse, werde ich gar nichts mehr fühlen. Und wozu existieren, wenn man nicht mehr lebt?«

Kian konnte vielleicht mit ihm fühlen, aber er würde diese Gefühle niemals nachempfinden können. Nicht, solange er seine Seelengefährtin noch nicht gefunden hatte. So, wie er seine Frauen wechselte, war es vermutlich nur eine Frage der Zeit, bis er in einer von ihnen mehr erkannte. Ilias wünschte es seinem engsten Freund. Kian war der Erste gewesen, der an seine Seite geeilt war, als seine sterbende Seelengefährtin ihre letzten Atemzüge in seinen Armen getan hatte. Kian war der Erste gewesen, der aufgehört hatte, ihn mit Samthandschuhen anzufassen, nachdem man seine Seelengefährtin in einen Sarg gesteckt hatte. Und Kian war der Einzige, dem er seine geheimsten Gedanken anvertrauen konnte.

»Ich glaube, sie ist nicht tot.« Ilias erschauderte, als die Worte flüsternd seine Lippen verließen.

Kian runzelte die Stirn. »Wie meinst du das?«

»Ich weiß, dass es verrückt klingt, Kian. Aber ich sage doch, ich kann sie *sehen*.«

»Ilias«, begann Kian angespannt, »sie liegt nicht weit von uns in einem steinernen Sarg in der Krypta. Sie … sie ist tot.« Als er nichts darauf erwiderte, fuhr Kian fort. »Ihr Blut war über–«

»Ich weiß!«, rief er dazwischen. »Ich weiß. Ich habe es mit eigenen Augen beobachtet. Ich habe beobachtet, wie das Blut mit jedem ihrer Atemzüge weiter aus ihr herausquoll«, fügte er ruhiger hinzu. »Ich spreche auch nicht von ihrem Körper.«

»Ihre Seele ist in den Himmel aufgestiegen, Ilias.«

»Hast du das gesehen?«, fragte er eindringlich. »Ich habe nämlich nur gesehen, wie ihre Seele ihren Körper verlassen hat und dann in einer Lichtexplosion aufgegangen ist!«

»Ja, weil sie mächtig war. Gedankenmagier sind unglaublich stark und noch nie ist einer von ihnen direkt vor unseren Augen gestorben, oder? Vielleicht ist das ihre Art zu gehen.«

Ilias nickte langsam. »Ja, vielleicht«, meinte er und glaubte nicht daran.

»Man sagte, sie stamme möglicherweise von Eldan ab, nicht wahr?«

Wieder nickte er. Neah war als Kind im Wald aufgefunden worden und man hatte sie in ein Waisenhaus gebracht. Niemand hatte gewusst, aus wessen Linie sie stammte, bis sich die Gedankenmagie in ihr manifestiert und die schwarzen Runen sich über ihren gesamten Rücken ausgebreitet hatten. Verfolgte man die Linie der Gedankenmagier zurück, so mündete sie in der Familie Ularen, deren bekanntester Vertreter Eldan Ularen war. Als Elf mit einer Affinität für Seelen und Gedanken verkörperte er reine Macht. Er war der König des Nebulums gewesen, bis man eines Tages seine Seelengefährtin ermordet hatte. Geschwächt, wie er dadurch gewesen war, hatte er auch keine Bedrohung mehr für den Mörder dargestellt, den man fortan den Königsmörder nannte.

Dieser war nie gefunden worden. Und so hatte Eldans engster Vertrauter und ehemaliger Lehrling Pertheas die Macht übernommen, denn Eldan hatte keine direkten Erben.

»Hast du mit deinem Vater darüber gesprochen? Dass du glaubst, dass …«, fragte Kian nun.

Ilias schüttelte den Kopf. »Nein, mit niemandem außer dir.«

»Vielleicht solltest du das tun. Sollte sich jemand mit Seelen auskennen, dann König Pertheas.«

»Ja, vielleicht«, gab er zurück, doch wieder meinte er das Gegenteil. Es war viel zu verrückt. Er konnte nicht durch die Gegend laufen und erzählen, dass er glaubte, seine tote Seelengefährtin würde noch leben. Wenn nicht einmal Kian ihm glaubte …

»Ich glaube dir«, meinte Kian plötzlich, als hätte er seine Gedanken gelesen. Diese Fähigkeit blieb ihm als reiner Blutmagier jedoch verwehrt.

»Was?«, fragte er ungläubig.

Kian nickte, um seine Worte zu unterstreichen. »Erinnerst du dich daran, dass dein Vater mich damals ausgeschimpft hat, weil er dachte, ich hätte ihm die tote Kröte unter die Bettdecke gelegt?«

Unwillkürlich musste er lachen. »Ja.«

»Ich habe dir gesagt, dass ich das nicht war, und du hast mir geglaubt, ohne auch nur mit der Wimper zu zucken. Du hast mich verteidigt. Du hast so lange auf König Pertheas eingeredet, bis er sich bei mir entschuldigt hat.«

»Wir waren Kinder, Kian.« Er musste noch immer grinsen.

»Aber von diesem Tag an veränderte sich unsere Beziehung. Wir vertrauten einander blind. Und wenn du mir sagst, dass du Neah weiterhin spürst, dann glaube ich dir.«

Als Kian ihren Namen aussprach, spürte er einen Stich im Herzen, doch gleichzeitig breitete sich ein wärmendes Gefühl in seiner Brust aus. Kian glaubte ihm.

Er war nicht verrückt.

An diesem Tag schlief Ilias unruhig. Als er zum dritten Mal aufwachte, öffnete er das Fenster mit einer kleinen Bewegung seines Fingers und ließ einen Strom frischer Luft hereinwehen. Innerhalb kürzester Zeit trocknete der Schweiß auf seiner Stirn und hinterließ ein kühlendes Gefühl.

Der Mond prangte wie immer am schwarzen Himmel. Zu jeder Zeit an jedem Tag. Ilias kannte nichts als diese Schwärze. Er lebte nun seit Jahrhunderten im Nebulum. Seine Mutter hatte ihn hier geboren.

Seine Mutter, die er nie kennengelernt hatte … Sie war bei seiner Geburt gestorben. Eine starke Luftmagierin, die den Seelenbund mit Ilias' Vater nie eingegangen war. Pertheas hütete sich davor, seine Seele an die eines anderen Wesens zu knüpfen. Er wollte nicht enden wie Eldan. Denn auch wenn das Volk des Nebulums Pertheas liebte, so gab es doch immer Widersacher.

Elfen, die einen Aufstand anzettelten, Hass verbreiteten und das Volk zu spalten versuchten, weil sie ihn nicht als ihren Herrscher akzeptierten. Aber Pertheas wusste, wie er diese Unruhestifter verstummen ließ. Er saß zu gerne auf dem Schattenthron, um ihn sich nehmen zu lassen. Und Ilias hoffte sehr, dass sein Vater ewig auf ihm sitzen blieb. Denn sollte er je sterben …

Er verbot sich daran zu denken. Daran, wie er den Thron seines Vaters vielleicht eines Tages übernehmen würde … Nein. Das wollte er nicht. Er hatte immer nur ein einfaches Leben gewollt. Ein Leben, das von Glück erfüllt war und von Liebe. Er stieß einen Seufzer aus und setzte sich auf, dann griff er nach seinem Kopfkissen und legte es auf die andere Seite des Bettes. Vielleicht würde er dort besser schlafen können.

Konnte er nicht.

Resigniert stand er auf und näherte sich dem geöffneten Fenster. Sein Schlafgemach befand sich in einem der höchsten Türme des Palasts und von hier aus hatte er eine Aussicht bis weit über das Land und die Berge. Überall auf den Mauern brannten Fackeln und wie jedes Mal, wenn er Feuer sah, musste Ilias daran denken, dass er nie erfahren würde, wie es sich wohl anfühlte, Sonnenstrahlen auf seiner Haut zu spüren. Es gab nur wenige Schattenelfen, die einst unter der Sonne gelebt hatten. Aber je mehr Jahre verstrichen, desto mehr vergaßen diese Elfen, was es hieß, wenn die Sonne am Himmel aufging und einen neuen Tag ankündigte. Sie hielten ihre Erinnerungen auf Pergament fest, doch irgendwann würde da niemand mehr sein, der ihm Geschichten erzählen konnte. Von grünen Wiesen, bunten Blumen, einem blauen Himmel und davon, Magie aus Licht zu beziehen. Ganz ohne Einschränkungen.

Ilias stützte die Unterarme auf dem Fenstersims ab und ließ den Blick über das dunkle Land schweifen, während er weiter darüber nachdachte, was für Möglichkeiten dies bot. Eine unendliche Magiequelle. Das bedeutete reine Macht. Das war etwas völlig anderes als das, was die Elfen hier im Nebulum kannten. Wollte man hier Magie wirken, so musste man sich einer anderen Energiequelle bedienen, hatten sie mit den Jahrhunderten gelernt – einer Quelle, die nicht unerschöpfbar war: die Essenz des eigenen Lebens, die Seele.

Kapitel 14

Luana

»Luana, das ist absoluter Irrsinn«, sagte Ysanoa, nachdem Luana ihr und Kaylin am nächsten Tag erzählt hatte, weshalb sie gekommen war. Dass sie lernen musste, wie man ein Herz temporär anhielt.

»Ich weiß«, hauchte sie. »Aber wir haben keine andere Wahl. Das Ritual fordert ein Herz.«

Schweigend lief Ysanoa in ihren Gemächern auf und ab. »Ich kann dir beibringen, wie du einen Herzschlag anhältst«, erklärte sie dann. »Doch wisse, dass du nie die Sicherheit haben wirst, dass es danach einfach so weiterschlägt. Diese Sicherheit kann dir niemand geben, auch ich nicht.«

Sie nickte, selbst wenn sich ihr bei dem Gedanken der Magen umdrehte.

»Der Herzstillstand darf nicht zu lange andauern, denn sonst stirbt der Organismus. Du musst die Minuten zählen, Luana, gar die Sekunden.«

Wieder nickte sie. »Ja.«

»Und niemand darf erfahren, dass du hier bist. Wenn deine Großmutter davon Wind bekommt, bin ich die Nächste, die verbannt wird.«

»Ich weiß, Mutter. Ich werde nichts sagen und ich werde hier auf dem Anwesen bleiben.«

»Am besten verlässt du deine Gemächer gar nicht erst.«

»Mutter, du übertreibst«, kam es von Kaylin.

Ysanoa bedachte sie mit einem strengen Blick. »Willst du dich allein um das Anwesen kümmern, wenn ich fort bin? Willst du meinen Platz im Rat einnehmen?«

Kaylin betrachtete wortlos ihre Hände, die sie im Schoß gefaltet hatte, dann schüttelte sie kaum merklich den Kopf. Sie war die jüngste der drei Schwestern und hatte schon immer eher andere Interessen gehabt als Macht und Politik. Mara hingegen war wie geschaffen dafür, eines Tages einen höheren Rang im Hohen Rat zu bekleiden. Beim Gedanken an ihre ältere Schwester überkam sie Wehmut.

»Ist in Ordnung, Mutter. Ich werde in meinen Gemächern bleiben.«

Ysanoa nickte. »Zu den Lehrstunden darfst du in meine Gemächer kommen. Es ist besser, wenn auch die Bediensteten dich hier nicht allzu häufig sehen. Das ist alles ohnehin riskant genug. Und dein Vorhaben … Was ist das für ein Ritual, von dem du gesprochen hast?«

»Das ist … kompliziert?«

»Luana.« Der Tonfall ihrer Mutter klang warnend.

»Du musst mir in dieser Angelegenheit vertrauen, Mutter. Ich werde nichts weiter dazu sagen.«

Ysanoa ließ ihren Blick einige Zeit auf ihrer Tochter ruhen, ehe sie sich abwandte. »Nun, dann lass uns speisen und anschließend mit deiner ersten Stunde beginnen.«

—

Das Schlafgemach ihrer Mutter war geräumig und tadellos aufgeräumt. Luana war noch nicht oft hier drin gewesen, und gestern hatte ihr die Erschöpfung zu tief in den Knochen gesteckt, als dass sie sich genauer hätte umsehen können. Ein dunkelroter Teppich erstreckte sich über den gesamten Boden und ein imposantes Bett stand an der Wand. Es hatte einen Himmel in der Farbe des Teppichs, und auch die Vorhänge, die Ysanoa nun vor die Fenster zog, waren in einem tiefen Rotton gehalten. Sie löste eine goldene Kordel nach der anderen, bis das Tageslicht vollständig ausgesperrt war. Hunderte kleine Kerzen spendeten jedoch genügend Licht und ihr Feuer sorgte dafür, dass Luana sich beruhigte. Sie wusste nicht, was sie erwartete, und sie hatte Angst zu versagen.

»Blut ist das, was uns alle eint«, begann ihre Mutter. »Eine magische Flüssigkeit, die durch die Adern aller Elfen, Menschen und Tiere fließt. Es sorgt dafür, dass unsere Körper mit Sauerstoff versorgt werden, und ist unser Lebenselixier, unsere Lebenskraft, die in uns pulsiert.« Sie machte eine Pause und deutete auf den Boden. »Setz dich.«

Sie tat wie ihr geheißen und nur einen Moment später ließ sich Ysanoa ihr gegenüber nieder. Sie streckte die Hände nach Luana aus, die sie, ohne zu zögern, ergriff.

»Schließe deine Augen.«

Erneut gehorchte Luana.

»Horche in dich hinein. Spüre die Kraft dieses reißenden Stroms. Das ist der Fluss des Lebens. Es ist unser Heil und unsere Heilung.«

Luana konzentrierte sich auf die leisen Worte, die den Mund ihrer Mutter verließen. Sie konzentrierte sich auf ihr Innerstes, atmete tief ein und stieß die Luft wieder aus. Sie hörte, wie das Blut ihr in den Ohren rauschte. Wie es durch ihren Körper floss, in die entferntesten Winkel ihrer Existenz, nur um ihren Körper am Leben zu erhalten.

Schweiß trat ihr auf die Stirn. »Mir ist so warm.« Kaum hatte sie den Satz beendet, wurde ihr noch ein wenig wärmer, sodass sie erschrocken die Augen aufriss. Ihr Körper glühte, und das Rauschen in ihren Ohren wurde so laut, dass sie nichts anderes mehr hörte. »Mutter!«, rief sie panisch. »Mutter, was ist das? Mir ist heiß, ich brenne!«

»Ich koche dein Blut«, gab Ysanoa ruhig zurück.

Zu dem Rauschen in ihren Ohren gesellte sich ein hohes Piepen, das ihre Konzentration vollends brach. »Du machst *was*?!«

»Du kannst dich wehren. Es ist deine Gabe. Du kannst dein Blut kontrollieren«, sagte Ysanoa etwas lauter, denn Luana hatte sich inzwischen die Hände auf die Ohren gepresst. Schweiß lief ihr in die Augen und sein salziger Geschmack drang in ihren Mund.

Die Tür zum Schlafgemach flog mit einem so lauten Krachen auf, dass Ysanoa aufsprang und erschrocken herumwirbelte. Sie erblickte Kaylin im Türrahmen, die schwer atmete und die Szenerie, die sich vor ihr abspielte, sichtlich verwirrt einzuordnen versuchte.

»Was ist hier los? Ich habe Luana schreien gehört!«

Luana hatte sich noch nicht einmal selbst schreien hören. Zumindest ging es ihr jetzt etwas besser, denn nachdem Kaylin ihre Mutter aus der Konzentration gerissen hatte, war die Magie-Einwirkung eingebrochen.

»Luana!« Mit wenigen Schritten war ihre Schwester bei ihr und kniete sich neben sie.

»Es ist nichts passiert«, sagte Ysanoa, die wieder zu ihrer ruhigen Art zurückgefunden hatte. »Es war nur eine Übung.«

»Nur eine Übung!«, empörte sich Kaylin. »Luana hat noch

keine Bindung zu ihrer Blut-Affinität und du fährst gleich die harten Geschütze auf!«

»So wird sie am schnellsten lernen, glaub mir.«

Kaylin schüttelte den Kopf. »Du hast ihr Schmerzen zugefügt! Sie ist deine Tochter, verdammt!«

»Achte auf deinen Ton, Kaylin.« Ysanoas Stimme war nun nicht mehr ruhig und beherrscht.

»Es ist ... es ist schon in Ordnung«, stammelte Luana. »Ich bin hier, um zu lernen.« Mühsam richtete sie sich etwas auf. »Tu es noch mal. Diesmal werde ich ... werde ich vorbereitet sein.«

Kaylins Augen weiteten sich, doch sie hatte keine Zeit zu reagieren, denn Luana brach in ihren Armen zusammen. Sie krümmte sich vor Schmerzen, diesmal wusste sie jedoch, was sie erwartete, und unterdrückte die Schreie, die sich ihrer Kehle entreißen wollten. Stattdessen knurrte sie. Es war ein wütender, angestrengter Laut, der tief aus ihrem Inneren drang. Sie klang wie ein verwundetes Tier, das noch nicht bereit war, aus diesem Leben zu scheiden.

Als sie sich langsam, sehr langsam wieder aufrichtete, krallte sie sich an Kaylins Armen fest. Der Schweiß brannte in ihren Augen, aber da war nichts anderes mehr, was brannte. Sie kühlte ab.

Schwer atmend griff sie sich an die Brust, wollte sichergehen, dass ihr Herz noch schlug. Dann blickte sie hoch zu ihrer Mutter, die sie mit einer Mischung aus Schrecken und Bewunderung ansah.

»Du weißt, dass es mir mehr wehgetan hat als dir, oder?«

Weiterhin nach Luft ringend nickte sie. »Ja.«

»Ihr seid doch verrückt!«, stieß Kaylin aus und rappelte sich auf. Sie hielt Luana ihre Hand hin, die dankend nach ihr griff.

»Deine Arme!«, rief Luana erschrocken.

Kaylin blickte an sich hinunter. Aus kleinen sichelförmigen Wunden lief Blut ihre Unterarme hinab, das vom Teppich aufgesogen wurde. All das Rot in diesem Zimmer bekam plötzlich eine ganz neue Bedeutung für Luana.

»Nicht so schlimm«, murmelte Kaylin.

Luana trat einen Schritt näher und griff vorsichtig nach den blutenden Armen ihrer Schwester.

»Bitte verzeih mir.«

Kaylin schüttelte heftig den Kopf. »Es ist in Ordnung, Lu, es ist nichts passiert, ich –« Sie brach jäh ab, als Luanas Fingerspitzen blutrot aufleuchteten und über die Wunden fuhren, die sich nach und nach schlossen. »Heilige Eiyune«, wisperte Kaylin ehrfürchtig, als die Male vollständig verheilt waren.

»Das ist doch schon ein Anfang, nicht?«

»O ja«, kam es von Kaylin.

»Ein ziemlich guter Anfang sogar«, urteilte Ysanoa und Luana hörte den Stolz in ihrer Stimme.

»Ruh dich aus, Mutter. Ich begleite Luana zu ihren Gemächern.«

Nachdem sie die Tür hinter sich geschlossen hatten, liefen Luana und Kaylin durch die Gänge des Anwesens.

»Wo ist Selphie?«, fragte Luana ihre Schwester, deren Wangen sich daraufhin rot färbten.

»Sie ist zu Hause. Also, bei sich zu Hause.«

Luana unterdrückte ein Grinsen. Sie fand es niedlich, wie verlegen Kaylin wurde, wenn man sie auf ihre neuste Errungenschaft ansprach.

»Sie … sie ist mehr, weißt du?«, fügte sie leise hinzu, als hätte sie Luanas Gedanken erraten. »Nicht nur irgendein Zeitvertreib und auch kein Ersatz für Delena. Ich mag sie.«

»Das sehe ich.« Luana lächelte breit, was das Rot in Kaylins Wangen vertiefte.

Bevor Luana Erloven verlassen hatte, hatte Kaylin eine schmerzhafte Trennung durchgemacht, und sie hatte ihrer kleinen Schwester geholfen, damit umzugehen. Ihre älteste Schwester Mara war selten zu Hause gewesen, da sie ihre Pflichten im Hohen Raten sehr ernst nahm. Kaylin musste sich einsam gefühlt haben, als sie Luana ebenfalls verlor … Sie schreckte hoch, als Kaylin sich leise räusperte.

»Wie fühlt es sich an, wenn man seinen Seelengefährten findet?« Zaghaft hob sie die Mundwinkel.

Luana schluckte. Mit dieser Frage erkannte Kaylin Aron als ihren Seelengefährten an und ein Kloß bildete sich in ihrem Hals. »Es fühlt sich gut an.«

Kaylin zog die Brauen hoch. »Das klingt ja sehr romantisch.«

Sie lachte kurz auf. »Das ist schwer zu beschreiben. So als würdest du einen Teil deiner selbst finden, von dem du nie gewusst hast, dass er dir fehlt. Er taucht plötzlich vor dir auf, obwohl du nie danach gesucht oder gefragt hast. Er taucht auf und ist dann da, und du willst nicht, dass er je wieder geht. Denn er gehört nun zu dir wie die Luft zum Atmen. Ohne ihn würdest du sterben.«

Einige Herzschläge verstrichen, bevor Luana merkte, wie still ihre Schwester geworden war. Sie wandte sich zu ihr um und sah Tränen in Kaylins blauen Augen glitzern.

»Habe ich etwas Falsches gesagt?«, fragte sie erschrocken.

Kaylin schüttelte den Kopf. »Das war wunderschön. Ich bin glücklich, dass du so für jemanden empfindest.«

Ein Knoten bildete sich in ihrer Brust, als sie an die letzten Momente mit Aron dachte. »Was ist mit dir?«, wollte sie wissen. »Empfindest du auch so?«

»Ja«, hauchte Kaylin mit tränenerstickter Stimme. »Ja, und ich gehe jetzt zu Selphie, um ihr das zu sagen.«

Luana lachte. »Ich freue mich für euch, Kay. Sie scheint dich glücklich zu machen.«

»Das tut sie! Und danke, Lu. Bis später! Oder bis morgen! Oder … übermorgen?«

Wieder musste sie lachen. »Nun mach schon, dass du loskommst!«

Luana bemerkte kaum, wie die Tage verstrichen, während sie auf dem Anwesen ihrer Familie war. Trotzdem dachte sie ununterbrochen an Aron. An ihren Streit. Wie würde er reagieren, wenn sie zurückkam? Wie würde Kaaya reagieren? Würden sie Luana überhaupt noch bei dem Ritual helfen lassen? Oriana allein würde es vermutlich nicht schaffen, den Zauber zu sprechen. Luana hingegen hatte hier gelernt, ihre Macht zu verstärken, und sie wurde täglich besser. Sie machte Fortschritte darin, mit ihrer Blut-Affinität umzugehen. Bisher zielten die Übungen ihrer Mutter aber eher darauf ab, Luana ein Gefühl für ihre Kraft zu geben. Dass sie Kaylins Wunden geheilt hatte, war das einzige Mal, dass sie ihre Blutmagie an jemand anderem angewendet hatte.

Heute würde sich das ändern. Heute wollte Ysanoa ihr zeigen, wie sie ihre Blutmagie nutzen konnte, um in den Organismus eines anderen Lebewesens einzugreifen – nicht um ihn zu heilen, sondern um Schaden anzurichten. Denn ein Herz anzuhalten war nicht die Art von Magie, die Blutheiler verwendeten.

»Ich soll … dein Blut kochen?«, fragte sie ihre Mutter, nachdem diese ihr genau jene Anweisung gegeben hatte.

»Ja. Konzentrier dich. Mach genau das, was ich dir beigebracht habe«, antwortete Ysanoa in ruhigem Tonfall.

Luana schluckte schwer, dann nickte sie. »Bist du bereit?«

»Ich bin bereit.« Ysanoa schloss die Augen.

»In Ordnung«, murmelte sie und atmete tief ein. »Ich«, sie stieß die Luft aus, »fange an.« Zum Ende ihres Satzes hin klang sie entschlossen. Sie hob die Hände hoch und drehte die Innenflächen nach oben. Aus verengten Augen beobachtete sie das Pochen an der Halsschlagader ihrer Mutter. Sie konzentrierte sich darauf, bis ihr eigenes Herz im selben Takt schlug. Sie hörte das Rauschen von Blut, jedoch war es nicht ihr eigenes, wie sie feststellte. Es war Ysanoas Blut.

Luana krümmte ihre Finger und in dem Moment hörte sie es. Sie hörte, wie Ysanoas Blut schneller floss, wie ihr Herz schneller schlug, um ihren Körper mit ausreichend Blut zu versorgen. Immer schneller und schneller und schneller. Auch Luanas Atem beschleunigte sich, während sie zusah, wie ein Tropfen Schweiß über den Hals ihrer Mutter rann. Das war *ihr* Werk.

Sie spannte ihre Finger weiter an, krümmte sie ein Stück mehr, rief noch mehr ihrer Magie zu sich. Wie aus weiter Ferne hörte sie Ysanoa keuchen, doch das drang kaum zu ihr durch.

Sie war im Rausch.

Sie blendete alles aus, spürte nur die Energie, die durch ihre Adern floss. Das hier war etwas ganz anderes, als Feuer zu beschwören. Als lediglich ein Element anzurufen. Das hier war reine Macht. Sie beherrschte einen anderen Körper, und wenn sie wollte, könnte sie ihn quälen und langsam brechen, Stück für Stück. Sie könnte auch damit aufhören und den Körper danach heilen. Sie herrschte über ihn. Sie herrschte über das Leben.

Mit einem weiteren Keuchen sank Ysanoa auf die Knie und presste sich die Hände auf die Ohren, genauso wie sie es selbst noch vor einigen Tagen getan hatte.

Schwach, dachte sie. *Du bist so schwach, Ysanoa.*

Doch da spürte sie etwas anderes. Gegenwehr. Ihre Mutter setzte ihre eigene Blutmagie ein, um ihren Körper zu regulieren, ihr Blut wieder abzukühlen. Luana griff tiefer in sich selbst hinein, verstärkte ihre Magie. Sämtliche Kerzen im Raum erloschen und dienten ihr als zusätzliche Machtquelle. Sie spürte, wie die Flammen nun durch ihren Körper wogten und sie stärker machten, zu einem Teil von ihr wurden.

»Lu… Luana. Luana, hör … auf.« Ysanoa kroch auf ihre Tochter zu, ihre Stimme bebte. Nicht lange und sie würde sterben. Von innen heraus verbrennen. »Luana … Luana, bitte.«

Es verstrich noch einige Zeit, bis sie bemerkte, dass die Gegenwehr nachgelassen hatte. Ihr Blick klärte sich, und sie sah jemanden auf dem Boden liegen, direkt zu ihren Füßen. Silberblondes Haar klebte der Frau nass auf den bleichen Wangen. Haar in derselben Farbe wie ihres …

»Mutter«, keuchte sie und ließ sich neben Ysanoa auf die Knie fallen. »Mutter!« Sie drehte ihre Mutter auf den Rücken, strich ihr die schweißnassen Strähnen aus dem Gesicht. »Mutter! Mutter, wach auf, bitte!« Doch Ysanoa rührte sich nicht. Ihr Körper war so heiß, dass Luana sich verbrennen würde, wäre sie keine Feuermagierin. »Kaylin!«, brüllte sie. »Kaylin! Hilfe!«

Nur einen Herzschlag später flog die Tür zu Ysanoas Schlafgemach auf und Kaylin sah entsetzt von Luana zu Ysanoa. »Selphie, bitte komm schnell nach oben!«, rief sie, ohne den Blick von ihrer Mutter abzuwenden. »Selphie ist Wassermagierin«, erklärte sie, ehe sie sich zu den beiden auf den Boden setzte. »Sie ist viel zu heiß!«, rief sie und zog die Hand wieder zurück, ehe sie das Gesicht ihrer Mutter berührte. »Lu, was hast du getan?«

»Ich wollte das nicht. Kaylin, du musst mir glauben, ich wollte nicht, dass das passiert!«

»Was ist denn los?« Selphie stand schwer atmend im Gang, und als sie den Ernst der Lage erkannte, betrat sie das Schlafgemach. »Heilige Eiyune«, wisperte sie und schlug sich die Hand vor den Mund.

»Bitte, tu was!«, flehte Kaylin. Tränen flossen wie Sturzbäche über ihre gebräunten Wangen, während Luana erstarrt war und keine Reaktion mehr zeigte.

Selphie streckte den Zeigefinger ihrer rechten Hand aus und ließ ihn einige Male kreisen, ehe sich ein kühler Dunst bildete, der sich wie eine zweite Haut auf alle Anwesenden legte. Dann streckte sie beide Hände aus und um ihre Finger bildeten sich Eiskristalle. Mit ihren eiskalten Händen berührte sie zunächst Ysanoas Wangen, ihren Hals und schließlich die Innenseite ihrer Handgelenke, wo sich das Blut in den Pulsadern sammelte.

»Mutter!«, rief Kaylin und die Hoffnung, die in ihrer Stimme mitschwang, ließ Luana aufblicken. Die Augenlider ihrer Mutter flatterten und schließlich drangen leise Geräusche aus ihrer Kehle. Sie stöhnte und atmete schwer.

»Es tut mir so leid«, wisperte Luana mit tränenerstickter Stimme.

Ysanoa hob langsam eine Hand und führte sie an ihre Wange. »Du bist … so stark.«

Ihr entwich ein Schluchzen. »Ich habe dich beinahe getötet.«

»Noch bin ich hier«, murmelte Ysanoa leise. »Und wir werden –«, sie wurde von einem starken Husten unterbrochen und krümmte sich vor Schmerzen.

»Oh, Eiyune, bitte mach, dass sie wieder gesund wird«, wimmerte Kaylin.

»Es geht schon«, kam es dann heiser von Ysanoa. »Ich muss mich nur ein wenig ausruhen. Wir üben morgen weiter«, ergänzte sie und drückte Luanas Hand.

Und obwohl sie versucht hatte, daran zu glauben, hatte sie gewusst, dass ihre Mutter zu schwach sein würde, um weiterzumachen. Der neue Tag war bereits angebrochen und Ysanoa lag noch immer geschwächt im Bett. Sie war zwar eine starke Blutmagierin und hatte ihren Kreislauf unter Kontrolle, doch die Minuten, in denen ihr Körper den viel zu heißen Temperaturen ausgesetzt gewesen war, hatten Schäden hinterlassen, die sich nicht mit Magie beheben ließen.

Luana wurde von Schuldgefühlen geplagt. Ständig dachte sie an den Moment zurück, in dem alles gekippt war. Sie war von einem Machtrausch erfüllt gewesen, der sie alles um sich herum hatte vergessen lassen. Wer sie war und wer die Frau war, deren Leben sie da in den Händen hielt. Gänsehaut erfasste ihren Körper. Nur wenige Augenblicke länger und ihre Mutter hätte diesen neuen Tag nicht mehr erlebt.

Seufzend schaute sie zum strahlenden Himmel hinauf und merkte, wie sich ihre Sicht verschleierte. Doch sie schluckte die Tränen runter. Ihre Mutter hatte überlebt und sie würde wieder gesund werden.

Aber solange sich Ysanoas Genesung hinzog, musste sich Luana ihre Zeit anderweitig vertreiben. Entgegen ihrer Anweisung hatte sie ihre Gemächer verlassen und schlenderte durch den Garten des Anwesens. Blumen in allen Farben blühten hier und verströmten einen angenehmen Duft, den sie tief in ihre Lungen sog. Seit ihre Blut-Affinität sich in ihr manifestiert hatte, spürte sie ihren Körper auf ganz neue Weise. Sie nahm Gerüche intensiver wahr, schmeckte Dinge auf ganz andere Art, selbst ihr Sehvermögen war geschärft und sie hörte besser. Vor allem hörte sie in sich hinein. Sie verstand die Bedürfnisse ihres Körpers.

Und ihr größtes Bedürfnis war, Aron zu retten. Aber wie es aussah, würde ihre Mutter noch die nächsten Tage im Bett verbringen müssen. Luana wägte ihre Optionen ab, und eigentlich hatte sie es schon beschlossen, bevor sie den Gedanken vollständig in ihrem Kopf formuliert hatte: Sie musste in die Große Bibliothek.

Entschlossen hastete Luana in ihre Gemächer, um ihre Tasche zu holen, und machte sich auf den Weg in die Stadt. Wieder hatte sie die Kapuze ihres dunkelblauen Umhangs tief in ihr Gesicht gezogen und den Blick stets auf den Boden gerichtet.

Schließlich passierte sie Erlovens Innenstadt und lief sicheren Schrittes auf die Bibliothek zu, in der sie hoffentlich mehr finden würde als nur die Antwort auf eine ihrer Fragen. Denn noch immer wussten sie und die anderen nicht, wie man einen Riss zwischen den Welten nutzte.

Wie es den beiden wohl ging? Ob sie das Holzpferd gefunden hatten, das Aron seinem kleinen Bruder Arian vor Jahren geschnitzt hatte? Sobald sie das Pferd hatten, würden sie vermutlich nach einem Weg ins Nebulum suchen. Und wenn sie ihn bereits gefunden hatten? Würden sie ohne sie gehen?

Die Fragen überschlugen sich in ihrem Kopf und instinktiv ging sie noch ein wenig schneller.

Schließlich erstreckte sich die Große Bibliothek vor ihr. Wie alle anderen Gebäude hier war sie aus weißem Stein erbaut, nur wesentlich größer und imposanter als alle anderen hier auf Erloven, mit Ausnahme der Zitadelle. Die massiven Türen waren verschlossen und genau wie bei ihrer Ankunft hier vor fünf Tagen standen wieder zwei Wachleute davor.

Luana hatte sich ihr Vorgehen ganz genau überlegt. Sie würde die beiden außer Gefecht setzen und dann über den Hof zum Hintereingang eilen. So war sie früher unzählige Male in die Bibliothek gelangt, die nur ausgewählte Elfen betreten durften. Als Enkelin von Lady Elora gehörte sie selbstverständlich zum Kreis der Auserwählten, aber wenn sie preisgab, dass sie sich in der Stadt aufhielt, würde ihre Großmutter sofort davon erfahren, und das wollte sie unter allen Umständen vermeiden.

Unauffällig blickte sie sich um. Die Straßen waren um diese frühe Tageszeit unbelebt. Dennoch wollte sie nicht riskieren, dass die beiden Männer einfach umkippten. Das würde dann doch zu viel Aufsehen erregen.

Also beschloss Luana, sie zu lähmen. Und zwar so, dass sie zwar stehen, aber sich weder bewegen noch sprechen konnten. Denn wenn sie zum Hof kommen wollte, würden die Männer sie unweigerlich sehen und Alarm schlagen – das durfte nicht passieren. Ihr Herz hämmerte in ihrem Brustkorb, als wäre sie den ganzen Weg hierher gerannt. Sie war aufgeregt und wusste nicht, ob sie das schaffen konnte. Und sollte es ihr tatsächlich gelingen … Würde sie aufhören können? Sie konnte dieses Machtgefühl jetzt schon auf ihrer Zunge schmecken. Es machte ihr Angst, doch es beflügelte sie gleichermaßen.

Noch einmal blickte sie kurz um sich, dann spürte sie die Macht durch ihre Adern rauschen.

Kapitel 15

Luana

Kaum hatte sie in den Organismus der beiden Männer eingegriffen, spürte Luana den Machtstrom, der durch ihre Adern floss, wie pures Glück. Es dauerte nur wenige Herzschläge, da waren sie außer Gefecht gesetzt. Beide standen weiter an Ort und Stelle, und niemand würde bemerken, dass hier etwas nicht stimmte. Zumindest solange man sie nicht ansprach oder ihnen aufmerksam in die Augen sah, die weit aufgerissen auf den Punkt starrten, an dem Luana bis gerade eben noch gestanden hatte.

Eilig huschte sie auf das nebenstehende Gebäude zu und presste sich dicht an seine kalte Fassade, da sie auf der anderen Straßenseite zwei Elfen erspähte. Ihr Herz raste und pumpte Adrenalin durch ihren Körper. Hatten sie etwas bemerkt? Ihre Angst verflüchtigte sich jedoch, als die beiden Elfen um die Ecke bogen. Sie stieß einen erleichterten Seufzer aus und widmete sich wieder den Wachmännern, nur um erschrocken festzustellen, dass sich einer von ihnen aus seiner Starre befreit hatte. Er sah ihr geradewegs in die Augen und hob die Hände für einen Gegenzauber, der an ihrem Feuerwall abprallte. Der Schild hatte sie einiges an Energie gekostet, daher zog sie sich schwer atmend weiter zurück in die Straße, aus der sie gekommen war.

Verflucht. So eine verfluchte –

»Stehen geblieben!«, rief der Mann. Luana hörte, wie er näher kam, schloss die Augen und überlegte fieberhaft, was sie tun sollte. Sie hatte Angst, ihn zu töten, wenn sie wieder in seinen Körper drang. Aber hatte sie eine Wahl? Sie würde ihm jetzt bestimmt nicht erklären, dass sie vorhatte in die Große Bibliothek einzubrechen, nachdem sie verbotenerweise zurück nach Erloven gekommen war.

Seine Schritte verstummten. Sie öffnete die Augen und erschrak. Vor ihr stand der alte Mann mit der Schlangenrune. »Was wollt Ihr?«, fragte sie den Mann.

Er musterte sie, bevor er sprach: »Ihr seid Luana Fenhorn, nicht wahr?« Sie schluckte und blickte um sich, doch sie waren allein. »Hier ist niemand. Und Ihr braucht keine Angst vor mir zu haben.«

Sie lachte auf. »Ich habe vor niemandem Angst.«

»Auch nicht vor Eurer Großmutter?«

»Wer seid Ihr?« Die Worte kamen ihr als Knurren über die Lippen.

»Ich kannte Euren Vater.« Sie zitterte mit einem Mal am ganzen Körper. *Atme, atme, atme.* Einige Schritte hinter ihnen stöhnte der Wachmann leise auf. »Ich kümmere mich um die Wachen. Erledigt Ihr, wozu Ihr hier seid. Geht!«

Luana nickte aufgeregt und eilte davon. Ihr Herz raste, als sie durch die Tür der Großen Bibliothek schlüpfte wie ein Schatten. Sie wusste, dass der Hintereingang nicht bewacht wurde, denn für gewöhnlich brach niemand in eine Bibliothek ein.

Als sie Etage um Etage emporstieg, versuchte sie sich zu beruhigen. Auch wenn der alte Mann sie aus dem Konzept gebracht hatte, durfte sie jetzt nicht unvorsichtig werden. Hastig zog sie sich ihre Kapuze noch etwas tiefer ins Gesicht. Sie war bisher zwar niemandem sonst begegnet, aber sollte ihr gleich noch jemand über den Weg laufen, so würde er sie vermutlich nicht erkennen. Nicht, solange sie auch den Augenkontakt vermied. Dieses helle, reine Blau von der Farbe des wolkenlosen Himmels war kennzeichnend für die Fenhorns und dank ihrer Großmutter war ihre Familie auf ganz Erloven bekannt – eigentlich in ganz Eseria. Vermutlich hatte der Mann mit der Schlangenrune deswegen gewusst, wer sie war.

»Ich kannte Euren Vater.«

Sie trieb sich zur Eile an, wusste nicht, wie lange seine Magie die beiden Männer am Eingang festhalten würde. Sobald sie wieder bei Bewusstsein waren, würden sie jedem erzählen, was passiert war. Dass sie jemand angegriffen und sich dann unerlaubten Zutritt in die Große Bibliothek verschafft hatte. Dem Ort, an dem das gebündelte Wissen aller Elfen versammelt war. Wissen, das gefährlich werden konnte.

Wie nutzt man einen Riss zwischen den Welten?

Wie hält man ein Herz an?

Sie stieg die letzten Stufen in die vierte Etage hinauf und erlaubte sich nur wenige Sekunden lang stehen zu bleiben. Schwer atmend stützte sie sich am Geländer der Treppe ab. Der Geruch von alten Büchern und antikem Holz lag in der Luft. Von außen sah die Bibliothek zwar genauso neu und modern aus wie der Rest der Stadt, doch das Interieur war noch immer dasselbe wie das von vor Tausenden von Jahren. Nicht dass sie schon so lange lebte – ihre Großmutter hatte ihr davon erzählt.

»Eiyune hält ihre schützende Hand über diesen heiligen Ort«, hatte ihre Großmutter gesagt.

Eiyune, die heilige Göttin und Urmutter des Geschlechts der Elfen.

»Bitte, Eiyune«, wisperte Luana, als sie sich auf eine Wand

zubewegte, die aus deckenhohen Regalen bestand, »bitte gib mir Antworten.«

Sie ließ ihren Blick über die beschrifteten Einbände fliegen und zog als Erstes ein Buch heraus, das den Titel *Seelenportale* trug. Vorsichtig blätterte sie darin herum und blieb an einer Passage hängen, die ihre Aufmerksamkeit erregte:

> *Tritt die Seele nach einem gewaltsamen Akt aus dem Körper, so entfesselt sich an dem Ort des Akts eine mächtige Energie, die hohen Druck auf die Sphäre ausübt.*

»Ein Riss zwischen den Welten entsteht, wenn eine mächtige Energiequelle hohen Druck auf die Sphäre ausübt«, wisperte sie. Diesen Satz hatten sie vor einigen Tagen in einer von Orianas Enzyklopädien entdeckt und Kaaya hatte gefragt, welche Arten von Energie es gab. *So kann man ein jedes Lebewesen als Energiequelle bezeichnen. Die Essenz, die einem jeden lebenden Organismus innewohnt, ist die Seele,* erinnerte Luana sich. *Seele bedeutet Energie.* Und wenn sie nun beide Aussagen zusammenfügte, ergab sich ein Bild.

»Der Schattenelf hat Arians Seele gewaltsam aus seinem Körper entfernt«, sprach sie weiter leise vor sich hin. »Und das hat eine Kraft hervorgerufen, die ein Loch zwischen die Welten gerissen hat.« Ihr Herzschlag beschleunigte sich. Sie spürte, dass sie auf dem richtigen Weg war.

Ja, das machte Sinn. Dann musste sich der Riss doch an dem Ort befinden, an dem der Seelenmagier Arians Seele gestohlen hatte. Außerdem musste es mindestens einen weiteren Übergang geben, sonst hätte der Schattenelf nicht auftauchen können. »Aber wie können wir sie nutzen?«, fragte sie sich laut.

Luana klappte *Seelenportale* zu und schob es hastig in ihren Beutel. Sie griff nach einem weiteren Buch. Der dunkelbraune Einband war aus Leder und sah bereits abgenutzt aus. Es war ein schmales Buch ohne Titel, hatte jedoch zwischen *Seelenportale* und *Seelenmagie richtig nutzen* gestanden. Wie immer, wenn sie nervös war, kaute sie auf ihrer Unterlippe herum, während sie Seite um Seite weiterblätterte und Schlüsselwörter zu finden versuchte. Ihr blieb nicht genug Zeit, sich alles durchzulesen. Und sie hatte bei Weitem nicht genug Platz, um alle Bücher mitzunehmen.

Mit einem zitternden Finger fuhr sie Zeile um Zeile nach, bis sie in einem Satz das Wort *Parallelwelt* entdeckte. Ihr Herz klopfte nicht mehr einfach nur schnell, es raste jetzt.

Wer das hier liest, der möge mir zu Hilfe kommen! Man hat mich gefangen genommen! Vergangene Nacht war ich im Wald hinter meinem Haus spazieren, ganz in der Nähe der Weißen Kapelle. Plötzlich spürte ich Magie. Sie zog mich an wie ein Brunnen einen Durstigen. Ich bin ihr gefolgt und ich verlor mich in einer Art Raumtunnel. Als ich austrat, war der Himmel plötzlich hell! Die Kapelle war ganz heruntergekommen. Ich sah mich nach meiner Hütte um, doch sie stand dort nicht mehr! Da war ein riesengroßes Haus mit einem angrenzenden Hof und jeder Menge Tieren. Die Bewohner guckten mich an, als wäre ich ein fremdartiges Wesen, und erst da bemerkte ich, dass sie die Fremden waren. Sie waren keine Elfen! Es war, als wäre ich in einer Parallelwelt gelandet. Sie nannten mich einen Schattenelfen und –

Sie wollte gerade umblättern, da hörte sie ein Geräusch. Während ihr vor Aufregung das Blut in den Ohren rauschte, stopfte sie das Tagebuch in ihren Beutel und griff noch nach *Blutmagie – töten oder heilen?*, das sie sich unter den Arm klemmte. Hastig blickte sie um sich, ehe sie zur Treppe eilte. Mit noch immer rasendem Herzen sprang sie die Stufen hinunter und versuchte dabei weiterhin so leise wie nur möglich zu sein.

Schweiß glänzte auf ihrer Stirn, als sie aus der Hintertür der Bibliothek trat. Weit und breit war niemand zu sehen und die frische Morgenluft kühlte sie ein wenig ab. Schnellen Schrittes durchquerte sie den Innenhof und lugte vorsichtig um die Ecke. Die Wachleute standen nicht auf ihren Posten und da war auch keine Spur von dem alten Mann. Nachdem sie sich erneut umgeschaut hatte, trat sie auf die Straße und lief den Weg zum Anwesen ihrer Familie zurück, ohne sich noch einmal umzudrehen.

KIAN

»Bitte, Kian«, schnurrte Milea neben ihm und zeichnete mit ihren langen roten Fingernägeln lasziv seine Bauchmuskeln nach. Oder hieß sie Marea?

Er schob ihre Hand weg und rückte von ihr ab. »Du hast doch bekommen, was du wolltest, Süße.«

Gut umgangen, klopfte er sich in Gedanken selbst auf die Schulter.

»Aber ich will es *noch mal*«, hauchte sie und kicherte.

»Milea, ich möchte jetzt allein sein.«

Bitte lass Milea richtig sein.

Die Elfe setzte sich ruckartig auf und warf sich das braune Haar über die Schulter. »Ich heiße Andra!«

Knapp daneben.

»Andra, hör zu«, er seufzte, »ich muss mich auf die Jagd vorbereiten, mich erholen und endlich schlafen. Ich bin hinüber, du hast jegliche Energie aus mir herausgesaugt.« Die letzten Worte unterstrich er mit einem Augenzwinkern, um sie zu beschwichtigen, aber es schien seine Wirkung zu verfehlen.

»Also das bin ich für dich?« Ihre Stimme hatte einen gefährlich hohen Ton angenommen. »Ein Spielzeug, mit dem du immer jede Menge Spaß hattest und dessen du plötzlich überdrüssig bist?« Sie erhob sich, das Bettlaken fest um ihren kurvigen Körper geschlungen.

Wenn er sie jetzt so ansah, überlegte er es sich vielleicht doch noch mal anders …

»Und ich dachte, das mit uns ist etwas Besonderes!«, keifte sie.

Nein, er würde es sich nicht anders überlegen.

»Tut mir leid, An…na?« Er schaute sie entschuldigend an.

»Fick dich, Kian Erthyra!« schrie sie, während sie ihre Kleidung vom Boden aufsammelte. Dann verschwand sie und ließ die Tür hinter sich krachend zufallen.

Kian hatte sich gerade wieder ins Kissen sinken lassen und endlich die Augen geschlossen, als die Tür erneut aufschwang.

»Andra, bitte –«

»So heißt sie also.«

Die Stimme gehörte definitiv nicht zu Andra.

»Ilias, was zum –«

»Andra sah ganz schön wütend aus. Und ganz schön nackt«, ergänzte sein Freund anerkennend.

Kian stöhnte genervt auf. »Andra ist mir egal, was willst du hier? Ich bin verdammt müde!«

»Dann tut es mir leid, dass ich dir jetzt verkünden muss, dass du deinen Schlaf um ein paar Stunden verschieben musst«, meinte Ilias und warf ihm das Hemd zu, das er zuvor nachlässig über eine Stuhllehne geworfen hatte.

»Ich muss gar nichts«, erwiderte er gähnend und drehte sich auf die andere Seite.

»Das kannst du deinem Vater selbst sagen«, konterte Ilias.

Nun saß Kian kerzengerade im Bett. »Meinem Vater?«

Ilias nickte mit zusammengepressten Lippen. »Und er ist nicht allein. Pyria ist bei ihm.«

»Was? Warum?«

Pyria und er hatten eine gemeinsame Vergangenheit. Er hatte sie geliebt und gedacht, sie würde ihn auch lieben. Wie falsch er doch damit gelegen hatte …

»Das sollte sie dir vielleicht selbst erzählen.«

»Ilias«, knurrte er. »Sag mir, warum sie hier ist. Sofort.« So sprach definitiv niemand sonst mit dem Kronprinzen. Aber seine Nerven waren zum Zerreißen gespannt.

Ilias sah ihn mit festem Blick an. »Sie erwartet ein Kind.«

KAAYA

»Wir sollten bald eine Rast einlegen«, sagte Aron, während er und Kaaya auf ihren Pferden durch den dunklen Wald ritten. Baum um Baum zog an ihnen vorbei, doch Kaaya nahm kaum etwas von ihrer Umgebung wahr.

Sie hatten das Holzpferd nicht gefunden. Sie hatten die Halskette verloren. Ihr Griff um die Zügel verstärkte sich. Sie hatten sich entschlossen, noch einen letzten Versuch zu wagen und in Arians und ihrem Zuhause nach etwas Brauchbarem zu suchen. Wenn sie dort nichts entdeckten, hatten sie ein wirkliches Problem. Und ihr fiel kein einziger Gegenstand ein, den sie im Haus hatten, der Arian etwas bedeutete.

»Kaaya?«, hörte sie Aron nun dicht neben sich.

»Ja?«, fragte sie und kam nun erst wieder im Hier und Jetzt an.

»Wir müssen rasten. Silbersturm ist bestimmt noch einen Tagesritt entfernt. Die Pferde schaffen das nicht.«

Sie blickte hinauf in den schwarzen Nachthimmel. »Ja, du hast recht«, stimmte sie ihm seufzend zu und zügelte das Pferd.

Kurz darauf schlugen die beiden auf einer Lichtung ihre Zelte auf und entzündeten ein kleines Lagerfeuer, an dem sie sich niederließen. Aron knabberte an einem Stück Trockenfleisch, während Kaaya sich ein Stück Käse in den Mund schob und dann von ihrem Brot abbiss. Stahlschwinge lag mitsamt seiner Scheide neben ihr auf der Wiese. Sie bemerkte, dass Aron das Schwert musterte.

»Was ist?«, erkundigte sie sich, nachdem sie ihr Essen zerkaut und hinuntergeschluckt hatte.

»Ich frage mich nur, wo du gelernt hast, damit umzugehen.«

Sie nahm einen Schluck aus ihrem Wasserschlauch, bevor sie antwortete. »Zu Hause in Kaltennest. Der Sohn des örtlichen Schmieds brachte es mir bei, da war ich noch ein Kind«, erklärte sie.

»Du … erinnerst dich daran?«, wollte Aron wissen. Sie hatte ihm und Luana davon erzählt, dass sie ihr Gedächtnis im Alter von elf Jahren verloren hatte.

Sie schüttelte traurig den Kopf. »Zumindest nicht an die Anfänge. Tristan und ich waren wohl befreundet, seit ich drei Jahre alt war. Er war der Einzige, der mich nicht behandelt hat, als wäre ich eine Fremde, nachdem … das mit meinem Gedächtnis passierte. Er wollte mich weiterhin sehen, und er dachte, wenn wir wieder mit dem Schwert üben würden, dann würden meine Erinnerungen vielleicht zurückkommen.«

»Aber sie kamen nicht zurück«, stellte Aron trocken fest.

»Nein. Doch ich lernte es erneut. Wie man ein Schwert in die Hand nimmt, wie man sein Gewicht ausbalanciert. Wie man damit steht und wie man damit kämpft. Tristan gab mich nicht auf.«

»Lebt er heute noch in Kaltennest?«

Sie schwieg einen Moment. »Nein«, hauchte sie. »Er lebt nirgendwo mehr.« Sie konnte sehen, wie Aron schwer schluckte und dann den Blick abwandte.

»Das tut mir leid.«

»Danke«, murmelte sie. »Aber ich habe ihn immer bei mir. Meinen einzigen Freund.« Bedächtig strich sie über den abgenutzten goldenen Griff der Klinge. »Es war seins«, fuhr sie fort. »Er gab ihm auch seinen Namen. Stahlschwinge.« Sie lachte leise.

»Warum Stahlschwinge?«, wollte Aron wissen.

»Er liebte Vögel. Er hat sich immer so sehr gewünscht fliegen zu können … Wie geht es deiner Wunde?«, fragte sie dann, um das Thema zu wechseln. Und weil es sie ehrlich interessierte.

Er griff nach dem Saum seines Hemds, das er so weit hochschob, bis sie den Verband darunter erkennen konnte. Kaaya hatte ihm Acanthiensalbe auf die Wunde geschmiert. Sie bestand aus einem heilsamen Kraut, das seit der Ankunft der Elfen in Eseria wuchs. Anschließend hatte sie ihm einen Verband umgelegt, damit er nicht verblutete. Oriana hatte wirklich an alles gedacht, als sie ihr beim Packen ihrer Reisetasche geholfen hatte.

Ein kleiner roter Fleck war auf dem weißen Verband zu erkennen. »Wir sollten ihn wechseln, sobald die Sonne aufgeht«, schlug sie vor.

Aron nickte und schob das Hemd wieder vorsichtig über den Verband.

Eine Weile war es still zwischen ihnen. »Kaaya?«, meldete sich Aron dann zu Wort. Sie sah ihn an. »Du weißt, dass du jetzt auch andere Freunde hast, oder?«

Sie lachte laut auf. »O Aron«, sagte sie und er blickte sie verdutzt an. »Glaub mir, es ist nicht gut, wenn du dich als mein Freund bezeichnest. Alle, die mir nahestehen, sterben früher oder später.«

Aron öffnete den Mund, um etwas zu erwidern, schloss ihn aber wieder. Er schluckte einige Male, bevor er zum Sprechen ansetzte: »Jeder stirbt früher oder später.«

Kaaya wurde wieder ernst. »Ja«, gab sie zurück. »Du hast recht.«

Schweigend saßen sie noch ein wenig am Lagerfeuer, bevor Kaaya sich zurückzog. Seitdem ihre Vergangenheit zur Sprache gekommen war, fühlte sie eine innere Unruhe. Nicht, weil sie Aron nicht vertraute oder es unangenehm fand, ihm von sich erzählt zu haben. Vielmehr war da diese Schwärze, die sie nicht loslassen wollte. Lücken. So viele Lücken in ihren Gedanken, in ihrem Leben. Frustriert kniff sie die Augen zusammen, zwang sich, Erinnerungen wachzurufen, doch es tat sich nichts. Wie immer. Dieser Teil von ihr war verschwunden. Und er kam auch nicht wieder, als sich am nächsten Morgen in der Ferne endlich die Dächer Silbersturms am Horizont abzeichneten. Auch wenn sie die Stadt nie hatte leiden können, so fühlte es sich doch vertraut an, die Hafenluft zu atmen.

Als sie schließlich bei der Hütte im Erlenwald ankamen, spürte Kaaya einen Stich im Herzen. Ohne Arian hierher zurückzukommen, fühlte sich falsch an. Sie schluckte den Kloß in ihrem Hals hinunter und ging voraus, Aron folgte ihr.

»Du könntest dich hier in der Wohnstube umsehen, dann schaue ich im Schlafraum nach.«

Aron nickte und lächelte sie aufmunternd an, doch obwohl sie das Lächeln erwidern wollte, gehorchten ihre Lippen nicht.

Kaaya ging als Erstes zum Kleiderschrank, suchte nach doppelten Böden. Als sie nicht fündig wurde, drehte sie sich zu dem kleinen Nachtschränkchen, das neben Arians Bett stand. Aber auch hier fand sie nichts als ein paar Münzen und ein leeres Notizbuch. Seufzend ließ sie sich auf das Bett fallen.

Sie drehte sich auf die Seite und sah aus dem Fenster in den Garten. Gedankenverloren streckte sie ihre Hand aus und strich über die aufgeschlagene Decke, die noch so aussah, als wäre Arian nur kurz aufgestanden und würde gleich wieder zurückkommen. Wie oft hatte sie sich zu ihm gelegt, weil sie nicht hatte einschlafen können? Sie hatten hier so viele schöne Momente verbracht. Glückliche und unbeschwerte Momente, die sie auf ewig als Erinnerungen in ihrem Herzen tragen würde.

Mit einem merkwürdigen Gefühl im Bauch rückte sie näher an Arians Kissen heran und berührte es flüchtig. Wie schön wäre es gewesen, seine Wärme dort zu spüren. Sie schluckte den Kloß in ihrem Hals hinunter, legte ihren Kopf auf sein Kissen und atmete tief ein. Gemeinsam mit Arians Duft zog sich ein scharfer Schmerz durch ihre Lungen und gleichzeitig fühlte sich ihr Körper taub an. Ihre Brust wurde eng, und ihr Herz hämmerte gegen ihre Rippen, als wollte es ausbrechen, fort von ihrer geschundenen Seele.

»Kaaya?«

Als sie Arons Stimme hinter sich vernahm, setzte sie sich hastig auf. »Hast du was gefunden?«, fragte sie, ohne das Zittern in ihrer Stimme verbergen zu können.

Aron schüttelte den Kopf. »Du?«

»Nein.«

Sie beobachtete, wie er vorsichtig an das Bett herantrat und sich ans Fußende setzte. Er mied ihren Blick.

»Wie geht es dir?«, erkundigte sie sich.

Aron zuckte mit den Schultern. »Besser.« Dann sah er sie an. »Und dir?«

»Nicht gut«, gab sie zu.

Eine Weile sagte keiner von beiden etwas, bis ein Magenknurren die Stille durchdrang.

»Du solltest etwas essen«, sagte Kaaya mit einem Lächeln auf den Lippen.

»Ja, vielleicht«, erwiderte Aron ebenfalls lächelnd. Er erhob sich vom Bett und ging in Richtung Tür, da bemerkte sie es.

»Komm noch mal zurück.« Ihre Stimme hatte einen aufgeregten Klang angenommen.

Aron schaute sie verwirrt an und machte einen Schritt in ihre Richtung.

»Da!«, rief sie, sprang vom Bett und kniete sich direkt zu Arons Füßen. Mit den Fingerknöcheln klopfte sie auf die Dielen, während Aron sie argwöhnisch beobachtete. Mit leuchtenden Augen sah sie zu ihm hoch und dann wieder runter. »Hilf mir.«

Endlich schien Aron zu begreifen. Er kniete sich ebenfalls hin, verzog dabei kurz das Gesicht und hielt sich seine Wunde. »Geht schon wieder«, sagte er, als er ihren besorgten Gesichtsausdruck bemerkte. Gemeinsam lösten sie ein Stück der Diele aus dem Boden.

»O Götter«, hauchte sie und schlug sich die Hand vor den

Mund. In dem Loch im Boden befand sich eine kleine hölzerne Schachtel.

»Hol sie raus«, rief Aron aufgeregt.

Mit zitternden Fingern griff sie nach der Schachtel, die nicht viel größer war als ihre Handfläche. Sie klappte den Deckel auf und ihr Atem stockte. Ein Schluchzer entrang sich ihrer Kehle und Tränen brannten hinter ihren Augen. In der kleinen Holzschatulle befand sich ein filigraner goldener Ring, in den ein Diamant eingefasst war.

»Kaaya«, hörte sie Aron rufen, doch seine Stimme drang wie durch Watte zu ihr durch. »Was ist es? Was ist in der Schachtel?«

Ja, was war es? Ein Ring, natürlich, doch was hatte er zu bedeuten? Wo kam er her? War er schon immer hier gewesen oder hatte er ihn hier versteckt? Arian …

Langsam drehte sie die Schatulle zu Aron herum. Als er den Ring entdeckte, trat ein überraschter Ausdruck in sein Gesicht. Eine Träne löste sich aus Kaayas Augenwinkel, doch sie machte sich nicht die Mühe, sie wegzuwischen. Sie hatte geahnt, was Arian für sie empfand, aber …

Kaaya, ich … ich …

War es das, was er ihr hatte sagen wollen, bevor …

Zaghaft streckte Aron seine Hand aus. Seine Bewegung unterbrach ihre Gedanken, und sie begegnete seinem Blick, der sie stumm um Erlaubnis zu bitten schien. Kaaya reichte ihm die Holzschatulle und er nahm den Ring heraus. Er betrachtete den kleinen Diamanten, drehte den Ring in seinen Fingern und sah dann erneut zu ihr.

»Was hat das zu bedeuten?«, flüsterte sie erstickt.

»Ihr wart … Ich wusste nicht, dass ihr zusammen seid.« Die Worte kamen nur langsam über seine Lippen, fast schon vorsichtig, so, als ob er Angst hätte, dass sie jeden Moment zerbrach.

»Vielleicht ist das nicht … Vielleicht soll das nicht … Ich weiß es nicht.«

»War da je eine andere?« Kurz zuckte sie zusammen, dann schüttelte sie ihren Kopf.

»Er hatte nur mich, Oriana und Prior«, fügte sie hinzu.

»Unserer Mutter gehörte er auch nicht.« Aron schien nachzudenken.

»Darf ich?«

Ihre Augen weiteten sich. »Ich weiß nicht.«

»Ich will nur sehen, ob er passt.«

Zögerlich streckte Kaaya ihren Arm aus und legte ihre zitternde Hand in die seine.

»Arian ist mein Bruder«, sagte er. »Und du gehörst zu unserer Familie. Egal, ob er passt oder nicht.« Mit diesen Worten steckte er ihr den Diamantring an den Ringfinger ihrer linken Hand. Ihr Herz drohte zu zerspringen. Er saß perfekt.

Kapitel 16

Kaaya

Kaaya hatte noch Reis im Vorratsschrank gefunden und am Tomatenstrauch im Garten hatten sie ein paar reife Früchte ernten können. Mit gesättigten Bäuchen saßen sie und Aron nun auf dem Sofa vor dem Kamin, in dem ein kleines Feuer knisterte, während der Himmel draußen sich dunkel färbte.

»Wann fragst du Luana?«, durchbrach sie die Stille, während sie mit dem Ring an ihrem Finger spielte. Sie warf Aron einen verstohlenen Blick zu, doch der starrte stur in die Flammen.

»Ich habe sie nicht verdient«, sagte er nach einer Weile.

Verständnislos sah sie ihn an. »Wie kommst du denn darauf?«

»Sie ist … großartig. Sie ist schön und stark und mutig und voller Leben. Sie ist eine von den Guten. Und ich bin … ich.«

»Und doch hat sie sich für dich entschieden.«

»Sie weiß nicht, was ich in Obernsteig getan habe.«

Kaaya schluckte. Sie hatten noch nicht darüber gesprochen, was passiert war. Aber sie hatte schon im ersten Moment beschlossen, dass Arons blutige Tat nichts zwischen ihnen änderte. »Sie wird es verstehen.«

Aron beobachtete weiterhin den Tanz der Flammen im Kamin. »Sie hat ihren Vater bei einem tragischen Unfall verloren, als sie ein Kind war. Es fällt ihr schwer, über ihn zu sprechen, ohne dass sie dabei weinen muss. Und ich habe meinen Vater eigenhändig ermordet.«

»Dein Vater war kein Vater«, erwiderte sie. »Aron, sieh mich an!«

Er drehte seinen Kopf zu ihr. In dem dunklen Zimmer wirkten seine Augen beinahe schwarz.

»Er hätte dich getötet, wenn du es nicht getan hättest!«

»Er wollte weglaufen«, sagte Aron kühl.

»Das tut nichts zur Sache, Aron. Seoras hat schon mal versucht dich zu töten. Er wollte Arian töten und eure Mutter hat es nicht überlebt! Sie hat *ihn* nicht überlebt! Hättest du ihn gehen lassen, hätte er vielleicht eine weitere Frau gefunden, die das Schicksal eurer Mutter früher oder später geteilt hätte.« Sie sah ihm eindringlich in die Augen, in denen nun wieder ein warmer brauner Schimmer glänzte. »Er hatte so viele Freunde in der Stadt. Man hätte ihn dafür nicht belangen können, und das weißt du.«

Aron wandte den Blick zurück zum Kamin und nickte zögernd. »Ich bereue es nicht. Und das macht mir Angst.«

»Er war ein Monster«, fuhr Kaaya unbeirrt fort.

»Wie tötet man ein Monster, ohne selbst zu einem zu werden?«

Das Endgültige in seiner Stimme jagte ihr einen Schauder über den Rücken.

LUANA

Erst als sie die Tür ihres Gemachs hinter sich geschlossen hatte, fiel die Anspannung von Luana ab. Sie warf ihren schweren Beutel auf das Bett und sich selbst direkt daneben. Mit ausgestreckten Armen lag sie auf dem Rücken und lachte. Sie hatte es geschafft. Sie war tatsächlich in die Große Bibliothek eingebrochen, ohne dass sie erwischt worden war.

Als sie sich beruhigt hatte, setzte sie sich auf und schüttete den Inhalt des Beutels auf ihr Bett. Neben den beiden Büchern über Risse und Seelen lag nun auch der Band über Blutmagie, den sie sich im letzten Moment gegriffen hatte: *Blutmagie – töten oder heilen?* Das war mit Sicherheit eine Frage, mit der sich jeder Elf mit einer Blut-Affinität eines Tages auseinandersetzen musste.

Ehrfürchtig blätterte sie die erste Seite auf. Sie entdeckte eine Zeichnung von einem nackten Elfen, in den man Organe eingezeichnet hatte. Die Zeichnung war rundherum beschriftet und über dem Kopf des Elfen stand *Leben.* Sie blätterte weiter. Der Anfang des Buches beschäftigte sich mit dem Körper von Elfen, damit, wie er aufgebaut war und welche Besonderheiten er aufwies. Damit, wie wichtig Blut war, um einen Organismus am Leben zu erhalten, und was für eine große Verantwortung Blutmagier hatten, wenn es darum ging, Leben zu retten.

Sie war in der Mitte des Buches angelangt, als die Zeichnungen düsterer wurden. Man hatte eine weibliche Elfe abgebildet, die auf einem Bett aus Knochen lag, ihr Bauch war aufgeschlitzt und ihre Gedärme quollen hervor. Luana verzog das Gesicht.

Tat eines Blutmagiers stand darüber. Er hatte die Frau getötet, ohne sie anzufassen, erklärte die nächste Seite.

Sie schreckte hoch, als es an der Tür klopfte. »Moment!«, rief sie und klappte das Buch hastig zu. Sie zog die Decke darüber, erhob sich vom Bett und strich sich gerade ihre Kleider glatt, als die Tür aufging und Kaylin ihren blonden Schopf durch den Türspalt steckte.

»Kann ich rein?«

»Ja«, antwortete sie atemlos.

Kaylin trat ein und schloss die Tür. »Großmutter ist hier.«

Ihr Herz setzte einen Schlag aus. »Warum?«

»Jemand ist in die Große Bibliothek eingebrochen«, flüsterte ihre Schwester.

»Und was hat das mit uns zu tun?« Luana zog eine Augenbraue hoch und versuchte den Sturm, der in ihrem Inneren tobte, vor Kaylin zu verbergen.

»Ich habe nicht alles gehört, aber ... die Wachmänner haben gesagt, sie wurden von einer Blutmagierin angegriffen. Großmutter ist hier, um mit Mutter zu sprechen. Sie liegt noch im Bett.«

»Es gibt hier doch auch andere Blutmagier.« Sie war nicht ganz sicher, ob sie das Zittern in ihrer Stimme vollständig unterdrücken konnte.

»Schon, doch die haben alle die offizielle Befugnis, die Bibliothek zu betreten, wann immer sie wollen. Sie hätten keinen Grund einzubrechen.«

Ihr Herz klopfte jetzt so laut, dass Kaylin es hören musste. Wie sollte sie ihr Verbrechen weiter vor ihrer Schwester verbergen. »Alle?«

Kaylin nickte. »So viele sind es gar nicht. Und nicht alle von ihnen sind mächtig genug, um zwei ausgewachsene männliche Elfen lahmzulegen.«

»Verstehe.«

»Wo warst du überhaupt?« Kaylin blickte an ihrer Schwester hinab, die noch immer ihre Stiefel trug.

»Im Garten. Spazieren.«

»Du solltest doch deine Gemächer nicht verlassen«, sagte Kaylin stirnrunzelnd. »Wenn Mutter das gesehen hätte –«

»Mutter liegt geschwächt im Bett, und ich bin hier, um etwas zu lernen! Ich konnte nicht tatenlos hier herumsitzen und abwarten, dass sie sich besser fühlt!«

Ihre Schwester beäugte sie misstrauisch. »Warum ist es so dringend, Lu?«

Sie biss sich auf die Unterlippe. »Es geht um Aron. Ich muss etwas tun, um sein Leben zu schützen.«

»Was hat er?«, fragte Kaylin und ein besorgter Ausdruck trat in ihr Gesicht.

»Noch nichts. Aber ich habe nicht mehr viel Zeit.«

In dem Moment schien Kaylin zu verstehen. »Du warst es«, hauchte sie. »Du bist in die Große Bibliothek eingebrochen!«

Luana drehte sich um und fuhr sich mit den Fingern durch das silberblonde Haar. »Ich hatte keine andere Wahl. Es geht um Aron!« Dann wandte sie sich wieder zu ihrer Schwester. »Du darfst ihr nichts sagen!«

»Sie wird es doch gleich herausfinden!«, rief Kaylin und breitete die Arme aus. »Du bist ja vollkommen verrückt, Lu! Du hättest mich fragen können!«

»Es ist ... kompliziert. Da ist etwas passiert, das niemand herausfinden darf. Schon gar nicht jemand aus dem Hohen Rat!«

»Und du dachtest ernsthaft, dass ich zu Mutter oder Großmutter laufe und ihnen dein Geheimnis erzähle?« Kaylin klang aufgebracht.

»Nein! Aber Kay … Es ist zu groß. Es ist einfach zu groß und gefährlich. Wir sind dabei, etwas vollkommen Verbotenes zu tun!«

»Wer ist *wir*?«

Luana fasste sich an die Stirn und atmete geräuschvoll aus. »Aron und ich und … eine Freundin von Arons Bruder. Kaaya.«

»Aron hat einen Bruder?«, fragte sie. »Und was wollt ihr tun, das so schlimm sein soll?«, fügte sie im selben Atemzug hinzu.

»Kay, ich kann nicht. Es ist –« Sie wurde unterbrochen, als es erneut an der Tür klopfte. »Was ist?«, rief sie gereizt.

»Lady Luana?« Das war die Haushälterin. »Lady Elora ist hier und wünscht Euch zu sprechen.«

Luana und Kaylin tauschten einen Blick. »Danke. Sag ihr, dass ich gleich komme.«

Die ältere Frau neigte den Kopf, dann schloss sie die Tür wieder.

»Oh, verdammt!«, fluchte Luana und biss sich in die Faust.

»Hat dich jemand gesehen?«, fragte Kaylin.

»Ich denke nicht.«

»Du *denkst*?«, kam es von ihrer Schwester. »Sie wird dich vor den Hohen Rat schleifen!«

Luana spürte einen Stich in ihrer Brust. Ja, sie hatte gegen sämtliche Regeln verstoßen, als sie sich unerlaubten Zutritt in die Große Bibliothek verschafft hatte. Aber was noch schlimmer war, war die Tatsache, dass sie sich überhaupt auf Erloven aufhielt. Ihre Großmutter – die Hohe Lady – hatte sie verbannt. Nach Erloven zurückzukehren bedeutete, dass sie mit Konsequenzen rechnen musste.

»Ich … weiß nicht«, stammelte sie. »Ich hielt mich bedeckt. Und ich bin auch nicht zu nah an die Wachleute herangetreten.«

»Verdammt, Luana! Dann sage ich, ich war es!«

»Sei nicht dumm, Kay! Sie weiß doch schon längst, dass ich hier bin. Sie hat nach mir rufen lassen. Es ist aus.« Sie konnte die Hilflosigkeit in den blauen Augen ihrer Schwester erkennen, die ihren eigenen gerade vermutlich glichen wie ein Spiegelbild.

»Sie werden dich einsperren.« Kaylins Stimme zitterte.

Ja, das würden sie. Luana versuchte sich einen Plan zurechtzulegen, aber alles, woran sie jetzt denken konnte, war Aron. Wenn sie es nicht schaffte – wenn sie nicht zurückkehrte und ihnen bei dem Ritual half –, würde er sterben. Sollte man sie hier festhalten, dann würde Aron sich opfern.

Die Tür schwang auf.

»Ich habe doch gesagt, ich komme gleich!«, brüllte Luana, die die Haushälterin vermutete. Wie falsch sie damit lag, erkannte sie erst, als sie ihren Blick hob und einem Paar himmelblauer Augen begegnete, die sie taxierten.

»Kaylin, lass uns allein«, kam es von Lady Elora, die den Blick nicht von Luana abwandte.

»Wie lange ist es jetzt her, seit wir uns das letzte Mal gesehen haben?«, fragte Elora, nachdem Kaylin wortlos aus den Gemächern verschwunden war.

»Vier Jahre«, antwortete sie. Sie war nervös, aber sie versuchte es ihrer Großmutter nicht zu zeigen.

Eloras rechter Mundwinkel zuckte, als wollte sich ein Grinsen auf ihren Lippen ausbreiten. »Und warum?«

»Weil du mich aus meinem Zuhause verbannt hast«, gab Luana zurück, ohne mit der Wimper zu zucken.

Elora nickte. »Dann tut sich bei mir aber die Frage auf, was du hier zu suchen hast, Luana.« Sie spuckte den Namen ihrer Enkelin förmlich aus, als wäre er Dreck in ihrem Mund.

»Mutter ist krank«, sagte sie, ohne weiter darüber nachzudenken. »Ich wollte nach ihr sehen.«

Die Hohe Lady zog eine Augenbraue hoch, wie sie selbst es immer tat. »Du wurdest verbannt. Du hast nicht nach deiner Mutter zu sehen. Du hast keinen Fuß auf Erloven zu setzen. Du bist so töricht!«

Luana blähte die Nasenflügel auf und ballte die Hände zu Fäusten. »Das hier ist mein Zuhause. Meine Familie. Du kannst nicht einfach beschließen, mich auszustoßen!«

Elora lachte freudlos auf. »Dich auszustoßen? Du bist für uns gestorben!«, spie sie. »Und es war deine eigene Entscheidung!«

»Meine Entscheidung?« Sie hob die Stimme und machte einen Schritt auf ihre Großmutter zu. »Du hast mich erpresst!«

»Ich habe dich vor die Wahl gestellt, du dummes Gör. Deine Familie oder dieser Mensch«, sagte sie und verzog dabei angewidert das Gesicht. »Du hast dich entschieden, also steh zu deiner Entscheidung.«

Luana schnaubte. »Wie soll man sich denn für eine Hälfte seines Herzens entscheiden? Egal, was ich getan hätte, ich hätte einen Teil von mir verloren.«

»Er ist ein Mensch! Er kann kein Teil von dir sein, verstehst du das denn immer noch nicht?«

»Nur weil du nicht weißt, was Liebe ist, kannst du nicht –« Luanas Kopf flog zur Seite, als die flache Hand ihrer Großmutter ihr eine schallende Ohrfeige verpasste. Tränen traten in ihre Augen und instinktiv führte sie ihre Hand an die glühende Wange.

»Pass auf, wie du mit mir sprichst«, zischte Elora. »Dir wurde eine großartige Zukunft in die Wiege gelegt. In deinen Adern fließt reine Macht. Du hättest so viel erreichen können und du schmeißt einfach alles weg!«

Mit verschleiertem Blick sah Luana die Hohe Lady an, doch sie erlaubte sich nicht, die Tränen laufen zu lassen. Vor dieser Frau würde sie keine Schwäche zeigen. »Ich habe kein Interesse an Macht«, sagte sie und spürte noch im selben Moment, dass die Worte nicht der Wahrheit entsprachen. Ihre Macht war das Einzige, was Aron retten konnte.

»Du lässt mir keine Wahl, Luana. Wir müssen in die Zitadelle.«

Ihre Gedanken überschlugen sich, ihr Herz raste, ihr Blut rauschte. Sie durften sie nicht einsperren. Nicht jetzt. »Ich kann nicht« war alles, was sie hervorbrachte.

Ihre Großmutter, die schon an der Tür war, drehte sich zu ihr um. »Was soll das heißen?«

»Ich muss hier weg«, flehte sie. »Ich gehe zurück nach Redon und komme nie mehr hierher, das schwöre ich bei Eiyune.«

Wieder zog die Hohe Lady eine ihrer silberfarbenen Augenbrauen in die Höhe. »Dafür ist es zu spät.«

»Bitte«, presste sie hervor. »Sein Leben hängt davon ab.«

Elora musterte sie eingehend, schien zu verstehen, wie ernst die Lage war. Sie schwieg einen Moment, ehe sie zum Sprechen ansetzte. »Du tust, was du tun musst, und dann kommst du hierher zurück«, sagte sie langsam.

Luana sah sie ungläubig an. »Ich verstehe nicht.«

»Das heißt«, begann Elora, »dass du diesen Menschen vergisst, in den Schoß deiner Familie zurückkehrst und dich meinen Wünschen fügst, was deine Zukunft betrifft.«

Luana stolperte einen Schritt zurück, als hätte ihre Großmutter sie erneut geschlagen. »Das kannst du nicht von mir verlangen.«

»Dann verlange du nicht von mir, dass ich dich gehen lasse. Entweder du nimmst mein Angebot an, oder wir gehen jetzt vor den Hohen Rat und du bekommst deine Strafe für deine Vergehen. Ich fürchte, du wirst eine ganze Weile nicht mehr zu deinem Menschenfreund zurückkehren können.«

Kaum hatte Lady Elora ihren Satz beendet, da brach Luanas Herz in tausend Teile.

KAAYA

Oriana öffnete Kaaya und Aron die Tür, als sie beinahe zwei Tage später in Argonsfeld ankamen. Die letzten Meter lief sie den beiden entgegen.

»Habt ihr es gefunden?«, fragte sie, als sie Kaaya in den Arm nahm.

Kaaya verneinte. »Das Holzpferd war nicht im Haus, aber«, sie löste sich aus der Umarmung und hielt Oriana ihre Hand hin.

Die Augen der Elfe wurden groß, als sie den Diamantring an ihrem Finger erspähte. »Was hat das zu bedeuten?«

Kaaya wechselte einen kurzen Blick mit Aron, dann sah sie wieder zu Oriana. »Als wir das Pferd nicht gefunden haben, sind Aron und ich zu unserem Haus im Erlenwald geritten. Dort haben wir diesen Ring gefunden.«

Oriana öffnete den Mund, um etwas zu sagen, doch sie brachte kein Ton hervor.

»Arian hat ihn vermutlich für Kaaya gekauft«, klärte Aron sie auf. »Er hatte ihn sehr gut versteckt und außerdem passt er wie angegossen an ihren Finger. Vermutlich wollte er ihr damit zeigen, wie viel sie ihm bedeutet.«

Tränen standen in Orianas Augen, als sie vom Ring wieder hoch zu Kaaya sah. »Ich bin so froh, dass Arian dich hat. Danke.«

Kaaya spürte einen Kloß im Hals und konnte nur nicken. Dann blickte sie zu Aron und bemerkte, dass dieser abgelenkt schien. Er lugte an Oriana vorbei ins Haus. Sie wusste, wonach er suchte – nach wem. »Schläft Luana?«, fragte sie an seiner statt. Immerhin war der Abend bereits angebrochen.

Oriana schüttelte den Kopf. »Sie ist nicht hier.«

»Was soll das heißen?«, rief Aron. »Wo ist sie?«

»Lasst uns erst mal alle hineingehen. Ich erkläre es euch.«

ARON

»Und du hast sie einfach gehen lassen?«, fragte Aron aufgebracht. »Sie *darf* nicht zurück nach Erloven! Wenn ihre Familie das herausfindet –«

»Das weiß sie doch, Aron«, fiel Oriana ihm ins Wort. »Sie wird vorsichtig sein.«

»Wann ist sie gegangen?«

»Gleich nachdem wir hier angekommen sind.«

Aron fuhr sich durch die Haare. »Das ist jetzt wie lange her?«, presste er gequält hervor. »Sechs Tage, sieben? Wieso hast du sie denn nicht aufgehalten?«

»Luana hätte sich niemals aufhalten lassen«, erklärte sie. »Sie ist fest entschlossen, dein Leben zu retten. Das war die einzige Lösung.«

»Und wenn ich wieder zurück bin, will ich dich nicht sehen!«

Ihm wurde schlecht, als er an die letzten Worte dachte, die er ihr an den Kopf geworfen hatte. Er stieß einen wütenden Laut aus, ehe er mit der geballten Faust auf den Tisch schlug.

»Beruhige dich«, sagte Kaaya. »Luana ist klug und stark, das waren deine Worte. Sie wird zurückkommen.«

»Ich koche uns Tee«, murmelte Oriana und erhob sich gerade vom Sofa, als es klopfte. Noch bevor sie sich weiterbewegen konnte, sprang Aron von seinem Platz und war mit zwei Schritten an der Tür. Mit wild pochendem Herzen riss er sie auf, und sobald er Luanas Gesicht dahinter erblickte, wurden seine Knie weich. Seine Gefährtin hatte gar nicht die Gelegenheit zu reagieren, da schloss er die Arme bereits fest um ihren zierlichen Körper. Er drückte sie an sich, vergrub sein Gesicht in ihrem Haar, das nach Salz und frischer Luft roch. Er wusste nicht, wie viele Herzschläge vergingen, ehe er ihre Hände auf seinem Rücken spürte. Sie erwiderte die Umarmung. Sie war nicht wütend auf ihn. Sie war hier. Sie lebte. Und das war alles, was in diesem Moment zählte.

Kapitel 17

Kaaya

»Bevor ich abgereist bin, habe ich noch einige Seiten aus den Büchern herausgerissen«, erzählte Luana. Sie breitete die gestohlenen Schriften auf dem Tisch aus, um den sie sich alle gesetzt hatten. »Der Riss fungiert als Tunnel und auf der anderen Seite erwartet uns eine Parallelwelt. Ein anderes Eseria«, erklärte sie. »Und er entsteht an einem Ort, an dem starke Energie freigesetzt wird, also auch nachdem eine Seele aus dem Körper getreten ist. Durch Gewalteinwirkung.«

»Also«, begann Kaaya, »muss der Riss dort sein, wo Arian war, als der Schattenelf auftauchte. So wie wir vermutet haben.«

»Uns fehlte der Schlüssel«, sagte Luana. »Man kann den Riss erst nutzen, wenn man ein Opfer darbringt. Der Riss wurde durch eine Opfergabe geöffnet, und er lässt sich auch nur von jenen benutzen, die ebenfalls etwas opfern.« Sie zeigte auf eine der Buchseiten, aber Kaaya konnte die elfischen Buchstaben nicht entziffern.

Sie runzelte die Stirn. »Dann konnte ich deswegen nicht hindurch?«

»Du konntest nicht hindurch, weil Aron dich berührt hat. Du warst eigentlich schon fast auf der anderen Seite. Das Flimmern deines Körpers bedeutet, dass er sich auf der anderen Seite des Tunnels materialisiert. Weil Aron kein Opfer erbracht hat, kamst du zurück.«

»Ich verstehe nicht«, erwiderte sie. »Ich habe auch kein … Opfer erbracht.«

»Darüber habe ich bereits nachgedacht«, sagte Luana. »Vielleicht … hat Arians Opfer für euch beide gezählt. Immerhin bist du dabei gewesen, als das mit ihm passiert ist.«

»Ja, das könnte möglich sein«, meinte Oriana.

»Und auf der anderen Seite erwartet uns ein … *anderes Eseria?*«, erkundigte sich Aron.

Luana nickte. »Das Nebulum ist wahrscheinlich eine Parallelwelt, geschaffen nach Eserias Ebenbild. Weißt du etwas darüber?«, fragte sie an Oriana gewandt, die daraufhin mit dem Kopf schüttelte. »Es ist nicht möglich, eine Welt zu erschaffen, die man nicht kennt«, erklärte Luana weiter. »Sie muss stets ein Gegenstück haben. Eine Vorlage. Die Magier des Hohen Rates konnten nur ein Gefängnis schaffen, das dem Ort glich, an dem sie sich befanden.« Diesmal schob sie eine der herausgerissenen Seiten Oriana zu, die einen Blick darauf warf und dann nickte.

»Das bedeutet, wenn wir den Riss im Erlenwald passieren, kommen wir im Erlenwald des Nebulums wieder heraus?«, fragte Kaaya.

»Ja. Ein Erlenwald ohne Sonne, sollten wir dem Rat Glauben schenken können. Meine Großmutter hat mir einst erklärt, dass die Elfen, die verbannt wurden, geschwächt werden mussten, damit sie dort niemals herauskamen. Und da Elfen Sonnenlicht brauchen, um Magie wirken zu können, erschufen sie das Nebulum an einem Ort fernab der Sonne.«

Kaaya stieß die Luft aus. »Und was ist mit … der anderen

Sache?«, fragte sie vorsichtig. Oriana hatte ihnen vor Luanas Ankunft erzählt, was sie herausgefunden hatten und dass es ausreichen würde, Arons Herz nur temporär anzuhalten.

Luana sah von ihr zu Aron, bevor sich ein leichtes Lächeln auf ihre Lippen stahl. »Ich habe es geschafft«, sagte sie. »Ich weiß, was ich tun muss, um diesen Teil des Rituals zu erfüllen. Dir wird nichts zustoßen.«

Kaaya beobachtete, wie Aron unter dem Tisch nach Luanas Hand griff und sie fest drückte. »Dann lasst uns über die Opfergabe für den Riss sprechen.«

Luana holte tief Luft. »Blut.«

»Blut?« Oriana klang überrascht.

»Man muss sich schwächen, ehe man eine andere Welt betritt.«

»Also …«, begann Kaaya, »gehen wir dorthin, wo … wo das mit Arian passiert ist, und …«

»Und verletzen uns«, schloss Luana und tippte auf die lose Buchseite, die sie zu Oriana geschoben hatte. »Unser Blut öffnet den Riss, unser Körper dematerialisiert sich hier und taucht auf der anderen Seite wieder auf.«

»Im Nebulum?«

»Im Nebulum.«

»Und ihr seid euch wirklich sicher, dass ihr das tun wollt?«, meldete Oriana sich zu Wort. Sie hatte die Stirn gerunzelt, Sorge stand in ihrem Blick.

»Ja«, sagten sie alle drei gleichzeitig, ohne auch nur einen Moment zu zögern, und mussten lachen. Kaaya sah ihre Freunde an, und in ihren entschlossenen Gesichtern konnte sie lesen, dass sie bereit waren.

»Dann brechen wir gleich auf?«

»Es ist mitten in der Nacht!«, protestierte Oriana. »Bis zum

Riss sind es zwei Tage. Ruht euch aus, ihr seid gerade erst zurück. Bitte.«

Sie wussten, dass Oriana recht hatte. Die letzten Tage waren für sie alle anstrengend gewesen, voller Strapazen und aufregender Momente. Also blieben sie.

»Es tut mir leid, was ich getan habe«, flüsterte Luana, als sie nur noch zu dritt in der Wohnstube saßen. Sie mit Aron auf dem großen Sofa und Kaaya auf einem Sessel ihnen gegenüber. »Das war dumm von mir.« Draußen prasselte Regen gegen die Fenster und hier drin knisterte das Feuer im Kamin leise vor sich hin.

»Hauptsache, es geht dir gut«, sagte Kaaya und lächelte sie an. Luana lächelte zurück. »Wie war Erloven?«

Luanas Mundwinkel sackten wieder nach unten. »Es war merkwürdig, mich in meinem eigenen Zuhause verstecken zu müssen.« Sie zuckte mit den Schultern. »Aber ich habe mich gefreut, Kaylin wiederzusehen, meine jüngere Schwester.«

»Und deine Großmutter?«, fragte sie vorsichtig nach.

»Bin ihr nicht begegnet.« In ihrem Blick flackerte etwas auf, das Kaaya nicht deuten konnte. »Wie war es bei euch?«

Kaaya wollte ausholen, wusste jedoch nicht, wie sie beginnen sollte.

»Ich habe meinen Vater getötet.« Arons Stimme schnitt rau durch die Stille, und Luana, die in seinen Armen lag, zuckte kurz zusammen. Mit geweiteten Augen sah sie zu Kaaya rüber.

»Seoras hat uns angegriffen. Aron hatte keine andere –«

»Doch. Doch, ich hatte eine Wahl. Ich habe mich dazu entschieden, es zu tun.«

Luana richtete sich auf und schaute ihn eindringlich an. »Geht es dir gut?«

Er nickte langsam. »Jetzt schon, ja.«

Kaaya sah, wie Luana ihm eine Hand an die Wange legte und ihr Gesicht dem seinen näherte. Sie wandte ihren Blick zum Kamin und beobachtete die emporzüngelnden Flammen, bis ihre Augen immer schwerer wurden. Eigentlich hatte sie vorgehabt, in dem Bett zu schlafen, das Oriana für Gäste vorgesehen hatte, doch die Erschöpfung übermannte sie, und sie gab ihr nach.

Als Kaaya am nächsten Morgen wach wurde, bereute sie, dass sie den Kampf gegen ihre Müdigkeit verloren hatte. Ihre Muskeln waren steif, ihr Nacken schmerzte. Sie würde ein warmes Bad brauchen. Also ging sie noch in den Waschraum, bevor sie mit Orianas Hilfe ein wenig Proviant für die Reise einpackten und schließlich aufbrachen. Zwei Tage. In zwei Tagen würden sie im Nebulum sein, im Reich der Schattenelfen.

»Gut, dass es nicht mehr regnet«, merkte Luana an, als sie die Hütte verließen, um runter ins Tal zu steigen. Sie liehen sich drei Pferde aus und beluden sie mit ihren Taschen, ehe sie selbst aufstiegen.

»Das mit dem Regen hättest du nicht laut sagen sollen, Lu.« Aron blickte in den Himmel, in dem gerade dunkle Wolken aufzogen.

In dem Moment spürte Kaaya den ersten Regentropfen auf ihrer Nasenspitze. Sie verzog das Gesicht. »Wir sollten uns beeilen.«

Während sie durch den Wald ritten, zog sich der Himmel weiter zu. Ihre Reise wurde vom Grollen des Donners begleitet, vom Regenguss, der auf das Blätterdach über ihren Köpfen prasselte. Auch in der Nacht verschonte sie das Wetter nicht und so krochen sie am nächsten Morgen völlig durchnässt aus ihrem Zelt.

Als der Himmel sich klärte, konnte Kaaya in der Ferne endlich den See ausmachen, den Umriss ihres Hauses, und ihr Atem beschleunigte sich. Ihr wurde schwer ums Herz, doch sie trieb ihr Pferd weiter an.

»Da wären wir«, sagte Aron, als er vom Pferd stieg, um dann Luana hinunterzuhelfen. Kaaya stand bereits an der Stelle, an der sich alles für immer verändert hatte. Sie zückte Stahlschwinge und sah den anderen beiden eindringlich in die Augen.

»Soll ich es tun oder wollt ihr selbst?« Sie umklammerte den Griff des Schwerts.

Aron griff in die Klinge und einen Herzschlag später schloss Luana ihre Hand um den kalten Stahl. Kaaya löste eine Hand vom Griff und legte sie neben Luanas. Dann nickte sie Aron und Luana zu und mit einem Ruck zog sie die Klinge durch ihre Hände.

Tiefrotes Blut tropfte auf die Wiese und versickerte in der Erde. Ihr Puls ging schneller, auch die anderen beiden blickten gespannt zu Boden. »Spürt ihr was?«, fragte sie und hielt den Atem an. Noch im selben Moment sah sie, wie sie alle drei zu flimmern begannen. Kaaya erwartete die unsagbaren Schmerzen, die sie beim letzten Mal ereilt hatten, doch da war kein Schmerz. Nur eine Art Druck, ein Sog. Und dann wurde alles um sie herum schwarz.

Als sie ihre Augen öffnete, blieb alles um sie herum in Dunkelheit getaucht. Sie blinzelte einige Male, bevor sie realisierte, dass sie in einen sternenlosen Nachthimmel blickte, nur ein kreisrunder Mond in weiter Ferne schien auf sie herab.

Wo war sie?

Als sie sich aufrichten wollte, spürte sie einen stechenden Schmerz in ihrer linken Handfläche. Plötzlich bewegte sich etwas neben ihr. Erst zuckte sie erschrocken zusammen, dann schossen ihr Erinnerungsfetzen in den Kopf. Sie war am Seeufer gewesen und jemand war bei ihr … Arian? Auf diesen Gedanken folgte ein Stich in ihrer Brust.

Nein, nicht Arian … Arian war …

»Was in Eiyunes Namen«, hörte sie jemanden neben sich krächzen.

»Luana«, murmelte Kaaya und klang dabei nicht weniger heiser.

Luana und Aron. Sie waren zu dritt in den Erlenwald gegangen …

»Aron?« Luana klang jetzt etwas wacher, aber diesmal schwang leichte Panik in ihrer Stimme mit. »Aron?«, rief sie noch einmal, und Kaaya konnte sehen, wie sie sich aufrichtete. Ihr silberblondes Haar glänzte im schwachen Schein des Mondes, als sie ihren Kopf hin und her bewegte und nach ihrem Gefährten Ausschau hielt. Endlich schien sie ihn entdeckt zu haben, denn nun kroch sie zielstrebig auf allen vieren auf einen Punkt zu.

Auch Kaaya setzte sich auf und sah in die Richtung, in die Luana sich bewegte. Da lag jemand und er rührte sich nicht.

»Aron?« Luana schüttelte den reglosen Körper und nun war die Angst in ihrer Stimme nicht mehr zu überhören.

Es knisterte leise, bevor eine schwache Flamme in der Hand der Elfe erschien, die sie Aron ins Gesicht hielt. Die andere Hand hatte sie auf seine Brust gelegt.

»Atmet er?« Kaaya hielt die Luft an.

Einige Herzschläge lang war es still, ehe Luana antwortete. »Ja.«

Die Flamme erlosch, und sie legte auch ihre zweite Hand auf seine Brust, die nun rot aufleuchtete.

Nur eine Sekunde später zerriss Arons Husten die unheimliche Stille. Luana schlang die Arme um seinen Hals, und Kaaya war sich fast sicher, dass ihr ein Schluchzer entwich.

»Was ist passiert?«, fragte er nach einer Weile, noch immer hustend. »War es vorhin nicht helllichter Tag?«

»Ich schätze, wir haben den Riss passiert«, sagte Kaaya und deutete auf den Mond. »Er ist voll. Auf Eseria hing er gestern Nacht als Sichel am Himmel.«

»Dann sollten wir schleunigst herausfinden, wo wir uns befinden«, erwiderte Aron, nachdem der Husten verklungen war. »Wenn uns jemand entdeckt, sind wir geliefert.«

So weit hatte sie nicht gedacht, aber Aron hatte recht. Im Nebulum gab es keine Menschen, nur Schattenelfen. Auch Luana konnte man ansehen, dass sie nicht hierhergehörte. Ihr helles Haar und die leuchtend blauen Augen verrieten sie. Ihr makellos gebräunter Teint ließ ebenfalls darauf schließen, dass sie nicht ein Leben lang auf Sonnenlicht hatte verzichten müssen wie die Elfen, die in dieser Parallelwelt lebten.

Luana half Aron auf die Beine und Kaaya sah sich um. Sie befanden sich auf einer Waldlichtung, und nicht weit von ihnen glitzerte ein See im Mondlicht, dessen leichte Wellen am Ufer aufschlugen. Obwohl es dunkel war, konnte Kaaya erkennen, dass sich am Horizont Dächer abzeichneten.

»Silbersturm«, hauchte sie.

Luana nickte. »Wir sind im Erlenwald. Aber im Nebulum.«

»Von nun an müssen wir auf jeden Schritt, den wir tun, achtgeben«, meinte Luana.

»Immerhin bleibt es dunkel«, warf Kaaya ein. »So fallen wir nicht sofort auf.«

»Wenn sich sogar die Farbe ihrer Augen an die dunkle Umgebung anpasst, meinst du nicht, dass sich dann auch ihre Sicht darauf abstimmt?«, erwiderte Luana mit einem genervten Unterton in der Stimme. Ja, sie war wieder die Alte. »Eintausend Jahre sind eine ziemlich lange Zeit, und ich meine, es gibt so etwas wie Evolut–« Die Elfe brach mitten im Wort ab, als etwas haarscharf an ihr vorbeisauste. »War das ein verdammter Pfeil?«, fragte sie und schnappte nach Luft.

»Die Schattenelfen nutzen Pfeil und Bogen – du hast recht, wirklich evolutionär«, merkte Kaaya mit hochgezogenen Augenbrauen an.

»Ich weiß nicht, was ihr beiden da gerade austragt, aber ich glaube, wir müssen hier weg«, kam es nun von Aron.

»Und wohin?«, fragten sie und Luana gleichzeitig.

»Eventuell nicht in die Richtung, woher der Pfeil kam?«

»Klingt nach einem großartigen –«, wieder wurde Luana unterbrochen, diesmal jedoch von ihrem eigenen Schrei. Ein weiterer Pfeil schoss zwischen den Bäumen hindurch direkt auf sie zu. Als er sein Ziel fand, vergrub Luana schreiend das Gesicht in den Händen. Zwischen ihren Fingern quoll Blut hervor.

»Luana, Vorsicht!«, rief Aron und warf sich auf seine Gefährtin, als noch ein Pfeil hervorschoss und beide um ein Haar verfehlte.

»Lauft!«, schrie Kaaya, als immer mehr Pfeile abgefeuert wurden. Doch zu ihrem Entsetzen musste sie feststellen, dass Luana bewusstlos zusammensackte. Aron reagierte blitzschnell, hob die Elfe hoch und rannte mit ihr über der Schulter los. Kaaya hastete hinter ihnen her. Adrenalin rauschte durch ihre Adern und in ihrem Kopf überschlugen sich die Gedanken. Sie konnte ihnen jedoch keine Beachtung schenken, da etwas viel Größeres Besitz von ihr ergriffen hatte: Panik.

»Ich kann nicht mehr«, keuchte Aron irgendwann hinter ihr. Er ließ sich auf seine Knie fallen und legte Luana auf den kalten Boden. Eine ungeheure Angst stand in seinem Gesicht, als er seine Gefährtin betrachtete. Ein tiefer Schnitt zog sich von ihrem Kinn hinauf über die rechte Gesichtshälfte und teilte ihre hellblonde Augenbraue. Auch ihr Auge war nicht verschont geblieben.

»Luana«, flüsterte er und beugte sich zu ihr runter. Warmes, rotes Blut quoll aus der Wunde hervor, und Kaaya sah, wie er heftig zusammenzuckte.

»Wir müssen weiter. Wenn du nicht mehr kannst, dann trage ich sie«, sagte sie und versuchte dabei so ruhig wie möglich zu klingen. »Wer oder was auch immer auf uns geschossen hat, könnte hinter uns her sein.«

»Du … du hast Acanthiensalbe in deinem Beutel. Ich kann … ich muss …«, stammelte Aron, ohne den Blick von Luana abzuwenden.

»Jetzt ist nicht der richtige Zeitpunkt«, entgegnete sie mit zusammengebissenen Zähnen und schaute in die Richtung, aus der sie gekommen waren. Es war viel zu dunkel, um etwas zu erkennen. »Aron, bitte.«

»Sie verliert zu viel Blut«, sagte Aron zitternd. Seine Hände schwebten über Luanas Gesicht, als wüsste er nicht, ob er sie berühren durfte.

»Aron«, drängte sie. »Dann lass uns wenigstens noch ein Stück weitergehen.« Sie sah um sich und hatte den Erlenwald Eserias vor Augen. »Hier muss irgendwo eine Höhle sein.« Es war so dunkel und sie waren kopflos in den Wald hineingerannt, sodass sie nicht wusste, wo genau sie waren. Aber wenn der See östlich von ihnen lag, dann … »Da lang«, meinte sie und zeigte auf einen Weg zu ihrer Linken.

»Was war das?«, fragte Aron plötzlich und auch Kaaya hatte es gehört. Es klang so, als würde jemand nach ihnen rufen.

»Wir sollten ganz schnell hier weg«, rief sie und da hob Aron Luana wieder hoch.

Zu ihrer Erleichterung dauerte es nicht lange, bis sie den Höhleneingang erreichten. Als sie angekommen waren, lehnte Aron Luanas reglosen Körper gegen einen der Stalagmiten tief im Inneren der Höhle. Es war stockdunkel, stickig und roch nach Moder und Verwesung. Kaaya war froh darum, dass sie nicht sehen konnte, was es war, das hier so elendig vor sich hin siechte. Doch wenn sie Luana behandeln wollten, mussten sie früher oder später ein Feuer entzünden.

Sie ging noch einmal nach draußen, um hastig ein paar Äste einzusammeln. Als sie zurückkam, war Aron gerade dabei, die Schweißperlen, die auf Luanas leichenblassem Gesicht glänzten, vorsichtig mit seinem Ärmel abzutupfen.

Er sog scharf die Luft ein, als Kaaya das Feuer entzündete. »Etwas stimmt nicht.« Angst schwang in seiner Stimme mit.

»Was –«, begann sie, dann schlug sie sich die Hand vor den Mund. »Große Götter, was ist das?«

Der Rand um die Wunde hatte sich bläulich verfärbt.

»Gift.« Arons Stimme klang seltsam hohl.

Sie überlegte nicht lange, griff nach ihrem Beutel und holte den Tiegel mit der Acanthiensalbe hervor, mit der sie schon Arons Stichwunde versorgt hatte. »Trag die schnell auf.«

Aron nahm den Tiegel entgegen und schraubte den Deckel hastig auf. Sie musste ihm zugutehalten, dass er erstaunlich ruhig blieb. Panik würde ihnen jetzt ohnehin nichts nützen.

»Kann sie sich selbst heilen?«, fragte sie, obwohl sie die Antwort ahnte.

Aron schüttelte den Kopf. »Dafür müsste sie wach sein. Und bei Kräften.«

Doch Luana blieb weiterhin bewusstlos. Sie konnten nichts weiter tun, als abzuwarten.

KIAN

Kian hatte die Jagd unterbrochen und seinen Bogen gesenkt, als er die drei Gestalten am Ufer entdeckt hatte. Er wusste nicht, woher sie gekommen waren, doch sie stammten nicht von hier.

Auch der Rest der Jagdgesellschaft rund um Ruven musste die drei Neuankömmlinge erspäht haben, denn es flogen Pfeile in ihre Richtung. Die anderen waren sicher zu weit weg, um zu erkennen, dass es sich hier nicht um wilde Tiere handelte, sondern um … *Menschen*? Und …

Eine Lichtelfe?

Aus Erzählungen wusste er, wie wunderschön sie waren, aber er hatte nicht damit gerechnet, dass sie das Schönste sein würde, was er je sah. Ihr Herz musste aus Licht bestehen, so sehr strahlte ihr Körper. Ihre Augen hatten die Farbe eines Himmels, den er nicht kannte, und ihr Haar bestand aus Gold und Silber, dessen war er sich sicher. Er spürte die Wärme ihrer Aura und konnte nicht anders, als sich zu ihr hingezogen zu fühlen.

Und doch hasste er sie mit jeder Faser seines Körpers. Er hasste ihr Licht und er hasste ihre Wärme. Er musste sie hassen. Sie und ihr Volk waren daran schuld, dass er nichts anderes kannte als Kälte und Dunkelheit.

Ein Schauder überlief ihn, als er beobachtete, wie einer der

Pfeile ihr Gesicht traf. Instinktiv sprang er aus seinem Versteck hervor, als der Mensch sich jedoch so plötzlich auf die Lichtelfe warf, trat er wieder einen Schritt zurück und verschmolz mit den Schatten.

Die drei liefen in den Wald hinein, und Kian verfolgte sie, als würde ihn das Licht dieser Elfe magisch anziehen. Als sie stehen blieben, blieb auch er stehen. Er konnte erkennen, dass Blut aus der Wunde in ihrem Gesicht trat, und es versetzte ihm einen Stich.

»Dann lass uns wenigstens noch ein Stück weitergehen. Hier muss irgendwo eine Höhle sein«, hörte er die Menschenfrau sagen. Kannte sie sich hier aus? Wie konnte das sein?

»Kian!«, rief plötzlich jemand hinter ihm. Ruven.

»Schhh!«, machte Kian und lief auf den Elfen zu, der ihn ratlos ansah.

»Was machst du hier?«, fragte Ruven eine Spur leiser und blickte sich um.

Er darf sie nicht finden, war das Erste, was ihm durch den Kopf schoss. »Ich suche nach Andra«, gab er zurück.

In Ruvens Gesicht trat ein Ausdruck der Erkenntnis und er grinste schelmisch. »Die Kleine hat es dir wohl ganz schön angetan, was?«

Kian zwang sich, das Grinsen zu erwidern. »Ich bin verrückt nach ihr.«

»Dann schnapp sie dir, Bruder«, erwiderte Ruven und klopfte ihm auf die Schulter. Er drehte sich um und ging zurück in die Richtung, aus der er gekommen war.

Kian seufzte erleichtert, bevor er sich angewidert über die Schulter wischte, die Ruven berührt hatte. »Bruder«, sagte er und verzog das Gesicht.

Er sah wieder zur Lichtung, wo gerade noch die beiden Menschen mit der Lichtelfe gewesen waren, doch sie waren fort. Vielleicht waren sie tatsächlich auf dem Weg zur Höhle nicht weit von hier. Er musste sie finden.

KAPITEL 18

KAAYA

Kaaya war aus der Höhle getreten, um ein wenig frische Luft zu schnappen. Drinnen war es zu stickig, und es tat ihr weh, Luana leiden zu sehen. Beim Gedanken an ihre Freundin verkrampfte sich ihr Magen. Es stand nicht gut um sie. Die blaue Verfärbung hatte sich weiter ausgebreitet und lief inzwischen schon ihren Hals hinunter in Richtung Herz. Kaaya war kein Medicus, doch das konnte ganz sicher nichts Gutes bedeuten.

Sie und Aron hatten beschlossen, noch eine Stunde abzuwarten, in der Hoffnung, dass ihre Angreifer bis dahin verschwunden wären, dann mussten sie zurück zum Riss und nach Eseria. Sosehr sie Arians Seele auch zurückwollte, sie würde nicht Luanas Leben riskieren.

Ein Rascheln zwischen den Bäumen riss sie aus ihren Gedanken. Ohne zu zögern, zückte sie Stahlschwinge und blickte aufmerksam zu der Stelle, von der das Geräusch gekommen sein musste. Sie war sich sicher, dass dort jemand stand und sie beobachtete. Gänsehaut erfasste ihren Körper. »Aron«, flüsterte sie, doch der war zu weit weg, um sie zu hören. Sollte sie wieder hineingehen oder hier warten, bis sich die Gestalt in den Schatten zeigte?

Vielleicht würde sie die Situation besser einschätzen können, wenn sie wüsste, was sie erwartete. Sie trat einige Schritte auf die riesige Gestalt zu. Ein Paar roter Augen blitzte auf. Ihr Herzschlag beschleunigte sich und wurde immer schneller, als sie beobachtete, wie sich jemand aus den Schatten löste und auf sie zuging.

Unbeirrt hielt sie dem Unbekannten Stahlschwinges Spitze entgegen. »Keinen Schritt weiter«, sagte sie mit einer gefährlichen Ruhe in der Stimme. »Oder ich spieße dich auf.«

Die Gestalt hob abwehrend die Hände. Das Mondlicht fiel direkt auf sein Gesicht, betonte seine aschgraue Haut.

»Ein Schattenelf«, hauchte sie und ließ ihr Schwert etwas sinken.

»Ich will nur helfen«, war das Erste, was er sagte.

»Kaaya!«, rief Aron hinter ihr, doch sie rührte sich nicht. Der Anblick dieses fremdartigen Wesens zog sie in seinen Bann.

Aron trat neben sie, und sie erkannte aus dem Augenwinkel, wie er den Fremden anfunkelte. Sein Gesicht verzerrte sich vor Wut, bevor er nach seinem Dolch griff, um ihn mit tödlicher Präzision nach seinem Ziel zu werfen. Noch bevor die scharfe Klinge sich in das Herz des Neuankömmlings bohren konnte, wurde sie in Schatten gehüllt und fiel zu Boden. War das … *Magie*?

»Ich will nur helfen«, wiederholte der Elf mit den roten Augen und dem dunkelbraunen Haar. »Ich habe gesehen, was eurer Freundin zugestoßen ist.« Mit einer Kopfbewegung deutete er auf die Höhle, in der Luana lag.

»Das hat sie doch bestimmt dir zu verdanken!«, knurrte Aron.

»Nein«, erwiderte der Schattenelf ruhig. »Nein, ich war das nicht. Ich könnte nicht …« Er blickte wieder zur Höhle.

Kaaya konnte es sich nicht erklären, aber sie erkannte tiefe Trauer in seinen Augen.

»Ich würde ihr niemals etwas tun.« Er senkte die Arme und ballte die Hände zu Fäusten, dann schaute er Aron direkt ins Gesicht. »Ich kann sie heilen.«

Aron schnaubte. »Du wirst sie nicht anrühren.«

»Aron«, funkte sie dazwischen. »Ich denke, er sagt die Wahrheit.«

Aron wirbelte zu ihr herum und sah sie an, als hätte sie den Verstand verloren. »Hast du den Verstand verloren?«, fragte er dennoch, um sicherzugehen.

»Warum sollte er uns angreifen und sich dann zu erkennen geben?«

Aron schwieg und schien einen inneren Kampf auszutragen. Sein Blick huschte hektisch vom Schattenelfen zu Kaaya und wieder zurück. Doch bevor er etwas erwidern konnte, nahm sie ihm die Entscheidung ab. »Komm mit«, sagte sie an den Schattenelfen gewandt.

Dieser nickte und folgte ihr zu Luana. Die Elfe hatte ihr Bewusstsein noch immer nicht wiedererlangt, und das Blut trat weiterhin unaufhörlich aus dem Schnitt, der sich durch ihr Auge zog. Blutflecken tränkten ihre Bluse. Kaaya legte ihrer Freundin eine Hand an die gesunde, kalte Wange und sah dann hoch zum Schattenelfen.

»Wie heißt du?«

»Kian«, antwortete er, ohne den Blick von Luana zu lösen.

»Kian«, begann sie, »ich weiß nicht, was du hier tust, warum du überhaupt hier bist, aber«, sie stockte. »Wenn du ihr wirklich helfen kannst, dann bitte«, sie schloss kurz gequält die Augen, »bitte hilf ihr.«

Aron schnaubte. »Das ist doch lächerlich.«

»Hast du eine bessere Idee?«, erwiderte sie, während sie sich erhob und auf ihn zuging. »Ich bin zwar keine Gelehrte, doch ich glaube nicht, dass die Salbe das Gift verlangsamt, geschweige denn aus ihrem Körper zieht. Sie wird sterben, Aron!« Und der Gedanke tat ihr mehr weh, als sie für möglich gehalten hätte.

Luana stieß einen gequälten Laut aus. »Nicht so laut«, nuschelte sie.

Drei geweitete Augenpaare richteten sich auf die blonde Elfe. Ihre Augen waren weiterhin geschlossen, ihr Gesicht wirkte jedoch schmerzverzerrt. »Tu es«, brachte sie heiser hervor.

»Was?«, fragte Aron und war mit wenigen Schritten direkt an ihrer Seite. Er griff nach ihrer Hand.

»Kian«, sagte sie leise. »Heile mich. Bitte«, fügte sie noch leiser hinzu.

Kian trat ebenfalls an Luana heran und kniete sich neben sie. Kaaya konnte sehen, wie er schwer schluckte und dann nickte. Auch Aron beobachtete den Schattenelfen genau, als dieser die Hände hob und sie vorsichtig auf Luanas blasses Gesicht legte, als wäre sie das Kostbarste, was er je berührt hatte. Er schloss die Augen und murmelte leise Worte in einer anderen Sprache vor sich hin. Kaaya dachte, dass seine Fingerspitzen jeden Moment rot aufleuchten müssten, aber das geschah nicht. Stattdessen traten dunkle Schatten aus seinen Fingerspitzen und Luana stöhnte gequält auf.

»Was tust du da?« Aron sprang auf, doch Kaaya hielt ihn zurück.

»Wir müssen ihm vertrauen«, wisperte sie. »Wir haben keine andere Wahl.«

Währenddessen umschmeichelten die Schatten Luanas Gesicht, strömten in die Wunde. Ungläubig beobachtete Kaaya, wie das Gift sich zurückzog, wie der Schnitt, der Luanas rechte Gesichtshälfte teilte, sich allmählich schloss. Wie die Wunde *verheilte.*

Kian atmete schwer. Die Magie schien ihm viel abzuverlangen. Er sackte zusammen und konnte sich gerade noch an dem Stalagmiten abstützen, um nicht zu fallen.

»Ihr Auge«, presste er zwischen zusammengebissenen Zähnen hervor, »ich kann nicht.«

»Was kannst du nicht?«, fragte Aron. Seine Wut war der Angst gewichen und selbst Kaayas Herz hämmerte wie wild.

Kian antwortete nicht. Er schien dagegen anzukämpfen, das Bewusstsein zu verlieren.

»Lu«, hauchte Aron und kniete sich wieder neben seine Gefährtin. Der tiefe Schnitt war verschwunden, hatte lediglich eine blasse Narbe hinterlassen, die sich zart von ihrer bronzenen Haut abhob. »Geht es dir gut?«

Luana zog die Brauen zusammen, ihre Augenlider zuckten, als versuchte sie sie zu öffnen.

»Schon in Ordnung«, wisperte Aron. »Lass sie geschlossen. Aber sag mir bitte, dass es dir gut geht.« Er nahm ihre Hand und drückte einen Kuss auf ihre Fingerknöchel.

»Geht schon«, murmelte sie. Ihre Lider zuckten, bevor sie die Augen doch öffnete.

LUANA

Irgendetwas stimmte nicht. Sie dachte, sie hätte die Augen geöffnet, aber sie konnte nicht sehen, nicht so wie zuvor. Luana blinzelte mehrmals und ihr Herzschlag beschleunigte sich.

»Was ist hier los?«, ihre Stimme klang selbst in ihren eigenen Ohren viel zu schrill.

»Was meinst du?«, fragte Aron irritiert.

»Du musst dich beruhigen.« Eine Stimme, die sie für einen kleinen Moment nicht zuordnen konnte.

Kian, schoss es ihr durch den Kopf. Sie hatte sich von ihm heilen lassen. Von einem *Schattenelfen.* Wie hatte er das gemacht?

»Dein Auge«, er stockte kurz, »es war zu stark beschädigt.«

»Was soll das heißen?« Ihre Stimme zitterte, als sie den Blick auf Kian richtete. Es zumindest versuchte. Ihre Sicht wurde verschleiert, das rechte Auge brannte. *Was in Eiyunes Namen …* Instinktiv ließ sie ihre Hand dorthin gleiten, dann entwich ihr ein leiser Schluchzer. Sie spürte, wie Aron die Arme um sie schloss, doch sie war nicht imstande, seine Umarmung zu erwidern.

»Mein Auge …«, hauchte sie verzweifelt.

»… wird vermutlich auf ewig blind bleiben«, vervollständigte Kian ihren Satz und stürzte ihre Welt damit in völlige Dunkelheit.

KIAN

Entgegen seinen Erwartungen blieb sie ruhig. Die *Lichtelfe.*

Luana.

Er hatte sie berührt. Kian ballte seine Hände zu Fäusten und schluckte hart. Er hatte die Wahrheit gesagt, hatte ihr tatsächlich helfen wollen. Es war ein Verlangen gewesen, das tief aus seiner Brust drang – fast schon ein Instinkt. Aber er hatte ihr

Auge nicht retten können, nicht bei dieser tiefgehenden Beschädigung, die es durch den Pfeil erlitten hatte. Wenn das Ruvens Pfeil gewesen war, würde er ihm die Haut abziehen.

Er schaute erneut zu Luana, die noch immer gefasst wirkte. Der Menschenmann hielt sie fest umschlungen und flüsterte ihr etwas ins Ohr, was ihm einen eigenartigen Stich versetzte. Kian wollte sich abwenden, da bemerkte er, dass sie ihn taxierte. War es Dankbarkeit, die sich in ihren blauen Augen spiegelte? Zumindest das eine war blau. Das rechte wies nun eine Trübung auf, die Iris war fast vollständig entfärbt, ihr Blick aus ihm gläsern, dennoch fest auf ihn gerichtet.

Er senkte den Kopf zu einem leichten Nicken, um ihr zu bedeuten, dass er ihren Dank annahm. Seine Fingernägel bohrten sich in seine Handflächen, als er die Fäuste noch fester schloss und seinen inneren Dämonen befahl, ruhig zu sein. Obwohl sie und ihr Rat seine Vorfahren hierher verbannt hatten … Was sollte er jetzt tun? Wieso hatte er ihr geholfen?

»Wieso hast du uns geholfen?« Die Menschenfrau mit dem goldbraunen Haar war zu ihm getreten, ohne dass er es bemerkt hatte. Diese Elfe brachte ihn zu sehr aus dem Konzept.

»Das weiß ich auch nicht so genau«, murmelte er und beobachtete, wie sie die Stirn runzelte. Doch es war die Wahrheit. »Was wollt ihr hier? Wie seid ihr hierhergekommen?«, sprudelten die Fragen nun aus ihm heraus.

»Ich denke nicht, dass ich dir das sagen kann«, antwortete sie.

Er sah sie eindringlich an. »Wenn ich nicht gewesen wäre, wäre eure Elfe jetzt tot. Du und der Menschenmann wärt sicher die Nächsten gewesen.«

Er konnte beobachten, wie sich der Gesichtsausdruck der Frau veränderte. Ihre ernste Miene wich einer amüsierten und sie lachte lauthals los.

Die anderen beiden blickten neugierig zu ihnen rüber.

»Warum lachst du?«, fragte er irritiert.

»Du hast *Menschenmann* gesagt!«, prustete sie und wischte sich eine Träne aus dem Augenwinkel.

Nun war er vollends verwirrt. »Das ist er doch. Ein Menschenmann.«

Die Frau hatte sich gerade beruhigt, da lachte sie erneut los.

»Kaaya? Bist du in Ordnung?«, kam es von dem Menschenmann. Er war ein Menschenmann, oder nicht?

»Ja!«, rief sie und unterstrich es mit einer lässigen Handbewegung, während ihre Lacher verebbten. »Also gut, Kian«, begann sie – Kaaya. »Angenommen, ich würde dir erzählen, wohin wir möchten, hilfst du uns dann?«

»Wir erzählen ihm gar nichts!«, mischte der Menschenmann sich ein. »Was, wenn er zu *ihm* gehört?«

Wovon sprachen sie? »Zu wem soll ich gehören?«

»Ich habe nicht mit *dir* gesprochen!«

»Aron!«, mahnte Kaaya und nun kannte Kian endlich den Namen dieses aufbrausenden Menschen.

»Lu geht es besser, wir machen einfach ohne ihn weiter«, meinte Aron an sie gewandt.

»Moment mal«, mischte er sich ein. »Wer sagt denn, dass ich euch einfach gehen lasse?«

»Da hast du's!« Aron breitete die Arme aus. »Er droht uns. Als hätte er irgendeine Chance gegen uns.«

Kaaya blickte zwischen Aron und ihm hin und her, bis Luana aufstand und dazukam. Sein Herz fing mit einem Mal an, schneller zu schlagen. Warum hatte sie nur diese Wirkung auf ihn?

»Ich fürchte, wir sind ihm ausgeliefert«, sagte sie.

Aron sah sie besorgt an. »Geht es dir schlechter?«

Luana schüttelte den Kopf. Schließlich hob sie die Hand und krümmte die Finger. Kleine Funken stoben in ihrer Handfläche auf und erloschen wieder. »Ich kann hier keine Magie mehr wirken.«

»Aber was …«, begann Aron und dann schien er zu begreifen. »Verdammt!« Er verschränkte die Hände hinter dem Kopf.

»Was ist?«, fragte Kaaya.

Kian musste grinsen. »Ich schätze, eure Elfe benötigt Sonnenenergie, um Magie zu wirken.«

Luana nickte zögerlich. »Er hat recht. Bei unserer Ankunft hatte ich noch ein wenig gespeicherte Energie, die ist nun jedoch vollständig aufgebraucht.«

»Und was heißt das jetzt?« Kaayas Stimme klang höher als zuvor.

Die Elfe kaute auf ihrer Unterlippe herum, nicht fähig zu antworten. Er konnte den Blick nur schwer von ihren Lippen lösen, doch er wandte sich schließlich Kaaya zu. »Das heißt, dass ihr mir sagt, was ihr hier wollt, oder ich bringe euch auf direktem Wege zum König.«

KAAYA

Sie und Luana tauschten einen Blick und dachten vermutlich dasselbe: Wir haben keine andere Wahl. Sie wusste, dass Aron niemals zugeben würde, dass sie Kians Hilfe brauchten, also fragte sie ihn gar nicht erst. Sie mussten sich beeilen.

»Wir … wir suchen jemandes Seele«, begann sie schließlich vorsichtig. »Einer eurer Seelenmagier ist nach Eseria gekommen und hat die Seele von jemandem gestohlen, der mir – uns – am Herzen liegt.«

Kian blickte alle drei abwechselnd an. »Ihr wisst schon, wo ihr hier seid, oder?«

Sie nickte.

»Dann wisst ihr sicher, dass man hier unmöglich rauskann.«

»Das dachten wir auch. Aber sieh uns an. Wir sind hier.«

Kian wirkte skeptisch. »Nur weil ihr hier reinkönnt, müssen wir nicht rauskönnen. Und was für ein Seelenmagier? Die sind so gut wie ausgestorben.«

Luana trat einen Schritt vor.

»Sie sagt die Wahrheit. Da war ein Schattenelf mit violetten Runen auf den Fingern.«

Kian wich einen Schritt zurück. »Ihr habt doch den Verstand verloren«, meinte er und klang dabei alles andere als selbstsicher. »Das ist nicht möglich.«

»Er hat mich gelähmt. Und Arian auch«, Kaayas Stimme brach, als die Erinnerungen sie einholten. »Und dann hat er schwarze Schatten beschworen und Arians Seele gestohlen. Er hat sie in einer Glaskugel gefangen und ist verschwunden!«

Sie konnte sehen, wie es hinter Kians Stirn arbeitete. Er wirkte erstaunt, nein, eher entsetzt. Als würde das alles keinen Sinn ergeben. Als würde er tatsächlich nicht wissen, dass es einen Durchgang zwischen dem Nebulum und Eseria gab.

»Wie seid ihr hierhergekommen?«

»Auf demselben Weg wie euer Seelenmagier. Wir haben einen Riss zwischen den Welten genutzt«, erklärte sie zögerlich.

Kian schnaubte, aber es klang eher überrascht als wütend. »Was soll das für ein Riss sein?«

»Er ist entstanden, als Arians Seele seinem Körper entrissen wurde«, sagte Luana.

Es schien, als würde für den Bruchteil einer Sekunde Erkenntnis in Kians Züge treten, doch dann zog er fragend die Augenbrauen hoch. »Und ihr seid jetzt hier, um diese Glaskugel zu finden?«

»Ja«, antwortete sie. »Aber wir wissen nicht, wo wir mit der Suche beginnen sollen. Und ohne meine Magie …«

»Seid ihr so ziemlich aufgeschmissen«, beendete Kian ihren Satz.

ARON

Er war verdammt wütend. Als hätte es nicht schon gereicht, dass dieser Fremde Luana anfasste, warf er ihr jetzt über die Schulter hinweg auch noch verstohlene Blicke zu, während sie alle hinter ihm herliefen wie Lämmer, die man zur Schlachtbank führt.

Er ballte die Hände zu Fäusten. Was, wenn er sie doch mitten in die Arme dieses Seelendiebes lockte? Warum waren Kaaya und Luana nur so erpicht darauf, ihm zu vertrauen?

Er hatte gesagt, dass er sie zu einem *Freund* bringen wollte, der *vielleicht* helfen könnte. Aron schnaubte.

»Was hast du, Liebster?« Luana hakte sich bei ihm unter und musterte ihn. »Machst du dir Sorgen?«

»Dir ist schon bewusst, dass wir nicht besonders gut aufgestellt sind, wenn du keine Magie wirken kannst, oder?«

Sie blähte die Nasenflügel auf. »Ja.«

»Ich wollte dich nicht beleidigen«, warf er hastig ein. »Aber sollte er uns in eine Falle führen, haben wir ein ernsthaftes Problem.«

»Hätte ich euch töten wollen, so hätte ich das längst getan«, kam es von vorne.

Aron waren die blutroten Runen entlang seines Nackens schon aufgefallen. Als Blutmagier brauchte dieser Kian nur einen Finger zu krümmen und ihre Organe würden dahinschmelzen.

»Wie kommt es, dass er hier Magie wirken kann?«, fragte Aron eine Spur leiser.

Luana schien zu überlegen. »Ich habe keinen blassen Schimmer.«

»Es gibt auch andere Energiequellen als euer geliebtes Sonnenlicht«, mischte Kian sich erneut ein.

»Ach ja?«, höhnte Luana. »Bezieht ihr eure Magie etwa aus den drei Mondstrahlen, von denen ihr hier rund um die Uhr beschienen werdet? Dann kannst du ja nicht besonders stark sein.«

Kian drehte sich zu ihnen um und grinste sie an. »Mache ich auf dich den Eindruck, ich wäre schwach?«, hauchte er nur Zentimeter von ihrem Gesicht entfernt, und Aron bemerkte, wie ihr Blick unwillkürlich über seine Runen glitt, die unter dem Kragen seines Hemds verschwanden, wo sie vermutlich seine Brust zierten.

Aron griff nach ihrem Arm und zog sie von ihm weg. »Pass auf, Schattenelf«, knurrte er.

»Sonst was, Mensch?« In Kians Augen funkelte Angriffslust.

Kaaya drängte sich zwischen die beiden. »Könntet ihr euch vielleicht nicht so benehmen wie zwei kleine Jungen, die sich um ein Spielzeug streiten?« Sie sah zwischen ihnen hin und her, doch sie lieferten sich weiterhin ein Blickduell. »Wir haben gerade etwas Wichtigeres vor!«

»Aron!« Jetzt war es Luana, die ihn am Arm packte. »Kaaya hat recht!«

Nur langsam wandte er sich von Kian ab und Luana zu. »Du sprichst nicht mehr mit ihm.«

Luana verengte die Augen. »Ist das ein Befehl?«

»Lu«, nun sprach er sanfter. »Ich traue ihm nicht.«

»Traust du *mir* nicht oder traust du mir *in ihrer Nähe* nicht?« Kians Worte klangen gefährlich ruhig, auf seinen Lippen noch immer ein selbstgefälliges schiefes Grinsen, das er ihm am liebsten aus dem Gesicht geschlagen hätte.

Aron bleckte die Zähne, und diesmal war es Luana, die dazwischenging. »Für wen hältst du dich eigentlich?« Ihr zorniger Blick taxierte Kian. »Ja, du hast mich gerettet, aber mehr auch nicht. Jetzt bring uns zu deinem ach so tollen Freund und wir bringen das alles hier ein für alle Mal hinter uns!«

Kian erwiderte ihren Blick und schien ihn nur widerwillig von ihr zu lösen, als er sich wortlos umdrehte und seinen Weg fortsetzte.

—

KAAYA

Kaaya bemerkte schnell, dass Kian sich im Erlenwald des Nebulums gut auskennen musste. Zielsicher führte er sie zwischen den Bäumen hindurch über schmale Wege und Abzweigungen. Der Wald hier war dichter als in Eseria und die Bäume sahen anders aus. Ob das hier überhaupt Erlen waren? Diese Bäume brauchten Sonnenlicht, um zu gedeihen.

Neugierig musterte sie die Rinde der Baumstämme und stellte fest, dass sie beinahe schwarz war. Die Blätter hatten ebenfalls einen dunkleren Ton, der mehr an Petrol erinnerte als an Grün.

Die Vegetation hier musste sich deutlich von der in Eseria unterscheiden, wenn die Pflanzen hier ohne Licht überleben konnten.

Nicht nur die Pflanzen, dachte sie und sah zu Kian, der weiterhin zwischen den Bäumen entlanghuschte, als wäre der Wald sein zweites Zuhause.

»Wurdest du im Nebulum geboren?«, sprudelten die Worte über ihre Lippen, noch bevor sie darüber nachgedacht hatte, ob sie die Frage laut stellen wollte.

»Ja«, antwortete er.

Dann gehörte er also nicht zu den Elfen, die der Hohe Rat ursprünglich ins Nebulum verbannt hatte. Er wurde in dieses Gefängnis hineingeboren.

»Wie viele Schat–«, sie schüttelte den Kopf, »Elfen leben hier?«

Kian blickte über die Schulter zu ihr nach hinten. »Ein paar Tausende.«

Luana runzelte die Stirn. »Ein paar Tausende wie vier- bis fünftausend oder ein paar Tausende wie zehn- bis zwanzigtausend?«

Kian lachte laut auf. »Ein paar Tausende wie 64711. Das war zumindest der Stand vor ein paar Tagen.« Er drehte sich wieder nach vorne. »Mindestens einer kommt bald dazu«, meinte sie ihn murmeln zu hören, doch er führte es nicht weiter aus.

Ehe sie nachhaken konnte, warf Luana ein: »Habt ihr hier nichts Besseres zu tun, als euch zu vermehren?« Sie klang entsetzt.

Kian schmunzelte. »Du weißt, wie man sich vermehrt, oder?«

Luana schnaubte nur, also fügte er hinzu: »Was könnte man denn Besseres zu tun haben als das?«

»Guck nach vorne«, blaffte Aron, weil Kian sich erneut mit einem verschmitzten Grinsen zu ihnen umgedreht hatte.

Dieser hob kurz abwehrend die Hände und wandte sich wieder dem Weg zu.

Die nächsten Meter verbrachten sie schweigend, und Kaaya konnte nur schwer einschätzen, wie lange sie ihm folgten, ehe sich in der Ferne eine Art Palast abzeichnete. Er thronte auf einem hohen Berg, als wollte er das ganze Land überblicken. Seine Türme ragten bis in den dunklen Himmel und ihre Spitzen wurden dort von den Wolken verschlungen. Es sah unheimlich aus.

»Du bringst uns dorthin, nicht wahr?«

Kian sah abermals zu ihr nach hinten. »Ja.«

»Und was dann?«

»Dann frage ich meinen Freund, ob er euch helfen kann.«

Luana schnaubte verächtlich. »Was soll das für ein Freund sein? Ein Küchenjunge?«

Kians Mund verzog sich zu einem Grinsen, dann drehte sich der Elf wieder nach vorn. »Das seht ihr, wenn wir da sind.«

»Da drin ist es bestimmt sehr gemütlich«, murmelte Luana, als sie sich dem Palast weiter näherten.

Kian eilte schließlich vor und schickte den Wachschutz fort, bevor er Kaaya, Luana und Aron in das Innere des imposanten Gebäudes führte. Während es draußen grau und kalt war, schien die große Halle, die sie betreten hatten, warm und hell. Dicke Scheite nährten ein Feuer, das im Kamin loderte und tanzende Schatten an die Wände warf. Überall hingen Gemälde und über dem Kaminsims prangte ein riesiges Geweih an der Wand. Massive Balken stützten die Halle und viele Kerzen erhellten sie. Auf dem Boden lagen Tierfelle und dicke Pelze.

»Und das ist der Palast eures großen Herrschers?«, fragte Luana naserümpfend.

»Das ist nur die Vorhalle«, gab Kian grinsend zurück. »Ich

führe euch in die Gemächer des Prinzen. Ihr dürft euch dort gerne hinsetzen und ein wenig ausruhen, bis er zurückkehrt.«

»Prinz?!«, rief Luana.

»Zurückkehrt?«, fragte Kaaya.

»Er ist noch bei der Jagd, wie es scheint.«

Aron zog die Augenbrauen hoch. »Jagd?«

»Diese Geweihe«, sagte Kian und deutete über den Kaminsims, »wachsen nicht einfach aus der Wand.«

Sie ließen sich von Kian durch einige Geheimgänge führen, und selbst wenn Kaaya versucht hätte, sich den Weg zu merken, wäre es ihr nicht gelungen. Ihre Gedanken waren viel zu wirr, seitdem der Schattenelf ihnen eröffnet hatte, dass sein Freund niemand Geringeres als der Prinz des Nebulums war. Obwohl er während des Wegs durch den Wald nicht hatte aufhören können zu reden, war er hier im Palast äußerst still und ließ sich keine weiteren Informationen entlocken.

Kapitel 19

Ilias

»Jetzt hör mir doch erst mal zu!«, rief Kian, der ihn vor dem Palast abgefangen und ihm so unglaubliche Dinge erzählt hatte, dass er sich auf der Stelle selbst davon überzeugen wollte. Sein Freund packte ihn am Arm, als er drauf und dran war, in den Palast zu stürmen.

»Hörst du dir überhaupt selbst zu?! Du hast mir gerade gesagt, dass sich da drin Menschen befinden und eine verdammte Lichtelfe!« Er befreite sich aus Kians Griff und zeigte mit ausgestrecktem Arm zum großen Eingang des Palasts.

»Sie haben etwas beobachtet, Ilias! Und es wird dir nicht gefallen!«

Ilias blähte die Nasenflügel auf und bedachte seinen Freund mit einem wütenden Blick. »Und was soll das sein?«

Kian stieß einen Seufzer aus. »Sie haben gesagt, da war ein Seelenmagier in ihrer Welt.«

»Es gibt keine Seelenmagier in Eseria«, gab er stumpf zurück. »Was soll das alles? Bring mich sofort zu –«

»Sie haben die Runen an seinen Fingern gesehen«, fiel Kian ihm ins Wort, sein Gesicht ausdruckslos.

Die Worte trafen ihn unerwartet und er zog die Augenbrauen zusammen. »Rede weiter«, presste er zwischen zusammengebissenen Zähnen hervor.

»Es soll einen Riss zwischen den Welten geben. Er hat ihn genutzt, um nach Eseria zu gelangen und dort einem Menschen die Seele zu rauben. Einem Menschelfen.«

Jetzt zog Ilias eine seiner Brauen fragend in die Höhe.

»Ja, ich weiß, es ist widerlich. Menschen und Elfen, die sich paaren«, Kian verzog das Gesicht.

»Das meine ich nicht. Was sollte jemand mit der Seele eines Menschen oder Menschelfen? Was haben sie noch erzählt? Über den Seelenmagier?«

»Nachdem er sich die Seele des Mischlings genommen hat, ist er wohl verschwunden. Zurück durch das Portal hierher.«

»Das muss nicht heißen, dass *er* es war«, erwiderte er ruhig.

»Wie du selbst sagtest, Ilias«, begann Kian, »in Eseria kann es keine Seelenmagier geben. Sie wurden beide verbannt und einer von ihnen ist inzwischen tot.«

»Und der andere ist mein Vater. Er kann hier nicht raus. Das ist unmöglich.« Doch er konnte die Zweifel in seiner eigenen Stimme hören.

»Er ist der letzte Seelenmagier und seine Runen befinden sich an seinen Fingern. Das kann kein Zufall sein.«

Ilias rieb sich die Stirn, dann wandte er sich wieder dem Palast zu. »Ich muss selbst mit ihnen sprechen.«

KAAYA

Die Gemächer des Prinzen waren atemberaubend. Ein goldener Kronleuchter ragte von der Decke und tauchte den riesigen Raum in warmes Licht. Zwei der hohen Wände bestanden aus Bücherregalen, in denen sich sicher mehr als zehntausend Bücher befinden mussten. Ehrfürchtig strich sie über die Buchrücken, ließ ihren Blick über die Titel huschen, zog ein Buch heraus, klappte es auf und roch an dem Pergament. Der Duft erinnerte sie an eine Zeit, in der alles in Ordnung gewesen war. Melancholisch schloss sie es wieder und schob das Buch zurück an seinen Platz.

Was der Prinz des Nebulums wohl für ein Mann war? Er schien gerne zu lesen. Dann musste er einen guten Kern haben, oder? Kaayas Blick fiel auf eine handgroße hölzerne Schachtel, die auf dem Schreibtisch unter dem Fenster stand.

»Weckt mich auf, wenn das Spektakel beginnt«, sagte Luana und lenkte ihre Aufmerksamkeit damit wieder auf sich.

Die Elfe hatte es sich auf einer Chaiselongue aus Leder gemütlich gemacht und wirkte dabei so, als würde sie hierhergehören. Ihre Kleidung war zwar verdreckt und ihre Stiefel löchrig, doch allein schon wie sie gähnte und sich dabei streckte, hatte so viel Anmut, dass Kaaya sich nur schwer von ihrem Anblick lösen konnte. Sie selbst sah vermutlich gerade aus wie eine arme Bettlerin von der Straße. Bei der Ironie musste sie leise lachen. Es war gerade mal drei Jahre her, da war sie genau das gewesen. Eine Bettlerin und Diebin. Sie starrte auf ihre Hände, die Narben auf ihnen erzählten von dieser Zeit und würden für immer da sein, um sie daran zu erinnern, wo sie herkam und was sie durchgemacht hatte.

Und nun stand sie hier vor einem Bett, das aus Gold gefertigt war und von schweren Samtvorhängen gesäumt wurde. Je länger sie die vielen Kissen anstarrte, desto mehr bemerkte sie, wie müde sie war.

»Das würde ich nicht tun«, kam es von Aron, der sich zu Luana gesetzt hatte und Kaaya mit hochgezogenen Augenbrauen ansah.

»Ich will mich nur kurz hinsetzen. Ganz kurz, versprochen.« Kaum hatten die Worte ihren Mund verlassen, ließ sie sich in die weichen Polster sinken, was Aron einen resignierten Seufzer entlockte.

»Ich bin mir nicht sicher, ob wir einen guten Eindruck auf den Prinzen machen werden«, murmelte Luana mit geschlossenen Augen.

»Wir könnten abhauen«, sagte Aron plötzlich.

»Und dann was?« Kaaya sah ihn verständnislos an.

Er zuckte mit den Schultern. »Ich weiß es nicht. Aber ich bin nicht sicher, ob wir diesem Kian und seinem Prinzen vertrauen können.«

»Das bin ich auch nicht. Doch es ist unsere einzige Chance. Wir haben keinen anderen Ansatz.«

»Und draußen wartet der Wachschutz«, meldete sich Luana zu Wort.

»Was soll schon passieren?«, fragte Kaaya an Aron gewandt. »Wir haben ihnen nichts getan, sie haben keinen Grund, uns etwas anzutun.«

»Du liegst gerade im Bett des Prinzen«, antwortete Luana, bevor Aron reagieren konnte.

Als wäre das sein Stichwort gewesen, wurden die Türen aufgestoßen und ein hochgewachsener Elf betrat die Gemächer –

seine Gemächer. Alles an ihm zeugte davon, dass er der Prinz war, von dem Kian gesprochen hatte.

Hatte Kaaya gerade noch gedacht, Luana wäre anmutig, so wurde sie jetzt eines Besseren belehrt. Der Prinz war eine Erscheinung, die alles um sich herum vereinnahmte. So auch Aron und Luana, die wie angewurzelt dasaßen und den Neuankömmling anstarrten, nicht fähig, ihre Augen von ihm zu lösen. Kaaya rührte sich ebenfalls nicht. Die Schönheit des Prinzen zog sie in einen Bann, der es ihr unmöglich machte, einen klaren Gedanken zu fassen.

Langes schwarzes Haar umrahmte das helle Gesicht, in dem dunkelblaue Augen funkelten wie Saphire. Seine scharfen Wangenknochen verliehen ihm einen erhabenen Ausdruck und die breiten Schultern zeugten von seiner Stärke. Kaayas Blick blieb an seinen vollen Lippen hängen, als er den Mund öffnete.

»Raus aus meinem Bett«, sagte er ruhig. Seine Stimme war rau und tiefer, als sie erwartet hatte.

»Ich, ähm, ja, Entschuldigung«, stammelte sie und kletterte unbeholfen aus dem Bett. Auch Aron und Luana erhoben sich. Aus dem Augenwinkel konnte sie erkennen, dass Luana versuchte, ihre Hosen glatt zu streichen, doch da war jegliche Hoffnung verloren.

»Wie seid ihr hierhergekommen?«

Luana stellte sich auf die Zehenspitzen, und als sie Kian hinter dem Prinzen entdeckte, zeigte sie mit dem Finger auf ihn. »Er hat uns hergeführt und gesagt, wir dürfen uns –«

»Ins Nebulum!«, unterbrach er sie harsch, ohne sie anzusehen. Sein Blick ruhte weiter auf Kaaya.

»Durch einen Riss zwischen den Welten. Wir haben Eurem Diener alles erklärt«, meinte Luana.

Ein verächtliches Schnauben ertönte. »Diener?!«, rief Kian

und trat an die Seite des Prinzen, doch dieser hob eine Hand, um ihn zum Schweigen zu bringen.

»Wer hat euch von dem Riss erzählt?«, wollte er wissen.

»Oh, das ist eine *verdammt* lange Geschichte. Aber vielleicht erzählt *Ihr* uns, was Euer Volk in unserer Welt treibt!«

Nur langsam löste der Prinz seinen Blick von Kaaya und wandte sich endlich Luana zu. Als er sie ansah, verengten sich seine Augen für einen Moment, ehe er sich wieder fasste. »Was auch immer ihr hier für Lügen verbreitet –«

»Wir lügen nicht!«, fiel Aron ihm ins Wort. »Einer Eurer Seelenmagier hat die Seele meines Bruders gestohlen! Gebt sie uns zurück und wir verschwinden!«

Der Prinz musterte ihn. »Ich weiß nicht, was ihr gesehen haben wollt, aber bevor das nicht geklärt ist, geht ihr nirgendwohin.«

»Also sind wir Eure Gefangenen?« Kaayas Stimme war nicht weniger eisig als die des Prinzen, der ihr jetzt wieder fest in die Augen blickte. Sie konnte nicht verhindern, dass sich ihre Nackenhaare aufstellten.

»Ja. Ich werde mit meinem Vater sprechen, und dann sehen wir weiter.«

»Das ist ja wohl ein Witz!«, protestierte Luana lautstark. Sie hatte eine Hand erhoben, wie sie es immer tat, wenn sie ihre Flammen beschwor. Doch außer Rauch bildete sich nichts in ihrer Handfläche.

»Dass du es wagst«, knurrte Kian und baute sich vor ihr auf.

»Du hast uns in eine Falle geführt!«, knurrte sie zurück.

»Das habe ich nicht! Eure Anschuldigungen sind anmaßend, und es ist das einzig Vernünftige, dass der Prinz zuerst Rücksprache mit dem König halten muss!«

»Führe die drei runter ins Verlies, Kian.« Die Stimme des Prinzen fegte durch den Raum wie ein eisiger Wind.

Kian wirbelte herum. »Ilias, ich … bist du dir sicher?«

Der Prinz, *Ilias*, nickte. »Solange wir nicht wissen, warum sie wirklich hier sind, könnten sie eine Gefahr darstellen.«

Kaaya bemerkte, wie Kian mit sich selbst rang und mehrmals den Mund öffnete und schloss, doch bevor er etwas sagen konnte, fuhr Ilias fort: »Achte darauf, dass euch niemand sieht. Außer uns weiß niemand von ihnen, oder?«

Kian schüttelte seinen dunkelbraunen Schopf. »Ich habe sie durch die Geheimgänge geführt.«

»Gut.«

»Gut?!«, fuhr Kaaya aufgebracht dazwischen. »Das könnt Ihr nicht machen!« Instinktiv zog sie ihr Schwert.

Ilias' Augen blitzten verärgert auf, dann hob er den Zeigefinger, und Stahlschwinge flog ihr aus der Hand, um klirrend auf dem Boden zu landen. Der eiskalte Luftzug, der aufgekommen war, hätte auch beinahe Kaaya selbst von den Füßen gerissen.

»Du hast ihnen die Waffen nicht abgenommen?« Er wandte sich Kian zu, der ratlos zwischen Stahlschwinge und seinem Prinzen hin- und hersah.

»Ich dachte nicht, dass sie dumm genug wäre, es gegen dich zu richten!«, protestierte dieser.

Stumm beobachtete Kaaya, wie Ilias Stahlschwinge taxierte, etwas Melancholisches lag in seinem Blick.

»Steck sie in das dreckigste Verlies, das du finden kannst«, sagte er dann, bevor er sich umdrehte und den Raum verließ, ohne sie noch einmal anzusehen.

Die Türen fielen laut ins Schloss und Kian räusperte sich. »Wir gehen denselben Weg wieder zurück.« Er zeigte auf den Wandteppich. »Nur dass wir dann anders abbiegen.«

Er ging voraus, und als sie ihm eine Steintreppe hinab in die Kellerräume folgten, verstand Kaaya, warum er so schockiert reagiert hatte, als Ilias befohlen hatte, sie ins Verlies zu stecken. Die Luft hier unten war feucht und roch abgestanden. Sie bogen in einen schmalen Gang, der von wenigen Fackeln beleuchtet wurde. Trotz des Feuers fröstelte sie, doch der Schauder, der über ihren Körper jagte, rührte nicht von der Kälte her. Sie entdeckte die Gefängniszellen und musste sich unmittelbar den Arm vor die Nase halten. Während es vorhin noch nach Moder gerochen hatte, lag hier der Geruch nach Tod in der Luft.

Und hinter einigen der schweren Zellentüren konnte sie erkennen, woran das lag. Abgemagerte Elfen lagen in ihren eigenen Fäkalien, regten sich nicht mehr. Einige starrten mit weit aufgerissenen Augen an die Decke, als wollten sie in ihren letzten Momenten zu einer Göttin beten, die sie nicht erhörte.

»Heilige Eiyune«, wisperte Luana neben ihr. Auch sie hatte sich eine Hand vor Mund und Nase geschlagen. Aron blieb ruhig, doch sie konnte ihm ansehen, wie angespannt er war.

»Das sind alles Verbrecher«, meinte Kian nach einer Weile. Seine Stimme klang belegt.

»So wie wir?«, fragte Kaaya.

»Das ist etwas anderes«, entgegnete er. »Ihr kommt hier wieder raus, sobald wir mehr über diesen Riss wissen.«

»Du hast ja auch gesagt, dass dein Freund nett ist und uns nichts tut«, zischte Luana.

Kian warf ihr einen Seitenblick zu. »Ich habe auch gedacht, du wärst klug genug, ihn nicht anzugreifen – den verdammten Kronprinzen!«

»Angreifen!«, rief sie. »Ich kann ihn nicht angreifen! Ich habe keine Magie mehr!«

»Hast du. Du musst lediglich wissen, wie du sie nutzt.«

»Zeig es mir.«

Kian blieb abrupt stehen, sodass Kaaya beinahe in ihn hineingelaufen wäre. Mit einem verwirrten Gesichtsausdruck beäugte er Luana, als wollte er sichergehen, dass sie noch bei Verstand war. »Das werde ich nicht tun.«

»Ach, dann *dienst* du nur dem Prinzen?« Ihre Stimme triefte vor Abscheu, und Kaaya wusste ganz genau, was Luana damit bezweckte.

»Er ist mein Prinz!«

»Aber nicht dein König.«

Kian blähte die Nasenflügel auf und trat gefährlich nah an Luana heran. »Macht einfach keinen Ärger und ihr seid hier schnell wieder raus.«

Luana hielt seinen Blick fest. »Weil man ja so viel auf dein Wort geben kann.«

»Geh in deine Zelle«, drang es wie ein Grollen aus Kians Brust. Mit ausgestrecktem Arm zeigte er auf eine Tür, die wenige Schritte von ihnen entfernt war.

Einige Herzschläge lang hielt Kaaya die Luft an, doch Luana erwiderte nichts. Sie funkelte Kian nur weiterhin zornig an, ehe sie schnaubte und sich von ihm abwandte. Erhobenen Hauptes ging sie auf die Zelle zu, auf die Kian noch immer zeigte. Mit einem ohrenbetäubenden Lärm zog Luana die Tür auf, trat in das kleine Loch dahinter und zog die Tür ebenso geräuschvoll wieder zu.

»Na los, schließ mich ein.«

Kian trat einige Schritte vor und öffnete die Zellentür noch mal. Für einen Moment flackerte Hoffnung in Luanas Augen auf, dann deutete der Elf mit einer knappen Kopfbewegung auf Kaaya und Aron. »Rein da.«

Wenn sie nicht gewusst hätte, dass Luana hier keine Magie

wirken konnte, hätte sie schwören können, dass ihre Freundin jeden Moment in Flammen aufgehen würde, um Kian mit sich in die Hölle zu reißen.

ILIAS

Ilias' Laune war schon während der Jagd nicht gut gewesen. Er hatte an Neah denken müssen, daran, wie sie die Jagd vor ihrer eigenen Zeremonie angeführt hatte. Mit Schwert und Schild anstelle von Pfeil und Bogen. Wild und entschlossen und mutig und stark. Genauso wie im Angesicht ihres Todes.

Und als ob ihm seine Sorgen nicht genügt hätten, waren hier nach fast eintausend Jahren der Isolation einfach Menschen und eine Lichtelfe aufgetaucht. Ein bitteres Lachen drang aus seinem Mund. Nicht dass er schon so lange lebte. Aber er kannte einfach nichts anderes als das Nebulum und die Elfen hier. Von Menschen und Lichtelfen hatte er nur aus Erzählungen gehört und in Schriften gelesen, und nun saßen einige Vertreter dieser Rassen unten im Verlies.

Er war hin- und hergerissen zwischen unbändiger Wut und absoluter Neugier. Die Elfe mit dem verletzten Auge hatte unglaublichen Mut bewiesen, als sie versucht hatte, ihn mit ihrer Magie zu anzugreifen, auch wenn diese letztendlich versagt hatte. Und die Menschenfrau mit dem Schwert … sie war interessant. Sie hatte seinem Blick standgehalten und sich nicht von ihm einschüchtern lassen. Hatte er das überhaupt gewollt? Wollte er, dass sie Angst vor ihm hatte? Aufgebracht fuhr er sich durch das Haar. Das spielte keine Rolle. Jetzt saßen sie und ihre Gefährten in einer Gefängniszelle, und nun wussten sie, wer hier das Sagen hatte. Er ballte seine Hände zu Fäusten. Es gefiel ihm nicht, sich über andere zu stellen, doch er durfte sich auch nicht untergraben lassen. Er war ein Prinz, verdammt. Der *Kronprinz.* Das einzige Kind von Pertheas Yinnelis, dem mächtigsten Elfen des gesamten Nebulums.

Seufzend legte Ilias seine Jagdkleidung ab und nahm ein Bad. Um ungestört zu sein, hatte er die Bediensteten vorhin weggeschickt. Er ließ seinen Kopf an den Rand des Badezubers sinken und genoss die wohlige Wärme des Wassers. Am liebsten würde er die nächsten Stunden hier allein verbringen, aber gleich würde wieder ein riesiges Bankett stattfinden, bei dem der Kronprinz natürlich nicht fehlen durfte.

Schließlich zwang er sich, den Zuber zu verlassen. Die Reste des warmen Wassers rannen seinen Körper hinab und fielen als Tropfen zu Boden, bevor er sich eines der bestickten Leinentücher um die Hüfte wickelte und sich zurück in sein Schlafgemach begab. Er zog sich seine Festkleidung an, was ohne die Hilfe seiner Diener gar nicht so einfach war. Seine Hosen saßen eng, und die Knöpfe des langen Mantels, den er darüber trug, raubten ihm den letzten Nerv. Er zupfte noch den Kragen zurecht, der mit goldenen Ornamenten verziert war, bevor er in seine Stiefel stieg und sich, flankiert von seinen Leibwächtern, auf den Weg zum Speisesaal begab.

Als er sein Ziel erreichte, musste er feststellen, dass dieses bereits gut gefüllt war. Er ließ seinen Blick über die Anwesenden schweifen und entdeckte Siraya und Ruven, zu deren Ehren das Festessen abgehalten wurde. Lachend saßen sie am Kopfende des großen Tisches, an dem auch sein Vater saß. Mit einem Neigen seines Kopfes begrüßte er Ilias. Schnell erwiderte er die Geste und suchte dann nach Kian. Schließlich wurde er fündig.

Sein bester Freund war gerade in ein Gespräch mit einer Frau vertieft, die Ilias noch nie zuvor gesehen hatte.

»Guten Abend, mein Freund.« Er tätschelte Kian die Schulter, ehe er sich auf den Stuhl neben ihm fallen ließ.

»Ilias, hast du es auch mal rechtzeitig hierhergeschafft?« Kians Zähne blitzten auf, als er leise lachte.

»Wer ist die schöne Dame?«, fragte Ilias und deutete auf die Elfe, deren Wangen sich unter seinem Blick rot färbten.

»Das ist …«

»Milea, mein Prinz«, warf sie ein, als Kian nicht weitersprach.

»Milea«, begann Ilias und nahm einen Schluck von dem Wein, der ihm gerade eingeschenkt worden war, »entschuldigt Ihr meinen Freund für einen Moment?«

»Oh, ja, natürlich.« Sie räusperte sich und lächelte unbeholfen, dann wandte sie sich ab.

»Was sollte das denn?«, zischte Kian.

»Was war mit Pyria?«, erkundigte sich Ilias, anstatt ihm zu antworten. Sie hatten noch keine Gelegenheit gehabt, darüber zu sprechen, dass Kians ehemalige Geliebte ein Kind von ihm erwartete.

Sein Freund rollte mit den Augen. »Ist das gerade deine einzige Sorge?«

Ilias' Gedanken schweiften ab zu der Menschenfrau mit den entschlossenen Augen. Er schüttelte den Kopf, um sie daraus zu vertreiben. »Sprich mit mir, Kian.«

»Was soll sein?« Er leerte seinen Becher in einem Zug. »Ich werde Vater. Deiner schaut übrigens die ganze Zeit finster zu dir herüber.«

Ilias drehte seinen Kopf in die Richtung, in die Kian nickte, und begegnete dem Blick seines Vaters. »Ich muss mit ihm sprechen über … Du weißt schon.«

»Ja, dann geh zu ihm. Wir unterhalten uns später.«

Auch wenn er wusste, dass sein Freund gerade dafür gesorgt hatte, dass er nicht über seine Probleme sprechen musste, ging er auf dessen Hinhaltetaktik ein. Sein Vater wartete nicht gerne. Er trank den letzten Schluck aus seinem Becher, warf Kian noch einen Blick zu, der verdeutlichen sollte, dass er ihn durchschaut hatte, und erhob sich, um zu seinem Vater zu gehen. Die anderen Gäste speisten bereits und ihre Unterhaltungen drangen als Stimmengewirr an sein Ohr.

»Du hast deinen Mantel falsch geknöpft«, war das Erste, was Pertheas sagte, als Ilias ihn erreichte. Er beachtete ihn kaum, als er sich ein weiteres Stück totes Tier in den Mund schob.

»Ich muss abgelenkt gewesen sein.«

»Wieso lässt du das nicht deine Diener machen, wenn du es selbst nicht kannst?« Der König hob seine beringte Hand, um nach seinem Wein zu greifen.

Ilias blähte die Nasenflügel auf und versuchte, ruhig zu bleiben. »Ich muss mit dir sprechen, Vater.«

Endlich sah Pertheas hoch. »Das kann sicher bis später –«

»Nein, Vater, es kann nicht bis später warten.«

Für einen kurzen Moment verengte Pertheas die Augen, bevor er den Kopf schief legte. Der silberne Edelstein auf seiner Krone reflektierte das Licht der Kerzen. »Dann will ich hoffen, dass es wirklich wichtig ist, Junge.« Er winkte einen der Bediensteten herbei, der eilig den Weinkrug auf dem Tisch abstellte, um dem König aus seinem Stuhl zu helfen. Nicht, weil dieser nicht aus eigener Kraft aufstehen konnte. Er genoss es schlicht, Macht auszuüben.

Nach einem vernichtenden Blick zu dem jungen Diener, der unbeholfen von ihm abrückte, ging Pertheas voraus, sein dunkler Umhang wehte hinter ihm her. Ilias folgte seinem Vater in den Ratssaal, während zwei Leibwächter draußen vor der Tür stehen blieben.

Erst jetzt bemerkte er, wie erschöpft sein Vater aussah. Seine ohnehin sehr helle Haut wirkte durchscheinend und unter seine schwarzen Augen hatten sich beinahe ebenso schwarze Schatten gelegt. Tiefe Furchen zeichneten sein Gesicht. Typische Zeichen dafür, dass er sich bereits zu oft seiner eigenen Essenz bedient hatte, um starke Magie zu wirken. Diese Art der Machtquelle forderte ihre Opfer und sein Vater hatte schon zu viele davon gebracht.

»Was weißt du über einen Riss zwischen den Welten?«, fragte er geradeheraus.

»Über was?« Pertheas zog die Augenbrauen zusammen.

»Einen Riss zwischen hier und Eseria.« Ilias breitete die Arme aus. »Ein Tor. Ein Portal. Eine Möglichkeit, hier herauszukommen.«

»Hast du etwas Schlechtes gegessen, Junge?«, erwiderte Pertheas und machte Anstalten, den Raum wieder zu verlassen.

»Vater«, knurrte Ilias, was Pertheas in seiner Bewegung innehalten ließ.

»Pass auf, wie du mit mir sprichst, Junge!« Pertheas baute sich dicht vor ihm auf. Er war größer als er, aber deutlich schmaler.

Seine Warnung prallte an Ilias ab. »Ich bin kein Junge, und du solltest aufhören, mich so zu behandeln, als wäre ich einer.« Hunderte von Jahren stand er seinem Vater inzwischen mit Rat und Tat zur Seite, wann immer es um Regierungsfragen ging. Er war derjenige, der für Pertheas einstand, wenn man schlecht über ihn redete, was nicht gerade selten vorkam. Und er nahm ihn immer noch nicht ernst.

Pertheas schluckte hart. »Wie kommst du auf so einen Unsinn? Was für ein Tor soll das denn sein?«

»Ich habe meine Quellen«, gab er schlicht zurück. »Und diese wollen gesehen haben, wie du ein Portal betreten hast und nach Eseria gereist bist.«

Ein bellendes Lachen ertönte. »Ich?«, fragte sein Vater und legte sich eine Hand auf die Brust, die violetten Runen auf seinen Fingern unübersehbar.

»Hast du eine Seele gestohlen?«

»Was sind das für Quellen? Opiate?«

Ilias schnaubte. »Wenn du es mir nicht selbst sagst, werde ich deiner geliebten Schmiede mal einen Besuch abstatten.«

»Solltest du das tun«, zischte Pertheas dicht vor Ilias' Gesicht, »bist du die längste Zeit mein Sohn gewesen.«

Die Schmiede war der Rückzugsort seines Vaters. Niemand außer Ilias wusste, dass dieser Ort existierte. Doch womit genau sich sein Vater dort die Zeit vertrieb, war auch ihm ein Rätsel. Als neugieriger Heranwachsender hatte er einst den Tagesritt auf sich genommen, aber sein Ausflug hatte kein schönes Ende genommen. Es hatte sich herausgestellt, dass dort ein Umbren-Nest sein musste, denn die Schattendämonen hatten ihn zu Dutzenden angegriffen und schwer verletzt.

»Du drohst mir, Vater?«

»Du bezichtigst mich eines schweren Verbrechens!«

»Man hat dich gesehen! Sie haben sogar die Runen an deinen Fingern beschrieben!«

»Wer?«, knurrte Pertheas gefährlich leise.

Ilias wandte den Blick ab, ehe er weitersprach. »Das werde ich dir nicht sagen. Aber sie werden mir helfen zu beweisen, dass du ein elender Lügner bist! Dass du deinem Volk den Weg hier heraus vorenthältst!« Bei dem Gedanken krampfte sich sein Magen zusammen. Wie lange träumte er schon von der Wärme der Sonne?

»Was ist nur in dich gefahren, dich so gegen deinen Vater zu stellen, Junge?«

Junge. Da war es wieder. »Du weißt, wie sehr ich mir wünsche, in einen blauen Himmel zu blicken und die Sonne auf meiner Haut zu spüren!«

»Ilias«, begann sein Vater, »das ist alles nicht so, wie es aussieht. Die Elfen von Eseria wollen uns nicht. Sie haben sich dort ein Leben aufgebaut. Ein Leben unter Menschen. Meinst du, sie haben diesen sterblichen Kreaturen inzwischen erzählt, was sie mit uns getan haben? Warum sie uns verbannt haben? Ich denke nicht. Wir würden ihr gesamtes Lebenswerk und ihren Frieden gefährden. Sie wollen uns nicht.« Er klang jetzt beinahe flehentlich.

»Also ist es wahr«, hauchte Ilias, als die Erkenntnis kalt in ihn einsickerte. »Es gibt einen Riss.«

Pertheas stieß einen resignierten Seufzer aus. »Ja.«

Die Wahrheit kroch ihm wie Eis in die Glieder. »Und du wandelst je nach Lust und Laune zwischen den Welten hin und her?«

»Nein. Nein, so ist das nicht, ich … Ja, ich habe eine Seele mitgenommen. Ich tue das für uns. Für unser Volk! Wenn du wüsstest, wozu –«

»Wozu?«

»Das wirst du noch früh genug erfahren.« Etwas Wildes funkelte in seinen Augen, das Ilias eiskalt den Rücken hinunterlief.

»Ich werde es herausfinden und –«

Pertheas' Griff schloss sich um seinen Oberarm und ließ ihn innehalten. »Du wünschst dir einen blauen Himmel? Dann vertrau mir einfach.«

»Tust du das öfter? Seelen stehlen?« Natürlich wusste Ilias, warum die Hochelfen seinen Vater und dessen Lehrmeister Eldan ins Nebulum verbannt hatten. Dass sie Experimente mit den Seelen von Menschen durchgeführt hatten. Doch das lag alles beinahe eintausend Jahre zurück. Andererseits würde es vielleicht erklären, warum sein Vater sich in den letzten Jahren so zurückgezogen hatte. Warum er jedes Mal, wenn Ilias ihn aufsuchte, so kraftlos schien.

»Selten.«

Er sah in Pertheas' leere Augen und wusste nicht, was er sagen sollte. Sie hatten nie eine innige Verbindung zueinander gehabt, doch in diesem Moment wirkte sein Vater fremder als jemals zuvor.

KAPITEL 20

ILIAS

Nachdenklich lief Ilias zurück zum Festsaal, die Hände hinter dem Rücken verschränkt, die Stirn in Falten gelegt.

»Du wünschst dir einen blauen Himmel? Dann vertrau mir einfach.«

Was sollte das bedeuten? Was hatte sein Vater vor? Sein Vater und König. Wollte er sein Volk zurück nach Eseria bringen? In eine Welt, in der es nicht nur die Nacht gab, sondern den Tag. Eine Sonne. Leben. Magie ohne Grenzen.

Was hatten die Seelen damit zu tun? Und wie sollte das funktionieren? Schließlich lebten neben den Elfen auch Menschen in Eseria, und diese wollten nicht, dass Elfen Magie wirkten. Aber wenn das Volk der Elfen wieder vereint wäre … Wenn alle Elfen des Nebulums zurück nach Eseria gingen … dann wären sie vielleicht in der Überzahl. Zumindest wären sie stark genug, um sich gegen die Unterdrückung der Menschen zu wehren.

Falls es denn stimmte, dass die Menschen Magie unterdrückten. Konnte er dem Wort seines Vaters noch Glauben schenken? Die Menschen, die gerade unten im Verlies saßen, hatten diese Reise auf sich genommen, um einen Elfenmischling zu retten. Warum sollten sie das tun, wenn sie Elfen verabscheuten? Warum sollten sie sich von einer Elfe begleiten lassen? Sein Schädel dröhnte. Was sollte er jetzt tun? Er konnte die drei nicht ewig festhalten, irgendwann würde sie jemand entdecken. Er musste mit Kian sprechen. Er war der Einzige, dem er vertraute, und der Einzige, der von ihren Gästen wusste.

Kaum hatte er Kian am riesigen Tisch entdeckt, bedeutete er ihm mit einer Kopfbewegung, ihm zu folgen. Sein Freund runzelte die Stirn, stand aber auf, um zu ihm aufzuschließen.

Ihre Schritte hallten in den leeren Korridoren wider, als sie den Weg zu Kians Gemächern entlangschritten. Bis zur Zeremonie würden er, seine Schwester und die Gäste im Palast schlafen, da ihr Anwesen mehrere Tagesritte entfernt war. Hier würde Ilias' Vater nicht nach ihm suchen, zumindest nicht als Erstes.

»Was ist passiert?«, fragte Kian, nachdem sie die Tür hinter sich geschlossen hatten. »Was hat er gesagt?«

Ilias setzte sich auf einen Stuhl, stand dann aber wieder auf. Er war viel zu aufgewühlt. »Er hat es getan.«

»Muss ich dir alles aus der Nase ziehen?« Kian hatte die Arme ausgebreitet und sah ihm fest in die Augen.

»Er war tatsächlich in Eseria und hat die Seele des Elfenmischlings mitgenommen. Er hat es wirklich getan.«

Kian stieß laut die Luft aus und fuhr sich durch das Haar. »Das ist …« Er schien nicht zu wissen, wie er seinen Satz beenden sollte.

»Verrat«, schloss Ilias. »Er hat uns alle verraten und hintergangen.«

»Wie?«, wollte Kian wissen. »Und warum?«

»Er hat bestätigt, dass es einen Riss gibt. Dass man ihn dazu nutzen kann, zwischen den Welten zu wandeln. Er hat das zu seinem Vorteil genutzt. Und warum …«, er seufzte niedergeschlagen, »warum, weiß ich nicht.«

Er setzte sich nun doch hin und rieb sich die Stirn. »Der König des Nebulums reist nach Eseria, um dort die Seelen von Menschen zu stehlen. Er holt sie hierher und tut *was* mit ihnen?«

Sein Freund öffnete den Mund und schloss ihn wieder. Stille. Ilias kam das recht, denn diese Worte laut auszusprechen hatte etwas Endgültiges an sich, das er erst verdauen musste.

»Wahrscheinlich hat seine Schmiede damit zu tun.«

»Schmiede?«

Erst als er Kians irritierten Tonfall hörte, bemerkte Ilias, dass er die Worte laut ausgesprochen hatte. »Erinnerst du dich an den Tag, als ich von Umbren angegriffen wurde?« Als sein Freund nickte, fuhr er fort: »Ich war auf dem Weg zur Schmiede meines Vaters. Sie ist sein Rückzugsort in den Wäldern. Ich weiß nicht, was er dort treibt, doch ich werde es herausfinden.«

»Du weißt, dass du auf mich zählen kannst, oder?«

»Ich weiß. Danke.« Er sah Kian eindringlich an. »Was würdest du tun, wenn er plant, uns nach Eseria zurückzubringen?«

»Wie meinst du das?«

»Nur theoretisch. Er hat von einem blauen Himmel geredet.«

»Was ist mit den Menschen und Lichtelfen? Sie würden uns nicht dort haben wollen.« Kians Augen weiteten sich. »Er hat doch nicht etwa vor, Gewalt anzuwenden?«

»Ich sagte, ich weiß es nicht. Ich weiß nicht, was er vorhat, und er verrät es mir nicht.«

»Das können wir nicht zulassen … Oder?«

»Was haben sie uns je gegeben?«

»Das kannst du nicht ernst meinen!« Kian klang aufgebracht. »Ich weiß, wie sehr du dir wünschst, die Sonne zu sehen. Aber … Krieg? Im Krieg sterben nicht nur Schuldige, Ilias.«

Wieder musste er schwer schlucken, dann erhob er sich. »Ich weiß«, sagte er. »Und ich will keinen Krieg. Ich will nicht anderes Leben auslöschen müssen, um selbst leben zu dürfen. Ich will mein Zuhause nicht auf ihren toten Körpern errichten, auf blutgetränkter Erde. Doch ich will auch nicht meine gesamte Existenz hier im Nebulum fristen. Nicht, wenn es einen Ausweg gibt.«

»Was wirst du tun?«

»Ich schätze, ich brauche mehr Informationen.«

»Dann sprich noch mal mit deinem Vater.«

Ilias schüttelte den Kopf. »Er hat alles gesagt. Jetzt muss ich mir die andere Seite der Geschichte anhören.«

KAAYA

Es schepperte, als Aron sich erneut gegen die Gitterstäbe warf, die sie von ihrer Freiheit trennten. Als diese noch immer nicht nachgaben, stieß er einen wütenden Laut aus und trat ein letztes Mal gegen die Zellentür, ehe er sich zu ihr und Luana auf den Boden fallen ließ.

»Ich habe euch gesagt, wir hätten abhauen sollen, solange wir konnten!« Er schlug mit der Faust auf den Steinboden.

»Jetzt hör auf, dich weiter zu verausgaben«, meinte Kaaya. »Das bringt doch alles nichts.«

»Was sollen wir dann tun? Hier drin sterben?«

Das Loch, in dem sie saßen, war vielleicht halb so groß wie ihre ehemalige Kinderstube.

»Sie werden uns hier wieder rausholen«, warf Luana ein. »Sie brauchen uns. Dieser Prinz hat mit Sicherheit noch nie von diesem Riss gehört. Ohne uns wird er ihn niemals finden.«

»Du vergisst den Seelenmagier«, erwiderte sie. »Der weiß ganz genau, wo der Riss ist.«

»Und er hat es bisher nicht einmal dem Prinzen erzählt! Er wird seine Gründe haben, seine merkwürdigen Machenschaften für sich zu behalten.«

Kaaya dachte über die Worte nach und erwiderte nichts. Auch die anderen beiden schwiegen einige Zeit. Luana hatte den Kopf an die Wand gelehnt und die Augen geschlossen, während Aron nervös mit dem Fuß wippte und die Zellentür beobachtete. Es musste bald auf den Abend zugehen, wenn man das hier im Nebulum überhaupt so nennen konnte. Kaaya konnte sich nicht vorstellen, wie es sein musste, rund um die Uhr in einen dunklen Himmel zu blicken. Da war nichts, was die Finsternis der Nacht vertrieb, wenn ein neuer Tag anbrach.

Gedankenverloren ließ sie ihren Blick umherschweifen, konnte aber nichts Interessantes entdecken. Ihre Gedanken wanderten zurück zum Prinzen. Sie hatte sich geirrt. In ihm steckte kein guter Kern. Er war arrogant und herrisch. Was er wohl mit Stahlschwinge gemacht hatte? Frustriert beobachtete sie, wie das Feuer der Fackeln Schatten an die Wände warf.

»Luana«, stieß sie plötzlich atemlos aus.

Die Elfe öffnete ihre Augen und blickte ihr ratlos ins Gesicht. »Was ist?«

Sie zeigte auf die Fackeln. »Kannst du dich ihrer nicht ermächtigen?«

Luana lachte kurz laut auf. »Nein. Ohne Sonnenlicht kann ich gar nichts.«

»Aber Kian hat gesagt, es gibt eine andere Möglichkeit, Magie zu nutzen!«

»Ich weiß aber nicht, wie!«, entgegnete Luana. »Außerdem«, fuhr sie fort, »denkst du ernsthaft, es wäre möglich, hier unten

Magie zu wirken? Hier wurden bis heute ausschließlich Elfen eingesperrt. Magische Elfen. Wenn man hier mit ein bisschen Hokuspokus ausbrechen könnte, wäre dieses Verlies nutzlos.«

Das entfernte Geräusch von Fußschritten unterbrach ihr Gespräch.

»Da kommt jemand.« Aron schien es ebenfalls zu hören.

Sie standen auf, wobei Luana nach der Hand griff, die Aron ihr hinhielt.

»Sie sind zu zweit«, stellte sie fest.

Kurz darauf konnten sie am Ende des Ganges, der zwischen den Zellen entlangführte, zwei Gestalten ausmachen, die immer näher kamen. Luana formte die Hände zu Krallen, selbst wenn keine Flammen zwischen ihren Fingern aufloderten. Kaaya trat näher an die Gitterstäbe heran und umfasste zwei von ihnen mit ihren Händen.

Und da tauchte auch schon Ilias' Gesicht vor ihr auf, Kian stand dicht hinter ihm.

»Wie hat Euch Eure Unterkunft gefallen?«, fragte der Prinz. Der beinahe sanfte Unterton in seiner Stimme strafte seinen eiskalten Gesichtsausdruck Lügen.

»Nicht ganz so gemütlich wie Euer Bett«, erwiderte sie, ohne zurückzuweichen. Sie meinte zu sehen, wie seine Augen dunkel auffunkelten.

Aron trat an ihre Seite. »Ihr seid zurückgekommen.« Verächtlich blickte er zwischen Ilias und Kian hin und her. Sie hätte nicht sagen können, welchen der beiden er mehr verabscheute.

»Ich lasse Euch frei«, kam es von Ilias, was Kaaya ein Schnauben entlockte.

»Ihr seid aber großzügig.«

Er blähte die Nasenflügel auf und blickte ihr so eindringlich in die Augen, als wollte er ihr Innerstes lesen. »Ich bin nur gerecht.«

»Das hätte Euch einfallen können, bevor Ihr uns hier unten eingesperrt habt wie Verbrecher«, knurrte Luana hinter ihr.

»Ich hatte keine andere Wahl. Außerdem wusste ich noch nicht, dass ihr die Wahrheit sagt.«

Ihr Herz setzte für einen Moment aus. Er glaubte ihnen? Was hatte ihn zu seinem Sinneswandel bewogen? Ehe sie ihn fragen konnte, ob er etwas über Arians Seele wusste, trat er einen Schritt zurück, um Kian an die Zellentür zu lassen. Dieser steckte einen Schlüssel in das Schloss, das mit einem leisen Klicken nachgab.

»Und was jetzt?«, erkundigte sich Aron. »Dürfen wir hier einfach hinausspazieren, ohne dass uns Eure Wachleute angreifen oder aufhalten?«

Eine Gänsehaut erfasste Kaaya, als sie in Ilias' steinernes Gesicht sah. Sie kannte die Antwort, bevor er sie aussprach. »Nein.«

»Was soll das heißen?« Aron hatte sich an ihr vorbeigedrängt und vor dem Prinzen aufgebaut.

»Das soll heißen«, begann Kian, »dass wir gemeinsam herausfinden werden, was es mit dieser Seelengeschichte auf sich hat.«

»Das ist doch ein schlechter Scherz«, kam es von Luana.

Kaaya tauschte währenddessen einen Blick mit Aron. Sie wusste, dass er nichts dagegen einwenden würde, auch wenn er die beiden nicht mochte. Sie an ihrer Seite zu haben, könnte ein großer Vorteil bei ihrer Suche nach Arians Seele sein.

»Ist es nicht«, sagte Ilias an Luana gewandt. »Ich werde die Pläne meines Vaters nicht unterstützen.«

»Eures Vaters?« Kaayas Kopf schnellte zu ihm herum, das Herz schlug ihr bis zum Hals.

Ilias presste die Kiefer aufeinander und warf einen kurzen Blick hinter sich. »Hier ist nicht der richtige Ort für eine solche Unterhaltung.« Dann trat er zur Seite und machte eine ausladende Geste mit dem Arm, um ihnen zu bedeuten, dass sie die Zelle nun verlassen konnten.

»Und ein weiteres Mal laufen wir denen hinterher«, murmelte Aron. »Ja, ich weiß«, fügte er noch leiser hinzu, »wir haben keine andere Wahl.«

»Ganz richtig«, rief Kian ihm über seine Schulter hinweg zu.

Kaaya versuchte die toten und ausgehungerten Elfen in den Zellen zu ignorieren, bevor sie den Eingang in die Geheimgänge betraten. Schließlich verließen sie den Palast und traten hinaus in die eisige Kälte. Dunkelheit umhüllte sie wie ein unsichtbarer Schleier. Vielleicht war es auch Ilias' Magie, die sie noch immer vor den Augen anderer schützte. Er manipulierte die Luft um sie herum, damit niemand sie entdeckte.

Was geht hier nur vor sich, dachte Kaaya. Ilias hatte sie alle gemahnt, kein Wort zu sprechen, bis sie außer Seh- und Hörweite des Hofs waren.

Endlich erreichten sie die Stallungen, wo sich zu dieser Zeit anscheinend niemand sonst aufhielt.

»Rauf da«, sagte Ilias und deutete mit einem Kopfnicken auf drei Pferde. Er selbst ging noch einige Schritte weiter und schwang sich auf ein Pferd, das allein untergebracht war und die Neuankömmlinge neugierig beäugte. Es schien Ilias zu kennen, der ihm behutsam die Flanke tätschelte, bevor er aufstieg und es antrieb. »Beeilt euch!«

Mit einer anmutigen Bewegung setzte sich Luana auf das größte Ross, das weiß war wie Schnee. Kaaya nahm sich das schwarze Pferd, das danebenstand, und Aron schwang sich widerwillig auf ein kleineres schwarzes. Kian kam auf einem

Hengst angeritten und machte ein Zeichen mit seiner Hand, das wohl bedeutete, dass sie ihm folgen sollten.

Sie setzten sich in Bewegung und durchquerten gemeinsam den Wald, der den Palast säumte. Um sie herum war es still, man hörte nur die Hufe der Pferde, die die Erde aufwühlten. Ansonsten gab es kein Rascheln in den Büschen oder Knacken von Ästen, auch kein Gezwitscher von Vögeln oder Rufen von Eulen.

»Wir sind gleich da«, murmelte Ilias schließlich, als die Bäume sich weiter lichteten und sie den Wald allmählich verließen.

»Wohin reiten wir überhaupt?«, traute Kaaya sich endlich zu fragen. Ihre Stimme klang krächzend, ihr Hals war trocken und ihr war kalt.

»Zu einem Freund von mir. Er wird uns für die nächsten Tage bei sich aufnehmen, bis ... wir wissen, was zu tun ist.«

Sie schloss mit ihrem Pferd zu ihm auf griff nach seinem Arm. Abrupt wandte er sich zu ihr um, in seinem Gesicht standen Zorn und Verzweiflung. Eine tödliche Mischung.

»Was?!«, stieß er aus. Seine Augen bohrten sich in ihre. Gerade schien die Verzweiflung über den Zorn zu siegen.

»Vor wem fliehen wir? Und warum?«

»Wir fliehen nicht. Ich brauche nur Abstand.«

»Zu Eurem Vater?«

Ilias riss seinen Arm los und in seinem Blick funkelte nun definitiv mehr Zorn als Verzweiflung. »Ja.«

»Wird er nicht nach Euch suchen lassen?«

»Ihr stellt ganz schön viele Fragen.«

»Dann befinden wir uns hier mitten in Eurem persönlichen Krieg gegen Euren Vater, werter Prinz?«, mischte sich Luana ein, die dem Gespräch gelauscht zu haben schien. »Wenn wir mitspielen sollen, erklärt uns auch die Spielregeln.«

»Die Jagd dauert noch über eine Woche«, knurrte Ilias. »Mein

Vater wird denken, dass Kian und ich uns weiterhin daran beteiligen.«

»Schon wieder diese Jagd«, schnaubte Luana.

»Sie ist ein Ritual«, meldete sich Kian hinter ihnen zu Wort. »Mit einem wirklich sehr romantischen Hintergrund«, fügte er mit einem verschmitzten Grinsen hinzu.

Luana rümpfte angewidert die Nase. »Mehr will ich gar nicht wissen.«

Einige Kilometer später waren sie von den Pferden gestiegen und standen vor einer Tür, an die Ilias inzwischen ein zweites Mal geklopft hatte.

»Und jetzt?«, fragte Luana genervt, als auch beim wiederholten Klopfen niemand die Tür öffnete. Sie gehörte zu einem kleinen Haus, das sich in eine Reihe weiterer Häuser fügte, die alle gleich aussahen.

Sie befanden sich in einem Vorort von Silbersturm, Kleinbruch. Das Dorf lag nicht weit von Kaltennest, was Kaaya einen Schauer über den Körper jagte. Wie ihre Heimat wohl im Nebulum aussah? Ob sie glücklicher gewesen wäre, wenn sie dort groß geworden wäre? Hier, wo die Seuche vielleicht gar nicht ausgebrochen war und ihre Familie überlebt hätte? Sie schüttelte den Kopf und damit auch den Gedanken ab.

»Jetzt stehen wir vor der Tür und kommen nicht rein«, erwiderte Ilias trocken.

»Ihr seid ein Prinz, verschafft Euch Zutritt!«

»Lu, beruhige dich.« Sie legte der Elfe sanft eine Hand auf die Schulter. Ihre angespannte Körperhaltung lockerte sich.

»Wenn wir noch weitere Zeit verschwenden, verlieren wir Arian endgültig.« Es lag kein Vorwurf in ihrer Stimme und doch schmerzten die Worte.

»Woher wisst ihr davon?«, wollte Kian wissen.

Luana runzelte die Stirn. »Wir haben genügend Schriften über euch und eure *Rituale.*«

»Dann wisst ihr auch, was mit den Seelen geschieht?«

»Kian!«, fuhr Ilias dazwischen. »Nicht jetzt!«

»Wovon spricht er?«, wollte Kaaya wissen.

»Wovon sprecht ihr?« Kian deutete mit dem Finger zwischen ihr und Luana hin und her.

»Vielleicht sollten wir alle nicht so viel sprechen, während wir hier mitten auf der Straße stehen«, zischte Aron.

Ilias nickte knapp. »Er hat recht. Da ich nicht weiß, wann mein Freund zurückkommt, sollten wir vielleicht ein Gasthaus aufsuchen.«

»Ein Gasthaus?«, wiederholte Kian. »Willst du, dass morgen das ganze Dorf darüber spricht, dass der Kronprinz sich hier aufhält?«

Ilias presste die Lippen fest aufeinander. »Vielleicht nicht die beste Idee.«

Aron wandte sich um und fing an zu seinem Pferd zurückzulaufen.

»Was soll das werden?«, fragte Kian hinter ihm.

»Wir bleiben die Nacht im Wald«, antwortete Aron, ohne sich umzudrehen.

Kapitel 21

Kaaya

Sie ließen die Pferde an einem Bach Wasser trinken und banden sie an, ehe sie ein kleines Lager aufschlugen. Ilias' ominöser Freund hatte ihnen die Tür auch weiterhin nicht geöffnet und so waren sie Aron gefolgt.

Da Luana noch immer nicht wusste, wie sie ihre Magie nutzen konnte, nahmen sie Äste und Steine zu Hilfe, um ein Lagerfeuer zu entzünden, das ein wenig Licht und Wärme spendete. Kian nutzte die Gelegenheit, um Luana aufzuziehen, und diese wurde wütend, während Aron die Streitigkeiten missmutig und stumm beobachtete. Kaaya glaubte nicht, dass er sich wegen Kians offensichtlicher Annäherungsversuche Sorgen machte. Vielleicht hätte der alte Aron sich gesorgt, aber der Aron, der sich neben die Leiche seines Vaters gesetzt und sie angesehen hatte, als wäre die Welt von nun an ein besserer Ort, der würde sich nicht sorgen.

Während sie alle um das Feuer saßen, schweifte ihr Blick zum Prinzen, der seinen Gedanken nachzuhängen schien. »Wann wollt Ihr uns erzählen, wo Arians Seele ist?«, fragte sie geradeheraus.

Kian und Luana verstummten und auch Aron sah jetzt zu Ilias.

»Was lässt Euch annehmen, ich wüsste es?« Er beobachtete noch immer die Flammen, statt Kaaya anzuschauen.

»Irgendetwas müsst Ihr ja wissen, wenn Ihr uns aus dem Verlies geholt habt. Wie geht es jetzt weiter?«

»Wir reiten zur Schmiede meines Vaters.«

Sie runzelte die Stirn. »Und was soll uns das sagen?« Sie schnaubte, als er nicht antwortete. »Wo ist mein Schwert?«

»Ihr stellt immer noch zu viele Fragen.«

Sie wollte etwas erwidern, da hob er endlich den Blick. Etwas Düsteres lag darin, das sie abrupt innehalten ließ.

»Was wir auch vorhaben«, mischte Luana sich ein, »ich muss früher oder später lernen, wie man hier Magie wirkt. Ich war bisher nie auf jemanden angewiesen, und das wird sich auch nicht ändern.«

»Darum kümmern wir uns morgen«, gab Ilias zurück. »Wir sind die halbe Nacht geritten und sollten erst einmal zu Kräften kommen. Es war ein harter Tag.« Den letzten Satz murmelte er leise vor sich hin, bevor er sich erhob und ohne weitere Worte im Wald verschwand.

Kaaya sah ihm nach, in ihr brodelte es. Die Zeit rannte ihnen davon, während Arians Körper immer schwächer wurde. Und nun saßen sie hier im Nirgendwo und sollten schlafen, statt nach seiner Seele zu suchen?

Verärgert griff sie sich eine der Decken und wickelte sie sich um den Körper. Solange sie ihr Schwert nicht hatte und Luana keine Magie, würden sie ohne die beiden Schattenelfen nicht weit kommen.

»Er ist einer von den Guten«, sagte Kian in die aufgekommene Stille. »Und das mit dem Verlies hat er nicht gern getan. Ich glaube …« Er zögerte. »Ich glaube, du erinnerst ihn an jemanden.«

Sie zog fragend die Augenbrauen zusammen, dachte über seine Worte nach, sagte aber nichts. Kian schien es ohnehin nicht weiter ausführen zu wollen.

»Ich lege mich hin.« Er deutete auf das Zelt, das er zusammen mit einigen anderen Dingen in einem der Dörfer auf der Durchreise erstanden hatte. »Da drin ist noch genug Platz für eine weitere Person. Oder zwei.« Er sah von ihr zu Luana, die ihm daraufhin gegen den Arm schlug.

»Lieber erfriere ich hier draußen.«

»Mistkerl«, murmelte Aron, als Kian sich laut lachend zurückzog. Er rollte eine weitere Decke aus und legte sie Luana um die Schultern, bevor er ihr einen Kuss auf den Scheitel hauchte. »Du erfrierst nicht.«

Kaaya wandte sich von ihnen ab und versuchte den Stich in ihrem Herzen zu ignorieren. Sie vermisste Arian. So sehr. Unauffällig wischte sie sich eine Träne aus dem Augenwinkel und rollte sich neben dem Feuer zusammen. Was sie auch tat, sie konnte nicht anders, als an ihn zu denken. An sein Gesicht, seine Stimme, sein Lachen. An die Art, wie er sie ansah … Vor allem beim Memoriana, nachdem er ihr die Rose gegeben hatte. Sie wünschte sich, dass sie die Blume behalten hätte. Dass sie jetzt irgendetwas bei sich hätte, das er berührt hatte. Ihr Herz begann zu flattern, als ihr der Ring einfiel. Mit tränenverschleiertem Blick betrachtete sie ihn, doch anstatt ihr Frieden zu schenken, tat er ihr weh. Erinnerte sie an all das, was sie nicht haben konnten. Also schloss Kaaya ihre Augen und ließ die Tränen laufen, bis sie keine mehr übrig hatte.

Sie war gerade dabei einzuschlafen, als sie eine leise Melodie wahrnahm. Es musste mitten in der Nacht sein, und einen Herzschlag lang dachte sie, sie würde bereits träumen. Aber als sie die Augen wieder öffnete, hörte sie es noch immer. Kaaya hob den Kopf und entdeckte die Silhouette eines Elfen, der abseits vom Lagerfeuer zwischen den Bäumen saß. Luana und Aron schienen bereits zu schlafen und auch Kians Schnarchen drang leise aus dem Zelt. Sie fixierte die Gestalt im Wald und kniff die Augen weiter zusammen. War das der Prinz? Er hielt etwas in der Hand und betrachtete es. Die Melodie schien von dort zu kommen. Neugierig richtete sie sich auf und näherte sich ihm. Sie hielt inne, als sie bemerkte, dass seine Schultern bebten. Unweigerlich beschleunigte sich ihr Atem. Er weinte. Und egal, wie wütend sie auf ihn war, sein Anblick bewegte sie.

»Ist das die Spieluhr, die auf Eurem Schreibtisch stand?«

Ilias fuhr zusammen und drehte hastig sein Gesicht von ihr weg. »Wieso schlaft Ihr nicht?«

Kaaya zuckte mit den Schultern, obwohl er es nicht sehen konnte. »Ich habe die Melodie gehört und bemerkt, dass Ihr allein hier sitzt. Soll ich wieder gehen?«

»Ja.«

»Es tut mir leid«, murmelte sie leise und wollte ihn in Ruhe lassen, aber ihre Füße gehorchten ihr nicht.

»Warum seid Ihr dann immer noch hier?« Seine Stimme hatte einen traurigen Klang angenommen.

»Die Melodie ist wirklich schön.«

»Ja.«

»Sie bedeutet Euch etwas, oder?«

Jetzt blickte er sie doch an. In seinen Augen, die unter dem Nachthimmel ebenso schwarz wirkten wie die Nacht selbst, stand Trauer. Nein, keine Trauer – Schmerz. Ein tiefer Schmerz, verborgen hinter einer undurchdringlichen Mauer und doch so offengelegt und klar. Warum war ihr das nicht schon zuvor aufgefallen?

»Ja«, wiederholte er ein weiteres Mal.

»Wer hat Euch die Spieluhr geschenkt?«

Er stieß langsam die Luft aus, ehe er tief einatmete. »Meine Seelengefährtin.« Dann klappte er die Spieluhr zu.

Die Resignation, mit der er den Deckel geschlossen hatte, und die Art, wie er das Wort ausgesprochen hatte, stellten Kaayas Nackenhaare auf. Er musste gar nicht mehr sagen. Seine Augen und seine Stimme verrieten ihr, dass seine Seelengefährtin nicht länger an seiner Seite war.

»Ich weiß, wie Ihr Euch fühlt«, wisperte sie nach einer Weile, die sich anfühlte wie eine Ewigkeit.

ILIAS

Er erwiderte nichts. Wie sollte er auch? Es mochte sein, dass sie wusste, wie sich Verlust anfühlte, doch sie konnte nicht erahnen, was es bedeutete, wenn die Seele tatsächlich zerriss. Wenn man einen Teil seines Herzens endgültig verlor und nie wieder zurückbekam.

Mühsam zwang er seine Gedanken wieder in die Gegenwart und beobachtete, wie Kaaya sich umdrehte und ging. Sie nahm ihre Decke und setzte sich an das Lagerfeuer. Es war unhöflich gewesen, dass er nichts mehr gesagt hatte, und irgendwie tat sie ihm leid. Er seufzte leise, ehe er sich erhob und die Erde von seiner Kleidung klopfte, um ihr hinterherzulaufen. Wortlos ließ er sich neben sie sinken.

»Wir finden die Seele deines Freundes«, sagte er irgendwann und meinte es auch so. Sein Vater hatte nicht das Recht, das Leben dieses Mädchens zu zerstören. Weder ihres noch das ihres Freundes oder der anderen Menschen, deren Existenzen er geraubt hatte.

»Danke«, flüsterte Kaaya. Er konnte fühlen, wie sehr sie sich das wünschte. »Aber er … er ist nicht mein Freund. Also, nicht auf *diese* Art und Weise.«

Als er ihr ins Gesicht sah, konnte Ilias im Licht der Flammen erkennen, dass ihre Wangen rosig wirkten. Unwillkürlich musste er schmunzeln. »Doch du wünschtest, es wäre auf *diese* Art und Weise, nicht wahr?« Das Rot in ihren Wangen wurde tiefer, und sie biss sich auf die Unterlippe, um dann mit den Schultern zu zucken.

»Ich habe dein Schwert mitgebracht«, sagte er und beobachtete, wie ihre Augen aufleuchteten. Er hatte sich schon gedacht, dass das Schwert ihr etwas bedeutete. Es wirkte alt und abgenutzt, und sie hätte sich sicher ein besseres zulegen können, sofern sie gewollt hätte.

»Vielleicht hast du ja doch einen guten Kern.«

So, wie sie ihn jetzt anblickte, war Ilias froh darum, es behalten zu haben, auch wenn es ihm vermutlich jedes Mal einen Stich versetzen würde, sie damit zu sehen.

KAAYA

Es war seltsam, aufzuwachen und noch immer in einen schwarzen Himmel zu blicken. Sie hatte ein paar Stunden schlafen können und auch die anderen wirkten erholt. Aron nahm gerade einen Schluck aus dem Wasserschlauch, und einige Meter weiter standen Luana und Kian und diskutierten, wie es schien.

Luana hatte die Arme vor der Brust verschränkt, während Kian seine weit ausgebreitet hatte und auf sie einredete.

»Er will ihr zeigen, wie man ohne Sonnenlicht auf seine Magie zugreifen kann«, sagte Aron, der den Wasserschlauch gerade in seinem Beutel verstaute.

»Oh«, machte sie und richtete sich auf, um sich ausgiebig zu strecken. »Aber das ist doch gut, oder?«

Aron zuckte mit den Schultern. »Wenn etwas daraus wird, dann sicher schon, ja.«

»Du solltest ihr das zutrauen, Aron.«

»Das tue ich. Ich weiß jedoch nicht, ob er ein geeigneter Lehrmeister ist.«

Sie blickten gleichzeitig zu den beiden und beobachteten, wie Kian wütend mit dem Fuß aufstampfte, was Luana mit einem theatralischen Gähnen quittierte.

»Ich verstehe, was du meinst«, sagte sie lachend und stand auf. »Wo ist Ilias?«

Auch Aron erhob sich und schaute umher. »Er wollte nach den Pferden sehen. Wann seid ihr beim *Du* angekommen?«, hakte er neugierig nach.

»Wie es scheint, werden wir noch ein wenig Zeit mit ihm verbringen müssen. *Prinz* erscheint mir irgendwie zu hochgestochen.«

»Redest du von mir?«

Ihr Herz machte einen Satz, als sie die Stimme plötzlich direkt an ihrem Ohr vernahm. Sie presste sich eine Hand auf die Brust und drehte sich um, doch da stand niemand. Zumindest nicht sofort – die Luft flirrte und gab Ilias schließlich preis. Sie wollte etwas sagen, aber die Worte blieben ihr im Hals stecken, als sie bemerkte, dass er wieder die Maske des kalten Prinzen aufgesetzt hatte. In seinem Blick lag keine Spur mehr von dem

Schmerz, von dem seine Augen gestern Nacht noch erzählt hatten.

Kaaya wollte gerade etwas erwidern, als ihre Aufmerksamkeit plötzlich von Ilias weggelenkt wurde, denn eine neue Lichtquelle erschien: eine Flamme. Direkt aus Luanas Hand.

Sie war nicht groß, aber sie genügte, dass alle mit gebannten Mienen beobachteten, wie sie in Luanas Handfläche glühte. Die Elfe krümmte die Finger und die Flamme wuchs noch ein Stück.

»Nicht so viel auf einmal«, murmelte Kian, dessen überraschter Gesichtsausdruck einem skeptischen wich.

»Ich hab … es unter … Kontrolle«, keuchte Luana mehr, als dass sie sprach. Kaum hatte sie den Satz beendet, fiel sie auf die Knie, die Handfläche weiterhin gen Himmel gestreckt. Krampfhaft versuchte sie die Magie aufrechtzuerhalten. Doch nur wenige Sekunden später erlosch die Flamme und hinterließ nichts als Dunkelheit. Bis auf Luanas schweres Atmen war nichts zu hören, ehe ein Schrei die Stille zerriss. Ein frustrierter, zornerfüllter Schrei, in dem Schmerz mitklang. Luana hatte die Stirn auf den Boden gepresst und schlug mit der Faust auf die Erde ein.

»Du hast dich verausgabt«, sagte Kian. »Das war ein guter Anfang!«

Erst als Aron sich neben sie fallen ließ und ihr sanft übers Haar strich, reagierte Luana. Ein resignierter Seufzer verließ ihren Mund, dann blickte sie zu Kian auf. »Noch mal.«

»Du zerstörst dich«, gab dieser zurück. »Ich habe dir doch erklärt, dass du deine eigene Lebensenergie anzapfst, wenn du –«

»Noch mal«, wiederholte Luana nur und stellte sich auf ihre wackligen Beine.

Aron wollte sie stützen, aber sie entzog sich ihm. »Was soll das bedeuten, ihre Lebensenergie anzapfen?«

Kian blickte Luana weiterhin eindringlich in die Augen, während er Aron antwortete. »Das soll heißen, dass sie stirbt, sollte sie mehr Magie wirken, als ihr Körper momentan verkraften kann.«

»Noch mal«, knurrte Luana, und Kaaya hätte schwören können, dass ihr Rauchschwaden aus Mund und Nase strömten. Sie sah aus wie ein zorniger Drache, der alles niederbrennen wollte.

Jetzt wandte sich Kian Aron zu, als ob er um Erlaubnis fragen wollte. Aron nickte. »Sie schafft das.«

Luana reckte Kian das Kinn entgegen, als wollte sie ihn herausfordern, und erst dann gab dieser nach. »Gut. Noch mal.«

LUANA

Sie schloss die Augen und lauschte ihrem stetigen Atem, ihrem rauschenden Blut. So wie Kian es ihr gezeigt hatte. Die eigene Essenz anzuzapfen fühlte sich ähnlich an, wie Blutmagie zu wirken.

»*Horche in dich hinein. Spüre die Kraft dieses reißenden Stroms. Das ist der Fluss des Lebens*«, hallten die Worte ihrer Mutter in ihrem Kopf wider.

»*Blut ist unser Lebenselixier, unsere Lebenskraft, die pulsierend durch unsere Adern fließt.*« Und genau jene Kraft musste sie nun zu greifen kriegen. Jene Kraft musste sie in Magie verwandeln – in Feuer. In knisterndes, heißes, loderndes Feuer.

Sie streckte die Arme von sich, drehte ihre Handflächen und auch ihr Gesicht hoch zum schwarzen Nachthimmel, der noch nie die Strahlen einer Sonne gesehen hatte. Sie spürte, wie die vertraute Hitze durch ihren Körper kroch und sich in ihren Händen sammelte, und erst als sie das Raunen der anderen hörte, öffnete sie ihre Augen.

Schwarzer Rauch umfloss sie wie ein Schutzmantel, während meterhohe Feuersäulen aus ihren Handflächen in den Himmel emporschossen. Wenn sie gedacht hatte, dass Sonnenlicht Macht bedeutete, dann hatte sie sich geirrt. Sie selbst bedeutete Macht.

KAAYA

Kaaya musste ihren vorigen Gedanken korrigieren. Luana war kein zorniger Drache, der nach Zerstörung gierte. Sie war eine Feuergöttin, die gekommen war, um alle Macht an sich zu reißen.

Die Flammen züngelten jetzt an ihren Armen entlang, während sich der schwarze Rauch, der sie umhüllte, immer weiter um sie herum ausbreitete, als wollte er alles verschlingen, was ihm in den Weg trat. Ihre Augen waren von derselben Farbe wie das Feuer, das sie beschwor – beide Augen.

»Das ist …«, hörte sie Aron hauchen.

»Unglaublich«, ergänzte Kian.

Luana trat einen Schritt vor, und Kaaya konnte beobachten, wie sie den Boden unter ihren Füßen versenkte. Die Grashalme gaben ein Zischen von sich, bevor sie zu Asche zerfielen. Es war in der Tat unglaublich. Sie hatten erst vor wenigen Stunden begonnen zu üben und Luana beherrschte diese neue Art der Magiewirkung beinahe wie eine Meisterin. Noch bevor Kaaya den Gedanken zu Ende gebracht hatte, sah sie, dass Luanas Knie beim nächsten Schritt wackelten. Das Feuer erlosch so schnell, wie es gekommen war, und die Elfe sackte erneut auf die Knie, diesmal jedoch leblos. Ihr Oberkörper kippte vornüber, und ehe jemand reagieren konnte, schlug ihr Kopf auf der Erde auf.

—

LUANA

Die warmen Sonnenstrahlen, die durch das Fenster fielen, weckten Luana sanft auf. Sie gähnte und streckte sich ausgiebig, und noch bevor sie ihre Augen öffnete, erfasste sie eine Gänsehaut am ganzen Körper. Sie erinnerte sich an die letzte Nacht und an alles, was sie getan und gefühlt hatten. Sie öffnete die Augen, musste ein paarmal blinzeln, weil die Sonne ihr direkt ins Gesicht schien. Dann entdeckte sie ihn neben sich. Seine markanten Gesichtszüge, die im Schlaf weich aussahen, wirkten so friedlich. Seine nackte Brust hob und senkte sich gleichmäßig. Beim Anblick seines gestählten Oberkörpers fuhr erneut ein warmer Schauer durch sie hindurch. Seine Hand lag neben seinem Kopf auf dem Kissen. Seine Hand, mit der er sie die ganze Nacht hatte Dinge spüren lassen, die sie nie zuvor gespürt hatte.

Sie rückte näher an ihn heran und drückte einen zarten Kuss auf seine Handfläche. Dann auf jede einzelne seiner Fingerspitzen. Als sein Finger verräterisch zuckte, blickte sie ihm ins Gesicht. Aron hatte die Lippen zu einem verschmitzten Grinsen verzogen, seine Augen waren jedoch weiterhin geschlossen. Auch Luana musste grinsen, was zu einem lauten Lachen aus-

artete, als er seine Lider plötzlich hob und sie näher an sich heranzog, um sich schließlich über sie zu beugen. Er lächelte immer noch, aber da war noch etwas anderes in seinem Blick. Verlangen? Zuneigung.

Er senkte seinen Kopf und küsste sie auf die Nasenspitze. Instinktiv kniff sie die Augen zusammen und kicherte.

»Hast du gut geschlafen?« Seine Stimme klang rau und verschlafen, und doch sorgte sie dafür, dass sich Schmetterlinge in ihrem Bauch ausbreiteten.

»Ja«, wisperte sie. Das Braun seiner Augen wirkte durch die Sonne wärmer als sonst. Sie erkannte goldene Sprenkel in ihnen und so viel Güte. Unmittelbar fing ihr Herz an schneller zu schlagen.

Dummes Herz, *dachte sie noch, bevor er all ihre Gedanken hinwegfegte, als er seine weichen Lippen auf ihre legte.*

—

KAAYA

»Wir verlieren sie«, keuchte Kian. Er hatte sich über Luanas leblosen Körper gebeugt und versuchte nun schon seit mehreren Minuten, Leben in sie zu hauchen.

»Das ist keine Option.« Das kam von Aron. Er saß auf dem Boden neben dem Körper seiner Gefährtin, sein Gesicht schmerzverzerrt. Seine Augen glänzten, doch sein Kiefer zuckte vor Anstrengung, die Tränen zu unterdrücken. Kaaya wusste, warum er sie zurückhielt. Wenn er jetzt weinte, wäre das ein Eingeständnis. Das Eingeständnis, dass sie Luana tatsächlich verloren.

Als Kian nichts weiter sagte, rammte Aron seine Faust in den Boden. »Tu endlich was!«, brüllte er ihn an.

»Er tut, was er kann«, kam es von Ilias, der neben ihnen auf und ab ging.

»Er hat sie doch schon mal gerettet!«

»Gift aus einem Körper zu ziehen ist etwas anderes, als Energie in ihn zurückzuführen«, erklärte Kian.

Sie hielt ihm zugute, dass er ruhig blieb, obwohl Aron ihm in den vergangenen Minuten die wüstesten Beschimpfungen an den Kopf geworfen hatte.

»Tu einfach was«, wiederholte Aron, diesmal deutlich verzweifelter. Und jetzt sah Kaaya auch, wie sich eine Träne aus seinem Augenwinkel befreite und die bleiche Wange hinabrollte.

LUANA

»Du tust, was du tun musst, und dann kommst du hierher zurück«, sagte sie langsam.

Luana sah sie ungläubig an. »Ich verstehe nicht.«

»Das heißt«, begann Elora, »dass du diesen Menschen vergisst, in den Schoß deiner Familie zurückkehrst und dich meinen Wünschen fügst, was deine Zukunft betrifft.«

Luana stolperte einen Schritt zurück, als hätte ihre Großmutter sie erneut geschlagen. »Das kannst du nicht von mir verlangen.«

»Dann verlange du nicht von mir, dass ich dich gehen lasse. Entweder du nimmst mein Angebot an, oder wir gehen jetzt vor den Hohen Rat und du bekommst deine Strafe für deine

Vergehen. Ich fürchte, du wirst eine ganze Weile nicht mehr zu deinem Menschenfreund zurückkehren können.«

Ihr Herz hämmerte, und das Blut rauschte so laut in ihren Ohren, dass sie sich nicht sicher war, ob sie ihre Großmutter richtig verstanden hatte.

»Was für ein Angebot?« Sie klang atemlos.

»Ich kenne jemanden, der sich deiner trotz deines Verrats annehmen würde.« In ihrem Kopf rasten die Gedanken durcheinander, und als sie nicht antwortete, fuhr Elora fort: »Die Norwinds bekleiden hohe Ränge in der Zitadelle. Wie du weißt, sitzen zwei der Brüder in meinem Rat und verbinden sich bald mit ihren Seelengefährtinnen. Ihr Vater hat mir im Vertrauen erzählt, dass er sich für sich selbst ebenfalls eine Gefährtin wünscht, seit seine Frau gestorben ist.«

»Was hat das mit mir zu tun?«, flüsterte Luana, aber im Grunde hatte sie ganz genau verstanden, worauf ihre Großmutter hinauswollte.

»Du gehst zurück nach Redon, rettest deinen Menschenfreund und anschließend kommst du hierher zurück und bezahlst den Preis für sein Leben.«

»Ich muss mich mit Nael Norwind verbinden, wenn ich Aron retten will?«

»Richtig.«

»Ist das Euer letztes Wort, Hohe Lady? Als meine Großmutter?« Ihre Stimme bebte.

»Das ist mein letztes Wort.«

»Dann willige ich ein.«

Kapitel 22

Aron

Ein Schluchzer drang tief aus Arons Kehle. Vor ihm lag seine Gefährtin und mit jeder verstreichenden Minute schien sie kälter und durchscheinender zu werden. Doch er wollte nicht aufgeben. Er konnte nicht. Das konnte nicht das Ende sein. Das konnte nicht *ihr* Ende sein. Qualvoll hob er seinen Blick in Richtung Himmel und dann schrie er. Schrie seinen Schmerz hinaus, seine Verzweiflung, seine Wut darüber, dass er unfähig war, ihr zu helfen. Weil er ein Mensch war. Ein einfacher, schwacher, unbedeutender Mensch. Und sie hatte ihn ausgewählt. Sie war in ihr Verderben gerannt.

Er senkte seinen Kopf hinab in Luanas Halsbeuge und blendete die beiden Schattenelfen und Kaaya aus, die auch nicht in der Lage schienen, Luana zu helfen. Sein Körper wurde von Schluchzern geschüttelt, als er ungehemmt weinte und weinte und weinte. Sie wachte nicht auf. Sie lag da und wachte nicht mehr auf.

»Bleib bei mir«, krächzte er immer wieder und wiegte ihren Körper auf seinem Schoß.

»Unmöglich«, hörte er Kian irgendwann neben sich murmeln. Er klang überrascht, aber Aron hatte keine Kraft, ihm

Aufmerksamkeit zu schenken. Jede Träne, die seinen Körper verließ, nahm einen Teil seiner Seele mit sich.

Und dann spürte er es. Da, wo es in seiner Brust die ganze Zeit über geschmerzt hatte, breitete sich ein wärmendes Gefühl aus. Aron hob seinen Kopf, und durch seinen verschleierten Blick erkannte er, dass er leuchtete.

»Was geschieht mit mir?« Er tastete seinen Oberkörper ab und sah aus tränenverschleierten Augen zu den Schattenelfen.

Kian hatte die Augenbrauen hochgezogen und wollte gerade etwas sagen, als auch aus Luanas Brust ein heller Lichtschein drang.

»Unmöglich«, wiederholte Kian. Doch er musste nichts weiter erklären.

Aron konnte fühlen, was geschah. Er fühlte, wie sich seine Seele streckte und nach Luanas tastete. Der Moment, als die Seelen aufeinandertrafen, löste eine Explosion in ihm aus. Er empfand pure Glückseligkeit und spürte, wie seine Seele heilte. Wie Luanas Seele heilte. Wie die Seelen verschmolzen und eine Einheit bildeten. Sein Herz schlug immer schneller, und das Blut, das durch seine Adern floss, kribbelte im ganzen Körper.

»Ein Seelenbund«, wisperte Ilias an Kaayas Seite und diese schlug sich die Hand vor den Mund.

»Aber wie …?« Sie führte den Satz nicht zu Ende. Oder Aron hörte nicht, wie der Satz weiterging. Stattdessen beobachtete er, wie Luanas Wangen wieder rosig wurden.

»Sie heilt«, sagte Kian. »Sie heilt sich selbst.«

»Wie ist das möglich?«, fragte Kaaya. »Ich dachte, sie muss bei Kräften sein, um Magie zu wirken.«

»Das ist der Seelenbund«, antwortete Ilias ihr. »Er verstärkt die Magie einer Seele. Manchmal kommt es auch vor, dass die Seelengefährten bei der Verschmelzung eine magische Affinität des anderen erhalten. Da Aron jedoch keine Affinität hat, scheint seine Seele ihre Magie weiter anzutreiben.«

Bei diesen Worten hämmerte sein Herz immer schneller. Er konnte spüren, dass das stimmte. Er konnte ihr Licht spüren. Luana war da, hatte ihn nicht verlassen. Tränen der Erleichterung stiegen in ihm auf, noch bevor sie ihre Augen aufschlug.

KAAYA

Luana blinzelte mehrere Male, als würde sie aus einem Traum erwachen und erkennen, dass sie in die Realität zurückgekehrt war. Sie sah an sich hinab und im nächsten Moment fand ihr Blick ihren Gefährten, der noch immer neben ihr kniete.

Ihren *Seelengefährten.*

Das Erste, was sie tat, war, Aron die Arme um den Hals zu schlingen. »Es tut mir so leid«, wisperte sie. »Ich habe mich verschätzt, und ich wollte nicht, dass –«

Aron brachte sie mit einem Kuss zum Schweigen und schloss seine Arme fest um ihre Taille, um sie enger an sich zu ziehen. Kaaya schaute weg, um den beiden zumindest ein wenig Privatsphäre zuzugestehen. Dies war vielleicht einer der intimsten Momente, die zwei Lebewesen miteinander teilen konnten. Ihre Freunde waren tatsächlich einen Seelenbund eingegangen. Sie kam nicht umhin zu lächeln und wischte sich die letzten Tränen aus den Augen.

»Ich habe so etwas noch nie erlebt«, sagte Ilias dicht neben ihr. »Dass eine Elfe und ein Mensch … Von so etwas habe ich nie gehört.«

Unwillkürlich schoss ihr die Frage durch den Kopf, was seine Seelengefährtin wohl für ein Geschöpf gewesen sein musste. Eine Elfe, natürlich, aber … wie sie wohl ausgesehen haben musste? Was sie für eine Persönlichkeit gehabt hatte? Kaaya konnte nicht so recht einschätzen, was sie von Ilias halten sollte, doch wenn er in der Lage war, so zu lieben, wie Aron und Luana es taten, musste er ein großes Herz haben. Und vielleicht hieß das ja, dass sie ihm vertrauen konnte. Dass sie Arian retten würden. Gab es denn eine andere Option? Nein. Nein, darüber würde sie jetzt nicht nachdenken. Erst musste Luana lernen, ihre Magie richtig zu nutzen, dann konnten sie zur Schmiede aufbrechen.

Doch erst einmal brauchte die Elfe Erholung und so setzten sich alle zusammen ans Lagerfeuer. Ilias nutzte den Moment der Ruhe und erzählte ihnen endlich, was er wusste. Aber viel war es nicht. Er hatte nicht die leiseste Vermutung, was genau sie in der Schmiede vorfinden würden. Sicher war nur, dass sein Vater viel Zeit dort verbrachte. Sehr viel Zeit. Außerdem hatte er verdammt wütend ausgesehen, als Ilias gedroht hatte, dem Ort einen Besuch abzustatten.

»Und du weißt nicht, wozu er die Seelen stiehlt?«, fragte Kaaya mit einem flauen Gefühl im Magen.

»Nein. Ich … ich denke aber, dass er irgendetwas plant, um nach Eseria zurückzukehren. Für immer.«

Sie sog scharf die Luft ein. »Das könnte für Unruhen sorgen. Der Hohe Rat wäre damit sicher nicht einverstanden.«

»Mein Vater ist kein Mann, der sich einem Rat unterordnet. Wenn er wirklich plant, nach Eseria zu gehen, dann würde er dafür sorgen, dass er es ist, der herrscht.« Er stieß geräuschvoll die Luft aus. »Ich kann euch nicht sagen, welche Rolle die Seele eures Freundes bei der Sache spielt, aber ich bin sicher, wir alle werden dort Antworten auf unsere Fragen bekommen.«

Eine Gänsehaut breitete sich auf Kaayas Armen aus.

»Und die Schmiede wird von Umbren beschützt?«, hakte Aron nach. Ilias hatte ihnen erzählt, dass sein erster Besuch bei der Schmiede vor Jahren beinahe tödlich geendet hatte, nachdem er auf ein Umbren-Nest in der Nähe gestoßen war.

»Was genau sind eigentlich diese Umbren?«, fragte Kaaya.

Ilias' Haltung verkrampfte sich. »So etwas wie Schattendämonen. Wir wissen nicht, ob sie bereits vor uns hier waren oder ob sie sich parallel zu uns entwickelt haben. Wir kennen ihren Ursprung nicht.«

»Und sie leben in den Wäldern?« Instinktiv sah sie sich um, doch sie waren allein, soweit sie in der Dunkelheit erkennen konnte.

»Ja«, gab Ilias zurück. »Normalerweise bleiben sie auch dort. Aber in letzter Zeit wurden sie öfter in den Städten gesichtet.«

Aron stutzte. »Greifen sie euch an?«

Ilias zögerte kurz, dann nickte er. »Das kommt vor. Sie ernähren sich von Blut.« Kaaya tauschte einen besorgten Blick mit Aron. »Keine Sorge, wir sind gut aufgestellt. Sobald Luana lernt, ihre Magie richtig zu nutzen, sollten wir den Umbren überlegen sein. Feuer ist ihre größte Schwäche, außerdem lassen sie sich von ihren Instinkten leiten, während wir uns unsere Schritte genaustens überlegen und strategisch handeln können.«

»Wie viele Umbren leben in so einem Nest?«

»So genau weiß ich das nicht mehr.« Ilias schaute zu Boden. Er hatte sich nicht verteidigen können, und das schien ihm unangenehm zu sein. Dabei konnte er vermutlich froh sein, überhaupt überlebt zu haben. Kaaya wollte sich nicht vorstellen, wie es wäre, von einem Pack blutrünstiger Schattendämonen angefallen zu werden. Ganz allein. »Über ein Dutzend. Aber damals hatte ich niemanden bei mir. Heute schon.« Als er den Blick wieder hob, fand er ihren. Er war so intensiv, dass sie wegschauen musste, um nicht zu erröten. Sie hasste es, dass er so unverschämt gut aussah.

Als sie noch mal vorsichtig zu ihm rüberguckte, konnte sie gerade noch die Reste eines Grinsens auf seinem Gesicht erhaschen und wäre am liebsten im Erdboden versunken.

—

Die nächsten Tage verbrachten sie weiterhin im Wald. Luana hatte sich erstaunlich schnell von ihrer Verletzung erholt und konzentrierte sich ganz auf den Umgang mit der neuen Magie. Langsam, aber sicher machte sie Fortschritte, doch der Elfe ging es nicht schnell genug.

Kaaya konnte die Frustration ihrer Freundin sehr gut nachvollziehen, denn mit jedem weiteren Tag, der verging, wuchs die Sorge, dass Pertheas selbst zu seiner Schmiede aufbrechen würde, um nach dem Rechten zu sehen, schließlich hatte Ilias ihn vorgewarnt. Vielleicht war es aber auch klug, dass sie zunächst abwarteten. So würde Pertheas nichts Ungewöhnliches bemerken und zum Palast zurückkehren. Die Jagd würde sie noch einige Tage decken, und dann mussten sie ihren Weg fortsetzen.

Kaaya nutzte die Zeit, die sie hier festsaßen, um sich ebenfalls auf einen möglichen Kampf vorzubereiten. Während Aron seine Wurftechnik übte, indem er seine Dolche in Baumstämmen versenkte, kämpfte sie gegen die Luft. Immer wieder wirbelte sie Stahlschwinge umher, drehte und duckte sich. Zumindest bis zu dem Moment, in dem ihr imaginärer Gegner einen Laut von sich gab. Die Luft flirrte und gab Ilias preis, der sich den linken

Oberarm hielt und sie aus dunklen Augen anstarrte. Blut quoll zwischen seinen Fingern hervor.

»Hasst du mich so sehr?«

»Wenn ich dich hassen würde, hätte ich besser gezielt.« Sie grinste, senkte die Mundwinkel aber, als er einfach an ihr vorbei zum Lager lief, ohne etwas zu erwidern. »Was hast du da überhaupt zu suchen gehabt?«, rief sie ihm hinterher. »Du siehst doch, dass ich mit meinem Schwert übe!« Wieder keine Antwort. Ilias verschwand im Zelt und sie stieß einen frustrierten Seufzer aus. »Wütend kämpft es sich sowieso besser«, murmelte sie, bevor sie Stahlschwinge erneut hob und weitermachte, bis sich das Gewicht der Klinge langsam bemerkbar machte.

Erschöpft ließ sie sich auf den kühlen Rasen fallen. Sie genoss die Aussicht auf den funkelnden Sternenhimmel, bis sich eine Gestalt über ihr abzeichnete.

»Ich will eine Revanche.«

Sie runzelte die Stirn. »Ilias?«

»Steh auf«, meinte er nur und trat einige Schritte zurück.

Kaaya richtete sich auf. »Was denn für eine Revanche? Ich habe dich nicht absichtlich verletzt!« Ihr Blick glitt zu seinem Arm, er hatte sich einen Verband um den Schnitt gewickelt. »Außerdem bist du nicht bewaffnet.«

»Oh, ich bin bewaffnet«, sagte er leise und in jenem Moment kam Wind auf.

»Na schön«, murmelte sie und erhob sich mit Stahlschwinge in der Hand. Sie umklammerte den Griff des schweren Schwerts mit beiden Händen und beugte sich leicht vor.

»Du zuerst. Ich werde mich nicht verteidigen.«

Kaum hatte er seinen Satz beendet, holte sie aus und griff an. Ilias entkam ihrem Schlag mit Leichtigkeit, doch sie ließ sich nicht aus der Ruhe bringen. Ihr nächster Hieb kam schneller und der darauf noch schneller. Das Grinsen auf Ilias' Lippen wirkte inzwischen angestrengt, was sie weiter anstachelte. Er streckte seine Hand aus und im nächsten Moment kam ein dicker Ast herbeigeflogen. Kaaya konnte ihm nur ausweichen, weil sie ihn rechtzeitig kommen sah. Ilias griff danach und parierte ihren nächsten Angriff mit ihm. Ein überraschtes Keuchen entfuhr ihm, als der Ast bei ihrer nächsten Attacke entzweibrach. Kaaya hob die Klinge, um Ilias seine Spitze an die Kehle zu halten, da schnippte er mit den Fingern und das Schwert flog ihr aus den Händen – wie bei ihrer ersten Begegnung vor einigen Tagen.

»Das war ungerecht!«, rief sie aufgebracht.

»Ich habe einen Ruf zu verlieren.« Er klang atemlos und seine Brust hob und senkte sich schwer.

Sie wollte ihm gerade einen bösen Blick zuwerfen, als sie merkte, dass er lächelte. Das tat er sonst nie. Hastig drehte sie sich um, um ihr Schwert aufzuheben, aber da kam es ihr schon entgegengeschwebt.

»Gern geschehen«, ließ sich Illias hinter ihr vernehmen.

Doch jetzt war sie es, die ihn einfach stehen ließ, um zum Lager zurückzukehren.

Bevor sie es erreichte, zog etwas anderes ihre Aufmerksamkeit auf sich. Abrupt hielt sie inne und beobachtete Luana, die Feuerringe durch die Luft schweben ließ. Kian hatte ihnen erklärt, dass sie nicht nur ihre eigene Energie anzapfen konnte. Sie konnte jede Seele nutzen, die sich in ihrer unmittelbaren Umgebung befand – zumindest wenn diese auch einverstanden damit war. Nachdem Ilias sich als Versuchskaninchen angeboten hatte, hatte Luana es tatsächlich geschafft, auf seine Essenz zuzugreifen. Der Prinz hatte angestrengt ausgesehen, als sie seine Energie benutzt hatte, aber er hatte keinen Laut von sich gegeben. Kaaya rechnete ihm das immer noch hoch an, denn sie hatte das Gefühl gehabt, die Schmerzen beinahe selbst zu spüren, als Luanas Magie angewachsen war. Sie hatte ihre Flammen beschwören können, ohne sich selbst zu schwächen.

Doch Luana hatte das Experiment schließlich abgebrochen, bevor Ilias zusammenbrach. Es war ihm zuzutrauen, dass er sich lieber vollends aussaugen ließ, als zuzugeben, dass er nicht mehr konnte. Blutmagie anzuwenden hatte Luana sich danach nicht getraut, aus Angst, sie könnte wieder die Kontrolle verlieren. Auf dem Weg in den Erlenwald hatte sie ihnen erzählt, dass sie auf Erloven beinahe ihre Mutter getötet hatte – eine der stärksten Magierinnen Eserias. In Luanas Adern schlummerte Macht. Unberechenbare, reine Macht. Kaaya war froh, sie auf ihrer Seite zu wissen. Sie als eine Verbündete bezeichnen zu können, als eine Freundin. Bisher hatte sie nicht viele Freunde gehabt. Lächelnd zog sie sich ins Zelt zurück, und weil sie noch so erschöpft von dem Übungskampf mit Ilias war, schlief sie diesmal schnell ein.

Am nächsten Morgen trat Kian nach einer weiteren Übungsrunde zu ihr, Aron und Ilias ans Lagerfeuer. »Luana ist so weit«, sagte er, als er sich auf den Boden fallen ließ. Kaaya stellte mit Erschrecken fest, dass die Haut an seinem linken Arm fast bis auf die Knochen abgebrannt war.

»Das muss wehtun.« Aron beäugte den Arm mit einer gewissen Genugtuung im Blick, auch seine Stimme klang nicht wirklich so, als ob er Mitleid mit dem Elfen hätte.

Kian grinste. »Ich habe schon weitaus Schlimmeres überlebt.« Dann hob er die Hand seines gesunden Arms und hielt sie über die offene Wunde. Er murmelte ein paar Worte, und Schatten traten aus seiner Handfläche, die sich um die Verletzung legten und schließlich in sie eindrangen. Das verbrannte Fleisch regenerierte sich. »Wie neu.«

»Wieso ist deine Blutmagie eigentlich schwarz?«, wollte Kaaya wissen. Die Frage beschäftigte sie, seit Kian Luana in der Höhle geheilt hatte.

»Weil es keine reine Blutmagie ist, die ich wirke.« Er hob die Hand und eine Sekunde später war sie in schwarze Schatten gehüllt.

»Schattenmagie«, schloss sie, ohne dass er es erklären musste.

»Das kann jeder von uns«, ergänzte Ilias und kurz darauf schwirrten die schwarzen Schatten um seine Gestalt. Kaaya zuckte zurück, aber er blieb unbeeindruckt. »Keine Sorge, sie tun dir nichts. Solange ich es nicht will.«

Sie funkelte ihn böse an.

»Kann ich das auch lernen?« Luana hatte sich inzwischen zu ihnen gesetzt und sah interessiert zwischen Kian und Ilias hin und her.

»Wenn du deine Seele oft genug anzapfst, bis nichts als Finsternis in dir übrig bleibt«, gab Kian schulterzuckend zurück.

»Das meinst du nicht ernst.« Sie hatte eine Augenbraue hochgezogen und Kian schmunzelte.

»Wer weiß. Wäre sowieso zu schade um dein Licht. Es strahlt sehr hell.«

Kaaya beobachtete, wie Luana den Mund öffnete und schloss. Es passierte äußerst selten, dass sie sprachlos war.

»Genug geplaudert.« Aron erhob sich und reichte Luana seine Hand. »Ich denke, wir sollten endlich aufbrechen.«

Luana ließ sich hochziehen, und als sie ihren Seelengefährten anblickte, konnte Kaaya ihre Augen noch mehr glänzen sehen als sonst. Sie hätte nicht gedacht, dass das irgendwie möglich sein würde, doch seit ihrem Seelenbund wirkten die beiden im Umgang miteinander noch vertrauter. Ein Lächeln trat auf ihre Lippen, als sie ihre Freunde beobachtete.

»Ein Seelenbund ist etwas Magisches«, hörte sie Ilias' Stimme neben sich.

Sie fuhr zu ihm herum, aber er war schon wieder weitergelaufen. Stirnrunzelnd stand sie ebenfalls auf und gemeinsam mit den anderen folgten sie dem Prinzen zu den Pferden.

Kapitel 23

Kaaya

Bevor sie das Tal erreichten, in dem sich Pertheas' Schmiede befand, mussten sie durch die Berge. Ihre Pferde stellten sich zum Glück als sehr widerstandsfähig und gehorsam heraus. Sie trugen ihre Reiter mit einer Engelsgeduld durch Wälder und Täler und nun hoffentlich durch das Gebirge, das sich weitläufig vor ihnen erstreckte. Es war erstaunlich, dass ihnen die Dunkelheit nichts ausmachte und sie Stock und Stein problemlos auswichen. Die karge Berglandschaft blieb düster, egal wie viele Kilometer sie hinter sich legten.

Kaaya schweifte gedanklich immer wieder ab und auch die anderen sprachen nicht viel. Luana blickte ständig umher, doch Kaaya konnte den Ausdruck auf ihrem Gesicht nicht so recht deuten. Sie wirkte neugierig, fasziniert und gleichzeitig bedrückt. Ob sie sich mitverantwortlich dafür fühlte, dass Elfen wie Ilias oder Kian hier in der ewigen Finsternis leben mussten? Elfen, die nichts getan hatten, außer geboren zu werden? Umso länger sie darüber nachdachte, desto trauriger machte sie das. Weil sie genau wusste, wie es sich anfühlte, sich nirgendwo zu Hause zu fühlen …

»Was hast du?« Verwundert blickte sie zu Ilias, der zu ihr

aufgeschlossen hatte und sie musterte. Ein undeutbarer Ausdruck glitt über sein Gesicht.

»Lebst du gerne hier?«

Falls ihn die Frage überrumpelte, ließ er es sich nicht anmerken. »Ich habe ja keine andere Wahl.«

»Die hättest du, wenn du dich deinem Vater anschließen würdest, statt gegen ihn zu arbeiten.« Hastig drehte sie sich von ihm weg, damit er nicht merkte, wie nervös sie dieser Gedanke machte. Sie brauchte ihn. Sie brauchte ihn auf ihrer Seite, wenn sie Arian retten wollte.

»Ich werde nirgendwohin gehen, wo man mich nicht haben möchte.«

Als sich jetzt ein leises Lächeln auf ihre Lippen stahl, war sie froh darum, dass er sie nicht sehen konnte.

Sie setzte gerade dazu an, etwas zu erwidern, als plötzlich etwas auf den Weg vor ihr sprang. Die Pferde wieherten panisch und versuchten auszubrechen. Nur mit Mühe gelang es Kaaya, ihr Tier wieder zu beruhigen, doch als sie sah, was sich da genau vor ihnen befand, hätte sie am liebsten selbst die Flucht ergriffen.

Groß und schwarz baute sich das Wesen vor ihr auf, das Gesicht zu einer Fratze verzerrt. Die Schlitze, die seine Augen waren, glühten blutrot. Schwarzer Rauch waberte schattengleich um die Gestalt, die vage an einen Menschen erinnerte. Mit seiner gebeugten Haltung schien es sich für einen Angriff bereit zu machen.

»Umbren!«, rief Ilias neben ihr. Und obwohl er ihr erst vor wenigen Tagen von den Schattendämonen erzählt hatte, brachte es sie aus der Fassung, sie hier und jetzt mit eigenen Augen zu sehen. Sie konnte sich nicht rühren.

Ilias sprang zwischen sie und den Umbren und beschwor einen so heftigen Luftstoß herauf, dass das Wesen in weite Ferne geschleudert wurde.

»Bist du in Ordnung?«, fragte er atemlos.

»J-ja, mir geht es gut. Danke.« Sie schwang sich ebenfalls von ihrem Pferd und zog ihr Schwert, denn der Umbren war nicht allein gekommen.

»Nicht dafür«, erwiderte Ilias knapp.

»Sie sind überall!«, rief Luana und riss ihre Aufmerksamkeit von Ilias weg.

Entsetzt beobachtete Kaaya, wie die Umbren aus den Schatten traten und auf sie zurasten.

»Es sind mindestens ein Dutzend!«, kam es von Aron, der schon von seinem Pferd gestiegen war und nach seinen Dolchen griff.

Auch Luana ließ sich elegant vom Rücken ihrer Stute gleiten, in ihren Händen wuchsen Funken zu Feuerbällen heran. »Dann sollen sie doch kommen!« Angriffslust spiegelte sich in ihren perfekten Zügen wider, als die Feuerbälle größer wurden.

Kian schloss ebenfalls zu ihnen auf, seine Hände in Schatten gehüllt. Da er ein Heiler war, konnte er nicht allzu viel Schaden anrichten, hatte er erklärt, aber seine Gegner mithilfe seiner Magie lähmen oder anderweitig außer Gefecht setzen.

Und obwohl sie sich bis vor ein paar Tagen noch fremd gewesen waren, standen sie nun Rücken an Rücken, bereit, ein paar Dämonen endgültig in den ewigen Tod zu schicken. Luana machte den Anfang, als drei der Umbren nah genug herangekommen waren: Sie schleuderte einen der Feuerbälle direkt in ihre Mitte. Das Feuer breitete sich innerhalb von Sekunden aus und verbrannte alle drei Umbren zu Asche, während ihren Kehlen schmerzerfüllte Laute entwichen.

»Traut euch!«, brüllte Luana den Dämonen entgegen und

ließ einen weiteren Ball aus Feuer in ihrer Handfläche erscheinen. Diesmal schleuderte sie beide Flammenkugeln gleichzeitig los und löschte weitere Umbren aus.

»Luana, verausgabe dich nicht«, murmelte Kian, was die Elfe mit einem verwegenen Grinsen quittierte, ehe die nächsten Flammen sich um ihre Finger wanden.

Bevor Luana jedoch einen weiteren Feuerball beschwören konnte, machte Kaaya einen Schritt in Richtung eines Umbren und griff das Wesen mit ihrem Schwert an.

Der Dämon sah den Schlag kommen und griff mit beiden Händen nach der Schneide. Als die Klinge sich in sein Fleisch bohrte, trat schwarze Flüssigkeit aus. Dann strömte dieselbe dunkle Masse aus seiner Stirn, in der nun ein Dolch steckte. Aron war in Sekundenschnelle bei ihr und zog seinen Dolch aus dem Schädel des Umbren, als dieser leblos zu Boden sackte. Dankend nickte sie ihrem Freund zu und schaute sich prüfend um.

Obwohl sie noch immer in der Unterzahl waren, standen ihre Chancen gut. Luana hatte die Hälfte der Gegner zu Asche verwandelt und Kian hielt zwei von ihnen mit seiner Blutmagie in Schach. Die Dämonen knieten auf dem Boden und hielten sich die Köpfe, als würde er ihnen mentale Schmerzen zufügen.

Aron duckte sich gerade unter einem Schlag hindurch und trieb seinem Angreifer einen Dolch mitten ins Herz. Kaaya stieß ihre Klinge einem weiteren Umbren in den Rücken, der sich im selben Moment auf Ilias zubewegte.

»Jetzt sind wir quitt«, krächzte sie und wischte sich das schwarze Blut ihres Gegners mit einer Handbewegung aus dem Gesicht.

Ilias wollte gerade etwas erwidern, als Luana erstickt aufschrie. Einer der Dämonen hatte sie zu Boden gedrückt und seine Zähne in ihrer Halsbeuge vergraben.

Mit einem lauten Keuchen wirbelte Kian herum und lähmte Luanas Angreifer. Dafür gab er einen der Umbren frei, die er zuvor in Schach gehalten hatte. Dieser stürzte sich nun auf seine Kehle. Ilias streckte seine Hand aus und fegte den Umbren fort, der sich in der Luft mehrmals um die eigene Achse drehte, bevor er krachend zu Boden stürzte.

Kaaya hatte sich von dem Anblick noch nicht ganz gelöst, da konnte sie aus dem Augenwinkel erkennen, dass Kians Hals blutete. Eilig blickte sie zurück zu Luana. Ihr Angreifer war noch immer durch seine Magie gelähmt. Der Schattenelf hielt ihn weiter im Griff, sein Gesicht schmerzverzerrt.

Luana erholte sich schnell und drückte dem Dämon eine brennende Hand ins Gesicht. Seine roten Augen weiteten sich und sein Mund öffnete sich zu einem stummen Schrei, als sein Schädel verglühte. Aron trat an ihre Seite und beugte sich zu ihr.

Unterdessen sank Kian ebenfalls zu Boden. Der letzte Dämon schien von seinem Schmerz befreit und richtete sich auf, sein Blick auf Kians Kehle gerichtet, aus der weiterhin Blut strömte. Noch bevor der Umbren sich auf ihn stürzen konnte, griff Kaaya an. Sie hob ihr Schwert und ließ es auf den Kopf des Dämons hinabschnellen, um seinen Schädel in zwei Hälften zu spalten. Kian kroch auf allen vieren fort, ehe der tote Körper ihn unter sich begraben konnte.

»Geht es dir gut?«, fragte sie ihn. Er nickte nur und hielt sich weiter die Kehle. Blut klebte daran, aber die Wunde war inzwischen durch seine Magie verschlossen, soweit sie erkennen konnte.

Ilias reichte seinem Freund die Hand und half ihm auf die Beine.

»Das waren alle, oder?«, hakte Aron nach.

Ilias nickte. »Ich denke schon.«

»Dieses scheußliche schwarze Blut lässt sich nicht entfernen«, sagte Luana, die mit einem Stück Stoff immer wieder über dieselbe Stelle an Arons Hals rieb.

»Etwas weiter runter ist ein See«, warf Kian ein. »Dort können wir uns waschen.«

»Wir haben keine Zeit dafür.«

»Die müssen wir uns aber wohl oder übel nehmen«, erwiderte Ilias. »Kian und du wurdet verletzt und euer Blut kann man vermutlich meilenweit gegen den Wind riechen. Das wird noch mehr Umbren anlocken.«

»Das klingt vernünftig«, kam es von Aron. »Einen weiteren Angriff können wir sicher nicht so souverän abwehren. Luana ist ohnehin schon geschwächt.«

Kaaya entging nicht, wie Luana bei dieser Bemerkung zusammenzuckte. Auch wenn sie nicht über ihr Auge sprach, wusste Kaaya, dass es sie belastete. Nicht nur ihre Sicht war dadurch eingeschränkt. Es hatte Luanas Selbstbewusstsein einen gewaltigen Stich versetzt.

»Luana hat die meisten Umbren vernichtet«, erklärte sie. »Aber ihr habt recht, wir sollten uns nicht unnötig weiterer Gefahr aussetzen.«

Die anderen stimmten zu, bevor sie zunächst ihre Pferde beruhigten und sie dann anbanden. Danach liefen die fünf schweigend den Hang zum See hinunter, Aron und Luana Hand in Hand, Kaaya dicht neben ihnen. Ilias und Kian bildeten die Spitze der Truppe, schließlich kannten sie sich hier als Einzige aus.

Kaayas Augen hatten sich inzwischen zwar an die Dunkelheit gewöhnt, doch sie war so tief in Gedanken versunken, dass sie das kleine Loch, das sich vor ihr auf dem Weg auftat, zu spät bemerkte. Ihr Fuß blieb hängen, und sie sah sich schon auf dem

Boden liegen, als Ilias sie im letzten Moment auffing. Seine Berührung kam unerwartet und jagte einen Schauer durch ihren Körper.

»Wird das jetzt zur Gewohnheit?«

»Was?«, fragte sie außer Atem. Ihr Herz klopfte wie wild.

»Dass ich dich retten muss.«

Ilias' Stimme war nur ein leiser Hauch an ihrem Ohr, und doch sorgte sie dafür, dass sich eine Gänsehaut auf ihrem Körper ausbreitete. »Musst du nicht«, gab sie trotzig zurück und löste sich von ihm. »Mir wäre schon nichts passiert.«

Irrte sie sich, oder lag da ein amüsiertes Funkeln in seinen Augen, als er sich wortlos umdrehte und weiterlief?

Luana warf ihr einen Seitenblick zu. »Geht es dir gut?«

Kaaya nickte nur und konzentrierte sich auf den See, den sie kurze Zeit später erreichten. Unter dem Licht des Mondes wirkte er pechschwarz.

»Danke wegen … vorhin«, sagte Luana, als sie sich schließlich in eine Ecke des Sees zurückgezogen hatten.

Aron, Kian und Ilias standen einige Meter entfernt am Ufer. Hastig wandte Kaaya den Blick wieder ab, als Ilias begann sein Hemd aufzuknöpfen. Er hätte sie nicht auffangen müssen. Sie wollte ihm nichts schuldig sein. Wieso hatte er sie nicht einfach hinfallen lassen?

»Wofür?«, fragte sie, als ihr einfiel, dass Luana etwas gesagt hatte. Sie musste sich räuspern, weil ihre Stimme nur als Krächzen über ihre Lippen kam.

Luana zuckte niedergeschlagen mit den Achseln, was kleine Wellen auf der glatten Oberfläche des Sees verursachte. »Dass du an mich glaubst, trotz … na ja, der Sache mit meinem Auge.«

Sie sah Luana direkt ins Gesicht. »Ich wüsste keinen Grund, nicht an dich zu glauben.«

Luana drehte sich weg. »Aron tut es nicht mehr. An mich glauben, meine ich.«

»Doch, das tut er, Lu!« Kaaya griff im Wasser nach Luanas Hand und drückte sie sanft. »Er sorgt sich nur um dich.«

Erneut zuckte Luana mit den Schultern. »Ja, vielleicht.«

Sie entzog ihr ihre Hand und tauchte mit dem Kopf unter, um wenige Sekunden später wieder aufzutauchen und sich über das nasse Gesicht und den Hals zu reiben.

»Das Blut ist abgewaschen«, stellte Kaaya fest.

»Gut«, gab Luana zurück und schwamm zurück ans Ufer, wo sie sich ihren Umhang um ihren nackten Körper legte.

Kaaya schaute ein weiteres Mal zu den anderen rüber, doch die Stelle war leer. Sie hatten sich alle ihrer Kleidung entledigt und waren ebenfalls in den See gestiegen, aber mehrere Meter von ihr entfernt. Als sie Ilias' Blick begegnete, tauchte sie ab. Das kühle Nass umfing sie und schirmte sie vor sämtlichen Geräuschen ihrer Umgebung ab. Die Stille war angenehm und das Gefühl von Schwerelosigkeit befreiend. Sie hatte die Augen geschlossen und sah nichts als unendliche Schwärze. Schwärze, die ihre Gedanken endlich verstummen ließ. Sie streckte die Arme weit aus und ließ sich treiben, gab sich diesem Gefühl der Leere vollkommen hin. Sie vergaß, wo sie war, wer sie war.

Doch das Schwarz um sie herum färbte sich plötzlich dunkelrot. Die Stille wurde von einem Schrei zerrissen, der ihr durch Mark und Bein ging. Hektisch riss sie die Augen auf, die Kulisse veränderte sich jedoch nicht. Allmählich zeichnete sich eine Silhouette vor ihr ab, aber sie hatte kein Gesicht. Kaaya versuchte zu schreien, zu strampeln, irgendwie zurück an die Wasseroberfläche zu gelangen, aber sie konnte nicht. Sie war wie gelähmt. Eine Stimme drang an ihr Ohr. Die Gestalt sprach zu ihr. Es war ein Mann. Seine Stimme kam ihr bekannt vor. Er klang genauso verzweifelt, wie sie sich fühlte. Und doch wich ihre Angst und machte einem anderen Gefühl Platz: Liebe. Unendliche, bedingungslose Liebe erfüllte ihre Brust.

Sie wurde aus ihrer Starre gerissen, als sich eine Hand eisern um ihren Oberarm schloss.

Das Rot um sie herum wurde wieder schwarz, eine Lichtkugel prangte direkt über ihr, und es strömte nicht länger Wasser in ihre Lungen, sondern Luft. Klare, frische Nachtluft. Gierig sog Kaaya sie ein, bevor ein heftiger Husten sie schüttelte.

»Was ist passiert?«, schrie jemand von weit weg. Aron.

»Sie tauchte nicht mehr auf, da habe ich sie aus dem Wasser gezogen!« Luana. Sie musste direkt neben ihr sitzen. »Kaaya, was war denn los?«, fragte Luana nun an sie gewandt, doch sie brachte keinen Ton heraus. Ihre Kehle brannte und ihre Brust schmerzte vom vielen Husten. Vermutlich hatte sie viel Wasser geschluckt.

Einen Wimpernschlag später beugte sich Aron über sie. »War da was im Wasser?«, erkundigte er sich.

»Sie kann gerade nicht sprechen«, gab Luana zurück, die es anscheinend bemerkt zu haben schien. »Kian!«

»Ich bin hier«, sagte Kian und da tauchte auch schon Ilias neben ihm auf.

Kaaya sah den Prinzen an. *Diesmal konntest du mich nicht retten,* dachte sie. Ilias verzog das Gesicht, als ob er dasselbe denken würde.

Kaaya schloss erschöpft die Augen. Sie spürte Hände an ihrem Gesicht und dann Wärme, die sich langsam in ihrem Körper ausbreitete.

»Du wirst schon wieder«, murmelte Kian dicht an ihrem Ohr.

»Wo ist er?«, kam es als heiseres, abgehacktes Flüstern über ihre Lippen.

»Was?«, wollte Kian wissen.

»Hat sie was gesagt?«, hakte Luana nach.

»Wo ist er?«

»Wer?«, fragten Luana und Kian gleichzeitig, und Kaaya hätte zu gern die Augen geöffnet, um sich anzusehen, wie Luana ihm einen giftigen Blick zuwarf.

»Arian«, antwortete sie. Denn er war vorhin noch da gewesen. Er war bei ihr im Wasser gewesen, und auch wenn sie seine Stimme nicht sofort hatte zuordnen können, hatte sie doch das Gefühl erkannt, das Besitz von ihr ergriffen hatte. Eine so tiefe, reine Liebe, die sie vollständig ausfüllte. Tränen brannten in ihren Augen und endlich öffnete sie ihre Lider.

Ihre Freunde blickten mit besorgten, mitleidvollen Mienen zu ihr runter, aber sie hatte es vorher schon gewusst. Arian war nicht da.

Kapitel 24

Kaaya

Kaaya hatte einige Stunden gebraucht, um sich von dem Vorfall im See zu erholen. Noch immer steckten ihr die Erinnerungen in den Knochen und sie vermisste Arian mehr als zuvor. Es war ein Glück, dass der restliche Tag ohne weitere Angriffe verlief. Vermutlich wäre sie den anderen in ihrem Zustand keine große Hilfe gewesen. Wenigstens näherte sich ihre Reise zur Schmiede allmählich ihrem Ende.

Als sie die Spitze eines Berges erreichten, hielten sie ihre Pferde an und blickten hinunter auf das Tal. Am Horizont konnte Kaaya den Umriss eines einzelnen Gebäudes erkennen.

»Beim letzten Mal bin ich bis zu diesem Punkt gekommen«, erklärte Ilias.

»Ist sie das?«, fragte sie.

»Ja, das muss die Schmiede meines Vaters sein.« Er schaute sich um. »Seid vorsichtig, hier könnten überall weitere Umbren lauern.«

»Kein Problem«, meinte Luana, und Kaaya hörte schon das verräterische Knistern ihrer Flammen.

Kian packte die Elfe sanft am Arm. »Du weißt, was passiert, wenn du dich verausgabst.«

Luana sah zu Aron rüber. In ihrem Blick erkannte Kaaya deutlich, dass sie ihm diesen Schmerz nicht erneut zumuten wollte. Den Göttern sei Dank musste sie das erst mal auch nicht, denn auf dem Weg zur Schmiede, der sie nun aus dem Gebirge und in das Tal führte, blieben die Schattendämonen weiterhin außer Sichtweite.

Und dann standen sie endlich vor dem Gebäude, das sich über eine große Fläche erstreckte. Konnte es wirklich sein, dass Arians Seele dort drin gefangen gehalten wurde? *Wie klein die Chance auch sein mag*, dachte Kaaya, *ich werde nicht aufgeben.*

Von außen sah die Schmiede unauffällig aus. Ein weiteres großes, dunkles Gebäude an diesem großen, dunklen Ort. Der hintere Teil ragte weit nach oben, und vermutlich befand sich auf der anderen Seite eine Art Hof, aus dem Rauch aufstieg. Den Vordereingang zierten kleinere Bäume und Gestrüpp, das sich am Torbogen entlangschlängelte. Die Tür selbst war niedrig und wirkte doch sehr massiv. Woraus auch immer sie bestehen mochte – nichts würde sie aufhalten. Nicht jetzt, da sie endlich vorankamen. Sie ballte die Hände zu Fäusten. Vielleicht war das nur eine weitere Sackgasse.

Gerade wollte sie sich vom Pferd schwingen, um auf die Tür zuzugehen, da öffnete sie sich nach innen. Ilias hatte neben ihr die Hand ausgestreckt und einen Schwall an Luft die restliche Arbeit erledigen lassen.

»Nach dir«, sagte er betont gelassen, doch sie konnte erkennen, dass er angespannt war.

Sie stiegen von ihren Pferden und Kaaya ging voraus. Kaum hatte sie einen Schritt in das Gebäude getan, spürte sie eine unnatürliche Kälte.

»Es ist eisig hier drin.« Luana schien es ebenfalls bemerkt zu haben. Keine Sekunde später leuchteten die Fackeln an den

Wänden auf. »So sehen wir immerhin etwas.« Ihr Atem hinterließ eine Wolke, während sie sprach.

»Ich bin nicht sicher, ob wir das sehen wollen.« Aron hatte sich eine der Fackeln genommen und leuchtete den Gang aus, der sich endlos lang vor ihnen erstreckte. Die steinernen Wände bröckelten, und das, was von ihnen übrig war, war von Rissen gezeichnet. An der niedrigen Decke führten Rohre entlang, die nicht mehr wirklich dicht wirkten.

»Schmiede, ja?«, fragte Luana an Ilias gewandt.

Tatsächlich konnte auch Kaaya nichts erkennen, was sie an eine Schmiede erinnerte. Gemeinsam mit Tristan hatte sie seinem Vater oft beim Schmieden von Waffen zugeschaut. Das Geräusch, wenn ein Hammer auf einen Amboss traf, klang ihr noch immer in den Ohren. Die Hitze, die von den glühenden Öfen ausging, hatte dafür gesorgt, dass sie die Sommermonate für eine ganze Weile nicht mehr hatte ausstehen können. Doch dieser Ort … dem wohnte nichts inne, was Erinnerungen in ihr weckte. Der Ort erinnerte sie mehr an eine alte Kanalisation.

Nachdem sich jeder eine Fackel von der Wand gegriffen hatte, gingen sie den Gang entlang. Ihrer aller Atem ging schwer in der eiskalten Luft und die Stille um sie herum wirkte erdrückend. Irgendwo tropfte Wasser, und ab und zu hörte man ein Ächzen, das vermutlich von den alten Türen herrührte. Der Gang war gesäumt von ihnen, aber keine ließ sich öffnen. Schließlich erreichten sie eine Gabelung. Während der linke Weg in eine Sackgasse führte, schien der rechte noch mal genauso lang zu sein wie der, der sie hierhergeführt hatte. Sie gingen unter einem Torbogen hindurch, und unzählige Schritte später standen sie vor einer metallenen Wendeltreppe, die in eine Art Keller zu führen schien.

Ilias trat näher, die Fackel vor sich ausgestreckt. Plötzlich hielt er inne. »Wartet«, raunte er und bedeutete ihnen mit der Hand, stehen zu bleiben.

Gerade wollte Kaaya fragen, was los war, da hörte sie es auch. Stimmen. Geflüster. Leise und wirr. Ihr Herzschlag beschleunigte sich. Luana, Aron und Kian hatten ebenfalls innegehalten und lauschten dem Stimmengewirr.

Als Ilias einen Fuß auf den Treppenabsatz setzte, knarrte dieser unter ihm. Sie hielt den Atem an, aber es geschah nichts. Die Stimmen flüsterten unbeirrt weiter. Ilias drehte sich zu ihnen um, in seinem Gesicht stand eine Entschlossenheit, die Kaayas Ängste mit einem Mal wegwischte. Langsam nickte sie ihm zu und er stieg hinab, die anderen hinter ihm her. Sie spähten in den Raum, den sie betreten hatten. Noch immer hörte man das Geflüster, doch niemand war hier.

Dafür war es kalt und klamm und in der Feuchtigkeit knisterten die Flammen der Fackeln. In der Mitte des weitläufigen Raumes stand ein Bett. Nein, es war mehr eine Art Tisch. Ein Metalltisch, auf den man Tote legte, um sie zu untersuchen. Sie presste sich den Handrücken auf den Mund, um ihren Würgereiz zu unterdrücken. Die Fackeln spendeten genug Licht, dass sie erkennen konnte, dass der Tisch über und über mit getrocknetem Blut besudelt war.

»Eiyune«, wisperte Luana neben ihr. »Was ist das für ein grausamer Ort?«

Ein metallischer Geruch hing in der Luft, gemischt mit Moder und Tod.

»Ilias«, sagte Kian und deutete mit seinem Kopf auf den Boden.

Auch Kaaya bemerkte, dass überall Fußspuren waren.

»Ja, er kommt regelmäßig hierher.« Ilias presste die Lippen zu einer harten Linie zusammen.

Aron trat einige Schritte in den Raum hinein und leuchtete ihn mit seiner Fackel weiter aus. An der gegenüberliegenden Wand befanden sich mehrere Torbögen und eine der Türen war weit geöffnet. »Die Stimmen kommen von dort.«

Ilias und Kian gingen voraus. Mit jedem Schritt, den sie tat, pochte Kaayas Herz schneller. Vielleicht war er wirklich hier … Vielleicht war Arian hier.

Tatsächlich wurde das Stimmengewirr immer lauter. Und als sie in dem Raum standen, verschlug es ihr den Atem. Er war riesig. Eine Art Maschinenraum mit unzähligen Treppen, die hoch und runter zu verschiedenen Stockwerken führten. Überall liefen Rohre entlang, wie schon zuvor in den Gängen, die sie hierhergeleitet hatten. Rohre, die sich zu massiven Behältern ausweiteten, die an den Wänden befestigt waren. Das Geflüster der Stimmen war überall präsent.

»Es kommt aus den Wänden«, murmelte Luana und zeigte hoch zu einem der riesigen Behälter.

»Ob dort die Seelensteine drin sind?«, fragte Kian.

»Seelensteine?« Auch Kaaya horchte auf.

Kian wandte den Blick ab. »Die Glaskugeln, in denen Seelen aufbewahrt werden.«

»Du sagst das so, als wäre es gang und gäbe, Seelen gefangen zu nehmen.« Luana funkelte Kian ungläubig an.

»Tu nicht so, als wüsstest du nicht, warum man einen Teil unseres Volkes hierher verbannt hat, Luana.« Die Elfe taumelte einen Schritt zurück, als hätte er sie geschlagen.

»Sie haben mit Seelen experimentiert«, meinte Kaaya trocken, obwohl der Gedanke dafür sorgte, dass ihr die Galle hochstieg.

»Das weiß ich«, gab Luana zurück. »Aber ich … ich wusste nicht, dass das so … so systematisch abläuft. Und dass es immer noch praktiziert wird.« Sie sah sich in dem gewaltigen Raum um.

Kians Blick folgte ihrem. »Ich auch nicht.«

Und dann hörte Kaaya es. Oder sie spürte es vielmehr. Spürte *ihn.* »Arian«, wisperte sie und stürzte auf die nächste Treppe zu, die nach oben führte.

»Kaaya!«, rief Aron hinter ihr, doch es kümmerte sie nicht weiter. Sie nahm immer zwei Stufen auf einmal, um schneller nach oben zu gelangen. Dorthin, von wo aus er sie rief. Zu sich rief. Um Hilfe rief.

»Kaaya, bleib stehen!« Aber es war nicht Aron, der sie am Arm packte. Sie wurde herumgewirbelt und sah sich Ilias gegenüber. »Wo willst du denn hin?« Sein warmer Atem streifte ihr Gesicht.

»Zu Arian.« Sie zeigte zu einem der Behälter. »Er ist da drin!«

Sie bemerkte, wie Ilias die Stirn runzelte. »Ich gehe mit dir nach oben. Kian, du gehst dich mit Aron unten umschauen. Ich will nicht, dass wir etwas übersehen.«

»Und was ist mit mir?«, fragte Luana.

»Du bleibst bei mir«, gab Aron schlicht zurück. »Kaaya, ist das in Ordnung für dich?«

»Ja. Ich will nur nach oben. Jetzt.« Daraufhin drehte sie sich auf dem Absatz um und stieg die Treppe weiter hoch. Sie nahm kaum Notiz von dem Prinzen, der ihr folgte wie ihr Schatten.

KIAN

Aron, Luana und er nahmen eine der Treppen, die nach unten führte. Kian beobachtete, wie Luanas Haare von einem leichten Wind aufgewirbelt wurden. Er runzelte die Stirn. Von irgendwo drang Luft ein.

»Lasst mich vorgehen«, sagte er und schubste sich an Aron vorbei an die Spitze der kleinen Truppe.

»Was ist los?«, wollte Luana wissen.

Kian antwortete nicht und konzentrierte sich stattdessen, um herauszufinden, woher der frische Luftstoß gekommen war. Hatte jemand die Schmiede betreten? Aber die Eingangstür war zu weit weg, als dass der Wind bis zu ihnen hätte dringen können. Er sah hoch zu dem Eingang, aus dem sie gekommen waren.

»Es könnte sein, dass es hier einen weiteren Eingang gibt.«

Aus dem Augenwinkel beobachtete er, wie Luana und Aron sich einen Blick zuwarfen. Sie mussten sich sehr gut kennen, wenn sie ohne Worte kommunizierten. Und da sie den Seelenbund eingegangen waren …

Bei diesem Gedanken schmerzte ihn etwas tief in seiner Brust. War das sein Herz? Er schnaubte und schüttelte den Kopf. Sie war eine verdammte Lichtelfe von Eseria. Wie konnte sie solche Gefühle in ihm auslösen?

Während er sich dazu zwang, sich auf das Hier und Jetzt zu konzentrieren, stiegen sie weitere Treppen hinab. Die drei passierten eine Tür, die sie zurück in die dunklen Gänge der Schmiede führte. Er konnte den Wind pfeifen hören. »Der Eingang muss hier irgendwo sein.«

Luana ließ eine kleine Flamme in ihrer linken Hand erscheinen, in der rechten hielt sie noch immer die Fackel. Sie verstärkte die Flammen, und schon zeichnete sich eine Tür in der Wand gegenüber ab. Sie war einen Spalt geöffnet, was erklärte, woher die frische Luft kam.

»Ihr wartet hier.«

»Worauf?«, fragte Luana trotzig.

Kian blickte sie über seine Schulter hinweg an. »Auf mein Zeichen, dass die Luft rein ist.«

Sie verengte die Augen zu Schlitzen. »Du musst dich nicht als unser Beschützer aufspielen.«

»Er hat recht«, kam es von Aron. »Wir wissen nicht, welche Gefahren in dieser Welt lauern könnten. Wir warten.«

Er konnte sehen, wie Luana zu einem Konter ansetzte, doch ihr Gefährte brachte sie mit einem Blick zum Schweigen. Aron nickte Kian zu und er nickte zurück. Dann trat er hinaus und entdeckte einen weitläufigen Innenhof. Links von ihm befand sich ein kleiner Schuppen, daneben Steinbänke und Tische, die vermutlich lange Zeit niemand mehr benutzt hatte. Aber seine Augen wurden von dem riesigen Brunnen angezogen, der in der Mitte des Hofes stand. Nur vage erkannte er schemenhafte Gestalten, die um den Brunnen herum…lagen?

Er trat einige Schritte näher, und da hörte er es zum ersten Mal. Ein gequältes Stöhnen. Was war hier los?

»M-Mylord?«, stammelte eine der Gestalten am Boden und versuchte sich aufzurichten.

Kian stand nun direkt am Brunnen und konnte deutlich erkennen, dass Dutzende von Elfen um ihn herum auf dem steinernen Boden verteilt waren. Einige von ihnen stöhnten, andere zuckten mit den Fingern oder Zehen, und dann gab es welche, die gar kein Lebenszeichen mehr von sich gaben.

»Was ist das?«, hauchte er.

»Mylord?«, fragte der Elf zu seinen Füßen erneut.

Er konnte sich nur schwer von dem Anblick der regungslosen Körper lösen, aber er hockte sich neben den Mann. »Was ist hier geschehen?«

»Seid Ihr es, Prinz Ilias?« Die Augen des Elfen konnten Kian nicht fixieren und rutschten immer wieder nach oben. Noch während er fieberhaft überlegte, ob er sich als Ilias ausgeben sollte, um an mehr Informationen zu gelangen, sprach der Elf weiter. »Ich habe keine Kraft mehr, mein Prinz. Bitte … bitte lasst mich zurück zu meiner Familie. Sie braucht mich doch.«

»Ich lasse Euch gehen«, antwortete Kian, ohne nachzudenken. »Aber sagt mir erst, wer Euch das angetan hat.«

Die Augen des Mannes rollten hin und her und versuchten verzweifelt, Halt zu finden. »Ich kam freiwillig her, mein Prinz. Ich wollte unserem Reich helfen. Unserem Volk. Aber meine Magie … ist aufgezerrt. Und schon bald auch mein Leben. Bitte, mein Prinz. Bitte, lasst mich … mich …«

»Bleibt bei mir!«, rief Kian, der den Kopf des Elfen auf seinen Schoß gezogen hatte.

»Kian!« Luana und Aron tauchten neben ihm auf. Er schüttelte den leblosen Körper des Mannes, doch seine Augen blickten nun starr in den Himmel.

»Kian, er ist tot!«

»Mama? Mama, wach auf! Bitte, Mama!«

»Lass sie gehen, Kian. Sie wird nicht mehr zurückkommen. Lass los.«

»Kian!« Luanas Stimme holte ihn zurück in die Realität, und langsam ließ er den Kopf des toten Mannes auf den Boden sinken, um sich zu erheben. »Was ist passiert?«

»Er ist tot.«

»Ja, das kann ich sehen. Aber was ist mit ihm geschehen? Mit all den Elfen hier?« Sie hatte die Arme ausgebreitet. In ihren Augen stand Angst. Gut verborgen und kaum zu bemerken.

»Das ist ein Seelenbrunnen«, gab Kian trocken zurück. »Die Elfen haben ihn anscheinend mit ihrer Magie genährt. Sie haben ihre Lebenskraft vollends geopfert, bis sie ... bis ihre Seele ...«

»So wie meine Seele zerriss«, hauchte Luana.

»Ja.«

Schweigend betrachteten sie nun alle die spiegelglatte Oberfläche der dunklen Flüssigkeit, die in dem Brunnen war. »Und wozu?«, fragte Aron.

»Damit sich jemand ihrer Magie bedienen kann. Als eine Art Machtquelle.«

»Wer tut so etwas?« Luanas Stimme war ein leises Flüstern.

»Es gibt hier nur einen, der über diese Macht verfügt. Einen Einzigen, der bis heute Zugang zu diesem Ort hatte und dem die Umbren gehorchen, als wären sie seine Schoßhunde.«

KAAYA

Wie eine riesige Schale hing das Behältnis an der Wand. Als Kaaya näher herantrat, konnte sie erkennen, dass es mit einer durchsichtigen Flüssigkeit gefüllt war und dass eine Handvoll Glaskugeln darin schwamm. Ihr Hals fühlte sich trocken an, und als sie eine Hand zaghaft in Richtung Schale ausstreckte, zitterte diese.

In dem Behältnis gab es nur eine Kugel, in der eine silbrige Flüssigkeit hin und her schwappte. Die anderen waren leer. Sie sah vor ihrem geistigen Auge, wie Arian auf seine Knie sackte. Wie eine silberne Kugel seinen Mund verließ und wie er daraufhin endgültig zusammenbrach. Wie die silberne Kugel auf die gläserne traf …

»*Kaaya, ich … ich …*«

»Arian.« Ihre Stimme drang als Krächzen aus ihrem Hals.

»Warte!« Eine Hand schloss sich fest um ihren Unterarm. Als sie hochschaute, war da Ilias' besorgte Miene.

»Das ist sie! Das ist Arians Seele!«

»Wir wissen nicht, was das für eine Flüssigkeit ist.«

Sie blickte zurück in den Behälter. Richtig, das hatte sie verdrängt.

»An eurer Stelle würde ich das auch nicht herausfinden wollen.« Die Stimme war so kalt und schneidend, dass sie Kaaya beinahe in den Ohren wehtat. Keinen Wimpernschlag später trat eine Gestalt aus dem Schatten. Eine Gestalt, die sie schon einmal gesehen hatte und nie wieder vergessen würde.

»Vater«, sagte Ilias neben ihr. Sein Griff um ihren Arm gab nach.

»Mein Sohn. Du weißt, dass ich dich jetzt töten muss, nicht wahr?«

Ilias zog die Augenbrauen zusammen. »Was ist das für ein Ort? Eine *Schmiede*?«

»Eine *Seelen*schmiede.« Ohne weiter darauf einzugehen, nickte der Elf in ihre Richtung. »Wer ist deine nette Begleitung?«

Kaaya funkelte ihn aus zu Schlitzen verengten Augen an. »Tut nicht so, als ob Ihr das nicht wüsstet.« So zornig, wie sie nach außen hin wirkte, so ruhig war ihre Stimme.

»Ich erinnere mich dunkel«, gab Pertheas zurück. Seine schmalen Lippen verzogen sich zu einem boshaften Grinsen.

Er wirkte deutlich kräftiger als im Erlenwald. Jetzt stand er in seiner vollen Größe da, das dunkle Haar glänzend im Schein der Fackeln. Auf seinem Haupt saß diesmal eine Krone, deren zwei Zacken an den Seiten emporragten wie Hörner. Auf seiner Stirn verbanden sich zwei weitere eiserne Stränge zu einer Art Reif, in dessen Mitte ein Stein silbern funkelte. Seine schwarzen Augen durchbohrten ihre, als würde er direkt in ihre Seele blicken.

»Ich werde Euch töten«, knurrte sie und zog Stahlschwinge von ihrem Rücken.

Pertheas kicherte. Es war ein grauenhaftes Geräusch, das ihr durch Mark und Bein ging. Er trat einige Schritte näher heran, und erst jetzt erkannte sie, dass sein Gesicht von feinen schwarzen Linien durchzogen war.

»Vater«, setzte Ilias erneut an und breitete die Arme aus. »Was hat das zu bedeuten, eine *Seelenschmiede*? Was tust du hier?«

Pertheas' Grinsen wurde breiter. »Wie der Name schon sagt«, begann er, »schmiede ich hier neue Hüllen für meine Seelen.«

»Deine Seelen?!«

»Die Seelen, die ich von Eseria mitbringe, mein Junge. Sie brauchen doch ein neues Zuhause. Einen neuen Körper. Ich dachte, du hast einige meiner Kreationen bereits kennenlernen dürfen.«

Während Kaaya nicht verstand, schien Ilias zu begreifen. »Die Umbren«, schloss er.

Pertheas lachte laut auf. »Sie werden uns helfen, nach Eseria zurückzukehren!«

»Was soll das bedeuten?«

»Ich erschaffe uns eine Armee, mein Sohn.« Er streckte die Arme aus und ließ seinen wilden Blick durch die Halle gleiten.

»Nur noch ein paar Tage und dein kleiner Freund hätte auch einen neuen Körper bekommen«, sagte er dann an Kaaya gewandt.

»Er hatte bereits einen Körper«, spie sie.

»Sein Körper war so schwach, dass er sich mir kaum widersetzen konnte.«

Sie stieß einen Wutschrei aus und stürzte sich mit der Klinge voran auf Pertheas. Dieser schnipste mit den Fingern, als würde er eine lästige Fliege vertreiben wollen, und sie flog von den Füßen. Von schwarzen Schatten umhüllt, wurde sie mehrere Meter durch die Luft geschleudert, quer über die gesamte Plattform, auf der sie sich befanden. Bevor sie jedoch aufprallte, ging ein leichter Ruck durch ihren Körper und ihr Fall wurde gebremst. Einen Augenblick schwebte sie dicht über einem Gitter im Boden, durch das sie eine beinahe uneingeschränkte Sicht auf die Etagen unter sich hatte. Ihr Herz machte einen Satz, ehe sie schließlich unsanft landete. Ilias' Magie musste ihren Sturz abgefedert haben.

Pertheas zog überrascht die Augenbrauen hoch. »Du magst sie«, stellte er fest. Kaaya konnte beobachten, wie Ilias' Körperhaltung sich verspannte. »Ich bin froh, dass du endlich über Neah hinweg bist, aber … ein Mensch?«

»So ist es nicht«, antwortete Ilias, während sein Kiefer mahlte.

Sein Vater hob abwehrend die Hände. »Wie lange ist es her, dass sie fort ist? Sechs, sieben Jahre? Es wäre dir gegönnt, wenn du dich nach jemand anderem umsehen würdest.«

»Sie ist nicht einfach nur fort. Sie ist tot. Sie wurde bei ihrer eigenen Zeremonie ermordet. Du warst dabei. Und du hast nichts getan. Nicht einmal ihren Mörder hast du gejagt!« Ilias' Stimme zitterte.

Die Worte trafen Kaaya wie ein Hieb. Schmerzhaft drangen sie in ihre Brust und nahmen ihr die Luft zum Atmen.

»Du bist so naiv, mein Junge.« Pertheas stand nun direkt vor seinem Sohn und blickte ihn voller Verachtung an. »Diese kleine Hure hat dich nur benutzt. Alles, was sie wollte, war mein Thron!«

»Hör auf, so einen Schwachsinn von dir zu geben!«

Pertheas' Augen funkelten amüsiert. »Du weißt bis heute nicht, wer sie war, oder?«

»Wovon redest du, verdammt?! Spuck es aus!«

»Ein armes, kleines Waisenmädchen trifft zufällig auf den Kronprinzen und sie verlieben sich unsterblich ineinander. Wie im Märchen, oder?« Pertheas machte eine theatralische Pause und umkreiste seinen Sohn. »Wenn ich dich sowieso töte, kann ich dir auch die ganze Geschichte erzählen.« Er hielt dicht vor Ilias inne. »Ihr Name war Neah Ularen. Sie war die Tochter von Eldan. Die eigentliche Thronerbin unseres Reiches.«

Ilias schauderte. Dann herrschte Stille. »Wann hast du es erfahren? Wie?«, fragte er irgendwann.

»Kurz vor eurer Zeremonie. Ich wusste, dass Eldan eine Tochter hatte. Doch nach seinem Tod war sie unauffindbar. Man erzählte sich, der Königsmörder hätte ihr ebenso das Leben genommen.«

»Warum … warum hast du nicht mit mir gesprochen?«

»Es war bereits zu spät. Ihr wart kurz davor, eure Seelen miteinander zu verschmelzen. Sie wäre die mächtigste Elfe des Nebulums geworden. Sie hätte ihren Thron eingefordert und man hätte mich als Thronräuber geschimpft.«

Wieder Stille. Kaayas Herz pochte so laut in ihren Ohren, dass sie die beiden kaum noch verstand.

»Das heißt …«, begann Ilias.

Sogar Kaaya konnte sich denken, was das bedeuten musste. Es war grausam und doch …

»Ich habe sie getötet. Ich hatte keine andere Wahl!«

Ilias ließ die Fackel zu Boden fallen und konnte sich gerade noch an der Wand abstützen, bevor seine Beine ihm den Dienst versagten. »Das ist nicht wahr.« Seine Stimme klang erstickt.

»Ich wünschte, es wäre nicht wahr, mein Junge, aber –«

»Nenn mich nicht Junge«, fiel Ilias ihm ins Wort. »Und ich bin auch nicht länger *dein* Junge. Du Monster!« Er ließ von der Wand ab und streckte beide Hände aus. Windstöße fegten durch die Halle, die sich schließlich zu Wirbelstürmen aufbauschten und Pertheas von den Füßen rissen.

Kaaya rappelte sich auf und stellte sich an Ilias' Seite, doch er stieß sie hinter sich. »Lauf weg!«

Sie sah zu ihm hoch und dann zum Behälter, in dem die Glaskugel mit der silbernen Flüssigkeit schwamm. *Arian.* Sie zögerte keinen Moment und steckte die Hand ins Becken, um nach der Kugel zu greifen. Ihre Hand glitt hindurch, als wäre es Wasser, womit die Schale gefüllt war. Sie umschloss die Glaskugel, den *Seelenstein,* und zog die Hand wieder heraus. Ihr Herz hämmerte noch schneller, als sie bemerkte, dass Pertheas sich aufgerichtet hatte und sie ungläubig betrachtete.

»Das ist … das kann nicht …« Und in dem Moment krachte er erneut in die Wand.

Ilias atmete schwer und drehte sich noch einmal zu ihr um. »LAUF!«

Kaaya schluckte, dann lief sie los, die Glaskugel fest umklammert und an ihre Brust gepresst. Sie musste entkommen. Das hier war nicht *ihr* Kampf.

Sie war schon auf halbem Wege nach unten, als ein lauter Knall hinter ihr ertönte. Sie schaute über die Schulter und konnte erkennen, wie Ilias eine Treppe hinunterflog und eine Plattform tiefer landete. Ihr Atem beschleunigte sich, ihr Herz setzte aus und ihre Gedanken rasten.

Das ist nicht mein Kampf, rief sie sich immer wieder in Erinnerung, doch es half nichts. Ilias hatte ihnen geholfen. Ohne ihn wären sie vermutlich nie hierhergelangt. Und der Umbren hätte sie getötet. Ein schmerzerfüllter Schrei hallte durch den riesigen Raum und jagte ihr eine Gänsehaut über den Körper.

Ilias.

Sie kniff die Augen fest zusammen, atmete tief durch und dann drehte sie um.

Kapitel 25

Ilias

Ilias kniete auf allen vieren und spuckte Blut. Ein stechender Schmerz durchzog ihn, als ihn jemand an seinem Haarschopf packte und auf die Füße zerrte. Er blickte in das hasserfüllte, zerfurchte Gesicht seines Vaters, und es war, als könnte er ihn jetzt erst wirklich *sehen*. Ihn sehen, wie er war.

»Bist du fertig damit, herumzuschnüffeln und mich mit Fragen zu löchern, Junge?«

Er holte aus und spuckte Pertheas mitten ins Gesicht. Dann trat er ihm mit aller Kraft ins Knie und konnte sich so befreien. Pertheas taumelte zurück und wischte sich die Spucke aus dem Gesicht. Sein Auge zuckte vor Wut, und nachdem er sich wieder gefangen hatte, krümmte er die Finger und feuerte schwarze Strahlen in seine Richtung. Einer davon traf ihn, bevor er ausweichen konnte, und versengte seine linke Schulter. Ilias keuchte und versuchte Abstand zwischen sich und Pertheas zu bringen. Aber er kam nicht weit, denn sein Vater hob ihn mithilfe seiner Magie in die Luft und schleuderte ihn in eins der Behältnisse mit der durchsichtigen Flüssigkeit. Ein Schmerzensschrei entrang sich ihm, als sie sich in Windeseile durch seine Haut fraß.

»Was ist das für ein Zeug?«, krächzte er, während sein Körper brannte wie Feuer.

Pertheas sah auf ihn herab. »Animarium.« Er steckte seine Hand in die Flüssigkeit und spritzte etwas davon in Ilias' Gesicht, was ihn laut aufstöhnen ließ. Animarium war eine Säure, die Seelenmagier aus der Essenz von Seelen erschufen, um eine andere Seele darin zu konservieren. Sie konnte sich durch alles fressen – außer durch Seelen und Magier, die eine Seelen-Affinität besaßen. »Wenn du auch nur einen Teil meiner Kräfte geerbt hättest, würde es –«

Weiter kam Pertheas nicht. Ein krachendes Geräusch ertönte und die Spitze einer Klinge ragte aus seiner Brust. Vage konnte Ilias einen Schatten hinter seinem Vater erkennen. Eine zierliche Gestalt hielt den Griff des Schwerts umklammert, das in Pertheas' Körper steckte.

Sein Vater sah an sich hinab, Unglauben stand in seinem Gesicht geschrieben. »Wer wagt es …«, begann er und drehte sich zu Kaaya um. Sie war zurückgekommen. »Du kleines Biest.«

Sie hatte das Schwert loslassen müssen, da es zu tief in Pertheas eingedrungen war, und starrte ihn mit ausdrucksloser Miene an. Er stand ihr jetzt direkt gegenüber. Ilias wand sich in dem Animarium. Sein ganzer Körper schmerzte und verhinderte sein Entkommen.

»Dachtest du, ein Stück Metall könnte mich verletzen?«

Ilias beobachtete, wie Unglauben in Kaayas Züge trat. Sie wich einen Schritt zurück, bis sie den Treppenabsatz erreichte. Ein weiterer Schritt und sie würde fallen und fallen. Ilias versuchte sich zu bewegen, doch es war zwecklos.

»Du willst nicht aufgeben, was?«, höhnte Pertheas. »Aber jetzt hat deine letzte Stunde geschlagen.«

»Nein!«, rief er, als Pertheas die Hand um Kaayas Hals

schloss und sie von den Füßen hob, um sie gegen die Wand zu drücken. Sie klammerte sich an seine Hand, versuchte sich zu befreien und gab gurgelnde Geräusche von sich, während sich ihr Gesicht rot färbte und er nichts weiter tun konnte, als zuzuschauen.

»Dass ein verdammter Mensch es wagt, mich anzugreifen«, spie Pertheas. »Ich fürchte, ich muss dich töten. Was für eine Verschwendung deiner Seele. Sie hätte einen weiteren treuen Umbren ergeben.«

Ilias sah, wie Kaaya die Augen weit aufriss, als ihr die Klinge, die noch immer aus Pertheas' Brust ragte, näher kam.

»Welch schicksalhafte Ironie. Aufgespießt vom eigenen Schwert«, lachte der König.

Ilias konnte sich weiterhin nicht bewegen. Er würde tatenlos mit ansehen müssen, wie sein Vater Kaaya tötete. Doch sie würde nicht kampflos gehen, das wusste er. Und als ob sie seine Gedanken gehört hätte, griff sie nun mit beiden Händen in die Klinge und drehte sie, sodass Pertheas' Brustkorb weiter aufriss. Blut rann zwischen ihren Fingern hindurch, während Pertheas nur verärgert das Gesicht verzog. Wie konnte das sein? Ja, sein Vater war mächtig, aber … unsterblich?

Mit Schrecken musste Ilias feststellen, dass Kaayas Lippen sich blau verfärbten, dass das Weiß in ihren Augen von immer mehr roten Äderchen durchzogen wurde. Sie ließ von der Klinge ab und ihre Arme hingen ihr wieder schlaff vom Körper. Er wollte ihr sagen, dass sie nicht aufgeben sollte und durchhalten musste, doch seine Stimme gehorchte ihm nicht. Er hatte Neah nicht retten können und jetzt würde er auch Kaaya im Stich lassen. Ihre Augenlider flatterten. Nicht mehr lange und sie würde …

Ein ohrenbetäubendes Grollen fegte durch die Halle und ließ den Boden erzittern. Das Animarium in der Schale schwappte so heftig hin und her, dass er hinausgespült wurde. Pertheas' Körper sackte leblos in sich zusammen und Kaaya fiel auf die Knie. Sie rieb sich den Hals und hustete. Ilias kroch auf sie zu. Die Haut an seinen Händen war überzogen von kleinen Bläschen und an einigen Stellen aufgesprungen.

»Kaaya, geht … geht es dir gut?«

Anstatt zu antworten, schrie sie erstickt auf, als die Seelenschmiede ein weiteres Mal erbebte. Brocken lösten sich von der Decke und regneten auf sie hinab. Endlich hatte er sie erreicht. Mit seiner letzten Kraft schuf er einen Schild um sie herum. Die Luft verdichtete sich so stark, dass die Felsbrocken nicht zu ihnen durchdringen konnten.

»Ilias, du bist zu schwach, hör auf! Wir müssen hier weg!« Besorgt musterte sie ihn.

Wenn sie wüsste, wie recht sie damit hatte. Sie hatten vielleicht zwei oder drei Minuten, bis seine Magie ihn aufzehren würde. Was wäre dann mit Kaaya? Ohne seinen Schild würde sie getroffen und verletzt werden oder Schlimmeres.

»Ich will, dass du wegrennst«, keuchte er, woraufhin sich ihre Augen weiteten.

»Ich lass dich nicht noch mal zurück!«

Die Worte erfüllten seine Brust mit Wärme, dennoch wollte er sie gerade erneut auffordern zu fliehen, als er schnelle Schritte hörte, die sich in ihre Richtung bewegten, und dann schrie jemand seinen Namen.

Kian.

»Wir müssen hier raus!«, brüllte er. Er rannte die Treppe hoch und half Ilias auf die Füße.

Luana und Aron stützten Kaaya, die sich sogleich von ihnen losriss. »Stahlschwinge!«, rief sie und blickte zu Pertheas' reglosem Körper.

Luana nickte und zog das Schwert aus seinem Vater. Grimmig blickte sie auf den König hinab. »Jetzt aber raus hier!«, rief sie.

So schnell sie konnten, eilten sie los und erreichten nach einer gefühlten Ewigkeit den Ausgang. Erleichtert atmete Ilias auf, als ihm frische Luft entgegenschlug und er den Schild auflösen konnte. Und es ging ihm sogleich noch ein Stück besser, denn während sie auf ihre Pferde zugingen, schickte Kian heilende Ströme durch seinen Körper. Er spürte, wie sich die Wunden, die das Animarium in seinen Körper geätzt hatte, schlossen.

»Was ist passiert?«, fragte Kaaya an Aron gewandt, als er ihr auf das Pferd half.

»Wir haben seinen Seelenbrunnen zerstört.«

Kaaya runzelte die Stirn. »Seinen *was*?«

»Seine Magiequelle«, kam es von Kian. »Das erzählen wir euch später. Wir müssen hier so schnell wie möglich weg.«

KAAYA

Sie hatten die grausige Schmiede bereits ein gutes Stück hinter sich gelassen, als diese mit einem finalen Knall explodierte. Kaaya warf einen Blick zurück und sah Flammen aufsteigen, dort, wo sie eben noch gestanden hatte. Beim Gedanken an die letzten Momente in diesem Gebäude drehte sich ihr der Magen um. Instinktiv griff sie mit einer Hand an ihren Hals.

»Geht es dir gut?«, fragte Ilias, dessen Pferd zu ihr aufgeschlossen hatte.

Sie schüttelte den Kopf. In ihre Augen traten Tränen, die

der Wind mit sich nahm. Sie sah kurz runter zu ihrem Gürtel, an dem ihr Beutel befestigt war. Der Beutel, in dem sich Arians Seelenstein befand. Dann nickte sie. »Ja. Ja, es geht schon.«

Ilias lächelte, doch es wirkte gequält. Wenn die anderen den Brunnen nicht zerstört hätten … Ilias wäre durch die Hand seines eigenen Vaters gestorben. Genauso wie seine Seelengefährtin. Ob er jemals über ihren Verlust hinwegkommen würde? Über den Verrat seines Vaters?

»Und dir?«

Das Lächeln auf seinen Lippen erstarb, dann schüttelte auch er kaum merklich den Kopf.

»Pertheas ist … ist er tot?«, fragte sie, als er nichts weiter sagte.

Er warf ihr erneut einen Seitenblick zu, als wollte er sichergehen, dass es ihr wirklich gut ging.

»Nein. Die Wunde, die du ihm beigebracht hast, wird sich geschlossen haben, nachdem Luana das Schwert wieder herausgezogen hat. Seine Blut-Affinität ist fast genauso ausgeprägt wie seine Seelen-Affinität. Eine tödliche Kombination.«

Die Worte schickten einen eiskalten Schauer ihren Rücken hinunter. »Ob er sich von der Zerstörung seines Seelenbrunnens erholt?«

»Die Macht des Brunnens wird wohl weiterhin einige Zeit durch seine Adern fließen und ihm geholfen haben, die Explosion zu überleben. Aber danach … Ich weiß es nicht. Ich habe noch nie erlebt, dass ein Elf so viele Seelen gleichzeitig anzapft, und das über einen längeren Zeitraum.« Die Resignation in Ilias' Stimme hielt sie davon ab, weiter Fragen zu stellen, und so wandte sie ihren Blick wieder auf den Weg vor ihnen und hing ihren Gedanken nach.

Als sich schließlich das nächstgelegene Dorf am Horizont abzeichnete, hielten sie an.

»Wir sollten nicht alle zusammen da auftauchen«, meinte Kian. »Man würde Ilias ohnehin sofort erkennen.«

»Dann gehen wir beide«, sagte Aron und zog sich die Kapuze seines Umhangs über den Kopf. Kian nickte. Sie mussten etwas zu essen besorgen.

Ilias sah gen Osten. »Die Kapelle ist hier in der Nähe.«

Kian folgte seinem Blick. »Ja«, gab er zurück. »Sie könnte uns für einige Tage Unterschlupf gewähren. Wartet dort auf uns.«

»Ihr schlagt euch doch die Köpfe ein, wenn ihr zusammen geht«, warf Luana ein. »Lasst mich euch begleiten.«

Kian winkte ab. »Vielleicht ist es ganz schön, dass wir ein wenig Zeit zu zweit verbringen, Aron und ich. Wir könnten uns näherkommen.«

Aron zog eine Augenbraue hoch. »Ich glaube nicht.«

Luanas überraschter Gesichtsausdruck brachte Kian zum Lachen. »Bleib du bei deiner Freundin. Ich glaube, sie könnte dich mehr brauchen als dein menschliches Spielzeug hier.«

Bei den Worten zuckte Kaaya kurz zusammen. Machte sie so einen bedürftigen Eindruck auf die anderen?

»Er ist kein Spiel–«

»Ist schon in Ordnung, Lu.« Aron küsste sie und wandte sich dann an Kian. »Lass uns aufbrechen.«

Der Weg zur Kapelle schien weiter als gedacht, und Kaaya merkte, wie sie immer müder wurde. Auch das Pferd unter ihr trug sie eher in einem langsamen Schritt über die Wiese. Ob sie noch etwas von Orianas Toniken dabeihatte? Arians Tante hatte gesagt, dass sie ihr etwas gegen die Müdigkeit einpacken wollte. Als sie nach ihrem Beutel griff, drehte sich plötzlich alles um sie herum. Die Ränder ihres Sichtfelds wurden schwarz, und es fiel ihr zunehmend schwerer, sich auf dem Rücken des Pferds zu halten.

»Kaaya!« Luanas Stimme drang wie durch Watte an ihr Ohr, und sie spürte zwei starke Arme, die sie auffingen, bevor alles um sie herum immer dunkler wurde.

Irgendwann hörte sie einen lauten Piepton, ein Rauschen in ihren Ohren. Nur mühsam konnte Kaaya ihre Augen öffnen, ihr Kopf fühlte sich schwer an. Was war geschehen? Wo war sie? Als sie einige Male blinzelte, bemerkte sie, dass sie an eine hölzerne Decke blickte. Vorsichtig setzte sie sich auf, konnte aber nicht verhindern, dass Sterne vor ihren Augen tanzten.

»Mach langsam. Du bist ohnmächtig geworden. Dein Kreislauf hat sich noch nicht stabilisiert.« Luana saß an ihrem Bett und sah sie besorgt an.

Bett?

Kaaya schaute sich um. Sie waren in einem kleinen Raum, in dem außer dem Bett und einem Tisch mit zwei Stühlen kaum etwas stand. In einer anderen Ecke konnte sie einen Kamin und daneben eine Kochstelle entdecken, aber ansonsten war hier nichts. Sie hob die Augenbrauen hoch.

»Wo ist Ilias?«

»Er holt ein wenig Holz für den Kamin. Wie fühlst du dich?«

Sie überlegte einen Moment. »Ich glaube, gut. Was war mit mir? Wo sind wir hier?«

»Du bist fast vom Pferd gefallen. Vermutlich waren die Strapazen der letzten Tage einfach zu viel für dich.« Luana streckte sich in ihre Richtung, um ihr eine Hand auf die Schulter zu legen. »Die Hütte befand sich auf unserem Weg und niemand war hier. Wir dachten, dass wir uns ein wenig ausruhen könnten, bevor wir weiter zur Kapelle reiten.«

»Wir könnten doch auch hierbleiben. Es ist gemütlich hier.«

Luana zuckte mit den Schultern. »Aron und Kian wissen nichts davon. Außerdem könnten die Bewohner zurückkehren. Ich denke, wir wärmen uns ein wenig am Feuer auf und reiten dann weiter.« Sie gähnte. »Eventuell haue ich mich für ein paar Minuten aufs Ohr. Darf ich?« Sie deutete neben sie, und Kaaya rückte lächelnd ein Stück, um ihr Platz zu machen. Nur wenige Sekunden später war ihre Freundin eingeschlafen.

Die Tür öffnete sich mit einem Knarren, und Ilias trat ein, auf seinen Armen ein Haufen Holzscheite. Kaaya legte sich den Finger auf die Lippen, um ihm zu bedeuten, leise zu sein. Sie zeigte auf Luana und erhob sich dann, so langsam sie konnte.

»Wo hast du die her?«, flüsterte sie, als er die Scheite leise in den Kamin warf.

»Aus dem Wald.«

Sie runzelte die Stirn. »Die lagen da einfach so herum?«

Seine ernste Miene wich und ein belustigtes Grinsen umspielte seine Lippen. »Ich habe die Luft zu meinem Werkzeug gemacht. Sie kann ganz schön scharf schneiden, wenn man nur weiß, wie.«

Sie spitzte die Lippen und nickte. Ja, darauf hätte sie selbst kommen können. Sie war froh darum, dass er diese Technik nicht in ihrem Übungskampf gegen sie verwendet hatte. »Hast du eigentlich auch andere Affinitäten?«

Ilias schüttelte den Kopf, wobei sich eine Strähne hinter seinem Ohr löste und in sein Gesicht fiel. Instinktiv verspürte sie das Bedürfnis, die Finger nach der Strähne auszustrecken, um sie ihm wieder zurückzuschieben, doch er kam ihr zuvor. Für einen Wimpernschlag begegneten sich ihre Blicke und in seinem funkelte etwas Unergründliches.

»*Du magst sie*«, hallten Pertheas' Worte in ihrem Kopf nach und ihr Herz klopfte schneller.

»Was mit deiner Seelengefährtin passiert ist, tut mir leid«, flüsterte sie und biss sich noch im selben Moment auf die Unterlippe. Eigentlich hatte sie nur etwas sagen wollen, um die seltsame Stimmung zwischen ihnen zu brechen, doch kaum hatte sie die Worte ausgesprochen, wollte sie sie zurücknehmen.

Ilias' Gesicht verdunkelte sich und er drehte sich wieder zum Kamin. »Danke.«

Während er versuchte ein Feuer zu entzünden, spielte Kaaya mit ihren Fingern und überlegte fieberhaft, worüber sie sprechen könnte. Die Stimmung jetzt war drückender als zuvor, und es tat ihr leid, dass er nun an seine tote Seelengefährtin denken musste.

»Ich esse gerne Elfenobst.«

Ilias' Körper versteifte, bevor seine Schultern zuckten. Es dauerte einen Moment, bis sie bemerkte, dass er krampfhaft versuchte ein Lachen zu unterdrücken. Götter, sie wollte im Erdboden versinken.

»Welches magst du am liebsten?« Er hatte sich ihr erneut zugewandt, Lachtränen glitzerten in seinen Augenwinkeln.

Er sah noch schöner aus, wenn er glücklich war. Sie schüttelte ihren Kopf und setzte dann zu einer Antwort an, doch *Mareenabeeren* wollte ihr nicht über die Lippen kommen. Ein Kloß bildete sich in ihrem Hals und sie senkte den Blick. Ihr Atem ging zittrig, als die Holzdielen knarrten, weil Ilias sich langsam auf sie zubewegte, bis er ganz dicht vor ihr stand.

»Ist alles in Ordnung?«

Sie nickte, nicht fähig, etwas zu sagen. Er war so nah, dass sie den herben Duft wahrnehmen konnte, der ihn umgab. Wieder drifteten ihre Gedanken zu Arian ab und schnürten ihr die Kehle zu. Aber es war Ilias, der die Hand nach ihrem Gesicht ausstreckte, sie am Kinn fasste und mit dem Daumen eine Träne auffing, die sich zwischen ihren Wimpern gelöst haben musste. Sie hielt den Atem an, während sie seinen Blick suchte.

»Ich esse am liebsten Äpfel.« Seine Stimme klang rau und kratzig, und Kaaya versuchte das Gesagte einzuordnen, ehe sie leise auflachte.

»Äpfel?«, wiederholte sie ungläubig. »Ihr habt so vielseitiges Obst und du isst am liebsten *Äpfel*?«

Er prustete los, und sie konnte nicht anders, als laut mitzulachen.

»Ist das euer verdammter Ernst?«, murrte Luana und warf im Halbschlaf ein Kissen nach ihnen. Sie lachten nur noch lauter, auch wenn es Kaaya ein bisschen leidtat.

Schließlich warfen sie die letzten Scheite in den Kamin und Luana entzündete ein Feuer. Ihre Laune hatte sich zum Glück gebessert. Zusammen setzten sie sich vor die Flammen und genossen ihre Wärme. Kaaya wäre am liebsten für immer an diesem friedlichen Ort geblieben, doch die Realität holte sie schnell wieder ein. Seufzend rappelte sie sich auf und folgte Ilias und Luana ins Freie. Sie schwangen sich auf die Pferde und kamen der Kapelle immer näher. Bei ihrem Anblick schmolz ihr Herz. Sie war von wunderschönem weißen Gemäuer und hohe Türme und Fenster rundeten das Kunstwerk ab. Der Mond ragte hoch über ihr auf und verlieh dem Ort eine magische Aura.

»Sie ist schön, nicht wahr?«, fragte Ilias ehrfürchtig.

Kaaya nickte und konnte kaum wegsehen. »Atemberaubend schön.«

Angenehm warme Luft strömte ihnen entgegen, als sie die

Kapelle betraten. Drinnen war es genauso dunkel wie draußen, ehe Luana die Kerzen erhellte. Es waren mehrere Hundert, die die gesamte Halle erleuchteten. Keine zehn Sekunden später schoss Kaaya ein Schmerz durch den Kopf, der sie auf die Knie zwang.

»Kaaya!« Luana kniete sich neben sie. »Was hast du?«

»Mein Kopf …« Sie stöhnte auf.

Luana sah sich um, ihr Blick blieb am Altar hängen. »Was ist das für ein Ort?«

»Was meinst du?«, fragte Ilias sichtlich verwirrt. »Eine Kapelle. Hier werden Zeremonien abgehalten.«

»Bleib bei ihr«, sagte sie und zeigte auf Kaaya. Dann schritt sie den Gang entlang hinauf zum Podest.

Ilias hielt Kaaya eine Hand hin. »Kannst du aufstehen?«

Sie schüttelte stöhnend den Kopf. »Es tut so weh.«

»Luana?«, fragte er plötzlich. »Was tust du da?«

Als sie den Tonfall hörte, zwang sie sich hochzublicken. Luana stand mit geschlossenen Augen am Altar, der Schein der Kerzen um sie herum ließ sie aussehen wie eine Heilige. Sie hatte die Arme zu beiden Seiten ausgestreckt, und erst jetzt bemerkte Kaaya, dass Blut an ihnen hinunterlief.

»Luana!« Noch im selben Moment fegte ein leichter Wind durch die Kapelle, und Kaaya konnte beobachten, wie Luanas Körper zu flimmern begann.

»Hier ist ein Riss zwischen den Welten!«, rief sie.

»O Götter«, wisperte Kaaya. Die Schmerzen waren einem dumpfen Pochen gewichen. Sie blickte hoch zu Ilias, der kreidebleich geworden war. Er blinzelte nicht, und sie hätte schwören können, dass er aufgehört hatte zu atmen. Er sank neben sie auf den Boden.

»Ilias!« Kian und Aron waren zurück.

»Luana!« Aron rannte auf den Altar zu und packte seine Seelengefährtin am Arm. Sie hörte auf zu flimmern und kam zurück. »Was tust du da?«

»Ilias«, hauchte Kian. »Ilias, das ist … Das heißt …«

Der Prinz nickte, doch Kaaya verstand gar nichts mehr. Sie blickte von ihm zum Podest und wieder zurück. »Hat eure … Sollte eure Zeremonie hier stattfinden?«

Noch einmal nickte Ilias und da dämmerte es ihr allmählich. Seine Seelengefährtin, Neah hatte Pertheas sie genannt, war während der Zeremonie ermordet worden. An diesem Ort. An diesem Altar. Und dann griff die Gewissheit mit eiskalten Klauen nach ihrem Herzen.

»*Ein Riss zwischen den Welten entsteht an einem Ort, an dem starke Energie freigesetzt wird, also auch nachdem eine Seele aus dem Körper getreten ist. Durch Gewalteinwirkung.*«

»*Ihre* Seele.« Kaaya erkannte ihre eigene Stimme kaum wieder. »Ihre Seele hat den Riss geschaffen, als sie …«

»Als sie aus ihrem Körper trat, während sie starb«, vollendete Kian den Satz.

»Von wem sprecht ihr?«, wollte Aron wissen.

»Von einer starken Seelenmagierin«, antwortete Luana und alle Köpfe wandten sich ihr zu. »Ich kann sie spüren. Ihre Seele hat den Riss nicht nur erschaffen. Sie ist hindurchgegangen.«

Ilias sah ungläubig zu Luana und zu der Stelle, auf die sie zeigte. »Neah war keine Seelenmagierin«, sprudelte es aus ihm hervor. »Sie war Gedankenmagierin. Eine der letzten ihrer Art«, leichte Unsicherheit klang nun in seinen Worten mit.

»Vielleicht hatte sich ihre Seelen-Affinität noch nicht manifestiert«, gab Luana zurück. »Aber an dem Tag ihres Todes – oder an dem Tag, an dem sie sterben sollte – erwachte ihre Magie. Du wirst es selbst spüren, wenn du hindurchgehst.«

»Hindurchgehen?«, fragte Ilias. »Nach Eseria?«

Kaaya sah, wie seine Augen glänzten. Eine Mischung aus unsagbarer Trauer und leiser Hoffnung stand in ihnen und es bewegte etwas tief in ihr drin.

»Das ist unsere Lösung«, sagte Luana. »Anstatt hier herumzusitzen und uns zu überlegen, wie wir weitermachen, gehen wir zurück. Wir gehen alle gemeinsam zurück nach Eseria. Dein Vater wird nach dir suchen lassen, aber nicht in Eseria. Er wird dich dort nicht vermuten. Und denk an Neah!«

»Sollte dies ein grausames Spiel sein …«, fing Ilias an, ehe seine Stimme brach.

Luana schüttelte den Kopf. »Das ist kein Spiel. Ich weiß jetzt, was es heißt, seine Seele einem anderen zu verschreiben«, sie warf Aron einen warmen Blick zu, »und ich würde so etwas nicht behaupten, wenn es nicht wahr wäre. Neahs Seele ist in Eseria. Komm.«

Ilias erhob sich und trat, gestützt von Kian, auf das Podest. Kaaya und Aron folgten ihnen.

»Ihr müsst euch schneiden«, sagte Luana. »Damit ihr hindurchkönnt.«

Ilias sah zu Kian, der kaum merklich nickte. »Sie hat recht. Pertheas wird nicht ruhen, ehe er dich gefunden hat. Du weißt zu viel.«

»Und wenn Neah wirklich dort ist …«

»Dann finden wir sie.«

Nun drehte Ilias sich zu Kaaya um, und ihr Herz machte einen Satz, als sie in sein entschlossenes Gesicht blickte. Unwillkürlich tastete sie nach Arians Seelenstein. Alles, was jetzt zählte, war, zurück zu seinem Körper zu gelangen und das Ritual zu vollziehen. Also nickte sie ebenfalls.

Er war der Erste, der sich mit einem Fingernagel die Handfläche aufschnitt. Sein Blut tropfte feucht und heiß auf den Boden. Noch während Kaaya ihn beobachtete, spürte sie, wie ihre Seele an einen anderen Ort gezogen wurde. Doch nicht nur das. Sie spürte auch etwas anderes. Neah? Aus dem Augenwinkel beobachtete sie, wie ihrer aller Körper flimmerten. Und dann wurde alles um sie herum in Schwärze getaucht.

—

NEAH

Als die Flügeltüren nach einer gefühlten Ewigkeit endlich aufschwangen, setzte ihr Herzschlag für einen Moment aus. Kaum war sie eingetreten, fand ihr Blick den seinen, und sie spürte, dass ab jetzt alles gut werden würde. Dass sie von nun an unzertrennlich sein würden.

Er, sie und das Wunder, das sie unter ihrem Herzen trug.

Flüchtig berührte sie ihren Bauch, der sich unter dem eng anliegenden weißen Kleid aus zarter Spitze leicht wölbte. Ein nervöses Lächeln stahl sich auf ihre Lippen. Mit jedem Schritt, den sie auf ihn zutrat, sah sie ihre Zukunft klarer vor sich. Er erwiderte ihr Lächeln, um ihr ein Stück ihrer Aufregung zu nehmen, und streckte ihr seine Hand entgegen, als sie am Podest angekommen war. Sie legte ihre Hand in seine große, als wollte sie ihm sagen Ich bin dein. *Sie schritt die Stufen hinauf und nun standen sich Prinz und Prinzessin gegenüber. Ihre Hände noch immer ineinander verschlungen, lauschten sie dem Priester, der das Wort erhob.*

Sein Gebet wurde durch einen spitzen Schrei unterbrochen. Erst als Ilias ihren Namen rief, spürte Neah, dass sie selbst es war, die schrie. Ein stechender Schmerz zog sich von ihrer Brust durch ihren ganzen Körper. Als würde eine unsichtbare Hand nach ihrem Herzen greifen und es zusammendrücken. Als würden ihre Organe in Flammen stehen. Blutmagie? Aber wer würde …?

Mit weit aufgerissenen Augen blickte sie an sich hinab und da sah sie es. Das ganze Blut, das ihre weiße Robe dunkelrot färbte. »Unser Baby«, sagte sie. Zumindest dachte sie, dass sie das sagte. Es war mehr ein Gurgeln, das aus ihrer Kehle drang. Alles um sie herum drehte sich und kippte. Sie kippte. Zwei starke Arme legten sich um ihren Körper und fingen sie auf.

Ilias.

Es tut mir leid, *wollte sie sagen.* Rette unser Baby.

In seinen Augen stand Verzweiflung. Tiefe Verzweiflung und unsäglicher Schmerz. Hilflosigkeit.

Es tut mir leid.

Ihr Sichtfeld verdunkelte sich. Sie konnte nur noch das Saphirblau seiner Augen funkeln sehen. Die Dunkelheit drohte sie zu verschlingen, als sie plötzlich etwas anderes spürte als den Schmerz. Etwas tief in ihr drin löste sich aus ihrem Körper und mit ihm ging auch der Schmerz. Sie spürte, wie es ihren Körper verließ, und dann bemerkte sie Licht. In diesem Moment brannte es entlang ihrer Wirbelsäule. Instinktiv wusste sie, dass violette Runen auf ihren Rücken traten. Und sie wusste, wie sie sich retten konnte.

Sich und das Baby.

Kapitel 26

Kaaya

Kaaya öffnete die Augen und kniff sie noch im selben Moment wieder zusammen. Ein grelles, warmes Licht fiel in ihr Gesicht.

Licht?

Warm?

Erneut blinzelte sie einige Male, bis sie sich an die Helligkeit gewöhnt hatte. Sie lag auf dem Boden. Das Licht trat aus einem der vielen hohen Fenster um sie herum. Bei genauerem Hinsehen bemerkte sie, dass die Gläser gesprungen waren und das Holz ihrer Rahmen spröde.

»Uff«, machte jemand neben ihr. Luana richtete sich auf und blickte ebenso ungläubig umher. »Wir sind zurück, oder?«

Kaaya überlegte kurz. »Ja. Ja, ich denke schon.« Neben ihr lagen Ilias und Kian. »Wo ist Aron?«

»Ich bin hier«, kam es zurück, als Aron eintrat. »Ich habe mich ein wenig umgeschaut.«

»Der Ort kommt mir bekannt vor«, sagte sie und betrachtete ihre Umgebung.

Aron rieb sich nervös die Stirn. »Das könnte daran liegen, dass du hier gelebt hast.«

Mit einem Mal war Kaaya auf den Beinen. »Wie meinst du

das?« Sie ließ Aron nicht die Gelegenheit zu antworten. Hastig schob sie sich an ihm vorbei und trat nach draußen. Der Himmel war von einem hellen Blau, und die Sonne, die weit oben stand, schien herab auf das Dorf. Auf den Marktplatz, die Schmiede, Tristans Haus, *ihr* Haus.

»Nein«, wisperte sie und schlug sich die Hand vor den Mund. So viele Erinnerungen prasselten auf sie ein. Nicht die Erinnerungen, die sie als Kind verloren hatte. Nein, die waren fort. Aber alles, was danach geschehen war. Der Tod ihrer Mutter. Der Tod ihres Bruders. Ihr betrunkener Vater. Ihr Leben auf der Straße. Hunger. Dreck. Kalter Asphalt. Graue Augen. Warme graue Augen. Augen, die geschlossen wurden. Ein Schluchzen brach aus ihr heraus.

Sanft schlossen sich Arme um ihren zitternden Körper. »Lu«, flüsterte sie. »Ich kann nicht. Ich wollte nicht … ich … nie wieder …«

»Ich weiß«, murmelte Luana leise und stützte das Kinn auf ihre Schulter. »Aber du bist nicht mehr das kleine, ängstliche Mädchen von damals. Du bist so tapfer.«

»Bin ich nicht.« Wenn Luana sie nicht gehalten hätte, wäre sie gefallen.

»Doch«, wisperte Luana an ihrem Ohr. »Aus deinem Schmerz wurde eine Kriegerin geboren, Kaaya. Ja, du hast Narben«, fuhr sie fort, »die haben wir alle. Wir müssen nur lernen, sie zu unseren Flügeln zu machen.« Kaaya schloss die Augen und Tränen rollten warm ihre Wangen hinab. »Der Schmerz mag dich geformt haben, aber er bestimmt nicht, wer du bist.«

Stumm griff sie nach Luanas Hand und drückte sie fest. Sie hoffte, dass ihre Freundin verstand, wie dankbar sie für ihre Worte war.

»Sie wachen auf!«, rief Aron plötzlich hinter ihnen.

Kaaya spürte, wie sich Luanas Körper hinter ihr versteifte. Ilias und Kian würden gleich zum ersten Mal in ihrem Leben Sonnenlicht sehen.

ILIAS

Das Erste, was er spürte, als er wieder zu Bewusstsein kam, war Wärme. Sein Gesicht, seine Arme, seine Beine, sein ganzer Körper – alles war erfüllt von einer Wärme, die sich anders anfühlte als die, die er sonst kannte. Hinter seinen Augenlidern wich die Schwärze einem tiefen, dunklen Rot.

»Wir sind in Eseria«, flüsterte jemand dicht an seinem Ohr.

Eseria? Eseria …

»Ist das ein Traum?« Er wollte die Augen noch nicht öffnen. Es fühlte sich so echt an. Es sollte nicht vergehen.

Ein leises Lachen ertönte, das ein angenehmes Kribbeln unter seiner Haut auslöste. »Nein.«

Langsam, ganz langsam, öffnete Ilias ein Auge, dann das andere. Schwarz zeichnete sich eine Silhouette vor ihm ab, hinter ihr helles Licht, das sich um ihren Kopf legte wie ein Heiligenschein. »Neah?«

Die Gestalt schüttelte den Kopf. »Ich bin es. Kaaya.«

Seine Sicht schärfte sich allmählich. Kaaya. Es war nur Kaaya. Kaaya, die ihn gerettet hatte. Sie half ihm dabei, sich aufzurichten, und als sie schließlich aus seinem Sichtfeld trat, fiel sein Blick auf das bodentiefe Fenster, aus dem helles Licht drang.

Er keuchte. »Ist das …«

»Sonnenlicht«, ergänzte Kaaya, als er nicht weitersprach.

Er war noch immer wackelig auf den Beinen, doch das hinderte ihn nicht daran, näher an das Fenster heranzugehen. Er stützte sich am Fensterrahmen ab und bemerkte kaum, dass sich Holzsplitter in seine Hand bohrten. Vor ihm erstreckte sich ein Himmel von einem Blau, das er noch nie gesehen hatte. Grünes Gras, das bedeckt war von Blumen in Gelb, in Rot und in einer Farbe, die er nicht kannte. Ilias nahm nur am Rande wahr, dass sich jemand zu ihm stellte. Erst als ein Lachen ertönte, sah er neben sich.

»Warum lachst du?«, fragte er Kian.

»Du lachst doch auch«, gab dieser zurück.

Jetzt erst bemerkte Ilias das breite Lächeln auf seinem eigenen Gesicht. Für diesen einen Moment konnte er vergessen, was sich in den letzten Tagen zugetragen hatte.

KAAYA

»Das ist die Dorfkirche«, erklärte Kaaya, als sie alle nach draußen getreten waren und das Gebäude betrachteten, in das sie der Riss katapultiert hatte. Das Gegenstück der Kapelle im Nebulum. »Ich hatte bereits ein merkwürdiges Gefühl, als wir die Kapelle betreten haben«, fuhr sie fort. »Als ob ich schon einmal dort gewesen wäre.«

»Und das dort unten ist deine Heimat?« Ilias zeigte auf das Dorf unterhalb des Hügels, auf dem die alte Kirche stand.

»Ja«, antwortete sie. »Dort wurde ich geboren, und dort bin ich aufgewachsen, bis …« Sie schüttelte den Kopf.

»Bis was?«

»Ich habe mein Gedächtnis verloren, als ich elf Jahre alt war. Mein Vater wollte mich nicht mehr und hat mich auf die Straße gesetzt. Ich sei nicht länger seine Tochter … Das ist jetzt sieben Jahre her.« Die Worte kamen mechanisch über ihre Lippen, als würde sie nichts dabei empfinden, sie auszusprechen. Sie hatte sich inzwischen daran gewöhnt, von ihrer tragischen Geschichte zu erzählen, und sie kannte auch die Reaktionen darauf. Gleich würden sich seine Augen weiten, und er würde sagen, wie schrecklich das sei.

»Das erklärt einiges«, erwiderte er stattdessen und musterte sie mit festem Blick. Sie fühlte sich überrumpelt.

»Ich, ähm … was meinst du?«

»Du bist unerschrocken und mutig. Hast deine zwei Freunde eingesammelt und bist mit ihnen ins Nebulum aufgebrochen, um einen Seelenmagier zu stellen und deinen Freund zu retten.«

Kaaya starrte Ilias einfach nur aus großen Augen an.

»Und du hast mich gerettet«, fügte er etwas leiser hinzu.

Aron räusperte sich neben ihr. »Und was tun wir jetzt? Ich will ja nicht unhöflich sein, aber …« Er deutete auf Ilias und Kian. »Man sieht euch an, dass ihr nicht von hier seid. Das wird Fragen aufwerfen, wenn wir zurück nach Argonsfeld reiten.«

Kaaya wusste, was er meinte, und ließ ihren Blick zwischen den beiden Schattenelfen hin- und herwandern. Während Kians Haut von einem hellen Grau war, war Ilias' so weiß, dass er fast durchscheinend wirkte. Seine Augen waren tiefblau, saphirblau. Die Farbe bewegte etwas tief in ihrem Inneren. Sie wandte sich schnell wieder ab und widmete sich Kians dunkelroten Augen, die fast purpurn wirkten. »Ja«, sagte sie dann. »Das wird Fragen aufwerfen.«

»Wir warten, bis die Sonne untergegangen ist«, schlug Luana vor und sie stimmten ihr zu.

Aron sammelte einige Äste und sie entzündeten ein Lagerfeuer, um das sie sich setzten.

»Gibst du mir noch etwas Brot?« Luana sah zu ihrem Seelengefährten rüber, der ihr einen Brocken reichte. Sie röstete es am Feuer, ehe sie sich ein Stück davon abbrach.

»Ich weiß nicht, was wir jetzt tun sollen«, sagte Ilias und zeigte auf sich und Kian. »Mein Vater will mich töten. So, wie er meine Seelengefährtin getötet hat.«

Die Stimmung schlug um, Luana hustete leise und klopfte sich auf die Brust, als ihr der Bissen vom Brot im Hals stecken geblieben zu sein schien.

»Das hat er nicht«, erwiderte Kaaya. »Wir haben herausgefunden, dass sie es geschafft hat, ihre Seele im letzten Augenblick zu retten. Und die Seele eures Babys –«

»Was?«, fiel Ilias ihr ins Wort. Er hatte die Brauen zusammengezogen und funkelte sie an. »Woher weißt du von dem Baby?«

Sie schaute irritiert von ihm zu Luana und Aron. »Die Vision«, stammelte sie. »Als wir den Riss betreten haben.«

»Vision?«, hakte Luana nach. »Du meinst, du hast nicht nur Neah gespürt, sondern auch ein Baby?«

»Nein, das ist es nicht«, antwortete sie, und ihr Atem ging plötzlich so hektisch, dass sie das Blut in ihren Adern rauschen hörte. »Ich … ihr … habt ihr es nicht gesehen? Die Kapelle? Die Zeremonie? Das Blut?«

»Was ist das für ein Spiel?« Ilias war aufgesprungen, sein Blick wirkte gehetzt, seine Stimme überschlug sich.

Sie sah verunsichert zu ihm hoch. »Ich habe es durch ihre Augen erlebt. Den Tag der Zeremonie. Ich dachte, ihr hättet auch –«

»Was war mit dem Baby?«, presste er hervor, und sie erschauderte unter seinem Blick, in dem etwas Animalisches aufflackerte.

»Moment!«, rief Luana, sprang ebenfalls auf und stellte sich vor Ilias. »Du beruhigst dich jetzt erst einmal.«

»Ist schon in Ordnung«, sagte Kaaya. »Ich kann es ihm erzählen.«

Und so berichtete sie, was sie gesehen hatte, wie nervös Neah gewesen war, als sie den Gang zum Altar entlanggeschritten war. Wie viel Glück sie verspürt hatte. Wie sehr sie Ilias und das Baby geliebt hatte. Und sie erzählte, wie Neah ihre Seele von ihrem Körper abgespalten hatte, als dieser gestorben war. Wie es ihr vorher gelungen war, die Seele des Babys in Animarium zu konservieren. Wie das alles innerhalb ihrer letzten Atemzüge geschehen war, ganz instinktiv. Wie sich schlussendlich ihre Seelen-Affinität manifestiert hatte und wie sie dann friedlich eingeschlafen war in dem Wissen, dass sie das Baby beschützt hatte.

Ilias hatte sich während der Erzählung wieder hingesetzt und Kaaya gebannt gelauscht. »Das heißt, unser Kind lebt weiter?«

»Sofern Animarium dazu in der Lage ist, die Seele über mehrere Jahre zu konservieren, ja. Ja, ich habe gespürt, dass Neah sich sicher war.«

»Und wie …« Seine Stimme brach und Kian legte ihm eine Hand auf die Schulter.

Kaaya spürte einen Stich im Herzen, als sie ihn so leiden sah.

Auch Luana setzte sich wieder hin. »Sagtet ihr nicht, dass Seelen eine Hülle brauchen? Einen Körper?«

»Ja«, antwortete Ilias. »Mein Vater hat davon erzählt.«

»Also hat Neahs Seele vielleicht einen neuen Körper gefunden.« Alle schauten die Elfe fragend an. »Ich habe darüber gelesen, als ich in der Großen Bibliothek recherchiert habe. Es waren

Thesen, Mythen, alle unbestätigt. Eine Elfe schrieb, dass einen Tag nach dem Tod ihres Seelengefährten ein Fremder vor ihrer Tür stand. Er war wirr im Kopf und sprach zusammenhanglose Dinge. Weil sie sich mit ihrer Trauer alleingelassen fühlte, nahm sie ihn bei sich auf. Es stellte sich heraus, dass er dieselben Speisen liebte wie ihr Seelengefährte einst. Es waren auch einige andere Dinge aufgeführt, aber ich habe sie nur überflogen. Jedenfalls war sie der festen Überzeugung, ihr Seelengefährte wäre zu ihr zurückgekommen.«

Herzschlag um Herzschlag verging, während sie alle schwiegen. »Ich …«, begann Ilias dann. »Ich habe schon immer gespürt, dass sie noch da ist. Ich habe gedacht, ich würde den Verstand verlieren.«

In dem Moment erfasste Ilias ein Schmerz, den Kaaya tief in ihrer Seele spüren konnte. Es raubte ihr beinahe den Atem. Sie schaute ihn an, seine Augen, die im Schein der Flammen funkelten wie die kostbarsten Saphire. Dieser Anblick … Er war das Letzte gewesen, was Neah gesehen hatte, bevor sie für immer gegangen war – aus diesem Leben. Und er hatte sich in Kaayas Erinnerungen eingebrannt. Als sie seine Augen jetzt betrachtete, verspürte sie eine Sehnsucht, die sie auf der Stelle zu verzehren drohte. Eine alte, uralte Sehnsucht, die ein Teil von ihr war, seit sie denken konnte.

Sie wusste nicht, wie ihr geschah. Es war, als würde eine fremde Macht sie leiten, als sie zaghaft ihre Hand ausstreckte und Ilias' Gesicht berührte. Ihre Fingerspitzen, die seine warme Haut streiften, kribbelten.

»Kaaya«, hörte sie Luana sagen. »Kaaya, was …?«

Ilias' saphirblauer Blick bohrte sich in ihren. Diese Augen, die sie wahnsinnig machten. Diese Augen, die so viel in ihr auslösten. Er legte seine Hand auf ihre und hielt sie an seiner Wange fest, schmiegte sein Gesicht hinein. Die Intensität dieses Gefühls war berauschend, seltsam vertraut.

»Neah!« Luanas Stimme war diesmal so eindringlich, dass sie aus ihrer Trance erwachte. Erschrocken zog sie ihre Hand zurück, dann sah sie von Ilias zu Luana.

»Wie hast du mich gerade genannt?«

Luana hatte die Augen weit aufgerissen. »So muss es gewesen sein«, flüsterte sie.

»Wovon sprichst du? Ich habe nicht … Ich wollte nicht …« Sie zeigte auf Ilias. »Ich weiß nicht, warum ich das getan habe.«

»Du bist ihr Körper«, sagte Luana.

»Was?« Kaayas Stimme war kaum mehr als ein Hauch. Sie sah zu Ilias, in dessen Gesicht eine Mischung aus Unglauben und Verwirrung stand. »Was?«

Luana rieb sich über die Augen. »Du bist gestorben, Kaaya. Du hast die Blutseuche nicht überlebt. Verstehst du?«

Alles um sie herum drehte sich. Kalter Schweiß brach ihr aus und sie zitterte von innen heraus. »Nein. Nein, ich … verstehe nichts … nichts mehr.«

»Neahs Seele trat hier in Kaltennest aus dem Riss. Und vermutlich hat sie sich an den ersten leeren Körper geklammert, den sie finden konnte.«

»Leerer … Körper?«

Kians Worte schossen ihr durch den Kopf. *»Ich glaube, du erinnerst ihn an jemanden.«*

Luana griff nach ihrer Hand, doch sie entzog sich ihr. »Ein Körper ohne Seele. Ein toter Körper, Kaaya. So muss es gewesen sein. Wie lange ist das mit Neah her?«, fragte sie dann an Ilias gewandt.

»Sieben Jahre«, antwortete Kian an seiner statt. Ilias saß da wie versteinert.

»Also habe ich recht«, meinte Luana trocken und wandte sich Kaaya zu. »Ich fürchte –«

»Nein! Du wirst mir jetzt nicht erzählen, dass mein ganzes verdammtes Leben eine Lüge ist!«

Arian …

Luana sah Hilfe suchend zu Aron, der jedoch keine Anstalten machte, sich einzumischen.

»Luana könnte recht haben«, kam es von Kian. »Ilias, du hast selbst gesagt, dass Neah noch irgendwo sein muss!«

»Aber nicht in mir!«, rief sie hysterisch. »Ich bin doch ich! Ich bin Kaaya! Kaaya Danell, Tochter von Roman Danell und Madya Danell, geborene Hohen!«

Luana packte sie an den Schultern und sah ihr eindringlich in die Augen. »Das warst du auch. Dein altes Ich. Deine alte Seele. Aber sie hat deinen Körper verlassen, als du mit deiner Mutter und deinem Bruder an der Blutseuche gestorben bist. So versteh doch! Kaaya starb in dieser Nacht und Neahs Seele fand ein neues Zuhause in dem noch warmen Körper. Sie muss all ihre Erinnerungen verloren haben, als sie durch den Riss gegangen ist. Deswegen bist du ohne ein Gedächtnis aufgewacht. Du hast bei null angefangen. Du hast nur gedacht, du wärst Kaaya, weil du in *ihrem* alten Leben aufgewacht bist. Alles deutet darauf hin.«

Ihr Kopf dröhnte. Stöhnend massierte sie sich die Schläfen, nachdem sie Luanas Griff abgeschüttelt hatte. »Das ist alles zu viel. Zu viel …«

Arian …

»Das Animarium hat dir nichts ausgemacht.« Sie blickte auf, als sie Ilias' vertraute Stimme hörte. Sein Gesicht sah so aus, wie sie sich fühlte. »Und du bist in der Kapelle fast ohnmächtig geworden vor Schmerz, als wir uns dem Riss genähert haben.

Dem Riss, den Neah ...« Seine Stimme brach und Luana ergriff wieder das Wort.

»Erinnerst du dich an deine Kopfschmerzen im Erlenwald? Als du beinahe ohne uns durch den Riss bist?«

Kaaya nickte mechanisch. »Weil ich ... weil meine Seele ...«

»Ja«, wisperte Luana.

Mit einem Mal erinnerte Kaaya sich an den Abend, an dem Pertheas Arians Seele mit sich genommen hatte. Stundenlang hatte ihr Kopf zuvor gepocht. Vielleicht, weil Pertheas den Riss in der Kapelle genutzt hatte und in Kaltennest herausgekommen war. Von dort aus waren es einige wenige Kilometer bis zu ihrem und Arians Zuhause im Erlenwald. Nur weil sie so nah an dem verfluchten Riss lebten, hatte Pertheas Arians Weg gekreuzt.

Ilias war aus seiner Starre erwacht und packte sie sanft an den Schultern. »Wir werden gemeinsam herausfinden, was passiert ist, Kaaya.«

Als sie ihren Namen aus seinem Mund hörte, rissen ihre Mauern ein. »Es tut mir leid«, murmelte sie erstickt. Sie wusste nicht einmal, was ihr leidtat. »Es tut mir leid. Es tut mir leid«, wiederholte sie dennoch immer und immer wieder, als sie das Gesicht in ihren Händen vergrub.

Ilias griff zaghaft nach ihren Fingern. Sie richtete ihren tränenverschleierten Blick auf den Boden, bis er sie sanft am Kinn fasste und ihr Gesicht anhob. Dann tat er etwas, das ihr Herz zum Rasen brachte. Er zog sie an sich und umarmte sie. Und in dieser Umarmung lag so viel, was Worte niemals würden ausdrücken können. Auch sie legte ihre Arme um ihn, und es fühlte sich so an, als hätte sie das schon Tausende Male getan. Die Wärme seines Körpers ging auf ihren über, während er das Gesicht in ihrer Halsbeuge vergrub und sie ihres an seine

Brust legte. Sein Herz schlug genauso schnell wie ihr eigenes. Sie spürte, wie in diesem Moment etwas in ihr heilte und etwas anderes für immer zerbrach.

Arian …

KAPITEL 27

ILIAS

Es hatte sich so vertraut angefühlt und doch so anders. Als ob sich ihre Seelen hatten sehen können. Aber alles, was seine Augen gesehen hatten, war Kaaya. Kaaya, die ihr Leben aufs Spiel gesetzt hatte, um ihren Freund zu retten. Ein Mädchen, das ihr Leben lang gekämpft hatte. Ein Mädchen mit Narben an den Händen und Narben in der Seele. Er hatte ihren Duft eingesogen. Da war kein Regen und keine aufgewühlte Erde. Mehr ein Duft von Rosen und Seife. Als Kaaya schließlich zu ihm hochgeblickt hatte, waren da warme, honigfarbene Augen gewesen. Keine Amethyste.

Keine Neah. Und doch … Kaaya hatte irgendetwas in ihm geweckt, als sie das erste Mal ihr Schwert gegen ihn erhoben hatte. Die Art, wie sie es hielt, wie sie es führte … Er hatte die letzte Woche über versucht sie nicht an sich heranzulassen, aber es war ihm nicht besonders gut gelungen. Alles in ihm reagierte auf ihre Anwesenheit. Und jetzt wusste er auch den Grund.

Ilias wollte nicht weiter darüber nachdenken, während sie in der Dunkelheit den Hang hinab zu dem kleinen Dorf am Berg liefen. Kaltennest hatte Kaaya es genannt. Ihre Heimat. Er spürte, dass sie angespannt war. Sie hatte ihren Blick starr geradeaus gerichtet, ihre Hände waren zu Fäusten geballt. Seit der Umarmung hatten sie nicht mehr miteinander gesprochen. Er hätte ohnehin nicht gewusst, was er sagen sollte. Ob ihr die plötzliche Nähe nicht zu viel gewesen war. Er hätte sie fragen sollen, aber seine Gefühle hatten ihn einfach überrollt … Seine wirren Gefühle, die sich immer noch nicht entwirrt hatten. Er ließ seinen Blick durch die Gegend schweifen, während in seinem Kopf dieselben Fragen ständig Runde um Runde drehten. Fragen, auf die er keine Antworten kannte. Auf die niemand eine Antwort kannte. Und doch waren es die wichtigsten Fragen seines Lebens. Würde er Neah zurückbekommen? Neah, wie sie einst gewesen war. Neah, die ihn erkannte und liebte.

Und ihr Baby …

»Reitet voraus«, unterbrach Kaaya sein Gedankenchaos schließlich.

Inzwischen hatten sie sich unbemerkt in einen der Ställe des Dorfes geschlichen, denn zu Fuß würden sie nicht weit kommen, ehe die Sonne aufging und seins und Kians Geheimnis lüftete.

Die Sonne … Sie war noch viel unglaublicher, als er es sich je hätte erträumen können.

»Warum?«, fragte Aron und riss Ilias erneut aus seinen Gedanken.

»Ich …« Kaaya senkte den Blick und zuckte mit den Schultern. »Ich schätze, ich möchte ihn sehen.«

»Deinen Vater?«

Sie nickte.

»Dann warten wir«, warf Ilias dazwischen. »Unsere Wege haben sich nicht gekreuzt, damit wir uns wieder verlieren.«

Ich kann dich nicht noch mal verlieren.

Kaaya schien zu überlegen, schließlich nickte sie. »Ich beeile mich.«

KAAYA

Je näher sie dem Haus kam, desto schneller ging ihr Atem. Da stand es. Die rote Farbe der Fassade war noch immer verblichen und bröckelte an einigen Stellen. Die weißen Fensterrahmen waren vergilbt und das Holz der Tür marode.

Und doch ließ der Anblick ihr Herz schneller klopfen. Wie oft war sie am Ende eines Tages hierhergekommen? Wenn sie sich konzentrierte, konnte sie sogar die Stimme ihres alten Vaters hören, die rau war vom Alkohol.

Vorsichtig trat sie näher, darauf bedacht, keinen Laut zu machen. Sie stellte sich an eins der Fenster und spähte in das Innere des Hauses. Auf dem Tisch brannte eine Kerze, die den Raum nur spärlich erhellte. Aber es genügte, dass sie die Gestalt auf dem Sofa ausmachen konnte. Sie hatte sich eine Decke um den Oberkörper geschlungen, der sich gleichmäßig hob und senkte. Ihr Vater schien tief und fest zu schlafen.

Dann hatte er sich anscheinend immer noch nicht dazu überwinden können, sich wieder in das Bett zu legen, das er einst mit ihrer Mutter geteilt hatte …

Mit Kaayas Mutter. Kaaya, die ebenfalls gestorben war. So wie seine Frau und sein Sohn. Ob er es gespürt und deswegen nicht hatte ertragen können, in das Gesicht einer falschen Tochter zu schauen?

Sie presste sich die Hand auf den Mund, um einen Schluchzer zu unterdrücken, während Tränen in ihr aufstiegen. Nur schwer riss sie sich vom Anblick ihres schlafenden Vaters los. Dieses Haus – dieses Dorf – all das war Teil eines anderen Lebens. Sie hatte sich so oft gewünscht, dass ihre Erinnerungen eines Tages zurückkommen würden. Ein einziges Mal wollte sie sich an die warme Umarmung ihrer Mutter erinnern, an das Lachen ihres Bruders. An einen glücklichen Vater. Sie hatte sich an diesen Gedanken geklammert wie an einen Anker. Die Hoffnung, dass sie sich an diese Zeit erinnern würde – eine Zeit ohne Schmerz –, hatte sie durch die letzten Jahre getragen.

In diesem Moment realisierte sie, dass sie sich niemals erinnern würde. Denn es waren nicht ihre Erinnerungen. Es waren die Erinnerungen eines anderen Mädchens. Eines, das an der Seuche erkrankt und gestorben war. Der schlafende Mann dort drin war nicht ihr Vater.

Eine Träne befreite sich aus ihrem Augenwinkel, als ihr klar wurde, dass sie gerade ihr Zuhause verloren hatte. Schon wieder.

Kaaya wischte sich über die Augen und ging zu den anderen zurück, die sie bereits erwarteten. Vermutlich konnten sie ihr ansehen, dass sie geweint hatte, aber das war ihr egal, solange niemand sie darauf ansprach. Als ob sie es ahnten, beachteten sie Kaaya kaum, und sie war dankbar, dass sie den Weg bis zur nächsten Rast stillschweigend vor sich hin ritten.

Sie erreichten Orianas Hütte in Argonsfeld, kurz bevor die Sonne aufging. Im Dorf hatten sich einige Bewohner nach den Neuankömmlingen umgedreht, doch sie glaubte nicht, dass man bemerkt hatte, dass zwei Elfen einer anderen Welt bei ihnen waren. Ilias und Kian hatten sich bedeckt gehalten, ihre Kapuzen tief ins Gesicht gezogen und es vermieden, Blickkontakt aufzunehmen. Die Pferde hatten sie in den Stallungen abgegeben und waren die letzten Meter zu Fuß gegangen.

Als Veera sie entdeckte, kam sie auf leisen Pfoten angetapst, und Kaaya strich ihr sanft über das weiche dunkelgrüne Fell. Kurz darauf tauchte auch Luanas Lupeera Windur hinter ihr auf. Neugierig reckte er die Schnauze in Ilias' Richtung und schmiegte sich dann an seine Beine. Kaaya konnte sehen, wie in jenem Moment ein Teil der Spannung vom Prinzen abfiel.

Luana hatte ihm und Kian zwar versichert, dass Oriana eine Verbündete war, doch ein wenig Skepsis war dennoch zurückgeblieben. Sie würden gleich ein fremdes Haus betreten, in dem eine fremde Elfe lebte. Eine Elfe, die dabei gewesen war, als der Hohe Rat das Nebulum erschaffen und seine Vorfahren darin eingeschlossen hatte.

Als die Tür mit einem leisen Geräusch geöffnet wurde, schauten alle fünf hoch. Oriana stand im Türrahmen.

»O Kaaya«, hauchte Arians Tante und überwand den Abstand zwischen ihnen mit wenigen Schritten, um sie fest in die Arme zu schließen. »Eiyune sei Dank, ihr lebt.«

Sie erwiderte die Umarmung und merkte dabei, wie sehr sie das gebraucht hatte. »Wir haben sie. Wir haben seine Seele.«

Oriana löste die Umarmung und sah sie aus wässrigen Augen an. »Ich habe nicht daran gezweifelt.« Ihr Blick glitt zu Ilias und Kian, und wenn es sie überraschte, dass sie hier waren, so ließ sie es sich nicht anmerken. »Kommt herein.«

Die Freunde folgten Oriana ins Innere des Hauses, und Kaaya beobachtete gespannt, wie die beiden Schattenelfen es neugierig musterten. Arians Tante schritt zum Ofen, um ihnen Tee zu kochen, und reichte ihnen dann allen eine Tasse.

»Ja, ich habe von Prinzessin Neah gehört«, sagte sie und nahm einen Schluck aus ihrer Tasse. »Sie war noch ein Kleinkind, als der Hohe Rat Eldan, Pertheas und die anderen verbannte. Ihre Geburt wurde damals auf Medazar groß gefeiert, schließlich war sie der Nachwuchs aus einer Verbindung zwischen einem Seelenmagier und einer Gedankenmagierin.«

»Aber wie kann es sein, dass nie nach ihr gesucht wurde,

nachdem man ihre Eltern ermordet hatte?«, fragte Ilias. Die Anspannung war gänzlich von ihm abgefallen, als sie, Luana und Aron Oriana erzählt hatten, was sich in den letzten Tagen zugetragen hatte, und die Elfe verständnisvoll reagiert hatte. Sie hatte außerdem von Neah erfahren, davon, dass ihre Seele vermutlich in Kaaya steckte. In *ihr.* Dass sie Neah war. Irgendwie.

»Ihre Mutter war eine mächtige Magierin. Ich könnte mir vorstellen, dass sie Neahs Existenz aus den Gedanken der anderen gelöscht hat. Sie wäre dazu in der Lage gewesen.«

»Ihr meint, als sie ermordet wurde?«

»Ja, vielleicht. Vielleicht war das ihre Möglichkeit, ihr Kind über den eigenen Tod hinaus zu schützen und das Überleben ihrer Linie zu sichern. Ich schätze, so würde jede Mutter handeln.«

So wie Neah es selbst getan hat. So wie sie ihr Baby beschützt hat.

Ilias schien dasselbe zu denken und nickte nur.

»Oriana«, begann sie. Sie schluckte schwer und senkte den Blick auf ihre Hände, die sie im Schoß gefaltet hatte. »Was bedeutet das für … mich?«

»Ich denke, dass Luana recht haben könnte, Kaaya. In eurer Abwesenheit habe ich viel recherchiert und mich mit befreundeten Elfen über Seelenkunde ausgetauscht. Es ist möglich, dass eine Seele in einen neuen Körper übertragen werden kann. In einen toten Körper. Wenn ich euch richtig verstanden habe, dann passiert genau das seit sieben Jahren im Nebulum.«

Kaaya sah wieder hoch zu ihr. »Aber … die Körper, in die Pertheas fremde Seelen pflanzt, verkommen zu Umbren. Zu Dämonen.«

»Mein Vater setzt ja auch Menschenseelen in Elfenkörper. In deinem Fall wäre es umgekehrt.«

»Und wer weiß, was da sonst noch für Magie im Spiel ist«, meinte Oriana. »Er könnte die Seelen nach Belieben manipulieren.«

Während die anderen sich weiter unterhielten, bemerkte Kaaya, dass Luana die Schriftrolle für das Ritual studierte. »Wir sollten warten, bis die Sonne ihren höchsten Stand erreicht hat. Dann beginnen wir«, sagte sie, nachdem es eine Weile still gewesen war.

Kaaya erhob sich. »Kann ich ihn vorher … sehen?«

»Natürlich.« Auch Oriana stand auf und begleitete sie zum angrenzenden Schuppen. Sie öffnete ihr die Tür und ließ sie allein eintreten.

Als sie Arian dort liegen sah, schlug ihr das Herz bis zum Hals. Sie konnte ihr Blut in den Ohren rauschen hören und spürte, wie Tränen in ihr aufsteigen wollten. Sie schluckte sie runter und trat langsam auf die Liege zu.

»Ich bin wieder da«, flüsterte sie.

Wie erwartet reagierte Arian nicht. Er lag genau so da, wie sie ihn zurückgelassen hatte. Seine hellen grauen Augen starrten ausdruckslos an die Decke, sein Gesicht war bleich und trotzdem wunderschön. Noch immer vermochte sein Anblick ihr Herz zum Rasen zu bringen. Während sie hier stand und ihn ansah, vergaß sie alles andere. Jetzt zählte nur er. Nur Arian. Arian und Kaaya. Kein Ilias, keine Neah.

Nur Arian und Kaaya.

Irgendwann klopfte es an der Tür. »Kann ich mit dir sprechen?« Ilias. Sie rief ihn herein. »Das ist Arian?«

»Ja. Was ist los?«

Er wirkte aufgewühlt, als er seinen Blick von Arian losriss und sie ansah. »Kian und ich brechen nach Sonnenuntergang wieder auf.«

»Was? Warum? Wohin?« Entsetzen packte sie.

»Wir müssen Neahs – deinen – Körper in Sicherheit bringen.«

Sie runzelte die Stirn. »Wieso?«

»Mein Vater weiß zwar noch nicht, dass sie ihre Seele retten konnte, aber … sollte er auch nur den leisesten Verdacht haben, wird er ihren Körper zerstören.«

»Ich … ich will nicht taktlos sein, Ilias, wirklich nicht, doch wollt ihr euer Leben für das einer Toten riskieren? Ich meine, dein Vater sucht vermutlich nach dir. Ihr könntet hierbleiben, wir finden eine Lösung!«

»Das ist es nicht …« Er stockte, und als er in ihre ratlose Miene blickte, fuhr er fort. »Oriana hat mit einer Elfe namens Myrael gesprochen und diese hat eine Enzyklopädie, die sie ihr zur Verfü–«

»Komm zum Punkt, Ilias!« Allmählich wurde sie ungeduldig, ihre Nerven waren zum Zerreißen gespannt. Wohin würde dieses Gespräch führen?

Ein nervöses Seufzen drang aus seinem Mund, dann sah er ihr fest in die Augen. »Du kannst in deinen Körper zurück.«

Sie trat unwillkürlich einen Schritt zurück und blickte ihn verständnislos an. Wovon sprach er da?

»Willst du das nicht?«, fragte er, als sie noch immer nichts sagte.

»Wie soll ich dir jetzt eine Antwort darauf geben? Ich … nein, ich … Warum sollte ich?«

»Du wärst eine Elfe, Kaaya. Noch dazu eine sehr mächtige! Vielleicht die mächtigste unseres Geschlechts. Und du … wir …« Ilias streckte seine Hand nach ihr aus, und sie verstand, worauf er hinauswollte. Sie sollte wieder Neah sein und mit ihm zusammen sein. So, als wäre nie etwas passiert. Als wäre sie nie Kaaya gewesen. Ihr wurde schlecht.

»Nein, Kaaya, bitte!« Er griff nach ihrem Handgelenk, aber sie entzog sich ihm. »Du bekommst deine Erinnerungen zurück!«

Das war der Moment, in dem sie sich erbrach. »Geh weg!«, krächzte sie, als er Anstalten machte, ihr näher zu kommen. Wie konnte er es wagen, diese Dinge zu sagen – sie zu denken –, wenn Arian hier lag? Wenn er doch wusste, was sie für ihn empfand. Das war so falsch. So falsch, falsch, falsch.

»Es tut mir leid. Ich weiß, dass es verrückt klingt. Ich –«

»Raus!«

»Kaaya, bitte, ich –«

»RAUS!«

»Was ist hier los?« Oriana trat ein und blickte ratlos zwischen ihnen hin und her.

»Weißt du, was er geplant hat?«, fragte sie sie direkt.

Oriana hob beschwichtigend die Hände. »Kaaya, es ist nur eine Option. Wir müssen den Körper zunächst herholen und dann sehen wir weiter.«

Ihre Kehle schnürte sich zusammen. Das war doch nicht ihr Ernst?

»Du gehst jetzt erst mal raus«, sagte Oriana an Ilias gewandt.

Er warf Kaaya noch einen letzten traurigen Blick zu, mit dem er sich vermutlich bei ihr entschuldigen wollte, und verließ den Schuppen.

»Ihr habt das alles schon durchgeplant?«, schluchzte Kaaya, nachdem die Tür wieder geschlossen war.

Oriana setzte sich zu ihr auf den Boden. »Es ist und bleibt deine Entscheidung. Niemand wird dich dazu zwingen.«

»Warum sollte ich in … in … Neahs Körper? Ich mag meinen Körper. Ich mag mein Leben, wie es ist. Ich liebe Arian und ich will nicht damit aufhören. Nie. Niemals.« Sie biss sich auf die Unterlippe, nachdem sie die Worte ausgesprochen hatte. Zum ersten Mal hatte sie es laut gesagt. Sie hatte gesagt, dass sie Arian liebte. Das tat sie, von ganzem Herzen.

Oriana lächelte sie warm an. »Das würdest du gar nicht. Laut den Büchern, die wir gewälzt haben, behältst du die Erinnerungen, die du als Kaaya gemacht hast. Du behältst deine Gefühle und Gedanken. Aber du bekommst auch die von Neah zurück.«

»Warum sollte ich das wollen?« Ihre Stimme war nur noch ein Flüstern.

»Was ist, wenn Pertheas seine Pläne wahr macht und … ein Krieg ausbricht? Wenn er tatsächlich mitsamt seiner Armee aus Schattenelfen und Dämonen hier einmarschiert?«

Sie drückte sich die Handballen auf die Augen. Das war zu viel. Alles zu viel. »Dann steckt doch die Seele von jemand anderem in ihren verdammten Körper.«

»Wir könnten höchstens die Seele eines Elfen dafür verwenden, doch niemand von uns weiß, wie der Körper darauf reagieren würde. Das ist alles nicht so einfach. Aber wir werden gemeinsam nach Lösungen suchen, Kaaya. Wir werden nichts tun, was du nicht willst. Ich verspreche es dir.«

Schweigen trat ein, dann stand Kaaya auf und half auch Oriana auf die Beine. »Was ist mit ihrem – *meinem* – Baby?«

Oriana rieb sich über die Arme. »Laut deiner Vision ist es

noch in ihrem Körper konserviert. Sobald Neah erwacht, kann sie die konservierte Seele wieder in den Embryo leiten.«

»Es würde weiterleben?«

»Es würde weiterleben.«

»Ilias.« Kaaya schloss die Tür zum Haus hinter sich und trat in den Garten. Er stand mit dem Rücken zu ihr, hatte die Hände in die Hosentaschen gesteckt und beobachtete den Himmel. Als er ihre Stimme hörte, spannten sich seine Rückenmuskeln an, dann drehte er sich zu ihr um.

»Kaaya ...«

»Es tut mir leid«, sagte sie hastig. »Ich wollte dich nicht anschreien.«

Er lächelte traurig. »Ist schon in Ordnung. Es muss ein Schock für dich gewesen sein. Und das in Arians Gegenwart. Es tut mir ehrlich leid.«

Sie biss sich auf die Unterlippe und nickte. »Ich wollte mich verabschieden.«

»Ihr werdet noch mitten im Ritual sein, wenn wir aufbrechen, nicht wahr?« Wieder nickte sie. »Ich wünsche euch viel Glück. Ich werde beten, dass ihr es schafft. Dass Arian erwacht.«

Für einen Wimpernschlag sah sie Schmerz in seinen Augen aufblitzen. »Danke.« Ihre Kehle war auf einmal trocken. »Bitte seid vorsichtig.«

»Werden wir sein.«

Einige Herzschläge lang war es still, während Ilias sie mit einer Melancholie betrachtete, die ihr durch Mark und Bein ging.

Ein Ozean tobte hinter seinen Augen. Ein tiefer, unergründlicher, wilder Ozean, der sie verschlingen würde, wenn sie auch nur einen Schritt hineinwagte.

»Und ihr kommt dann mit dem Körper hierher zurück?«, warf sie ein, um dem Locken des Ozeans zu widerstehen.

»Das ist zumindest der Plan.«

Sie trat einen vorsichtigen Schritt auf Ilias zu. Sein herber männlicher Duft jagte ihr einen Schauer über den Rücken und mahnte sie, stehen zu bleiben.

Als er mit einem Mal den letzten Abstand zwischen ihnen überbrückte und sie verzweifelt in seine Arme zog, stockte ihr Atem. »Jede Seele hat ihr Gegenstück, ein Spiegelbild ihrer selbst«, wisperte er in ihr Ohr. »Und egal, wie weit diese zwei Seelen voneinander entfernt sind … sie werden einander finden. Immer.« Ihre Nackenhaare stellten sich auf, und eine Gänsehaut breitete sich auf ihrem ganzen Körper aus, sie spürte sie bis in ihr Innerstes.

»Und wenn sie nicht zusammen sein können?«, flüsterte sie und hielt den Atem an.

Er löste sich aus der Umarmung und umfasste ihr Gesicht mit beiden Händen. Sein Brustkorb hob und senkte sich schwer. »Ich werde dich trotzdem lieben, Neah. Mit einer Liebe, die stärker ist als jede Liebe, die ein menschliches Herz je fühlen könnte. Ich werde deine Seele lieben mit meiner Seele, die seit Jahrhunderten nur auf dich gewartet hat.«

Seine Worte fuhren ihr mitten ins Herz, und sie schloss die Augen, als er seine Stirn an ihre lehnte. Sein Atem streifte ihr Gesicht, und sie hielt sich mit aller Kraft davon ab, ihn anzusehen. Denn wenn sie es täte …

»Ilias …«

»Verzeih mir«, flüsterte er und strich mit seinen Lippen über ihre. Es war nur eine federleichte Berührung, doch sie erschauerte unter ihr.

»Ilias …«, begann Kaaya erneut atemlos. Er verharrte in seiner Bewegung. Sie wollte, dass er sie küsste. Sie wollte, dass er sie gehen ließ. Sie wollte … Aber als sie ihre Augen wieder öffnete, war Ilias verschwunden.

KAPITEL 28

KAAYA

Schließlich war der Mittag angebrochen. Die Sonne hatte ihren Höchststand beinahe erreicht – der beste Zeitpunkt für Elfen, um Magie zu wirken. Zumindest für jene, die ihre Energie aus Sonnenlicht bezogen.

Kaaya, Luana, Aron und Oriana hatten sich um Arians Körper herum aufgestellt. Sie alle waren angespannt. Oriana hatte die Schriftrolle auf einem kleinen Tisch ausgebreitet und eine Schale danebengestellt, in die Kaaya ihren Ring gelegt hatte. Arians Ring.

»Bereit?«, fragte sie Aron. Um seins und Kaayas Herz für das Ritual zu binden, benötigten sie sein Blut.

Blut von Arians Blut.

Als er nickte, reichte Oriana ihm einen goldenen Dolch, in dessen Griff mehrere Juwelen glänzten. Aron schnitt sich in die Handfläche und ballte die Hand über der Opferschale zur Faust. Mehrere Tropfen tiefroten Blutes regneten hinab auf den Ring. Oriana nickte ihm zu und dann Kaaya. Sie stellten sich links und rechts neben Arian, auf Höhe seines Herzens. Beide legten sie eine Hand auf seine Brust, während Oriana die Schale zu seinen Füßen platzierte.

»Luana, du weißt, was du tun musst?«

Luana hatte die Lippen fest aufeinandergepresst und nickte. Das Ritual würde einige Stunden dauern und ihnen alles abverlangen. Vor allem ihrem Seelengefährten. Nervös betrachtete Kaaya die Elfe, deren Gesicht jegliche Farbe verloren hatte. Arians Leben lag in ihren Händen.

ARON

Kurz nachdem Oriana damit begonnen hatte, den Zauber zu sprechen, hatte sich Arians Seelenstein in die Luft erhoben. Er schwebte dicht über seinem Mund, die silbrige Flüssigkeit darin schwappte aufgeregt hin und her. Fast so, als ob sie spürte, dass sie gleich wieder in ihren Körper zurückdurfte.

Aron beobachtete, wie sich Schweißperlen auf Orianas Stirn bildeten und wie sie eine nach der anderen ihre Wangen hinabliefen. Hier drin brannten Hunderte von Kerzen, aus denen beide Feuermagierinnen zusätzliche Kraft bezogen. Sobald der erste Teil von Orianas Zauberspruch enden würde, würde Luana einsetzen. Sie würde sein Herz zum Stillstand bringen.

Ein Herz, das für ihn aufhört zu schlagen.

Das Opfer, das gebracht werden musste, um eine andere Seele zurück ins Leben zu holen. Er war bereit. Obwohl sein Herz so stark hämmerte, dass es beinahe seinen Brustkorb sprengte, war er bereit. Selbst wenn er sterben müsste, war er bereit. Er war bereit, den Fehler wiedergutzumachen, den er als Kind begangen hatte. Diesmal würde er seinem Bruder zu Hilfe eilen. Diesmal würde er Arian retten.

Er wusste nicht, wie viele Stunden vergangen waren, als Orianas Stimme leiser wurde und Luana das Wort erhob. Ihre Stimme war trotz des Zitterns darin kräftiger als Orianas. Aron sah zu ihr und lächelte, um ihr Kraft zu schenken. Aber so, wie sie dastand, brauchte sie keine weitere Kraft. Im Gegensatz zu Oriana schwitzte Luana nicht. Sie hatte den Kopf hoch erhoben, die Arme zu beiden Seiten ausgebreitet und ließ sich von nichts aus der Ruhe bringen. Als sich ihr Blick irgendwann langsam in seinen bohrte, spürte er den ersten Stich. Er unterdrückte einen Schmerzensschrei, als ein weiterer Stich direkt in seinem Herzen folgte.

»Du schaffst das«, wisperte Kaaya, die ihm gegenüberstand.

Der Schmerz verging. An seine Stelle trat eine ungeheure Müdigkeit. Seine Glieder fühlten sich schwer an und wurden immer schwerer. Schwarze Flecken traten in sein Sichtfeld und alles um ihn herum wankte. Aron erkannte, dass er fiel.

—

LUANA

Dort, wo sie eben noch einen Puls gespürt hatte, den sie mithilfe ihrer Blutmagie abgedrückt hatte, war nun eine erdrückende Stille. Sie musste sich stark konzentrieren, um sich nicht in dieser Macht zu verlieren. Nicht noch mal. Arons Leben lag in ihrer Hand.

Als ihr Seelengefährte sich nicht länger auf den Beinen halten konnte, drohte auch Luana zusammenzubrechen. Sie konnte deutlich spüren, wie ihre Magie schwächer wurde. Gleich würde sie einen Teil von sich einbüßen müssen. Gleich würde ihre Seele entzweigerissen.

Gleich.

Sobald Arons Herz endgültig stehen blieb.

Wie aus weiter Entfernung hörte sie Orianas Singsang. Ihre Sicht verschwamm, als Aron seinen letzten Atemzug tat. In dem Moment verstärkten sich die Flammen der Kerzen, der Raum wurde heißer und enger. Nein, es war ihre Kehle, die enger wurde. Das Atmen fiel ihr zunehmend schwerer und doch unterbrach sie ihren Zauber nicht. Sie sprach die Worte vor sich hin, die Arme weiter erhoben, obwohl sie zitterten. Gleich durfte sie sein Herz loslassen. Gleich durfte sie es freigeben. Gleich durfte er wieder atmen, leben.

Gleich.

Während sie ihre Magie wirkte, zählte sie die Sekunden. Noch *144. 143, 142, 141, …*

Nur eine einzige Sekunde länger, und es bestand die Gefahr, dass Aron Schäden davontrug. Sie atmete tief ein, dann aus. Ein und aus.

98, 97, 96, …

»Wie lange?«, fragte sie Oriana.

»Halte durch. Nur ein paar Minuten.«

Luana blickte zum Seelenstein, in dem sich noch immer die Seele befand. »Ich halte durch, aber Aron nicht. Er hat eine Minute.«

»Luana«, presste Oriana hervor. Sie atmete schwer. »Er wird es überleben. Du kannst ihn unmittelbar danach heilen. Halte durch.«

43, 42, 41, …

Und da trat endlich die silberne Flüssigkeit – Arians Seele – aus dem Seelenstein. Kaum kam sie mit der Luft in Berührung, verwandelte sie sich in eine kleine Lichtkugel. Sie beobachtete, wie sie sich Arians Mund näherte und näherte und doch nicht nah genug war. Sie schaute zu Aron, der zu ihren Füßen lag, bleich und mit geschlossenen Augen.

17, 16, 15, …

Die silberne Lichtkugel schwebte noch immer dicht über Arians Lippen.

So trete doch ein, flehte sie in Gedanken.

3 … 2 … 1 …

Sie würde nicht zusehen, wie Aron starb. Sie blickte zwischen ihm und der Lichtkugel hin und her und plötzlich ging alles zu schnell. Mit einem Mal ließ sie Arons Puls los und trieb seinen Blutfluss an. Sie konzentrierte sich auf seinen Herzschlag, ließ ihre Energie in ihn strömen, während die Kugel noch immer in der Luft schwebte.

»Es tut mir leid«, wisperte sie. Und dann hörte sie, wie Arons Herz wieder zu schlagen begann. »Es tut mir leid.«

KAAYA

»Luana, nein!«, rief sie entsetzt. Ihre Hand lag weiterhin auf Arians Herz. Ihr Herz schlug für seins.

Ein Herz, das für ihn schlägt.

Ein Herz, das für ihn aufhört zu schlagen.

Aber jetzt schlugen sie beide. Ihr Herz und Arons Herz, und Arians Seele war noch nicht in seinem Körper. »Luana, es ist nicht vorbei, wir –«

»Doch«, krächzte Luana, die auf ihre Knie gesunken war und Arons Kopf auf ihren Schoß gebettet hatte. Seine Lider flatterten. »Er wäre sonst gestorben!«

Umsonst. Alles umsonst.

»Noch mal!«, rief Kaaya. »Wir fangen von vorne an!«

Luana funkelte sie wütend an. »Hast du den Verstand verloren? Ich werde Aron nicht erneut einer solchen Gefahr aussetzen!«

Plötzlich hallte ein scharfes Einatmen laut durch den Raum, und Luana, Oriana und sie wandten sich zur Quelle des Geräuschs: Arian.

Arian

Jeder Atemzug brannte in seinem Hals, in seinen Lungen. Sein Mund fühlte sich trocken an und ihm war unsagbar heiß. Er wollte schreien, doch seine Stimme versagte. Er wollte schreien, weil alles, woran er sich erinnern konnte, Schmerz war.

Ein Elf, ein schwarzer Strahl, ein alles verzehrender Schmerz.

Jemand sagte etwas, aber es drang kaum zu ihm durch. Er wollte blinzeln, sich bewegen. Sein Körper gehorchte ihm nicht.

»Arian!«

Arian?

War das … Ja, das war sein Name. Er war Arian. Und diese Stimme … Sie bewegte etwas in ihm. Sie berührte ihn an einer Stelle tief in seiner Brust. Dort, wo er schon lange nichts mehr gefühlt hatte. Seine Sicht verdunkelte sich. Wurde er wieder ohnmächtig? Nein. Da trat nur jemand in sein Blickfeld. Eine Silhouette. Sein Atem ging schneller. War das der bösartige Elf?

»Arian«, erklang die Stimme erneut. Sie klang nun deutlich näher. Das war nicht der Elf.

»Arian, ich bin es. Kaaya.«

Bist du mir gefolgt?

Du musst nicht weglaufen.

Ich will nicht weglaufen.

»Kaa…«

Wie lange hast du auf der Straße gelebt? Was ist mit deinem Zuhause?

»…ya«

Du bist jetzt mein Zuhause.

Und du meins.

»Kaa…ya.«

KAAYA

Ihre Schluchzer ebbten allmählich ab. Sie saß jetzt schon seit einigen Stunden neben Arians Liege, während dieser tief und fest schlief. Luana hatte ihn mithilfe ihrer Blutmagie stabilisiert und dann war er eingeschlafen. Er hatte kaum etwas gesagt, nur ihren Namen.

Kaa…ya.

Bevor die Tränen sie wieder übermannen konnten, erhob sie sich. Sie wollte gerade zur Tür gehen, da spürte sie einen Griff um ihr Handgelenk. Eine warme, schwache Hand.

»Bleib.«

Arian.

Als sie sich ihm zuwandte, hatte er sich bereits aufgerichtet. Sanft zog er sie zu sich auf die Liege, und sie ließ ihn gewähren, nicht fähig, irgendetwas zu sagen. Oriana, Aron und Luana waren schon vor einiger Zeit gegangen und nun waren nur noch sie und Arian hier.

»Kaaya«, wiederholte er, seine Stimme war so leise, so vorsichtig.

»Wie geht es dir?« Sie klang erstickt.

»Gut ... schätze ich.«

Und da war es wieder. Sein schiefes Grinsen, das ihr Herz zum Stolpern brachte. Sie konnte die Tränen nicht länger zurückhalten und schlang stürmisch die Arme um seinen Oberkörper. Er zog sie auf seinen Schoß, näher an sich heran, Herz an Herz. Das Gefühl von *Zuhause.*

»Ich habe dich so vermisst«, schluchzte sie an seinem Ohr und drückte sich noch fester an ihn.

»Was ist mit mir passiert?«

»O Arian.«

Und so erzählte sie ihm, wie Pertheas seine Seele gestohlen hatte. Wie sie Aron aufgesucht hatte. Wie sie zu dritt ins Nebulum gereist waren und dort den Kronprinzen und seinen Freund getroffen hatten.

Aber wie sehr Ilias ihr unter die Haut gegangen war, ließ sie weg. Und auch die Tatsache, dass sie wahrscheinlich Neahs Seele in sich trug. Das hatte Zeit. Das hatte alles Zeit. Das, was jetzt zählte, war dieser Augenblick. Dieser Augenblick, in dem sie Kaaya war und er der Junge, der sie gerettet hatte.

In dem Moment, in dem sie aufhörte zu erzählen, wanderte Arians Blick zu ihren Lippen, als ob er darauf wartete, dass sie noch etwas sagte. Er öffnete seinen Mund, ohne ihren aus den Augen zu lassen, und sie konnte nicht verhindern, dass sich schlagartig eine Hitze in ihrer Brust ausbreitete, die ganz langsam in ihren Bauch wanderte und weiter runter. Dahin, wo sie Arian unter sich spürte. Verlegen wandte sie den Blick von ihm ab und machte Anstalten, von seinem Schoß zu klettern. Doch da legte er ihr eine Hand an die Wange und drehte ihr Gesicht wieder dem seinen zu.

»Ich kann nicht glauben, was du für mich getan hast.« Seine Stimme klang rau und kratzig.

»Du hättest dasselbe für mich getan«, erwiderte sie leise.

Arian überlegte nicht lange. »Ja.« Sanft umfasste er ihr Gesicht mit beiden Händen. Ihre Haut kribbelte unter seinen Fingern und machte es ihr unmöglich, einen klaren Gedanken zu fassen. Sie konnte sehen, wie sich seine Brust schnell hob und senkte, als würde ihre plötzliche Nähe dasselbe in ihm auslösen wie in ihr. Arian flüsterte ihren Namen und ihr Herz drohte aus ihrer Brust zu springen.

»Ich sterbe, wenn ich das jetzt nicht tue«, hauchte er noch, bevor sich erst ihre Nasenspitzen berührten und dann ihre Lippen. Sein Kuss war langsam, fast schon vorsichtig, und doch sorgte er für eine Explosion in ihrem Inneren, deren Hitze Welle um Welle über sie hereinbrach und sie forttrug. Arians fester Körper schmiegte sich enger an ihren, während er den Kuss vertiefte. Sie öffnete ihre Lippen leicht, als seine Zungenspitze zaghaft um Einlass bat, und ihm entwich ein leises Stöhnen, als sie seine Zunge mit der ihren begrüßte. Sie vergrub ihre Finger in seinen dunklen Haaren, suchte Halt, als ein Gefühl der Schwerelosigkeit sie überkam. Sie wollte mehr davon, mehr von ihm, mehr von …

Arian löste sich von ihr und sie erzitterte am ganzen Körper. Fragend suchte sie seinen Blick und bemerkte, dass seine Augen dunkel aufblitzten. Bevor sie weiter darüber nachdenken konnte, küsste er sie erneut, diesmal fester, hungriger. Gleichzeitig ließ er seine Hände über ihren Rücken zu ihrem Po gleiten, um sie anzuheben und sich über ihr zu platzieren. Seine Lippen wanderten ihren Kiefer entlang zu ihrem Hals, was ihr ein leises Keuchen entlockte. Er leckte und biss sie vorsichtig, was Dinge in ihr auslöste, die sie noch nie gefühlt hatte.

»Arian«, stöhnte sie. Das schien ihn anzufachen, denn er wurde immer drängender in seinem Tun. »Arian …«

Was … was macht er da?

»Arian!« Ein stechender Schmerz pulsierte in ihrer Halsbeuge. Sie versuchte ihn zunächst sanft von sich zu schieben, und als er nicht reagierte, wandte sie mehr Kraft an. »Arian, du tust mir weh!« Er ließ von ihr ab und sah sie aus geweiteten Augen an. Das Weiß in ihnen wurde fast vollständig von schwarzen Schlieren verdrängt. »Was zum …« Erst auf den zweiten Blick bemerkte sie, dass seine Lippen blutverschmiert waren.

»Kaaya, ich …«

Hastig griff sie sich an den Hals und betrachtete anschließend ihre Finger. Blut. »Du hast mich gebissen.« Unglauben schwang in ihrer Stimme mit.

»Ich … ich weiß nicht, wieso ich das getan habe … Es tut mir, tut mir …« Wie hypnotisiert starrte Arian auf ihren blutenden Hals. In seinen schwarzen Augen stand Gier.

»Arian«, mahnte sie ihn. »Bleib, wo du bist. Bitte.«

Spitze Eckzähne blitzten im Schein der Kerzen auf. »Ich … Kaaya, ich … es tut mir leid. So leid.« Und mit diesen Worten stürzte er sich auf ihre Kehle.

ENDE VON BAND 1

Danksagung

Das war er also, der erste Teil meiner *Schattenthron*-Dilogie. Der erste Teil einer Geschichte, mit deren Planung ich bereits im Jahr 2014 begonnen habe. Ich bin absolut sprachlos, wenn ich darüber nachdenke, dass ihr sie nun auch endlich kennen- und hoffentlich ebenso lieben lernt.

Liebe Leserinnen und Leser, ich danke euch von ganzem Herzen, dass ihr meinem Debüt eine Chance gegeben habt. Wenn ich meine Gefühle, die damit einhergehen, in Worte fassen könnte, so würde ich es tun. (Was sagt es über mich als Autorin aus, dass mir das gerade nicht gelingen will? (O mein Gott, ich bin Autorin!!!))

Des Weiteren will ich noch mal auf meine Community zurückkommen – Tausende von liebevollen Menschen, die ich in den letzten Jahren dank Instagram kennenlernen und in mein Herz schließen durfte. Ich meine es ernst, wenn ich sage, dass ich nur durch euch den Mut gefunden habe, mir meinen Kindheitstraum zu erfüllen. Ich wünschte, ich könnte meinem 15-jährigen Ich einen Besuch abstatten und ihr mitteilen, dass wir es geschafft haben. Sie saß mit einem eisernen Willen an ihrem Schreibtisch und hat anstelle von Hausaufgaben Geschichten niedergeschrieben, um mit einer Leere fertigzuwerden, die tief in ihr drin saß. Doch nie hat sie zu hoffen gewagt, dass diese Geschichten eines Tages auch als Bücher erscheinen würden.

Wie soll ich meine Dankbarkeit dafür denn jemals ausdrücken können?

Ganz besonders möchte ich Sina danken, die bereits die rohste Rohfassung von *Schattenthron – Erbin der Dunkelheit* testgelesen hat. Danke für deine Unterstützung und das Mitfiebern und Bangen, als es darum ging, ein Zuhause für mein Buchbaby zu finden.

Und damit kommen wir zu Justine Pust, die letztendlich das Fundament gelegt und den Kontakt zu Impress hergestellt hat. Danke, dass du von Anfang an an mich geglaubt und mich stets wieder aufgeheitert hast (mit ganz viel Glitzer), wenn ich in Selbstzweifeln ertrank.

Wenn wir schon bei Impress sind: Danke an dieses wundervolle Team! Allen voran Pia. Noch immer bekomme ich eine Gänsehaut, wenn ich an deine E-Mail zurückdenke, die mein Leben verändert hat. Ja, klingt dramatisch, aber genau so war es. Dieses Buch bedeutet mir so viel, und dass du an seinen Erfolg geglaubt hast, bedeutet mir alles.

Von der besagten E-Mail schlage ich direkt die Brücke zu Dina, die von mir nach jener Mail eine absolut verstörende Sprachnachricht bekommen hat, in der ich abwechselnd lachte und weinte und »O mein Gott« schrie. Ich danke dir, dass du mich angerufen und beruhigt hast. Dass du vorher aber auch ein bisschen mit mir gelacht und geweint und geschrien hast. Ich hoffe so sehr, dass ich das eines Tages auch für dich tun kann, wenn du eine dieser E-Mails bekommst.

Genauso auch für dich, Juli – auch wenn wir uns noch nicht so lange kennen, fühlt es sich so an, als wärst du schon immer da gewesen. Ich wüsste nicht, wie ich die Monate vor der Veröffentlichung ohne dich und Dina überstanden hätte. Danke für eure Freundschaft, die eigentlich viel mehr ist als das.

Auch meiner nicht-buchigen besten Freundin will ich meinen Dank aussprechen. Gizem, ich danke dir, dass du mich stets auffängst und immer für mich da bist – schon seit achtzehn Jahren und für immer.

Danke an Lena Kiefer und Ivy Leagh, die mir im Schreib- und Veröffentlichungsprozess mit Rat und Tat zur Seite standen. Danke, dass ich mit euch über das Autorinsein quatschen und mir jederzeit Tipps abholen kann!

Ein besonderer Dank geht außerdem an meine Agentin Franziska. Erst unser Telefonat hat mir klargemacht, dass das alles hier wirklich passiert. Auf viele, viele weitere gemeinsame Projekte!

Natürlich auch dir lieben Dank für alles, Yvonne. Durch dich waren meine ersten Erfahrungen mit einem Lektorat wirklich angenehm und ich habe die Zusammenarbeit mit dir sehr genossen! Danke, dass du mir geholfen hast, das Beste aus meinem Debüt – aus mir – herauszuholen. Mit einer Engelsgeduld (Übergang absoften wird mich noch bis in meine Träume begleiten xD).

Den Schluss bildet meine Familie. Mami, Papi, Melinda, Ela, Anneanne und Armin. Ihr seid mein Leben. Einfach nur danke, dass es euch gibt. So was sagt man viel zu selten, und wenn ich ehrlich sein soll, weine ich, während ich diese Zeilen schreibe. Ich weiß nicht, wer ich ohne euch wäre und was ich ohne euch täte.

Danke, danke, danke, auch wenn Danke niemals genug ist.
Eure Beril

Unser Versprechen für
mehr Nachhaltigkeit
• Klimaneutrales Produkt
• Papiere aus nachhaltigen
und kontrollierten Quellen
• Hergestellt in Europa

© der Originalausgabe by CARLSEN Verlag GmbH, Hamburg 2022
Text © Beril Kehribar, 2022
Lektorat: Yvonne Lübben, Pia Cailleau
Umschlagbilder: shutterstock.com © Kenny Goh Wei Kiat / EB Adventure Photography / Sabphoto / faestock / Solid photos / Vadim Sadovski / yuutsu/Chatchai.J / Brilliant Eye / Africa Studio / Scorpp / LuckyStep / Vandathai / Andrey_Kuzmin / Sayan Puangkham / Slava Gerj / diversepixel / Susanitah / Liu zishan / camilkuo
Umschlaggestaltung: Makita Hirt, formlabor, Hamburg
Illustration: Julia Dorne
Satz: Pinkuin Satz und Datentechnik, Berlin
Herstellung: Gunta Lauck
Litho: Margit Dittes, Hamburg
ISBN 978-3-551-30464-3

FSC®
www.fsc.org
MIX
Papier aus verantwortungsvollen Quellen
FSC® C083411

EINE LIEBE ZWISCHEN ASCHE UND GLUT

Lily S. Morgan
CITY OF BURNING WINGS.
DIE ASCHEKRIEGERIN
Klappenbroschur
400 Seiten
ISBN 978-3-551-58453-3
Auch als E-Book erhältlich

DIE JUNGE KRIEGERIN MAY hat sich ihr Leben lang darauf vorbereitet, als Nachfolgerin des Königs den Aschethron zu besteigen. Sie ist die schnellste Himmelsstürmerin, die es in der fliegenden Stadt Elydor je gab. Doch als der König stirbt, taucht die Herrscherrune nicht bei ihr, sondern auf der Stirn des mysteriösen Geheimnishändlers Luan aus dem Elendsviertel auf. Und ausgerechnet May soll ihm helfen, mit seiner neu gewonnenen Macht umzugehen. Nur widerwillig fügt sie sich, bis ihr klar wird, dass nicht nur ihre beiden Leben vom Erfolg der Aufgabe abhängen, sondern die Zukunft von ganz Elydor.

WWW.CARLSEN.DE

CARLSEN

ZWISCHEN UNS
BRENNT EIN FEUER

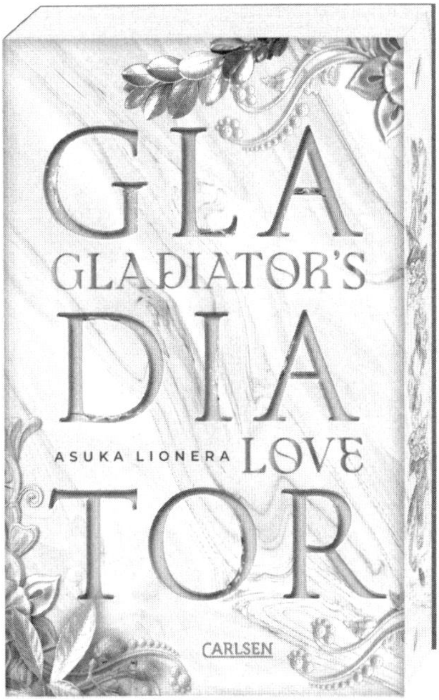

Asuka Lionera
GLADIATOR'S LOVE.
VOM FEUER GEZEICHNET
Klappenbroschur
448 Seiten
ISBN 978-3-551-58461-8
Auch als E-Book erhältlich

TAG FÜR TAG MUSS AERYN ALS GLADIATORIN in der Arena kämpfen und die Gunst der Zuschauer gewinnen. Denn nur so kann sie als versklavte Vantyr, deren Feuermagie versiegelt wurde, in der Fremde überleben. Was ihr bleibt, ist ihr lodernder Stolz und ihr unbändiger Wunsch nach Freiheit. Um nie wieder einen blutigen Kampf bestreiten zu müssen, fasst Aeryn schließlich einen schier unmöglichen Plan, bereit, sogar ihr eigenes Leben zu opfern. Aber ausgerechnet Cato, der Leibwächter eines Arenabetreibers des Landes, bringt ihr zielstrebiges Herz ins Stolpern.

WWW.CARLSEN.DE

CARLSEN

BK